나으
리

나으리

초판 1쇄 찍은 날 │ 2016년 8월 31일
초판 1쇄 펴낸 날 │ 2016년 9월 08일

지은이 │ 임조령
펴낸이 │ 서경석

편 집 책 임 │ 조윤희
편   집 │ 이은주
                최고은
디 자 인 │ 신현아

펴 낸 곳 │ 도서출판 청어람
등록번호 │ 제387-1999-000006호
등록일자 │ 1999. 5. 31
어람번호 │ 제5-454호

주소 │ 경기도 부천시 원미구 부일로 483번길 40 서경B/D 3F
         (우) 14640
전화 │ 032-656-4452 팩스 │ 032-656-4453
http://www.chungeoram.com
E-mail │ chungeorambook@daum.net

ISBN 979-11-04-90946-7 03810

나으리

임 조 령 장 편 소 설

도서출판 청람

목차

1. 혼례

옛날 옛적 어느 마을에 은강이라 불리는 아가씨가 살고 있었다. 그녀는 고을 제일가는 부잣집의 고명딸로, 부모님과 다섯 오라비들의 내리사랑을 듬뿍 받는 금지옥엽이었다.

넉넉한 집안에서 알뜰살뜰 보살핌을 받은 은강은 꽃처럼 아름다운 규수로 자라났고, 그 나이 열여섯에 이르러서는 물이 오를 대로 올라 만방에 싱그러움을 알리게 되었다. 근방 십 리에서 최고의 신붓감으로 눈독 들이는 처자가 은강이었고, 하여 최 부자 집에는 매파들이 문전성시를 이루었다.

약관의 내로라하는 사내들이 죄 은강에게 혼담을 넣었고, 호남아로 소문이 난 박 진사의 차남과 건넛마을 세도가 강씨의 장남이 그녀에게 구혼하였을 적에 마을 사람들은 모두들 곧 은강 아씨가 시집을 가겠구나 내 일처럼 기뻐하였다.

그리고 세간의 예상대로, 은강은 햇살 좋은 어느 길일에 혼례를 치르게 되었다. 그러나 그 상대는 호남아라는 박 진사의 차남도, 세도가라는 강가의 장남도 아니었다. 은강의 상대는 장원 급제하여 올해 이 고을로 부임한 원님, 유준엽이라는 자였다.

임금이,

삼고초려하지 않고도 제갈량을 얻었으니 과인의 인복이 유비보다 낫고, 세월을 허비하지 않고도 일찍이 태공망을 얻었으니 과인의 운수가 문왕보다 낫다.

라고까지 일컬을 정도로 유준엽은 전도유망한 인재로서 정평이 나 있었다. 그도 그럴 것이 은강의 배필이 될 이는 나라가 개국한 이래 최초의 최연소 장원이었다. 그래, 바로 이것이 모든 문제의 근원이었다. 경사스런 혼례 날에 신부를 눈물 젖게 만드는 이유가 바로 이것이었다.

최연소 장원 급제자, 유준엽.

최연소.

당시, 신랑의 나이는 겨우 열넷에 지나지 않았다.

2. 변화

"무진 도련님이 소과(小科)에 통과하였다고?"

몸종 꽃분이가 물고 온 소식에 은강의 목소리는 가파르게 치솟았다. 자수 놓던 바늘을 허공에 멈춘 채로 그녀는 두 눈을 부릅떴다.

무진 도령. 그가 누구인가. 육 척의 신장에 떡 벌어진 어깨를 가진 늠름한 사내대장부이며, 한때 자신과 혼담이 오가기까지 했던 박 진사의 차남이 아니던가. 그런 그가 전국에서 이백 명 남짓만 통과한다는 소과에 합격하였다는 것이다.

"예. 삼 년 전 낙방이 무색하게 이번에 일차 시험인 초시에 이차 시험인 복시까지 떡하니 붙어서 백패(白牌)를 받아왔다 합니다. 이제는 박 생원님이시지요."

소과는 진사시와 생사시로 나누어지는데 각각 백 명씩 뽑는
이 시험에 통과한 유생을 두고 진사 혹은 생원이라 불렀다. 소과
에 합격을 하여야만 과거 시험인 대과(大科)에 응시할 자격이 주
어지므로 입신양명에 뜻이 있는 장부라면 이는 꼭 얻어야 할 자
격이었다.

"아비가 진사에 아들도 생원이 되었으니, 마을의 경사로구나.
박 진사 댁에 축사를 보내야겠다."

하나 그리 말하는 은강의 얼굴에는 생기가 없었다. 외려 그녀
의 입에서는 한숨이 푹 흘러나왔다.

"진경 낭자에게도 축사를 보내야겠지."

강진경. 볼이 통통한 친우의 얼굴이 떠올랐다. 지금쯤 입이 귀
에 걸려 무진 도련님, 아니, 박 생원의 환향을 기다리고 있을 것
이다.

본디 진경과 은강은 박무진을 두고 경쟁하던 사이로, 박 진사
가 최 부자에게 먼저 매파를 보내며 삼자의 관계는 종식을 맺는
듯하였다. 그러나 최 부자는 엉뚱하게도 은강을 박무진이 아닌
유 씨에게 시집보냈고 이후, 박무진은 강진경과 혼담이 오가는
사이가 되었다.

박 생원의 건장한 풍채가 은강의 눈앞에서 아른거렸다. 소도
때려잡을 수 있을 것 같던 그의 솥뚜껑 같은 손을 떠올리자 배
속이 다 간질거린다.

강진경, 이 복 받은 년. 운수 대통한 년!

"마님. 어찌 안색이 그리 어두우십니까. 진경 아씨가 아무리 축사를 받아도 어디 마님께 댈 것이겠습니까?"

눈치 빠른 꽃분이 목에 핏대를 세우며 주인의 기분을 맞추어 주었다.

"그게 무슨 말이냐?"

"아니, 그렇잖습니까. 무진 도련님은 이제 갓 생원시에 통과하여 백패를 받았지요. 한데 주인 나으리께선 열하나에 백패를 받으시고 열넷에 대과에서 급제하시어 홍패(紅牌)를 받지 않으셨습니까."

"뭐……."

"홍패를 받는 선비님들 연치가 보통 서른네댓, 최고령은 예순이라 하던데 유 사또께오선! 마님의 부군께선, 무려 대과의 초시, 복시를 한 번에 통과하신 것도 모자라, 전시에서는 서른세 명의 합격자 중에서도 가장 성적이 우수한 장원으로 급제하지 않으셨습니까. 그것도 최연소로!"

은강의 기를 세워 주기 위해 꽃분은 주인 나리의 위대함을 칭송하였으나 은강의 기분은 오히려 점점 곤두박질을 쳤다. 꽃분이 강조한 최연소가 비수처럼 은강의 가슴을 찌른 탓이다.

"누가 낭군이 천재인 것을 몰라 이러는 줄 아느냐. 그래서 더욱 문제가 아니냐. 어찌 그 어린 나이에 그리도 일찍 급제하시어 여기에 부임을……. 천재가 아니라 신동이란 호칭이 더 걸맞지 않았느냐. 차라리 남들처럼 적당한 나이에 급제하셨으면 좋았을 터인데."

"아이구, 마님! 그래서 연이라는 것 아닙니까. 가난한 집안에서 어린 나이에 급제하시어, 이 마을에 부임을 하셨고, 마침 가진 건 재물밖에 없는 어르신의 눈에 띄어, 혼기 찬 아씨와 연을 맺었으니, 때와 조건이라는 것이 쿵짝 쿵짝 참으로 신묘하지 않습니까."

"그래, 새삼 알려주어 고맙구나. 똑똑하고 가난한 어린 원님께서 재물 많고 아들 다섯이 줄줄이 소과에 통과 못 하는 우매한 우리 집안에 장가를 드셨구나. 나도 안다. 낭군께서 내게 팔려왔다 소문이 떠도는 거, 내가 출세에 눈 뒤집혔다는 소문, 나도 안다구!"

"아니······. 그 저······ 아씨. 저는 그런 의미가 아니옵고······."

어찌나 당황하였던지 꽃분은 옛 호칭대로 은강을 부르며 땀을 흘렸다.

"정말 내 팔자가 원망스럽구나. 내가 언제 잘난 외자(外子)를 원한 줄 아느냐? 난 그저 사내 허우대 거통지면 그걸로 족했다. 기왕지사 일평생 연을 맺는 거, 세상사 뭐 특출 난 거 있겠느냐. 남녀 간 즐거움의 이치나 함께할 수 있는 혈기 왕성한 상대면 그걸로 충분했단 말이다. 한데 한 이부자리에서 일어나지 못하는 내 신세가 과부와 무엇이 다르단 말이니."

"아가씨!"

적나라한 은강의 발언에 꽃분은 꽥 소리를 질러 주위를 환기시켰다. 원님의 부인이나 되는 여인이 어찌 이토록 겉치레가 없단 말인가.

"그런 말씀 마옵소서. 나리와 마님은 하늘이 내린 천생연분이옵니다. 혼인 당시야 나리께서 연소하시어 약간의…… 문제가 있을지 모를지언정 이제는 상관없지 않으십니까. 혼인하신 지도 벌써 세 해나 흘렀고, 마님 연치가 열아홉에 나리의 연치도 어느새 열일곱! 관심이 없으셔서 그렇지 밤중에 성을 쌓는 것쯤이야 사실 이미 오래전에 충분히 가능……."

꽃분은 말을 하다, 방향을 잘못 잡았다는 것을 깨닫고는 얼른 이야기를 선회하였다.

"어쨌건 쇤네 보기에 두 분은 운우지정 없이도 이미 천생연분이십니다. 그러니 거기에 집착 마시고 나리를 내조하여 세간에 본을 보이면 다들 마님을 우러러볼 것입니다."

몸종이 살살 주인을 달랬으나 은강은 코웃음을 쳤다.

"다른 이라면 몰라도 꽃분이 너는 그런 소리 하면 아니 되지 않느냐. 처음 내게 춘화첩(春畵帖)을 구해다 준 것도 너이고, 남녀 간 화합의 즐거움에 대해서 설명해 준 이도 네가 아니었더냐. 오늘도 낮에 잠깐 자리 비운 것 모르는 줄 아느냐. 고새에 낯이 반질반질해져서 돌아온 주제에 나더러는 그게 중요하지 않다고?"

"……."

"내 앞날이 암울하구나. 텁석부리 장한이 취향이거늘 우리 유사또께선 공자처럼 여리여리 곱기만 하고……. 사내라면 모름지기 신장이 육 척이 되거나 그게 아니면 가슴에 털이라도 수북해야 사내구실을 제대로 할 텐데."

최 부자 집 막내딸을 일찍부터 다른 세상에 빠지게 만든 대역죄인은 기세를 웅크리고 있다가 기회가 오자 얼른 끼어들었다.

"에이, 그건 사람마다 다릅니다. 덩치는 산만 한데 거시기가 새끼손가락만 한 사내가 얼마나 많은 줄 아십니까? 크기도 그런데 기껏 세운 것도 흐물흐물하고 제 무게에 못 이겨 오래가지 않는 놈들도 부지기수입니다. 차라리 몸태가 적당히 늘씬한 사내들이 실속이 있습니다."

"많이 보았나 보네?"

"……."

"아무리 생각해도 나는 망했다. 망한 것이 틀림없어."

은강은 수틀을 멀찍이 치워 버리고 자리에 드러누워 버렸다. 하늘은 어찌하여 제게 이런 시련을 주시는 것일까. 과욕을 부린 것도 아니고 저는 그저 누가 일러준 대로, 춘화첩에 그려진 대로, 서방과 온몸이 다 녹아내리는 뜨거운 밤을 보내며 나이를 먹어가는 것이 소박한 소망이었다. 한데 연하의 신랑은 연치는 이제 제법 맞추어졌다지만 색사로는 여전히 눈이 떠지지 않는 모양이었다. 세 해도 모자라, 앞으로도 한 해는 더 독수공방을 하여야 그나마 길이 보일 듯했다.

"마님."

꽃분이는 콧소리를 내며 은강의 옆으로 다가갔다. 주인의 몸을 솜씨 좋게 주물주물 안마하며 그녀가 말을 이었다.

"주인 나리께서 워낙에 다망하시어 아직 다른 곳에 관심이 없으신 것이오니 조금만 더 인내해 보시어요. 아까도 말씀 올렸지만 색사가 없어도 저는 주인 나리와 마님은 천생연분이라고 생각합니다. 필경 찰떡궁합일 겁니다."

"대체 넌 뭘 믿고 그리 확신을 하는 게야? 관상이라도 배웠니?"

주인마님의 날카로운 질문에 꽃분의 입에서는 호호 웃음이 흘러나왔다.

"주인 나리 부임 첫해 때를 기억하십니까?"

"첫해? 기억하다마다. 신혼 첫해인데도 초례조차 문풍지에 구멍 하나 뚫리지 않았지."

"마님! 혼인 전의 일을 말씀드린 겁니다!"

"혼인 전?"

"예. 주인 나리께서 어리다 하여 관원들이 제 세상인 것처럼 판을 치지 않았습니까."

"그것도 기억하다마다."

은강이 어울리지 않게 냉랭하게 대꾸하며 인상을 찡그렸다. 당시 단지 어리다는 이유만으로 유 사또가 당했던 모욕들이 지금도 생생히 떠올랐다.

"그럼 그때, 수수……."

"안다, 알아. 수숫대 사건을 누가 모르겠느냐? 낭군께오서 영민하게 사건을 해결하시어 아랫것들 버릇을 꽉 잡으시고 고을의 기강을 바로 세우시지 않았더냐. 도성에도 이야기가 돈다 하더구나."

하물며 그녀는 현장에 있지 않았던가.

"내가 그걸 어찌 잊어."

은강은 눈을 감고는 그끄러께, 나리와의 첫 만남을 떠올리기 시작했다.

✻

새로운 원님이 고을에 부임하자 예부터 관아에 근속된 아전들은 하극상을 일으켰다. 중앙에서 내려오는 지방관들과 지역의 토착 세력으로 구성된 아전들의 반목은 늘상 있던 일이었다. 한데 거기에 더해, 신관 사또는 심지어 이번이 첫 벼슬인 데다가 그 나이 또한 열넷에 불과하였으니 어디 그 갈등이 예사의 것이었겠는가.

하문을 하면 비웃음을 킁킁 날리고 면전에서 듣지 못한 체하는 것은 물론이거니와 일을 시키면 차일피일 미루기가 일쑤이니, 그 아전들을 두고 사또가 공무를 제대로 수행하기란 거의 불가능에 가까웠다.

소년 사또는 보름 만에 기 센 아전들에게 완전히 얕잡히게 된 것이다.

"하이고. 저 쥐방울 같은 게 뭘 알겠어. 우리가 소매 속에 넣고 다니면 딱이겠는데."

사또를 두고 아전들은 공공연히 이러한 소리를 입버릇처럼 해 대었고 곧 고을에서도 '사또는 아전들 소매 속에서 흔들린다'라는 조롱이 들불처럼 번져 나갔다.

그러한 때였다. 묵묵하던 어린 원님께서, 백성들에게 관청의 문을 활짝 열어젖혀 뒤늦게 자신의 취임식(就任式)을 공개한 것은.

어린 사또의 존안이나 제대로 볼 겸, 떳떳하게 관아 구경도 해 볼 겸, 취임식 때 떨어질 콩고물도 좀 노려볼까 싶어 백성들은 동헌(東軒 : 관청의 본 건물로, 수령이 사무를 집행하던 건물) 앞에 벌떼처럼 몰려들었다.

그 속에는 당시 과년(瓜年), 열여섯이 되어 몰려드는 혼담에 정신을 차리지 못하던 은강과 그녀의 몸종 꽃분도 한 자리를 차지하고 있었다.

동헌의 한가운데는 소년 사또가 관복을 정제한 채 앉아 있었고, 그 아래 동서로 다 큰 아전들이 길게 시립해 있는 장면은 돈주고도 목격치 못할 묘한 광경이었다. 어쩐지 우습다 싶으면서도 참으로 사또가 난사람은 난사람이라 사람들은 수군거렸다.

공자도 십오 세에 학문에 뜻이 생겨 그 나이를 두고 지학(志學)

이라 일컫지 않는가. 한데 누구는 미처 지학이 되지 않았음에도 장원 급제하여 백성들을 다스리게 되었으니 그럴 수밖에. 게다가 작은 체구에 여아라고 착각할 정도로 곱상한 얼굴임에도 불구하고 실제로 본 원님 나리는 사람을 움츠러들게 하는 권위가 있었다.

"눈이 좀…… 무섭지 않니? 애가 꼭 염라대왕처럼."

"그래도 장성하시면 낭자들깨나 울리시겠어요."

꽃도령보다는 대장부를 더 선호하는 은강은 '글쎄?' 하며 어깨를 으쓱였다. 그리고 일단 저 원님은 외양이 문제가 아니었다.

"서너 해는 더 기다려야 사내처럼 보일 듯하구나."

"그래도 관직에 오르셨으니 먼저 관례(冠禮 : 성년식)는 치르셨을 테고…… 곧 혼례도 치르시겠지요? 남들보다 뭐든 일찍 하는 삶이시겠어요."

한때는 조혼도 성행했던 모양이지만 나라에선 주자의 가례에 따라 '남성은 열여섯에서 서른', '여성은 열넷에서 스물' 사이에 혼례 치를 것을 장려하였다. 그리고 가르침은 착실히 이행되어 남성은 약관 안팎의 나이에, 여성은 임신이 가능한 나이 즈음부터 혼례를 치르는 게 풍습으로 단단히 자리 잡혀 있었다.

"그럼 혼례 치를 신부는 나이가 열둘, 열셋쯤 되겠네? 꼬마신랑 꼬마신부라니, 언제 적 이야기람."

"신부의 연령이 더 많을 수도 있죠. 여성연상혼도 종종 있지 않습니까."

"그거야 말로 옛날 옛적 일이 아니니. 그리고 여성연상혼도 정도가 있어. 최소한 사내가 거기는 서야, 무얼 해도 할 거잖니?"

은강은 사또를 가늠해 보듯 눈을 가늘게 떴다. 또래보다는 큰 편일지 모르겠으나 어차피 저보다 작으므로 그저 아이처럼만 보였다. 요즘 혼담이 오가고 있는 무진 도련님과 비교해 보면 그야말로 하늘과 땅 차이라.

'신방 엿보기도 시시하겠구만. 긴장이라곤 눈곱만큼도 없을 거 아니야. 어휴, 상상만 해도 맥 빠져라.'

신방 엿보기로 거털이 난다는 문짝도 저 나리 초례 때만은 예외겠다 싶었다. 최악의 혼처라며 은강은 고개를 절레절레 흔들었다. 그 혼처에 자신이 들어갈 줄은 꿈에도 모르고.

취임식은 별다른 걸림 없이 차례에 맞게 흘러갔다. 그렇게나 원님을 만만하게 본다던 관원들도, 불미스러운 염려와는 달리 의례만큼은 도리에 따랐다. 외려 지나치게 올바르게 치른 덕분에 취임식에 입회하던 백성들 사이에선 불만이 터져 나왔다. 알아듣지도 못할 한어가 끊임없이 이어지자 사람들이 볼기를 들썩이고 너도나도 막 하품을 쏟아냈다. 그것은 은강도 예외가 아니었다.

"아씨. 이제 축하연 하려나 봐요."

은강이 열 몇 번쯤 하품을 토해냈을 즈음, 꽃분이 기대에 차 소리를 높였다. 언제 취임식이 끝났는지 광대들이 들어서고 있었다. 연신 내리 앉는 눈꺼풀을 주체하지 못하던 은강이 두 눈을 부릅떴다. 세상에나. 저도 모르게 신음이 터져 나왔다.

"광대가…… 사또 복장을 하고 있어?"

당혹감에 백성들이 웅성거렸다.

사또뿐만이 아니었다. 광대들은 이방, 호방, 형방 등의 아전들의 모습도 똑같이 재현해 내고 있었다. 유 사또의 아래에 시립하고 있던 아전들도 서로의 얼굴을 보며 어리둥절해하는 걸로 보아 결코 저들이 준비한 극은 아닌 모양이었다.

요란한 재주넘기와 함께 탈놀음이 시작되었다. 어린아이가 장원에 급제하여, 고을의 신관 사또로 부임하고, 아전을 위시한 관아의 어른들이 상전을 무시하고 조롱하는 이야기가 전개되었다. 극이 진행됨에 따라 어수선하던 웅성거림이 멎어들고 점차 주변에는 싸늘한 침묵만 내려앉았다. 광대가 아무리 과장된 몸짓으로 웃음거리를 던져 주어도 누구도 그들을 따라 웃음 짓지 못하였다.

"사또니 뭐니 해도 어쨌건 애새끼가 아닌가! 내 소맷부리에도 들어가겠는데!"

아전으로 분한 광대가 사또 앞에서 열연을 하였다. 사또로 분한 광대도 아니고, 유 사또에게 직접 말을 건넨 것이다.

"……."

바늘 떨어뜨리는 소리도 들릴 만큼 사람들은 숨을 죽였다. 모두들 알 수 있었다. 극이 절정에 올랐다.

턱을 괴고선 극을 관망하던 사또가 웃음을 터뜨린 것은 그 지점이었다. 어느새 사또로 분했던 다른 광대는 터에서 사라지고 없었다. 자연스레, 진짜 사또가 이 광대놀음에 참여하게 되었던 것이다.

"탈놀이의 묘미는 세태 풍자라 하더니 그 말이……."

참이라, 하고 읊조리는 원님의 눈빛은 결코 소년의 그것이라 볼 수 없었다. 좌중을 아우르는 서슬 퍼런 기세를 어찌 무구한 아이에 비할쏘냐. 은강은 괜히 등 뒤가 시려 몸을 부르르 떨었다.

사또가 팔걸이를 두어 번 가볍게 내리쳤다. 그러자 그것이 정해진 신호였던 듯, 광대들이 썰물처럼 장내를 이탈해 나갔다. 그리고는 일찌감치 퇴장하였던 광대 하나가 수숫대 수십 개를 들고 오는 게 아니겠는가.

촤르르르르.

길쭉한 수숫대가 아전들의 발치에 고르게 분배되었다. 얼결에 아전들이 수숫대를 손에 쥐었다.

"듣자 하니, 그대들이 어린 사또쯤은 소매에도 넣고 다니겠다, 호언장담을 하여 왔던 모양이더군. 하여, 내 준비하였네. 그 수숫대를 이 사람이라 생각하고 어디 한 번 그 소매에다 넣어보시게."

황당무계한 사또의 발언에 아전들의 낯이 딱딱하게 굳었다. 그러거나 말거나 소년은 말을 이었다.

"단 수숫대는 절대로 꺾거나 부러뜨려서는 아니 되네. 본관은

골절 부상 같은 게 딱 질색이거든."

살벌한 농에 미소 짓는 이는 농을 한 당사자뿐이었다. 그나마도 조소였지만.

사또의 느닷없는 공세에 처음에는 제대로 정신을 못 차리고 속수무책 당하던 아전들이었지만 그들도 곧 사태를 파악했다. 부임 행차를 보름 전에 끝냈음에도 뒤늦게 취임식을 하겠다 결정을 내리기에 아이다운 치기로 과시를 좋아하는구나 생각했지만, 모든 게 사또의 술수였다. 백성들을 모은 자리에서 이 하극상을 끝내보겠다는 것이겠지.

그러나 아전들이 어디 이 장사를 한두 해 하는 것이겠는가. 반쯤은 앓는 소리로 반쯤은 우스갯소리로 '아이고 사또 나리, 그냥 누가 장난 좀 친 걸 가지고 어찌 이러십니까', '풍문이 그런 걸 가지고 이렇게 일을 키우시면 나중에 어쩌시려고요', '웃전의 아량이 넓어야 백성들도 존경합니다', '그저 뜬소문입니다' 등등 능청스럽게도 대처를 해대는 것이 아닌가.

"오늘 이 자리에서 보니 풍문이 그저 풍문이 아닌 것 같군. 그 풍문대로, 지금 자네들은, 수령이 직접 명을 내리고 있는데도 내 명을 이행치 아니하고 있지 않은가!"

그러나 그런 아전들의 엄살에 돌아온 것은 칼 한 틈의 여지도 없는 엄중함이었다. 사또의 벼락같은 호령에 아전들은 얼빠진 얼굴이 되었다. 어어? 지금껏 상전이 이토록 큰소리를 낸 적이 있었던가?

"명령을 불복종할 시, 수령에 대한 모욕으로 간주하여 만백성 앞에서 일벌백계로 다스릴 것이다!"

"며, 명 받잡나이다!"

아뿔싸! 어영부영 넘길 수 있는 일이 아니었구나. 뒤늦게 깨달은 아전들은 그때야 허둥지둥 소맷부리 안으로 수숫대를 넣기 시작했다. 그러나 아무리 갖은 난리를 쳐보아도 석 자(약 1미터)에 준하는 수숫대가 소매 안에 꺾이지 않고 들어갈 리는 없었다. 낑낑 끙끙. 평시에 목에 힘을 바짝 주고 '사또는 내 소매 안이라니까' 큰소리를 쳐대던 아전들이 우스꽝스러운 몸짓으로 수고를 하자, 구경하고 있던 인파 속에서 낄낄 클클 웃음이 잔잔하게 번져 갔다.

"광대보다 더 재밌소이다!"

누군가의 고함을 시작으로 남에게 뒤질세라 조롱이 봇물처럼 터져 나온다. 우우우— 야유와 왁자지껄한 폭소가 공존하는, 기이하게 열 끓는 분위기가 그야말로 한바탕의 잔치였다. 그렇게 이각쯤 지났을까. 아전들이 망신살에 몸 둘 바를 몰라 하고 숨을 헉헉대며 기진맥진한 티를 내자 사또가 일어섰다. 그의 움직임에 장내의 소란은 일시에 진압된다.

"그 석 자의 수숫대가 얼마나 자란 것인지 아는가."

점잖으나 또렷한 음성으로 그가 아전들에게 물었다. 삼 년? 일 년? 사 년? 오 년? 답변에는 여러 숫자들이 거론된다.

"일 년이네. 그 수숫대가 자라나는 데 걸린 시간은 고작 한 해이지."

잠시간의 침묵 후, 사또는 주변을 천천히 훑었다. 경각심을 불러일으키기 위해 아전들을 꼽아냈으나 사실 그를 물어뜯은 풍문은 아전들만 입에 담은 것이 아니었다. 사또가 어리다 하여 함부로 입방아를 찧었던 많은 사람들이 제 발 저린 도둑처럼 몸을 움찔 떨었다.

"한 해 자란 수숫대도 품지 못하는 주제에."

사또의 눈초리가 아전들을 매우 쳤다.

"네놈들이 감히 십수 년이나 자란 나를 손아귀에 넣었다 큰소리쳤단 말이더냐!"

쩌렁쩌렁한 호령에 모두가 고개를 조아렸다. 드디어, 신관 사또가 이 고을에 부임을 한 것이다.

❀

대단했지. 은강은 고개를 주억였다. 그 이후로 누구도 사또가 어리다 하여 경솔히 굴지 않았으니 결과 또한 대단했다.

"내 다시 말하지만 나는 수령으로서 서방님의 행보를 존경한다. 하나 낭군으로서는 아니야. 난 사내는 말이다, 밤일 능력을 최고로 치거든. 자그마치 세 해 동안이나 부인과 따로 방을 쓰는 것이 말이 되니?"

"그건 나리께서 보국안민에 대한 열정이 대단하시어 그런 것이지요. 첫 부임지이시고 연소하다 하여 한바탕 홍역도 치른 터라, 전관의 원님들보다 더욱 열심히 업무에 매진하고 계시지 않습니까. 그 탓에 늘 늦은 시각에 주무시고, 야밤에 혹시나 마님을 깨울까 봐 방을 따로 쓰시게 된 것이오니 어쩔 수 없는 부분이지요."

"어쩔 수 없긴 무엇이 어쩔 수 없단 게야! 고을 백성 헤아리지 마시고 곁의 백성부터 챙겨주셔야 할 것 아니니. 그리고 그렇게 밤에 잠을 안 주무시니 이제 겨우 나보다 약간 더 크지 않으시냐. 그러고 보니 너랑 비슷하지 않아?"

씩씩거리며 은강이 꽃분을 가리켰다. 다리가 쭉쭉 뻗은 계집종은 작은 사내쯤은 어깨동무를 할 수 있을 만큼 보통의 아녀자들보다 키가 훤칠한 편이었다. 난데없이 손가락질 당한 몸종이 어깨를 으쓱였다.

"이래 가지고 대체 우리 서방님은 육 척까지 언제 큰대니!"

내아(內衙 : 관아 내 수령의 살림집)를 울리는 은강의 호소에 꽃분은 예이예이 건성으로 장단을 맞추었다. 마님의 신세타령 어디 한두 번 듣는 것도 아니고, 주인 나리와 거사를 치르지 않는 이상 이 문제는 아무리 달래어도 답이 없는 일이었다.

"그런데 마님. 아까 말입니다, 쇤네는 수숫대가 아니라 수수밭을 말씀드린 것입니다."

"수수밭이 뭘 어쨌기에? 수수밭이 나와 나리의 궁합을 점지해 주었다더냐?"

"그러니까 그게 저……. 예전에 아씨와 수수밭에 놀러 간 적이 있거든요. 한데 그때에…… 확실하지는 않지만……."

"않지만?"

"나리를 뵈었던 것 같거든요? 화, 확실하지는 않지만?"

"나리를 봤다고? 내가? 기억에 없는데?"

"딱히 인사를 나누고 그러지는 않았으니까요. 그냥 그 장소에 함께 계셨던 것 같은데."

"한데? 그래서? 나리와 우연히 같은 수수밭에 있었다고 지금 우리가 색사 없이도 궁합이 좋다고 주장하는 게냐?"

의외로 날카로운 은강의 질문에 꽃분이 어설피 웃음을 지었다.

"진짜 그게 다란 말이냐?"

"어머. 그리고 보니 호방 나리가 오실 시간이네?"

마님의 분노를 면피하기 위해 꽃분은 딴청을 부렸다. 전번 호방이 노환으로 물러나고, 뒤를 이어 세습된 새로운 호방은 젊은 데다가 인물도 준수하여 관아 내 많은 여인들의 호감을 얻고 있었다.

"호방? 그 팔뚝 튼실한 아전 말이냐?"

꽃분이 말을 돌리자 은강은 적극적으로 그녀가 인도한 길에 들어섰다. 처지를 하소연하여도 응어리가 사라지는 것은 아니니 차라리 다른 관심사에 몰두하는 게 나았다.

그사이에 또 팔뚝 굵은 건 언제 보셨을꼬. 꽃분은 못 말리는 마님의 눈썰미에 감탄과 통탄을 동시에 표출했다.

꽃분이 네 이년!

면구함에 은강이 작게 소리쳤다. 그러나 호방의 신상을 털어오겠다는 몸종의 설득에 홀라당 넘어가, 그녀는 조심히 가거라 하고 꽃분에게 손까지 흔들어주었다.

❊

은강은 침상에 배를 깔고 누운 채로 꽃분이 구해다 준 서책을 읽었다. 요즘 규방에서 한창 인기몰이를 하고 있는 '귀환 부인'이라는 소설이었다. 착하고 정숙한 구씨 부인이 간악한 첩에게 모함을 당해 쫓겨나고, 이후 신령의 도움을 받아 새사람이 되어 서방과 첩에게 복수를 하는 내용이다. 자극적인 전개에 야릇한 춘화까지 곁들여져 있는, 이른바 외설 서적이었다.

"그래서? 암행어사랑 대체 어떻게 되는데? 여기서 끝나면 어떡해!"

소설 속에서, 전 부군은 탐관오리였고 암행어사와 부인은 그를 치죄하려 힘을 합치다가 서로에게 빠져들고 만다. 그리고 이제, 그들이 대망의 거사를 막 치르려는 순간, 그 중요한 순간에 책이 끝나 버린 것이다.

"상편? 그럼 하편은 어디에 있지?"

은강은 장을 열고 은밀히 숨겨져 있는 자신의 적서(赤書) 모음을 훑었다. 그러나 귀환 부인의 하편은 그녀의 서고에 존재하지 않았다.

하편! 오늘 꼭 하편을 읽어야 해!

귀환 부인 상편을 품에 안고 은강은 기어코 발에 신을 꿰었다. 밤이 늦었지만 어사 나리와 구씨 부인의 요란한 동침에, 이미 그녀는 눈이 멀어 있었다.

"꽃분아, 애. 꽃분아."

은강은 마님 체면도 벗어던지고 부리나케 달려 나갔다. 삭풍처럼 거세게 꽃분의 처소까지 다다른 그녀는 마침, 몸종의 방에서 불빛이 새어 나오는 것을 확인하곤 반색을 하였다. 하지만 신에 날개라도 달린 듯 빠르게 나아가던 그녀의 움직임은, 달음박질에서 잰걸음으로, 잰걸음에서 완보로 점차 질질 늘어졌다.

아⋯⋯. 흐웃. 거기, 거기 좀 더⋯⋯ 하악, 으응⋯⋯.

완숙한 여인의 교성이 귀를 자극했기 때문이었다. 어느덧 살금살금 걷게 된 은강은 귀신의 부름에 홀리듯 신음성의 발원처로 다가섰다. 소리는 명확히, 꽃분의 처소에서 흘러나오고 있다.

"더, 응? 좀만 더⋯⋯ 세게, 아앙, 더 빨리⋯⋯ 요."

우두커니 남의 방문 앞에 서 있던 은강은 조금 뒤늦게 비로소 정신을 차렸다. 그녀는 소스라치게 놀라며 가만히 몸을 돌렸다. 그런데 그때!

"나으리, 좋아, 나리 것, 너무⋯⋯, 으응, 아흑, 나으리."

나으리.

그 호칭을 듣는 순간 은강의 몸에서 핏기가 빠져나갔다. 심장이 광마(狂馬)처럼 미친 듯이 발을 굴러 그녀의 가슴을 짓밟았다.

'나으리……. 나으리라니?'

덜덜덜 떨리는 두 손을 그러모으곤 은강이 문에 바짝 다가섰다. 문고리를 앞에 두고 그녀는 공포에 질려 반쯤 제정신이 아니었다.

그래. 사내 나이 그즈음이면 한창 궁금할 것이 많을 것임에도 사또는 제게 손 한 번 대지 않았다. 그래도 저가 아플 때면 그렇게나 일에 불철주야하는 이가 만사 뒷전으로 밀어두고 제 간병을 손수 하기에, 아직 색사에 눈을 뜨지 못해서 그렇지 마음만은 제게 향하게 될 것이라 믿었는데…….

거기다 붙어먹는 상대는, 제 몸종인 꽃분이 년?

두려움은 곧 배신감으로 불이 붙어갔다. 화르륵! 번지는 분노를 주체하지 못하고 은강은 문고리를 잡았다. 한데 가만, 좀 이상하다. 방문과 근접해 보니, 꽃분이뿐만 아니라 사내의 신음성도 들려오는데 그 소리가 텁텁하니 그렁그렁하다. 평시 쨍하리만치 날카로운 낭군의 음성과는 궤가 다른 느낌이었다.

의문에 휩싸이는 찰나, 은강은 문풍지에 뚫려 있는 작은 구멍 하나를 발견해 냈다. 그녀는 망설임 없이 문구멍에 눈을 갖다 댔다.

"나리! 비장 나으리."

헐벗은 남녀 중, 위에 위치한 이는 비장이었다. 비장이란 사또를 수행하는 하급 무관으로, 꽃분이 입장에서야 충분히 나으리라 불러줄 만도 하였다. 얼굴을 확인하자마자 안도감이 몰려왔다.

'암, 그래. 우리 사또 나리께서 그러실 리가 없지. 아무렴, 아무렴, 그렇고말고.'

은강은 좀 전까지 본인이 낭군을 의심했던 일을 기억에서 싹 밀어버리곤 고개를 끄덕였다. 그녀를 흔들던 우환이 온데간데없이 사라졌다. 그리고 나니 이제, 아까의 광경이 새롭게 보이기 시작했다.

비장은 무관답게 한 손으로 바닥을 지탱하곤 다른 한 손으론 꽃분의 풍만한 젖가슴을 주물러대고 있었다. 손등의 핏줄이 불거지며 그의 굵다란 손가락들이 꽉 모여들 적에 꽃분의 가슴은 크게 오르내렸다.

에구머니!

은강은 속으로 비명을 내질렀지만 그러면서도 문구멍에서 눈을 뗄 수가 없었다. 꼴깍, 침을 삼킨다.

탁탁탁탁탁탁.

사내가 허릿짓을 할 때마다 질퍽한 마찰음이 나며 꽃분의 교성이 높아져 갔다. 은강은 그때에 처음으로 사내의 양물을 실물로 보았는데, 그것은 춘화에서 보던 것보다 몇 갑절은 더 눈에 자극적이었다. 봉처럼 굵고 불그죽죽한 것이 애액에 젖어 몇 번이고 번들번들 존재감을 드러냈다. 그럴 때마다 고환 두 쪽이 철썩철썩 꽃분을 때렸고, 꽃분은 손을 들어 사내의 목을 잡고 늘어졌다.

"헉, 헉……, 허억, 꽃분……. 이 요망한, 헉……, 헉."

발정 난 수캐처럼 헉헉대던 비장이 갑자기 꽃분을 끌어당겼다. 그러더니 저는 드러눕고 꽃분을 제 위에 올린다. 거친 숨을 내뿜으며 그가 잘록한 여인의 허리를 두 손으로 잡았다.

"양기 다 뽑아가도 되니까 옴팡지게 흔들어 좀 봐. 응?"

말이 떨어지기가 무섭게 꽃분은 작정한 것처럼 요분질을 시작했다. 정말 양기를 다 뽑아낼 작정인지 그녀가 엉덩이를 들어 올릴 때면 사내의 양물이 뽑힐 듯 죽죽 딸려 나왔다.

아홋. 너, 진짜 명기로구나. 헉. 그래, 더. 아아…….

사내의 입에서도 색스런 소리가 죽죽 토해져 나왔다.

그들의 정사를 훔쳐보며 은강은 온몸의 피가 끓어오르는 느낌을 받았다. 글로 읽을 때와는 비할 수 없을 정도로 강렬한 자극이었다.

꽃분은 무릎으로 바닥을 딛고 허벅다리만으로 몸을 지탱해 움직이고 있었다. 노동으로 단련된 탄탄한 그녀의 나신은 움직일 때 특히 더 유혹적이었는데, 다리 사이의 빗근이 존재를 드러내면 날아오르듯 그녀의 몸도 치솟았고 허벅다리의 살이 굵직하게 퍼져 나갈 때면 그녀의 작은 엉덩이가 사내의 불알을 철푸덕 깔고 앉았다.

저걸 저렇게 하면 된단 말이지?

그간 춘화에 그려진 것만으로는 선뜻 상상되지 않던 여성 상위 체위가 꽃분을 통해서 생동감 있게 정체를 드러냈다. 엉거주춤 서 있던 은강이 곧 꽃분의 움직임을 따라 하기 시작했다. 두 다리를 약간 벌리고 무릎을 상하로 움직였다. 마치 말을 타는 것처럼 튕기듯 올랐다가 무게를 실어 짓누른다.

꽃분은 훌륭한 스승이었고 은강은 열성적인 제자였다. 방 안의 공기가 뜨거워질수록 바깥의 그녀는 눈앞의 색사에 더욱 몰입하였다.

위, 아래, 위, 아래, 위⋯⋯.

그래서일까.

"게서 뭐 하시오?"

누군가의 접근을 알아차리지 못한 것은.

"부인."

익숙한 음성에 은강의 목이 뻣뻣하게 굳었다. 조금씩, 천천히, 그녀의 고개가 뒤를 향해 돌아갔다. 그 짧은 순간에도 그녀는 천지신명과 부처님을 붙들고 늘어져 기적을 내려 달라 간절히 염원했다. 그러나 그런다고 하여, 있던 사람이 사라지지는 않았다.

"야밤에 거기서 무얼 하고 계시었소."

하필 달빛이 또 이렇게 휘영청할 건 뭐람. 머리 위에서 부서지는 빛줄기가 상대의 얼굴을 훤히 밝혔다. 조금은 매섭게 뻗어난 눈초리와 얼굴 가운데를 시원스레 양단하는 콧날, 홍화가 물든 양 탐스러운 붉은 입술까지, 월색이 스며든 살갗 위로 이목구비가 선명하게 드러났다. 그 말인즉, 상대 또한 이쪽 얼굴을 또렷이 인식할 수 있다는 뜻이다. 사람 잘못 보았다고 잡아뗄 수도 없게 되었다.

"나리······."

입새로 그의 정체가 번져 나갔다.

최연소 장원 급제자로 종육품의 현감에 제수되어 이 고을의 사또가 된, 유준엽. 은강의 낭군이다.

은강은 주춤주춤 기단 아래로 내려갔다.

"그러니까 그게."

우선 말을 던져 놓고 수습을 해보고자 하는데 두 사람 사이로 찬바람이 불었다. 그리고 그 찬바람을 타고 뜨거운 열기 담은 신음도 흘렀다.

헉, 으읏, 하아······, 앙, 아앙, 흐윽! 흐읏······. 아흥.

빼도 박도 못할 교성에 은강의 머릿속은 새하얗게 질려 버렸다. 준엽이 눈을 가느스름하게 뜬다.

"이게 대체 무슨······."

"아읔! 나으리, 아파! 거긴······ 너무, 쎄서······, 흐읏, 죽을 것, 하윽······!"

기껏 나온 준엽의 말을 가로막고 한껏 흥분한 계집종의 비성이

터져 나왔다. 그 순간, 사또의 미간이 와락 구겨진다. 조마조마
하게 지켜보던 은강도 입술을 꽉 깨물었다. 설마 꽃분이를 풍기
문란죄로 다스리시려는 건……!

은강이 제 몸종을 위해 어떠한 변명이라도 해야겠다 열심히
머리를 굴리는데 준엽이 말을 툭 내뱉었다.

"아프다니."

그는 걱정스런 눈빛을 하고 있었다.

"여기에 중병의 환자가 있습니까?"

……응?

"저런. 대체 얼마나 아프기에 이렇게 앓는단 말이오."

사태 파악이 제대로 되지 않아 은강이 두 눈을 끔뻑였다. 설마
지금 이걸 듣고 진짜 사람이 아프냐 묻는 겁니까, 서방님?

"죽어 간다 할 정도면 상태를 확인하고 얼른 의원을……."

준엽이 성큼성큼 제 쪽을 향해 다가오자 은강은 정신이 번쩍
들었다. 안 돼! 아픈 게 그 아픈 게 아니란 말이옵니다!

소리 없는 아우성과 함께 은강은 움직였다. 남의 색사 신음을
듣고 의원을 불러오면, 수숫대 전설을 능가할 어마어마한 전설이
탄생될 게 불 보듯 뻔했다. 그녀는 준엽의 앞을 딱 가로막곤 고개
를 획획 저어 보였다.

"못 가십니다."

"하나 사람이……."

이 양반이 정말! 은강은 말이 통하지 않겠다 싶어 막무가내로

준엽의 손을 낚아챈 다음,

"가시어요!"

"⋯⋯어, 어어? 부인?"

그를 끌고 뛰기 시작했다.

"대체 어찌 이러시었소."

정자 근처 연못까지 도망쳐 나온 은강이 숨을 가라앉히는데 준엽이 태평하게 그녀를 나무랐다.

"아픈 사람을 내팽개치다니. 역시 다시 가봐야겠습니다."

그가 왔던 길을 거슬러 가려 들자, 은강이 황급히 그를 붙잡았다.

"아닙니다. 진정 아, 아파서 그러는 게 아니란 말입니다!"

"그게 무슨 말씀이시오? 죽을 것 같다는 소리를 직접 들었는데."

"좋아 죽겠다는 게, 진짜 죽겠다는 것은 아니지 않사옵니까? 그건 진정 아파서 넘어가는 소리가 아닙니다."

"음? 그러나⋯⋯."

"소첩을 믿고 내버려 두세요."

은강은 준엽을 꼭 붙들곤 단호하게 주장하였다.

"소첩은 방금, 서방님을 암흑의 전설로부터 구해낸 것입니다."

준엽은 선뜻 인정하기 어려운 듯 비스듬히 턱을 들어 올렸지만 이내 고개를 끄덕였다.

"알겠소. 부인의 말이니 믿지요. 한데 그건 그렇고……. 부인은 대체 거기서 뭘 하고 계셨던 겁니까."

"예?"

"뭘 하고 계셨는지 묻고 있습니다."

느닷없이 들어온 질문에 은강은 당혹감을 감추지 못했다. 그녀는 횡설수설 입을 열었다.

"아, 저, 그, 그, 그게 서, 서책을 갖다 주러 갔다가……."

"서책?"

반문에 은강은 반사적으로 책을 꺼내 들었다. 그러다 책의 표지가 새빨간 것이 자각되자 전광석화처럼 손을 되돌렸다.

"무슨 책이기에 이 늦은 시각에 거기까지 발걸음을 한단 말이오."

그러나 준엽은 의문을 느꼈는지 얼른 품에 다시 숨겨놓으려는 은강의 책을 덥석 잡았다. 넣으려는 은강과 빼려는 준엽 사이에서 미미한 실랑이가 벌어졌다. 준엽이 시선을 흘긋 내려 책 표지에 적힌 글자를 읽었다.

"귀환 부인, 상?"

심장이 쿵 떨어지며 몸에서 힘이 빠졌다. 두 사람 사이의 균형이 흐트러지며 책이 땅바닥에 털썩 떨어졌다. 준엽의 허리가 굽는 것을 보고 은강이 날쌔게 책 귀퉁이를 발로 밟아 눌렀다. 그가 펴보지 못하도록 조치를 취한 것이다. 준엽은 은강을 올려다보았다가 그 길로 천천히 주저앉았다. 그리고는 책의 표지에 쓰인 글자를 읽기 시작한다.

"어느 마을에 탐관오리 유 사또와 그의 정숙한 부인 구씨가 살고 있었다. 구 부인은 유 사또를 정도로 들이기 위해 노력하지만 오히려 유 사또의 가렴주구는 심해지기만 한다. 그러던 어느 날, 유 사또는 민씨라는 여인을 데리고 들어와 그녀를 첩으로 삼고는, 구 부인을 제거하기 위해 모략을⋯⋯."

하필 떨어진 면이 뒷면이었는지 준엽은 대요(大要 : 간략한 줄거리)를 읽었다.

"환골탈태한 구 부인은 유 사또에게 복수를 결심한다. 마침 유 사또의 악행을 들은 암행어사 김경수는⋯⋯ 실태를 파악하기 위해 고을에 한량으로 위장 잠입을 한다. 여러 역경을 힘 합쳐 헤쳐 나가던 구 부인과 어사 김경수는⋯⋯ 서로에게 이끌리게 되고⋯⋯. 참을 수 없는 연정에⋯⋯. 뜨거운⋯⋯."

발음되는 소리들이 점차 띄엄띄엄 늘어지더니 종내에는 묵음이 흘렀다.

은강의 눈동자가 불안하게 흔들렸다. 쥐구멍이라도 있었으면 당장에 뛰어들고 싶을 정도로 참혹한 심경이었다. 아니 쥐구멍이 다 뭐람? 당장, 옆의 연못에 풍당 몸을 내던지고 싶었다. 자신의 은밀한 취미가 이런 식으로 사내에게 밝혀지다니! 그것도 반은 돌부처나 다름없는 제 낭군에게!

은강이 두 손으로 붉어진 낯을 가리고 어쩔 줄 모르고 서 있는데 발밑에서 책이 쓱 빠져나갔다. 준엽은 귀환 부인을 들고는 탁탁, 책에 묻은 흙먼지를 털어냈다. 그리곤 은강에게 책을 내민다.

"받으세요."

슬쩍 벌린 손가락 틈새로 준엽의 얼굴이 보였다. 그의 표정은 아주 심각했다. 은강은 울상을 지으며 손을 내렸다. 망했다. 정말 망했다. 내 인생은 망했어!

반쯤 포기한 심정으로 그녀는 책을 잡았다. 그런데 회수하려는 책이 제게 딸려 오지 않는다. 몇 번을 잡아당겨도 준엽은 책 귀퉁이를 붙잡고 쉬이 그녀에게 책을 넘겨주지 않았다. 은강은 시선을 끌어 올려 준엽을 쳐다보았다.

"나으리?"

준엽의 낯에는 그늘이 내려앉아 있다. 아까와는 또 다른, 수심 가득한 얼굴이다.

"부인."

눈이 마주쳤다.

"암행어사를 만나고 싶소……?"

이해할 수 없는 소리에 입이 벌어진다.

"예?"

"아, 아무것도 아니오."

결코 아무것도 아닌 게 아닌 얼굴로 그가 책을 놓아주었다.

잠시간의 침묵이 흐르고 준엽은 갑자기 급히 처리해야 할 업무가 있다며 자리를 떠야겠다 양해를 구했다.

"그럼 먼저 실례하겠소."

멀어지는 낭군의 등 뒤를 바라보며 은강이 고개를 기우뚱하였다. 꼬집어 말하기는 어렵지만 은강은 왠지 낭군이 평시와 좀 다르다고 생각했다.

그리고 그 밤부터였다. 둘 사이에 변화가 찾아온 것은.

3. 만남

다음 날. 꽃분은 음흉한 미소와 함께 묘한 질문을 던졌다.

"마님, 어젯밤에 무슨 일 없었습니까?"

"무, 무슨 일?"

찔리는 것이 있는 은강은 시치미를 잡아떼었지만, 뛰어봤자 꽃분의 손안이었다.

"어제 제 처소에 오지 않으셨어요?"

은강의 두 눈이 화등잔처럼 크게 뜨였다. 발뺌도 통하지 않을 정직한 반응이었다. 역시, 꽃분이 그럴 줄 알았다는 듯 작게 중얼거렸다.

"어찌 알았느냐?"

"게서 뭐 하냐는 나으리 소리가 들리던 걸요?"

"그런데 거기서 그런 소리를 냈단 말이야? 너 때문에 내가 얼마나 간을 졸였는지! 얼마나 당황했던지⋯⋯!"

쏟아지는 감정들을 담아내기엔 채 말이 모자라 은강은 입을 떡 벌렸다. 벌어진 입새로 얼마나 많은 무언의 분노가 터져 나오고 있을지가 짐작되어 꽃분이 싱긋 웃었다.

"아이 차암, 일부러 그런 거예요. 마님을 위해서 일부러."

"뭐야? 일부러?"

어처구니가 없어 은강이 반문했다. 하지만 그럼에도 꽃분은 조금도 아랑곳하지 않았다. 그녀는 하늘을 우러러 떳떳했다.

"그런 걸 보고 나면 나으리 마음에도 뭔가 활활 타오르지 않으시겠어요? 그런 분위기 좀 타시라고 일부러 하였다고요. 저 다른 때엔 그 정도로 크게 소리 안 내어요. 저도 염치가 있답니다. 그런데도 그 낯 뜨거움을 무릅쓰고, 마님을 위해서, 이 한 몸을 희생한 거라고요."

"그으⋯⋯ 래?"

미심쩍은 구석이 아주 없는 건 아니었지만 일단 본인이 그렇다고 하고 저가 생각하여도 꽃분에게 그 외의 다른 이유가 있을 것 같지는 않아 은강은 납득했다.

"그럼이요!"

"가부간 성의는 고맙구나. 하나 수고가 무용이 되었구나. 아무런 일 없었다."

"어머. 정말이요?"

"그럼 내가 있는 걸 없었다 하겠니? 아니다. 그래. 아예 아무 일이 없었던 건 아니구나. 나으리께서 말이다, 네가 아픈 게 아니냐고 걱정하시더라. 저렇게 곧 죽을 것처럼 앓아 넘어가는데 왜 의원을 부르지 않느냐 나를 탓하시는 게 아니겠니."

꽃분은 경악한 듯 악 하고 외마디 소리를 지르더니 이내 배를 잡고 방바닥을 뒹굴었다. 아이고, 배야! 아이고오오오, 배야! 우리 나으리, 어쩜 그러신대! 깔깔깔깔 유쾌한 파안대소에 은강은 이마를 짚었다.

"넌 지금 웃음이 나오니?"

새치름하게 쏘아붙이는 소리에 꽃분이 눈가에 맺힌 눈물을 털어냈다. 아무리 생각해도 상황이 웃겼지만 마님의 눈치를 아니 볼 수가 없었다.

"어우……. 죄송해요, 마님. 예상치도 못한 사태라."

꽃분은 찬찬히 입가에 머문 잔웃음을 몰아냈다. 그리고는 대체 나리가 어찌 그런 반응을 보이셨을까, 잠시 생각한다.

"아무리 생각해도 정말 이상해서요. 사내가 어떻게 그럴 수가 있단 말이에요? 말도 안 돼. 사내라면 그럴 리가 없어요."

"그럴 리가 없기는! 능히 그러고도 남을 분이지!"

하지만 돌아오는 것은 불타오르는 두 눈과 뾰족하게 날이 선 타박뿐이다. 꽃분은 입술을 꿈질거리며 말을 더 보태려 하였으나, 그녀의 주인은 더 듣고 싶은 마음이 없는지 손부터 내저었다.

"됐고! 귀환 부인 하권이나 내놓거라. 귀환 부인 하권 때문에 간밤에 봉변당한 것만 생각하면 내 무슨 일이 있어도 금일에 그 걸 봐야겠다."

"귀환 부인 하권이요? 송구하옵게도 마님, 그건 아직 제 수중 에도 들어오지 아니하였어요. 하권이 나온 지가 얼마 되지 않아 서 필사본이 거의 없거든요. 아직 시중에 제대로 나돌지를 않아 서 구하기가 어려워요."

"거짓말! 얼른 내놓으래두!"

그러나 은강은 얼토당토않은 악을 썼다. 그러자 자연히, 답답 하단 듯 꽃분의 음성도 높아졌다.

"마님! 제가 왜 마님 앞에서 거짓을 고하겠습니까? 정말이어 요!"

"네가 아직 다 읽지 못해서 안 넘겨주려는 건 아니고? 넌 과거 에 동종의 전적도 있지 않느냐. 진화원의 새 춘화첩, 그때 일을 잊었노라 발뺌치는 않겠지?"

"그, 그건…… 워낙에 진기한 자세들이 그려져 있어서……. 화 첩대로 직접 해보려 하다가 느, 늦어진 것이지요. 어차피 마님께 는 쓸모가 없……."

꽃분의 음성이 잦아들었다. 흉흉하게 빛나는 안광과 마주하 자 간담이 서늘하였다. 밤중 산속에서 호랑이를 만나면 딱 이와 같으리라, 그녀는 생각했다. 꽃분은 얼른 납작 엎드렸다.

"아잉, 마니임."

꽃분은 눈웃음을 치며 토닥토닥 은강의 다리를 가볍게 안마하였다. 그녀는 은강의 신경을 돌리기 위해 머리를 쥐어짜 냈다.

"아참! 그리고 보니 광대패가 왔다던데요? 이번에는 박씨 부인 얘기로 연희를 벌인다던데 그게 아주 신통방통하답니다. 저자에 소문이 파다해요."

"박씨 부인…… 박씨전 말하는 게지? 박색이라 남편에게 소박맞다가 나중에 절세가인으로 변한다는 그거?"

"예, 그것 말입니다!"

"작년에도 보지 않았더냐. 신통방통할 게 무어 있어."

꽃분이 호들갑을 떨었다. 그러나 아직 마음에 앙금이 남아 있는 은강은 최대한 심드렁하게 대꾸했다.

"작년이랑은 비교를 할 수가 없대요! 이번 광대패는 신기(神技)를 보여준다고 하던데요?"

"신…… 기?"

하지만 꽃분이 그렇게까지 얘기하니 은강도 흥미가 동하는 게 사실이었다. 그녀가 관심을 보이자 꽃분은 내심 쾌재를 불렀다.

"예. 아주 놀랍다 하던걸요. 마님! 어떠세요? 어쩌면 오늘쯤 세책점(貰冊店 : 책방)에 귀환 부인 하권이 들어왔을지도 모르니 겸사겸사 같이 나가지 않으실래요? 세책점에 들렀다가 연희도 보고 와요. 네?"

저가 바깥 구경을 좋아하는 걸 알곤 은근슬쩍 넘어가 보려는 꽃분의 작태가 눈에 훤했다. 하지만 더 얄미운 것은 그걸 알면서도 은강 자신은 꽃분의 제안을 물리치지 못한다는 점이었다.

"네에, 마님?"

거듭 꽃분이 아양을 떨었다. 그 모습이 가증스럽고도 깜찍하여 은강의 입가에 한숨 비슷한 웃음이 샌다.

하기야, 열 내서 어쩌겠는가. 훌훌 털어버리고 마실이나 갔다오는 편이 차라리 낫지.

은강은 고개를 끄덕였다.

언제나 활기가 넘치는 저잣거리이지만 오늘따라 유별나다 은강은 생각했다. 한가위도 아니고 단오도 아닌데 마치 명절처럼 고을에 흥이 둥둥 떴다. 일상에 고작 광대패의 연희가 더해진 것뿐인데 마치 떠들썩한 잔치가 벌어진 것 같다. 광대들이 우렁차게 발성하고 물 찬 제비처럼 날래게 몸을 움직일 때마다 인파에 희로애락의 파문이 번져갔다. 광대패와 들숨 날숨을 함께 쉴 정도로 사람들은 집중하고 있다.

확실히, 꽃분의 말대로 이번 연희는 같은 박씨전인데도 작년 것보다 재미있었다. 동작도 시원시원했고 소리도 더 구성질 뿐 아니라 재담도 한층 탁월해졌다. 하지만 그중에서도 가장 확연히 눈에 띄는 차이는 바로 광대들에게 있었다. 전에는 탈을 써서 얼굴을 가리더니 이번에는 비교적 낯을 드러내고 있다. 과장되고 우스꽝스러운 가면이 아니라 분장만으로 연희하는 것이다.

얼굴과 얼굴을 가로막는 딱딱한 방해물이 없어서 그런지, 몰입감도 더 좋았다. 박씨의 지아비인 이시백으로 분한 광대는 제법 인물도 멀끔하여 뭇 여성의 호감과 통탄을 한 몸에 샀다. 하지만 역시 박씨전의 화룡점정은 박씨였다. 귀한 재주가 많으나 천하의 박색인지라 이시백에게 구박받고 소박당하던 박씨 부인은 정말로 박씨전에서 튀어나온 사람 같았다.

어떻게 저런 광대가 있을까. 얼굴 가득히 울퉁불퉁 혹이 붙어 있는 박씨 부인의 모습은 실로 괴이하였다. 오죽하면 글로 읽을 때는, 천하의 망나니 같았던 이시백의 심정이 조금은 이해가 갈 정도로.

"금년으로 너의 액운이 다하였다."

연희는 어느덧 이야기의 최고조에 다다라 있었다. 박씨 부인의 부친인 박 처사가 딸을 시집보낸 지 삼 년 만에 그녀를 찾아왔다. 전생에 큰 죄를 지어 흉한 허물을 쓰고 죗값을 치른 박씨 부인은 이제 하늘로부터 그 죄 사함을 받았다. 하여 이제 그녀는 본래의 모습으로 되돌아갈 수 있게 되었다.

"그간 고생이 많았다."

박 처사가 딸의 손을 맞잡았다. 서방을 비롯한 집안사람들의 괄시를 견디며 외로이 살던 박씨 부인의 박명이 끝나는 순간이다.

"허물을 벗자꾸나."

작년에는 징그러운 탈이 쪼개지며 아래로 어여쁜 탈이 모습을 드러냈다. 과연 올해는 어찌 표현하려나? 사람이 바뀔까? 은강을 비롯한 구경꾼들이 모두 손에 땀을 쥐었다. 극의 백미다.

박 처사가 박씨 부인의 이마에 손을 올렸다. 그리고는 마치 할퀴듯, 거칠 것 없이 얼굴을 잡아 뜯는 게 아닌가! 좌아아악! 살점이 떨어져 나가자 장터에는 비명이 터져 나왔다. 은강 또한 심장이 덜컥 내려앉아 얼른 눈을 지르감았다.

우와아아…….

하지만 곧이어 들이닥치는 탄성의 물결에 호기심을 이기지 못하고 눈꺼풀을 들어 올렸다. 박 처사의 손끝에 진짜 허물이 달랑달랑 매달려 있었다. 불퉁불퉁 혹이 난 박씨 부인의 흉측한 껍데기였다.

"어머! 어찌 저런 게 가능하지?"

박씨 부인의 고운 민얼굴을 보며 은강이 입을 다물지 못하였다.

"인피면구예요. 짐승 가죽에 분장하는 거 있잖아요."

"그게 저렇게 감쪽같다고? 옛날엔 덕지덕지 티가 났는걸."

"광대들 솜씨가 나날이 발전하나 봐요. 이러다 언젠가는 얼굴도 바꿔줄지 모르겠네요. 그럼 쉰네는 마님 얼굴처럼 해달라고 해야겠어요."

꽃분의 능청에 은강이 낯을 붉혔다. 저 아이 눈에는 제가 그래도 제법 고와 보이나 보다. 남편 눈에도 그러면 얼마나 좋을꼬. 도통 그쪽으론 둔하니…….

미모를 되찾은 박씨 부인은 지아비의 연정도 갖게 되었다. 이시백은 과거의 자신을 뉘우치고 아름다운 박씨 부인의 발목을 잡고 매달렸다. 뒤늦게 속이 풀린 구경꾼들이 저마다 잘되었다 한 소리씩을 하였으나 은강은 콧방귀를 뀌었다.

'왜 저런 놈이랑 계속 살아야 하는 거야?'

제 놈 뒷바라지를 그렇게 찰떡처럼 해줄 때도 부인을 구박하더니, 외양이 바뀌자 구구절절 사죄하는 이시백이 무척이나 끔찍하다. 박씨 부인은 또 어떤가. 지난 삼 년간 홀로 마음고생을 다 해놓곤 겨우 하루 새 남편이 눈물 콧물을 짜냈다고 그걸 용서해주다니.

"어질기도 하지. 소박맞았던 것도 다 잊고."

은강이 불쑥 투덜거렸다. 한창 연희를 즐기고 있던 꽃분이 무심코 그녀의 말을 받는다.

"용서 안 하면 어쩌겠어요. 아무리 뛰어난 팔방미인도 새롭게 지아비를 선택할 수는 없잖습니까. 미우나 고우나 혼례 치르면 끝이죠."

"하긴. 과부 재혼도 허락되지 않으니 절혼은 꿈이지. 재혼, 절혼이 다 뭐야. 열녀문 세우게 은장도로 자결이나 해달라고나 청하지 않으면 그게 다행일지도 모르겠구나."

은강의 입이 댓 발 튀어나왔다. 은장도를 떠올리자 오늘따라 품속 어딘가에서 묵직한 기운이 느껴진다.

"하나, 그래도 이야기인데 어쩜 이리 꿈도 희망도 없는지."

"이시백 부부는 백년해로하잖아요? 이시백이 기생 살림에 빠졌단 내용도 없고 첩을 들였다는 내용도 없으니 그 정도면 행복한 결말이지요, 무어."

"그런가. 그 정도면 행복한 건가."

준엽 또한 저에게 큰 관심 없으나 여색에도 관심이 없으니 제 인생은 이만하면 행복한 것일까. 은강은 반문해 보았다. 여색을 아주 밝히는 것보다는 차라리 눈 뜨지 않은 게 나을 것 같기는 했지만, 쉽사리 결론은 나지 않는다.

"에이, 어차피 다 아는 얘기. 재미없다. 그렇지요, 마님?"

주인의 볼이 뾰로통하게 부어오르자 꽃분이 자리를 털고 일어섰다. 그녀는 은강의 팔을 이끌며 눈을 찡긋했다.

"세책점이나 가요."

"성질머리가 왜 이리 급하오? 세 번째라고 일러두었는데 벌써 오면 어떡해?"

책방 주인은 꽃분을 보자마자 대뜸 면박부터 던졌다. 그의 신통방통한 재주에, 꽃분은 제 얼굴에 '귀환 부인 하권을 찾으러 왔다' 쓰이기라도 했는지 의심이 들 지경이었다.

"어찌 아시었소?"

"전에 왔을 때도 아주 열렬하였잖소. 웃돈도 얹어주고 으름장도 단단히 놓고. 그만큼 애타게 찾는 책이니 금세를 못 참아서 또 몸 달아 온 거겠지."

주인장은 곰방대를 입에 물곤 용하게도 입을 열었다. 그가 후우— 연기를 은강의 얼굴에 내뿜자 은강이 손사래를 격하게 치며 인상을 찌푸렸다.

"한데 이 낭자는 누구?"

"내 동무요. 빨리 보려고 십시일반 같이 돈을 모았소."

주인장은 아하, 납득하며 곰방대를 툭툭 털었다. 어쩐지. 뒷배 없는 계집아이가 얹어주는 것치곤 제법 엽전이 두둑하다 하였더니 함께 힘 합친 벗이 있었던 모양이다.

"아무튼 안 됐지만 좀 더 기다리소. 첫 번째에서 아직 책이 안 돌아온 데다가 두 번째 손님도 대기하고 있거든. 그러니 며칠 더 기다려야 해."

꽃분은 고개를 끄덕였지만 은강은 한발 나섰다.

"주인장. 내가 돈을 더 얹어줄 터이니 우리를 두 번째로 해주면 아니 되오?"

세책점의 주인은 단골의 친우를 위에서 아래로 쭉 훑어보았다. 계집아이 행색이 딱히 있는 집 여식도 아닌 듯한데 어떻게 돈을 더 얹어주겠다는 영 의문이었다.

그의 의문에 찬 시선을 알아채곤 은강이 슬며시 주먹을 쥐었다. 외간 소설을 구하러 온 터라 어쩔 수 없이 평인 복색을 취하였더니 이토록 노골적으로 괄시를 당한다.

"엽전은 충분하니! 해줄 건지 말 건지 답이나 하시오."

"안 됐지만, 이건 아무리 낭자가 돈이 많아도 안 되는 일이오."

"어찌 그렇소? 갑자기 공평무사하게 장사하기로 작정한 거요?"

"그래서가 아니라."

에잉, 쯧! 하고 주인장이 혀를 차더니 손을 까닥여 은강을 불렀다. 은강이 귀를 기울인다.

"이건 비밀인데…… 첫 번째랑 두 번째 손님이 모두 양반이오. 그러니 별수 있나?"

나 같은 놈이야 그 앞에서 깨갱이지. 주인장은 조롱과 자조가 섞인 음성으로 한탄하였다. 은강이 입술을 삐죽였다.

'양반이 뭐라고? 나 또한……!'

양반은 양반인데, 하필 풍기를 단속하는 현감 부인이라 정체를 못 드러내고 이렇게 순번에서 밀렸다. 남들은 저더러 시집을 훌륭히 잘 갔다는데, 글쎄올시다? 막상 은강은 이런 때조차 힘 한 번 못 써보는 원님의 부인이 대체 무슨 이점이 있는지 의문이었다. 본을 보여야 한다는 강박에 늘 남의 눈치만 살피는 게 일상다반사인데.

"아무튼 오늘은 별수 없소. 그러니 돌아가시오. 한…… 보름쯤? 뒤에 오면 될 것이오."

주인장이 더 볼 것 없다는 듯 두 사람의 등을 떠밀었다.

저잣거리를 쏘다닐 때까지만 하여도 그럭저럭 발랄했던 은강의 발걸음은 책점에서 쫓겨난 이후 급격히 무거워졌다. 골목길을 터덜터덜 걷는 모양새가 도축장에 끌려가는 소와 다름이 없었다.

'어지간히도 귀환 부인이 읽고 싶으셨나 보네.'

꽃분은 한 걸음 뒤에서 은강을 따르며 그녀의 축 처진 어깨를 바라보았다.

'주인공이 사또 부인이라서 더 흥미가 있으셨던 건가? 하나 우리 유 사또 나리는 탐관이 아니고 우리 마님도 소박맞지 않……, 소박……. 으음, 그건가. 그리고 보면 박씨전 볼 때도 소박에 유독 민감하셨지.'

아무래도 우리 마님이 이상한 부분에 꽂힌 것 같았다. 소박이라……. 하여 귀환 부인의 구씨에게 동질감이라도 느끼는 것일까. 그러나 교접이 없는 걸 제외하고 주인 내외의 사이는 정다운 편에 속했다. 마님은 인정하지 않을지 몰라도 적어도 꽃분이 지켜보기에는 그랬다.

평소 낭군이 '어리다, 작다, 곱다' 하며 은강은 꽃분에게 종종 투덜거렸지만 적어도 그 바탕에는 부군을 존경하고 아끼는 마음이 견고했다. 또한 그러한 불만들은 그저 그녀의 기준에 미치지 못한 것일 뿐, 유 사또는 이미 훌륭하게 장성한 사내였다. 특히 올 들어서 하루가 멀다 하고 변화가 일어나고 있으니 못해도 내년쯤이면 마님께서 바라고 바라던 육 척 장신의 사내가 될 가능성은 충분해 보였다. 아무리 그래도 가슴 털은 무리일 것 같지만.

주인 나리도 겉으론 무심한 것 같으나 들여다보면 꼭 그렇지만

도 않았다. 마님이 좋아하는 제철 음식을 그 비상한 머리로 죄 기억하였다가 사시사철 잊지 않고 구해다 올리는 게 기본이었고, 가벼운 고뿔이라도 앓을라치면 산통 겪는 산부의 서방처럼 이리 왔다 저리 갔다 눈꼴 시릴 정도로 근심에 걱정에 치성에, 어휴! 누구도 그 수선을 말리지 못할 애처가였다.

'그런데 왜 합방하지 않으시는 거지?'

아무리 이해를 해보려고 해도 꽃분은 도무지 나리의 머릿속을 헤아릴 수가 없었다. 혈기왕성한 사내가 어째서 몇 해나 부인을 멀리하는지 짐작조차 가지 않았다. 박색의 여인도 기회만 닿으면 얼씨구나 아랫도리부터 마중 나가는 사내들이 천지에 널렸건만, 마님이야 아씨일 적부터 미색으로야 일대를 평정한 분이 아닌가.

수수께끼를 풀기 위해 꽃분이 심각히 골머리를 앓는데, 난데 없이 앞에서 비명이 울렸다. 퍼뜩 정신을 차린 꽃분이 고개를 들 었더니 웬 시정잡배 둘이 은강을 둘러싸고 있는 게 아니겠는가. 잠깐 눈을 뗐더니 고새 이상한 놈들이 접근을 한다.

"지금 뭣들 하는 게야!"

꽃분이 달려 나가 은강 앞에 섰다.

"뭐긴 뭐야. 니들 아까 세책점에서 적서 찾던 계집애들 맞지? 심심한 것 같아서 좀 놀아주려 하는데 호들갑은."

저잣거리부터 뒤를 밟혔다는 소리였다. 꽃분은 자신의 부주의 함에 뒤늦게 후회하였으나 이미 엎질러진 물이었다. 꽃분은 도와 줄 이가 없을까 하고 주변을 둘러보았지만, 관청의 개구멍으로

나 있는 샛길이기에 사람은커녕 새 그림자도 찾을 수가 없었다.

"일없소."

꽃분이 은강의 손목을 붙들고 사내들 사이를 비껴가려 하였다. 그러나 앞길은 선선이 뚫리지 않는다.

"대낮부터 적서나 찾는 계집들이 아씨처럼 굴고 있네. 니들이 찾는 거, 딱 내 가랑이 사이에 붙어 있는데 확인 한번 해볼텨?"

사내 중 하나가 제 다리 사이를 손으로 가리키며 꽃분과 은강을 희롱하였다. 저는 그렇다 치고, 감히 마님이 이런 조악한 소리를 듣는 게 꽃분은 분하기 그지없었다. 귀하게 자란 금지옥엽께 어디 이게 가당키나 한 짓거리인가.

"참말인가?"

그러나 걱정이 무색하게 은강은 오히려 두 눈을 빛내고 있었다. 그녀는 사내의 몸 가운데 어디 즈음을 노골적으로 뚫어지게 주시하였다. 말을 건넨 사내가 흠칫 몸을 떨 정도였다.

"그러나 내 추측으론 미치지 못할 것 같은데. 책에서 묘사하길 굵기는 곤봉만 하고 길이는 팔뚝만 하다 하였는데 댁은 아무리 보아도……."

은강은 천연덕스럽게도 한쪽 눈을 감고 손을 들어, 크기를 재보는 시늉을 하였다. 그러자 발끈하여 잡배가 소리를 질렀다.

"곤봉에 파, 팔뚝이라니! 그게 말 자지지, 사람 자지여?"

"역시. 미치지 아니하나 보오?"

"뭐, 뭐야?"

"얼른 까보시오. 서책의 사내들과 같은지 확인해 줄 터이니."

당황한 듯 허리춤을 붙든 잡배의 손이 부르르 떨렸다. 은강은 꽃분을 뒤로 물리며 한 걸음 더 앞을 향해 나아갔다.

"아, 뭐하시오? 기다리고 있지 않소."

닦달을 해대며 그녀는 꽃분에게 허풍이었나 봐, 들으란 듯 말을 전했다.

"하긴. 허우대가 그게 나올 몸집이 아니야. 다리 짤막한 걸로 봐선 어림도 없어."

"뭐, 원, 세상에! 이, 이런 계집이!"

"두 치(6㎝)."

흥분하여 펄펄 뛰는 잡배에게 은강은 손가락 두 개를 들어 보였다. 흐흥, 묘한 웃음을 지으며 그녀가 엄청난 발언을 내뱉었다.

"……도, 아니 되지?"

붉으락푸르락하던 사내의 낯이 쩡 얼어붙었다. 주위 공기가 싸늘해지는 것을 느끼며 꽃분은 아이고 큰일 났다 발을 동동 굴렸다. 소리를 질러 관청에 도움을 요청해야 하는 게 옳으나 지금 마님은 여염집 처자 행색을 하고 있었다. 자칫 나쁘게 소문이라도 나면 그 수습을 다 어찌하리오.

"이 천박한 년이!"

손이 휙 머리 위로 올라가는데도 은강은 눈 하나 깜짝 않았다. 또랑또랑 음성은 조금도 기죽지 않았다.

"왜. 아녀자 희롱할 때는 즐거워하더니 본인이 희롱당하는 건 불쾌한가? 네놈들이 하는 짓거리가 정녕 졸렬하기 짝이 없구나!"

당찬 일갈에, 손을 들어 올렸던 사내가 주춤하였다. 순간적으로 기세에서 밀린 듯하였다. 꽃분은 이대로라면 무사히 일이 마무리 지어지겠구나 안심을 하였다. 그러나 잡배는 정면에 있는 한 놈이 전부가 아니었다.

"계집애 군소리를 왜 진지하게 듣고 있어?"

뒤에서부터 가슴팍 위로 손이 턱 하니 올라왔다. 깜짝 놀란 꽃분이 새된 소리와 함께 몸을 움츠렸고 은강이 눈에서 불꽃이 튀었다.

"네 이놈! 그 손 놓지……!"

그러나 노성이 채 끝을 맺기도 전에, 은강 또한 잡배에게 붙들리고 말았다. 은강은 기함하며 있는 힘껏 몸부림을 쳤지만 사내의 힘을 당해낼 수는 없었다. 이 무례한 놈! 천벌을 받을 놈들!

"흐흐흐. 앙탈이 아주, 아악!"

은강은 잡배의 손을 꽉 물어버렸다. 고통에 잡배가 손을 풀고, 그녀에게 자유가 찾아왔으나 찰나에 불과했다. 불난 데 기름이 더해졌다. 활짝 펼쳐졌던 손이 딴딴한 주먹이 되어 은강을 덮쳐 왔다.

"꺅!"

은강은 본능적으로 두 손으로 얼굴을 감싸며 소리를 질렀다.

"악!"

그리고 그와 거의 동시라고 불러도 무방할 적에, 잡배의 입에서도 외마디 신음이 터져 나왔다.

"사고를 쳐도, 관청 뒤편에서 사고를 치다니."

듣기에, 참으로 단정한 저음이었다. 은강은 왠지 모르게 마음이 들뜨는 것을 느끼며 지르감은 눈을 스르르 떴다. 저를 향해 독사처럼 달려들던 잡배는 큼지막한 손안에서 팔목이 비틀려 있었다. 마치 올무에 갇힌 가련한 짐승을 보는 것 같았다. 잡배의 얼굴이 부들부들 경련을 일으키며 그가 팔목을 빼내기 위해 갖은 발악을 멈추지 않았다. 그러나 그를 붙든 커다란 손은, 그 단단한 팔뚝의 힘을 빌어 그런지 흔들릴 여지조차 보여주지 않았다.

"별 멍청한 놈들을 다 보겠군."

잡배를 제압한 사내가 통탄하듯 한숨을 뱉었다. 실한 팔뚝이 어딘가 낯익다 생각하며 은강은 은인의 얼굴을 확인하였다.

아.

"호방(戶房) 나리!"

뒤에서 꽃분의 반색이 터져 나왔다.

"두, 두고 보자!"

호방에게 달려들었다가 떡이 되도록 두들겨 맞은 잡배 둘은 그렇게 떠나갔다. 호방아전(戶房衙前) 강인지는 그들의 저주를 가볍게 흘려들으며 '저렇게 수준이 낮아서야' 쯧쯧 혀를 찼다. 그리고는 꽃분과 은강에게로 눈을 돌렸다.

"괜찮은가?"

무사를 확인하는 눈길이 꽃분을 지나쳐 은강에게 닿았다. 은강은 얌전히 고개를 끄덕였다.

"여긴 인적이 드무니 어지간하면 이용하지 마시게."

"한데 호방 나리께선 어찌 이 길로 지나셨습니까?"

꽃분은 호방이 은강의 얼굴이라도 익힐까 싶어 얼른 둘 사이에 끼어들었다. 불시의 질문에 호방이 '그건⋯⋯' 하고 곤란한 듯 말을 흐리더니 멋쩍은 미소를 지었다.

"여기가 지름길이라."

은강은 꽃분의 뒤에 숨어서 그가 쑥스러워하는 모습을 훔쳐보았다. 그간 멀리서 두어 번 보았을 때는 건장한 몸태 탓에 영락없는 사내대장부라고만 여겼는데, 이렇듯 가까이서 그의 얼굴을 보니 치열을 드러내며 웃는 모습이 아이처럼 순박해 보였다.

그리고 묘하게⋯⋯ 낯이 익는다. 어쩐지 얼굴이 친숙하다. 왜지? 제대로 낯을 뜯어본 것은 이번이 처음일 텐데. 은강이 의문에 휩싸이는 동안에도 둘의 대화는 계속해서 이어졌다.

"밖에 용무가 있으십니까?"

"호구를 조사하러 가네. 호적대장을 작성할 때가 돌아와서."

호적대장이란 백성들에게 세를 징수하거나 양역(良役 : 양인 장정에게 부과하는 공역. 크게 부역과 군역으로 나누어진다)과 같이 노동력을 차출할 때에 기본이 되는 호구조사 기록을 말한다. 이 기록에 착오가 생기면 형편에 맞지 않는 과도한 세가 부과되거나 억울하게 역을 지게 되는 일이 발생하므로, 이 임무는 가히 관청의 일 중 가장 막중한 업무라 칭하여도 무리가 없을 정도였다. 그리고 호방이란 호구를 조사하여 부세의 부과와 징수를 담당하는 아전이었고.

"벌써 호적대장을 작성해 올릴 때가 오다니, 삼 년이 눈 깜빡할 새입니다. 한데 공무를 수행하러 가시면서 혼자이시옵니까? 관졸을 대동치 않으십니까?"

게다가.

"관복도 입지 않으시고."

"편히 하자면 보통은 그렇지. 하나 그렇지 않아도 백성들 보기에 관복 입은 이는 호랑이처럼 느껴질 터인데 어흥 소리까지 낼 필요가 무어 있겠나. 관졸을 대동하면 겁이나 주겠지. 하여 매번 이렇게 홀로 가네. 위압감을 주고 싶지 않아."

배려심이 느껴지는 어진 언사였다. 은강은 그의 말에 감동을 받으면서도 문득 의문이 들었다.

"요즘도 그렇습니까?"

그녀가 질문을 던졌다.

"새 사또 부임 이후에, 나름 치세가 아닙니까. 한데도 아직 백성들이 관원을 두려워한단 겁니까?"

"……."

호방은 말을 아꼈다. 그는 입을 무겁게 누르고 시선을 땅에 두었다. 침묵이 저자의 에두른 답변인 것인가 싶어 은강의 낯빛이 어두워졌다. 낭군이 그렇게나 불철주야하는데 아직 선정이라 단정할 수 없는 단계인 것일까.

"본디 아랫사람은 윗사람을 꺼려하기 마련이네. 그건 세월이 흘러도 어쩔 수 없는 일이지."

다행히도 그는 은강에게 답을 들려주었다. 하나 근원적인 이야기다. 하고 싶은 말이 많으나 애써 억눌러야 할 때에나 유용하게 쓰일 원론이었다. 그러나 그렇다 하여 호방의 처세가 비겁해 보이지는 않았다. 그 눈빛에 우수가 깃들어 있었기 때문이다.

은강은 생각했다. 이자가 백성을 생각함이 제법 기특하구나.

"그나저나 참 큰일일세. 아무리 뒷길이라 하나, 관아 근처에서 무뢰배가 설치다니. 아무래도 무언가 조치를 취해야 할 것 같군."

"실은…… 그러면 안 되는 것이었지만……."

꽃분이 망설임 끝에 말을 이었다.

"쇤네가 이쪽 길을 이용한 게 세 해가 넘어갑니다. 빈번히 오가는 동안에도 이런 일은 처음입니다. 왜냐면 이 고을 사람이라면 누구든 이 근방이 관아인 걸 알고 있으니까요. 한데 아까 그놈들, 예까지 따라온 걸로 봐선 타향 사람이 아닐까요?"

"다른 지방의 잡배가 고을로 흘러들었다? 그럴 수도 있겠군. 조사해 볼 터이니 내게 맡기게."

"저는 나리만 믿고 있겠습니다. 부디, 조속한 해결을 부탁드리옵니다. 앞으로도 써야 할 일이 많은 길이라……."

현감 부인 소속의 몸종이 관아를 나가려면 그 출입의 목적을 분명히 밝혀야 한다. 다른 때야 문제가 없지만 외설 서적을 얻으러 갈 때에도 정문을 이용할 수는 없었다. 혹 불시에 문지기들에게 몸수색이라도 당하면 적서가 발각될 것이 아닌가. 그리되면 그때의 망신을 감당해야 할 이는 꽃분 혼자가 아니게 될 게 뻔했다. 정숙해야 할 현감 부인이 자신의 몸종에게 그런 심부름을 시키고 있었다 소문이 날 것이 눈에 선했기 때문이다. 하여 그녀는 쉽사리 이 개구멍을 포기할 수 없었다. 저잣거리 구경을 즐기는 은강도 마찬가지였고.

"내밀히 반입하는 게 있는 모양이군. 문지기에게 떳떳치 못한, 그런 것?"

"하, 하오나 결코 잘못된 것은 아니옵니다. 그저 남 앞에서 보이기에는 문지기도 조금 저도 조금 민망한…… 그러한 것이지요. 쇤네의 작은 취미이온데 자칫 제 실수로 모시는 분과 엮여 나쁜 소문이라도 들면 큰일이지 않겠습니까."

"흠."

감을 잡았는지 호방이 묘한 웃음과 함께 고개를 끄덕였다.

"그래. 내 이해하네. 걱정하지 말게."

"감사합니다, 나으리!"

"별말씀을."

호방은 주위를 환기시키듯 소매를 크게 떨치곤 이내 뒷짐을 지었다.

"길에서 오래 지체한 듯하니 자네도 얼른 들어가 보게. 나도 일단은 호구조사를 하러 가봐야 하여."

"예, 예, 나리. 물론입지요. 쇤네가 어리석게도 큰일 하시는 분의 발걸음을 잡아두었네요. 얼른 가시어요. 살펴 가세요."

뜻을 알아채곤 꽃분이 허리를 푹 숙였다. 곁에 있던 은강은 그녀를 따라 고개를 숙여야 나 말아야 하나 갈등에 휩싸였다. 아무리 양인인 척을 한다고는 하나 양반 신분에 중인에게 고개를 숙일 수는 없지 않은가. 그녀는 어물쩍어물쩍 인사를 대충 넘겼다.

다행히도 호방은 크게 예의에 연연하는 성품이 아닌지, 아니면 은강이 하는 양을 보지 못하였는지 별다른 주의 없이 그들을 지나쳐 갔다. 다리가 길어 그런지 한 발 한 발 내디딜 때마다 성큼성큼 나아가, 눈 깜짝할 새에 귀퉁이를 돌아 모습을 감춘다.

"들으셨죠? 주변이 정리될 때까지 당분간은 장터 못 갑니다. 정 가고 싶으시면 가마 타고 정문으로 나가시는 수밖에 없어요."

"현감 부인 행차한다 널리 알리면서?"

"원래 그게 옳은 것이지요. 차라리 잘되었습니다. 언제까지고 주인 나리 몰래 이런 놀이를 계속하실 수는 없으니까요."

은강은 대꾸하지 않았다. 그저 하염없이 밖으로 나 있는 외길을 쳐다보고 있을 뿐이다.

"하온데 마님, 대체 언제까지 그러고 계실 겁니까? 얼른 들어가셔야죠."

"응. 그래. 그건 그런데……."

은강은 멍한 얼굴로 낮게 중얼거렸다.

"좋은…… 관원인 것 같구나."

"예? 방금 뭐라 말씀하시었어요?"

"사명감이 느껴져. 좋은 관원이 될 게야."

"아아. 글쎄요. 그건 두고 보아야 알 일이지요. 사람은 말보다는 행동 아니겠어요? 입에 말 바르는 것은 공것이니까 가만 흘려들으세요."

호방 앞에서 살랑거렸던 것과 달리, 꽃분은 그에 관해 냉소적인 태도를 견지했다.

"아니야. 그는 필시 좋은 관원이 될 것이야."

"마님은 어찌 좀 전 만난 사람을 두고 그리 장담을 하신답니까?"

"저자……, 누군가를 닮았다 하였더니."

은강이 꽃분을 향해 뒤돌았다. 주인을 본 몸종의 얼굴이 잔뜩 경직된다.

"김경수 나리를 닮았어!"

어느새 두 볼을 발그레 익힌 채 은강이 소리쳤다. 그녀의 홍조에도 가슴이 덜컥 내려앉아 정신을 차리지 못하던 꽃분은 대체 김경수가 누구인지도 기억나지 않아 더욱 당황하였다.

"어디서 많이 보았다 했더니 그림과 똑같지 않으냐. 그분께서 백성을 보살피는 훌륭한 분이셨으니 저자도 좋은 관원이 될 게 틀림없어."

그림이라는 말에 번뜩 꽃분의 머릿속에 스치는 것이 있었다.

"설마…… 마님. 귀환 부인에 나오는 어사 김경수 말씀하는 것이어요?"

"그럼 김경수 나리가 그분 말고 또 누가 있겠니. 저 호방의 얼굴이 책 안에 있는 춘화와 완전 흡사해. 방금 깨달았단다! 어쩐지 낯이 익더라니!"

"세상에나."

꽃분이 깊이 탄식하였다. 마님이 나리와 진전이 없으시더니, 책 속의 사내에게 이렇게나 빠져 계실 줄이야! 서책이란 그저 적적함이나 메워주면 그걸로 족할 것인데.

"이건 아닙니다! 이건 아니라고요!"

몸종의 절규가 허공을 갈랐다.

그리고 그로부터 정확히 이각 뒤, 마님의 절규가 뒤따랐다.

"네가 미친 게로구나! 지금 무슨 짓을 하는 것이야!"

내아로 돌아오자마자, 꽃분은 은강의 장롱 속에 있는 책들을 모조리 쓸어냈다. 그리고는 커다란 자루짝에 뭉텅뭉텅 자비 없이 처넣는 것이 아니겠는가. 난생처음 겪는 이 놀라운 하극상에 은강은 머리칼을 쥐어뜯었다.

"내가 얼마나 어렵사리 모은 것들인데! 내 소중한 서책들을!"

"압수입니다."

꽃분은 차분히 강수를 놓았다.

"그리고 귀환 부인 하권도 포기하세요. 안 갖다 드릴 거예요."

"니가 뭔데! 꽃분이 네 이년! 나는 마님이고, 너는 내 몸종이야!"

"그럼 주인 나리께 알려드리고 마나님과 어르신께도 이를 거예요."

부모님께 고자질한다는 말에 은강의 입에 헉! 숨이 빨려 들어갔다. 믿는 도끼에 발등이 찍혀도 유분수지 어떻게 꽃분이가 제게 이럴 수가 있단 말인가.

"어르신께선 마님이 이런 책들 보지 않게 된 지 오래라고 알고 계시지요? 한데 아직도 장롱 속에 꽁꽁 숨겨둔 책이 한 자루라는 걸 알면 어찌 되겠습니까? 과거에 행하셨던 그대로, 이번에도 분서갱유가 일어날걸요?"

"꽃분이 너……, 그간 내가 너를 얼마나 친동기간처럼 아꼈는데!"

은강이 배신이라도 당한 양 꽃분을 원망했다. 그러자 꽃분이 하던 일을 멈추고 은강을 돌아다보았다.

"마님. 그래서예요. 제가 마님께 미움을 사면서까지 이러는 이유가 무엇이겠어요. 제가 마님을 얼마나 성심성의껏 모시고 있는지 잘 알지 않으셔요."

"……"

"제가 오늘 얼마나 놀랐는지 아시어요? 실재 있는 사람을 보며 귀환 부인의 암행어사 김경수를 떠올린 것도 문제이고, 어사 김경수에 대한 호감을 실재 있는 사람에게 덮어씌우는 것도 크나큰 문제가 아니겠습니까. 게다가 그 실재 인물이 호방이라니! 혼인하신 분이 낯까지 붉히시고!"

"내, 내가 언제 낯을 붉혔다고……."

꽃분의 질책에 은강은 오리발을 내밀었지만 그 음성에 그녀 특유의 강단은 들어 있지 않았다. 호방을 보며 김경수를 떠올린 것도 사실이고 김경수에 대한 호감을 그에게 베풀지 않았다곤 저도 장담하지 못하는 탓이다.

"가부간 그런 연유로 당분간 서책은 압수예요. 기다리시면 봄날이 올 터이니, 그때 돌려 드릴게요. 뭐 그때쯤은 주인 나리와 하하 호호 하느라 책 따위 거들떠보지도 않으시겠지만요."

은강의 하늘이 무너져 내렸다.

4. 강습

보물들을 강탈당한 은강은 그날 일찌감치 침수에 들었다. 밤이면 늘 한 시진씩 책을 읽으며 시간을 보냈는데 그것들을 모두 빼앗기자 할 일이 없었기 때문이었다.

하지만 너무 일찍 잠자리에 들었던 탓일까. 잠에서 깨어났음에도 사위는 여전히 어두컴컴했다. 은강은 잠을 더 청하기 위해 애썼지만 눈에서는 말똥말똥 생기가 돌았다.

은강은 억지로 잠드는 것을 포기하곤 방에 불을 밝혔다. 창문을 열어 달을 보니 대략 간시(艮時 : 오전 두 시 반에서 세 시 반까지) 쯤 된 것 같았다. 동이 트려면 한두 시진은 더 기다려야 할 듯하였다. 은강은 한숨지었다.

다른 때 이렇게 어설피 시간이 남으면 장롱 속 책들과 시간을 보내면 그만이었다. 한데 꽃분이가 제 인생의 유일무이한 낙을 앗아가고 나니 할 일이 없다. 오밤중에 무엇을 해야 하는지 알 수 없었다. 거듭 내뿜는 한숨이 더욱 짙어졌다.

"어?"

시름에 잠기는데, 방문 밖에서 인기척이 느껴졌다. 은강이 시선을 돌리니 어스름한 사람의 인영이 보였다. 화들짝 놀란 은강이 누구냐! 소리치려 하는데, 밖에서 먼저 말소리가 들어왔다.

"부인. 혹 주무시오?"

낭군의 음성이었다. 전례 없는 그의 늦은 방문이 얼떨떨하여 은강은 넋을 빼았다. 이게 꿈이야, 생시야? 혹시 지금 귀신에 홀리고 있는 것일까? 그녀는 손을 들어 가볍게 제 뺨을 두드렸다. 톡톡 전달되어 오는 미약한 통각에 그녀는 이것이 꿈이 아님을 확신하였다. 은강은 잽싸게 경대를 꺼내 잠결에 흐트러졌던 제 몰골을 추슬렀다.

"아닙니다. 들어오시지요."

은강이 허락하자 방문이 스륵 열렸다. 들어서는 이의 모습을 확인하곤 그녀의 눈이 크게 뜨인다. 준엽의 차림새가 아직껏 구군복(具軍服 : 사또가 입던 관복)이었던 것이다.

"설마 지금까지 공무에 열중하고 계셨던 겁니까?"

기함하여 묻는 은강에게 준엽은 예사로이 답변하였다.

"호적대장을 작성할 때가 돌아와서 평시보다 조금 다사(多事)

합니다."

"그건 호방의 책무가 아닙니까. 나리께서 하나부터 열까지 모두 확인할 생각 마시고 조금은 쉬엄쉬엄하시어요. 어찌 몸을 이리 혹사시키신답니까."

"아닙니다. 얼마간만 그럴 것이니 부인께선 심려치 않으셔도 됩니다."

준엽이 괜찮다 말하였으나 은강은 곧 보약 한 재를 달여야겠다고 결심했다. 내 낭군의 기력을 나라가 통째로 빨아먹는 기분이 들었다. 그가 대견하면서도 한편으론 속이 상한다. 일에 쏟는 열기의 십분지 일만 제게 쏟아주어도 자신은 행복할 것 같은데. 기껏해야 좀 아파야만 돌아오는 관심이라니.

"그건 그렇고."

씁쓸한 기분을 감추려 은강이 헛기침을 하였다.

"늦은 시각에 어쩐 일로 소첩을 찾으셨습니까."

"아, 그것이……."

준엽이 자세를 고쳐 앉았다. 은강도 섭섭한 마음을 떨치고 경청할 준비를 마쳤다.

"실은 고민이 있습니다."

전례가 없는 준엽의 토로에 은강이 조금 더 그에게 다가가 앉았다. 늦은 밤, 낭군이 저에게 찾아와 밝히는 것이니만큼 예삿일은 아닐 것이라는 생각이 들었다.

"이번에 소(訴)가 하나 올라왔는데 맡았던 재판 중에 이 사람에게는 가장 판정이 어려운 일입니다. 하여 부인의 고견을 듣고 도움을 받고자 이렇게 실례를 무릅쓰게 되었소."

천재라 불리는 그가 어렵다고 하는 난제다. 은강도 흥미가 돋았다.

"기탄없이 말씀해 보세요."

준엽이 술술 설을 풀기 시작했다.

사연은 이러했다.

방년의 나이에 지아비를 잃고 홀로 산 아래에 살아가는 과부 하나가 있었더랬다. 본디 수절을 해야 함이 옳지만 말 그대로 방년인지라, 한창의 혈기를 참지 못하고 그녀는 은밀히 사내들과 통정을 하였다.

시간은 흘러 흘러 두어 해쯤. 고을에는 '청매산 아래에 구미호가 산다'는 야릇한 소문이 나돌기 시작했다. 그 소식을 듣게 된 과부의 시댁 식구들은 소문의 구미호가 자신의 며느리가 아닐까 의심을 하였다.

하여 잠복하기를 며칠. 그들은 며느리가 사내와 간통하는 것을 현장에서 잡아내었다. 사내는 겉옷도 입지 못하고 줄행랑을 치고, 과부는 시댁 사람들에게 잡혀 관아로 끌려왔다. 엄벌에 처해 달라는 소장과 함께.

"하늘 아래 남녀의 법도가 지엄하고 따라야 할 강상의 윤리가 있으니 치죄를 해야 하던 것만은 분명했소. 한데 과부가 항변하기를."

"항변하기를?"

"사람이 따라야 할 도리가 있는 것은 사실이나 만물의 이치 또한 존중될 수 있어야 한다고 하지 않겠습니까. 새도, 토끼도, 곤충도 때가 되면 번식 행위를 하는데 한창인 자신은 무슨 죄로 즐거움을 맛보지 못하느냐 물었소. 지아비의 죽음이 제 탓도 아닌데."

"……."

확실히 어려운 일이었다. 도리에 따르자면 처벌해야 할 것임이 분명하나 은강은 과부의 말에도 일리가 있다고 생각했다. 지아비를 일찍 여의면, 그렇다면 여인들은 죽을 때까지 정분을 나누지 말아야 할까? 사내들이야 입 모아 모두 그렇다고들 하겠지만, 은강 본인도 다른 이들 앞에서야 그걸 따르겠지만 내심은 조금 억울한 느낌이 들었다. 열녀문을 하사받아도 이름 석 자 남겨주지 않는데.

"주자께서 이르시길 절개 잃은 자를 자신의 짝으로 삼는다면 자신 또한 절개를 잃어버리는 것이라고 하였습니다. 또한 나라에서도 과부의 재가를 금하고 있는 실정이지요. 처지의 딱함은 이해하나, 수령으로서 풍속을 문란케 할 수는 없으므로 과부에게는 형장을 내릴까 합니다. 문제는……."

준엽이 말꼬리를 느슨하게 잡았다.

"장의 수가 아니겠소."

"처벌의 강도를 뜻하는 것이지요?"

"그렇소. 과부가 말하기를 처벌은 이미 각오하고 있다. 하나 사또께오서도 아시다시피 속정이라는 것이 그리 쉬이 잊히고 무시되는 것이 아니다. 먹어봤기에 고기 맛을 알고 있었던 것이 왜 나만의 죄가 되어야 하느냐. 부디 그 맛을 아는 만큼 사또께오서도 참작을…… 하여 달라…… 고."

실소가 터질 뻔한 것을 은강은 겨우 자제하였다. 그 과부는 사또가 혼인을 치렀으니 색욕을 이해받을 수 있을 것이라 어림짐작을 한 듯하지만 착오였다. 어쩌자고 이 고을 사람이란 말이오. 조금도 참작 받지 못할 듯한데.

과부가 안타까우면서도 사또의 곤혹이 고소하였다. 우리 공명정대한 명판관께서 이 일을 어찌 해결하시려나?

"그러나 내가 음양의 이치를 어찌 알겠습니까. 보통은 서당에서 적당한 때에 보정(保精 : 논어를 마친 다음 받는 성교육)을 배운다지요? 하나 나는 적당한 때가 차기 전에 소과를 통과하였던 터라 제대로 배우지 못했소."

이미 나이 열하나에 오라버니들이 배우던 보정 교육을 훔쳐 들은 적이 있던 은강으로서는 가소로울 뿐이었다. 그 건전한 보정 따위를 어디 실제 성관계와 비할 수 있으리오. 색사를 치러본 적은 없는 은강이었지만 여러 책을 섭렵하여 얻은 지식으로도 충분히 추측할 수 있는 사실이었다.

"그래서 비장에게 추천을 받아, 과부의 심정을 이해하기 위해 그러한 책을 구하여 읽어보기는 하였으나……. 대충 알 것도 같으면서도 과부가 말하는, 그 맛이라는 건 도통 온전히 이해를 하기가 어렵더군요. 본관으로선 참작이 가능할 리가 없지요."

"설마 그래서 저를 찾아오신 겁니까? 나으리, 소첩이 나리보다 연상인 것은 거짓이 아니오나 저라고 무슨 경험이 있겠습니까."

은강이 통통 입술을 튕겼다. 그러자 당황하는 일이 거의 없는 준엽이, 드물게 크게 손사래를 쳤다.

"아니요! 아닙니다! 내가 설마 부인의 정절을 의심하려 이 자리를 찾았겠습니까."

"하면이요?"

은강이 눈을 흘기며 새치름히 물었다. 저도 준엽이 그런 의미로 말을 던진 것이 아니라는 걸 진즉에 알고 있었다. 그저 심통을 부렸을 따름이었다.

준엽이 머뭇거리며 품에서 책 한 권을 꺼내 들었다. 빨간 책 표지가 은강의 눈에도 익었다.

합방 치르기.

저가 열둘에나 읽었던 담담한 필치의 남녀 접촉 기본서였다. 그림도 여타의 춘화와는 비교도 할 수 없을 정도로 점잖은 편이지만, 색사 관련 책이 그와 자신 가운데 있다는 것만으로도 은강은 잔뜩 긴장하였다.

"백성의 처지를 온전히 살필 수 있는 양리(良吏 : 어진 관리)가 되고 싶소."

점차 준엽의 방문 목적에 윤곽이 잡혀들기 시작했다. 가만. 이

거 가만. 잘하면……, 어쩌면?

"내 한마디에 좌지우지되는 게 사람 목숨이오. 대충 눈으로 읽고 머리로 어설피 넘겨잡아 송사를 마무리하고 싶지 않소."

은강의 눈이 번쩍 뜨였다. 어쩌면이 아니었다.

"하여 이 책에 나온 것을 이제부터 부인과 하나씩 나누어볼까 하는데……."

어느 때보다도 강렬하게 준엽의 눈은 은강을 품고 있었다. 일견 고요하고 차분한 응시였지만 그 속을 가만 들여다보면 난폭한 열기가 사정없이 날뛰고 있었다. 이에 발맞추어 은강의 가슴속에서도 거세게 박동이 울렸다.

"부인의 생각은 어떠한지요."

"참말로 주인 나리께서 그런 제안을 하셨단 말입니까?"

꽃분은 놀랍고도 반갑고도 진기한 소식에 제 일처럼 방방 뛰며 호들갑을 떨어댔다. 은강은 턱을 치켜들며 위풍당당한 기운을 한껏 표출했다.

"그럼 참말이지. 참말이고말고."

물론 그 뒤에도 여러 첨언이 뒤따르기는 하였다. 결코 강박이 아니며 부인께서 거절하시어도 상관이 없다, 이 사람이 성급하게 군 것은 아닌지 걱정이 된다, 무례를 저지른 것이라면 나를 꾸짖어도 괜찮다 등등.

그러나 죄 쓸데없는 군걱정이었다. 은강은 어금니를 꽉 물어

비죽비죽 샘솟는 웃음을 강제로 억눌렀다.

"하여서요? 하여 무어라 답하셨습니까?"

"생각해 보겠다고 하였다. 약간의 말미를 청하였지."

"어머. 어째서요?"

"덥석 물면 재미가 없으니까. 사내란 자고로 치맛자락을 허벅다리까지 보여주는 것보다 발목까지만 걷어 올려야 더욱 애간장 타는 존재가 아니겠니."

마치 남녀 간의 일에 통달한 듯 은강이 잘난 체를 하였다. 실제로는 사내와 입맞춤도 해본 적이 없으면서도 말이다. 하지만 마님의 으쓱대는 장단에 꽃분은 얼쑤절쑤 어깨춤을 추어주었다.

"잘하시었어요. 우리 마님, 처세가 아주 일품이옵니다."

나쁜 일 오면 곧 좋은 일도 온다 하였던가. 어제까지만 해도 보물들을 빼앗겨 죽을상을 했던 은강은 이제 입이 귀에 걸린 양 인간행락을 즐기고 있었다.

"한데 괜찮으시겠어요?"

문득 걱정이라도 떠오른 듯 꽃분이 미간에 주름을 잡았다.

"무엇이?"

"마님께서 꿈에 그리던 합방을 하게 된 건 물론 감축드릴 일이지만 그 이유가 재판 참작을 위해서라는 건 실망스럽습니다. 나리도 좀 너무하신 것 같아요."

"하지만 별수 없잖니."

은강이라고 어찌 그 생각을 하지 않았겠는가. 하지만 그녀가 뱉은 말대로 이건 할 수 없는 일이었다.

"이 기회라도 주어지지 않았다면 지난 삼 년간 그래 왔던 것처럼 난 기약 없이 또 기다려야 했을 게다. 나리도 여태 그래 왔던 것처럼 일에만 매진하셨을 테고. 언제까지고 그러고 있을 수만은 없지 않느냐. 최소한 사이에, 변화가 일어난다는 것에 감사해야지."

첫술에 배부를 수는 없는 법이었고, 모로 가든 기어가든 어쨌든 도읍만 도착하면 될 일 아닌가. 이번 일을 통해서 나리를 겪어보면 적어도 그가 성생활이 가능한지 아닌지 여부 정도는 확인이 될 테고 그럼 저 또한 그간 묵혀오던 근심 중에 하나가 해소될 터였다. 그 정도면 뭐, 충분했다.

한없이 긍정적인 은강의 답변에 꽃분은 일단 고개를 끄덕였다.

"그래서, 언제 허락하실 겁니까? 쉰네의 생각엔 그래도 두어 번은 더 거절하신 뒤에 응하시는 게 좋을 듯한데."

"무슨 소릴 하는 게야? 그랬다간 서방님 애태우려다 내가 애타 죽겠구나. 그간 내가 얼마나 기다렸는지 알지 않느냐. 다음번에 물어보면 바로 응답할 것이다."

그래서는 말미를 번 것이 무의미하지 않나 싶어 꽃분이 에둘러 쳐 만류 의사를 표했다.

"예? 너무 이르지 않을까요?"

"우리 사또께서도 하루라도 빨리 송사를 마쳐야 하지 않으시겠니?"

그러나 은강에게는 어떠한 말도 귀에 들어오지 않는 듯했다. 거의 우이독경 수준이다. 그녀는 들떠 있었다.

"오늘! 그래, 오늘부터 시작하면 될 거 같구나."

은강은 온몸에 설렘을 품고 밤을 기다렸다.

그러나 이게 웬걸.

그 저녁을 꼴딱 새고 하루, 이틀이 지나고 삼 일이 되어도 준엽은 은강을 찾지 않았다. 처음에는 불만과 불안이 가득했던 은강이었지만 감 잡히는 것이 있어 그녀는 인내하였다. 그러나 삼 년을 버틴 인내는 삼 일을 더 버티지 못했다.

'호적대장 탓에 바쁘다 하였지. 그럼 내가 직접 찾아가면 되지.'

은강은 부녀자 체면을 벗어던지고 적극적으로 움직임에 나섰다. 물 들어올 때 노 젓지 않으면 언제 또 물이 들어찰지 보장할 수가 없었기 때문이다. 그녀는 동헌으로 친히 발걸음 하였다. 그리고 그 앞에서 뜻밖의 인물과 맞닥뜨린다. 하필 도망도 칠 수 없게 정면이다.

"……!"

마주친 두 사람은 벼락을 맞은 양 멍한 시선을 서로 교환한다. 둘 다 어지간히 경황이 없는지 입 밖으로 말이 새지 않았다. 그나마, 정신을 먼저 차린 것은 사내 쪽이었다. 그가 머리끝에서 발끝까지 은강을 빈틈없이 훑어보았다. 그리곤 판단이 섰는지 고개를 숙였다.

"마님께 인사 올립니다. 소인, 호방 강인지이라 하옵니다."

자신을 향해 조아려지는 강인지의 머리를 보며 은강은 꿀꺽 침을 삼켰다. 침을 삼키는데도 속어 메말라 목구멍이 따갑게 느껴졌다. 하필 이때에 저자를 만나게 되었구나. 관청에 사는 이상 언젠가는 우연히라도 마주칠 것이라 각오는 하였지만 그게 지금 이 순간일 줄은 꿈에도 몰랐다.

"……고개 들게."

심장이 불안하게 뛰었지만 은강은 의연하기 위해 힘썼다. 가볍게 주먹을 쥐고 그녀가 강인지에게 목례를 보내주었다. 도망칠 수 없다면 이참에 상황을 정리해 두는 것도 나쁘지 않았다.

"내 일전엔 실례가 많았네."

은강이 저번 일을 들먹이자 예상외였던 듯 강인지가 눈을 크게 떴다.

"당치 않습니다. 실례라니요. 오히려 소인이야말로 미처 몰라 뵙고 함부로 떠들어대었으니……. 죽을죄를 지었습니다. 용서하십시오."

"죽을죄라니. 자네는 실수한 것이 없네. 내 행색이 그러하였으니 어쩔 수 없던 일이 아니겠는가."

"너그러운 처사 감사합니다."

강인지가 깍듯하게 재차 머리를 조아렸다. 은강의 손바닥이 축축하게 젖어들었다.

"저기⋯⋯."

은강이 쭈뼛쭈뼛 입을 열었다. 그가 어디서부터 어디까지를 추측하고 있으며 자신은 어디까지를 맞추어 이야기를 해야 할지 고민이 들었다.

"그때 일이 말이 나와 말인데, 그 개구멍⋯⋯."

강인지는 안절부절못하는 은강의 모습을 보곤 대강 그녀가 하려는 말을 눈치챘다. 그가 씩 미소를 지었다.

"그때 일이라니요? 소인은 기억하는 게 없습니다만."

그가 눈동자를 굴리더니 과장되게 손뼉을 마주쳤다. 경쾌한 딱 소리가 밤중에 울려 퍼진다.

"아하! 그러고 보니 며칠 전에 남서쪽 개구멍으로 나 있는 샛길에서 잡배들을 손봐주기는 하였지요. 세상에 원, 관아 근처에 잡배라니. 꽃분이도 '홀로' 자주 오간다 하여 일대의 치안을 싹 정리하긴 하였습니다. 혹시 들으셨습니까?"

호방의 능청을 따라가지 못하고 은강은 가만 서 있기만 하였다. 강인지는 한 걸음 더 나아가 그의 의도를 한결 뚜렷이 전달했다.

"염려 마세요. 소인은 적서에 딱히 벽견을 가지고 있지 않습니다. 사내들은 처첩도 들이는 판국에 여인들의 그런 독서쯤은 매우 고상한 취미가 아니겠습니까."

"⋯⋯."

다 알고 있구나. 꽃분이 자신의 취미로 윗분이 얽힐까 근심이라 변명하였지만 먹혀들지 않았던 모양이다. 하긴, 그게 먹혀들면 머리가 덜떨어진 자겠지만. 은강은 발뺌을 깔끔히 포기했다.

"부디 다른 자들에겐 비밀 지켜주길 바라네. 특히."

은강이 침을 꼴깍 삼키는 새에 말을 받은 것은 강인지였다.

"사또께는 더더욱 말씀이시지요? 당연한 말씀이십니다. 사또 나리는 약간 음…… 원칙을 중시하는 분이시니까요. 깐깐한 분이랄까, 융통성이 없다고나 할까."

감히 마님 앞에서 이렇게 말해도 될지는 모르겠지만 말입니다, 하고 호방이 장난스레 말을 덧붙였다. 그의 넉살 좋은 대응에 은강은 차츰 긴장이 누그러지는 것을 느꼈다.

"배려해 주어 고맙네."

"배려라니요. 저도 상관을 험담하였으니 서로의 비밀을 하나씩 나누어 가지게 된 셈이지요."

겸양을 표했지만, 나서서 빚까지 없애주는 걸 보니 배려 깊은 사내임이 틀림없었다. 은강은 가만 그를 쳐다보았다. 말을 몇 마디 주고받아 보니 귀환 부인 속 열혈 어사또 김경수와는 완전 다른 사내라는 게 확연해진다. 비슷한 건 춘화에 그려진 외양 정도.

하지만 강인지는 강인지 나름대로의 매력이 있는 것 같았다. 그는 말주변이 좋고 눈치도 빠르고 예의도 바르고 얼굴도 훤하고 몸태는 더더욱 반듯한 자였다. 하지만 그중에서도 가장 주목할 만한 것은 바로 그의 눈이었다. 물 먹은 듯 호소력이 짙은 까만 눈동자. 무심코 얽힌 시선이 쉬이 거두어지지 않았다. 무언가 사연이 있을 것만 같…….

'세상에! 내가 지금 뭘 보는 거야?'

망상에 빠져들던 은강이 황급히 고개를 돌렸다. 이건 적서의 금단 현상일까. 왜 마음이 술렁술렁하는지, 도무지 이해 못 할 일이다.

"부인."

그때, 어수선한 마음에 청량한 한 줄기 바람이 불어왔다. 묵직한 음성에 공연한 혈기가 차분히 식어 내린다. 은강은 뒤를 돌았다.

"나리."

언제 나왔던 것인지, 준엽이 동헌 기둥에 기대어 아래를 내려다보고 있었다. 담담하고 고요하지만 어딘가 묘하게 서늘한 시선이다.

"호방으로 임직된 이후에, 마님께 첫인사를 올리게 되었습니다."

강인지의 설명에 준엽이 고개만 까딱하였다. 사또의 기분이 그다지 좋지 않은 것을 눈치챈 호방은 묵례를 남기곤 잽싸게 꼬리를 내뺐다. 준엽이 강인지의 움직임을 눈동자만 굴려 배웅한다. 데구르르, 눈동자가 지나가는 길은 서걱서걱 소리가 날 만큼 메말라 있었다. 이윽고 호방이 시야에서 사라지자 준엽이 기단을 밟고 내려섰다.

"그렇지 않아도 내 오늘쯤은 부인을 찾아가려 하였소."

아까와 달리 은강에게 건네는 그의 음성은 평소처럼 부드러웠다. 아니, 평소보다 더욱 다정하였다.

"가십시다."

꼭 사흘 만에 마주 앉게 된 낭군이었다. 기회가 있을 때 그 비싼 얼굴을 실컷 봐두려 은강은 눈을 한껏 치켜떴다. 활활 타오르는 그녀의 눈초리에 준엽이 변명하듯 입을 열었다.

"빨리 오고 싶었는데 공무가."

"다망하시었겠죠. 언제 공사다망하지 않은 적이 있으시던가요."

뾰족한 대꾸에 준엽의 얼굴에 걸려 있던 미소가 주춤주춤 물러났다. 육방 아전을 호령하고 엄정하고 엄격하게 백성들을 다스리는 그가 유독 은강에게만은 무른 모습을 내비친다. 눈치 보는 강아지처럼 흘끔 흘끔 훔쳐보는 것이 영 다른 사람 같다.

"뭐 좋습니다. 그리고…… 좋습니다."

은강이 좋다는 말을 연달아 입에 담았다. 준엽은 은강의 말을 한 번 곱씹어보더니 그것이 이번 일의 관용과 저번 일의 허락이라는 것을 알아차렸다. 그가 덥썩 부인의 손을 잡았다.

"고맙소."

은강의 손을 덮친 준엽의 손은 아주 열렬했다. 그 열기에 깜짝, 은강이 무심코 아래를 보았다가 그의 손을 유심히 들여다보았다. 그간 집중한 적이 없어 몰랐는데 분명 저보다 작았던 나리의 손이 어느새 제 손등을 다 덮고도 남을 정도로 성장했다. 어디 그뿐이랴. 손가락 마디마디의 뼈가 나무토막처럼 굵고 강인해 보였다.

"아. 기쁜 마음에 그만."

은강의 시선을 오해했는지 준엽이 손을 뗐다. 자신에게서 멀어지는 손을 이번에는 은강이 꽉 붙들었다. 보드라운 손바닥 아래서 딱딱하게 굳는 사내의 살갗을 느낀다.

"이런 것으로 물러나지 마시어요. 어차피 더한 것도 시작할 판에."

자신이 뱉은 말이지만 수위가 대담하여 은강은 낯을 붉혔다. 늘 염원하던 것이지만 막상 순간이 다가오니 마음이 떨렸다.

"······그건 그렇군요."

묵묵히 내리 앉는 음성이 방 안에 긴장을 더하였다. 바람 한 점 없는데도 등롱불이 아롱아롱 흔들린다. 은강에게 붙잡혀 있던 준엽이 자신의 손을 슬쩍 빼내더니 은강의 볼을 감싸 쥐었다. 그의 행동이 개시처럼 느껴져 은강은 가슴이 두근거렸다. 머릿속에 지금껏 읽어왔던 많은 책들의 명장면들이 스쳐 지나갔다. 나도, 드디어! 그녀가 기대에 차 시선을 끌어 올렸다. 준엽의 얼굴이 제게로 천천히 다가왔다.

"그런데 부인."

귓가에 와 닿는 그의 숨결이 은강을 간질였다. 그러나 그녀가 움찔 몸을 떤 것은 그것 때문이 아니었다.

"대체 무엇부터 해야 할까요?"

……방심했다. 이런 사람이었지.

준엽이 일을 제안했던 날, 그는 책에 나온 것을 함께 나누어보자고 하였다. 그러나 은강은 현실을 깨달았다. 나누는 게 아니라, 본인이 하나하나 가르쳐 주어야 진전이 있으리라. 이건 강습이 될 판이었다.

"우선."

속전속결로 은강이 벌떡 자리에서 일어났다. 그리곤 준엽을 향해 두 팔을 활짝 펼쳤다.

"와서, 안기세요."

"예?"

황망해하는 준엽의 반응이 저도 객쩍게 만들었다. 우습고 어처구니없다는 걸 은강이라고 모르겠는가.

"합방 치르기, 제일 장이 손잡기 아니었습니까. 그걸 마쳤으니 다음은 이 장의 차례이지요."

"책에 쓰인 목차대로 행하면 되는 겁니까?"

"예. 그러니 얼른이요. 낭군께서 주저할수록 소첩 팔이 아픕니다."

"아, 알겠소."

준엽이 몸을 일으켜 은강의 품으로 걸어 들어왔다. 나란히 선 적은 여러 번 있어도 이렇게 마주 보고 섰던 적은 별로 없었기에 기분이 좀 생소했다. 별로 없는 수준이 아니라 혼례 때를 제하곤 거의 없었던 것 같다.

그동안…… 눈높이가 맞아 몰랐는데 이렇게 보니 그래도 자신보다 세 치(9㎝) 정도는 더 큰 것 같다. 집무실에 갇혀 있어도 자라기는 자라는구나. 당연한 일인데도 자각이 되니 뭔가 좀 새삼스럽다.

옆구리로 팔이 스치고 허리가 꽉 안겼다. 자란 게 키뿐만이 아니라는 사실이 더욱 와 닿는다. 밀착된 몸 전체에서 느껴지는 다른 사람의 몸, 이성의 육체가 느껴졌다. 성벽처럼 광활하고 딱딱하지는 않아도 자신이 안길 수는 있을 정도로 품이 넉넉하고 든든했다. 뒤에서 가해지는 힘이 거세면 거세질수록, 가슴이 짓눌리면 짓눌릴수록, 그 사실이 여실히 느껴졌다.

고작 포옹일 뿐인데도 호흡이 가빠졌다. 앞으로 행해야 할 무수히 많은 것들에 비하면 이건 시작에 불과한데 벌써부터 이렇다.

굶었어. 난 너무 허기져서 쌀 한 톨에도 감격하게 되어버린 거야. 은강은 걱정이 들기 시작했다. 오래 굶은 거지가 쌀밥을 먹고, 소화를 시키지 못해 죽었다는 이야기를 들은 적이 있다. 겨우 포옹으로 이러면 다음 건 어쩌려고?

은강은 휙 몸을 떼어냈다. 진정이 필요했다. 괜히 낯선 느낌이

들어 이러는 게 틀림없었다. 어색해서 몸 둘 바를 모르는 거다.

"다음도, 계속 서서 합니까?"

숨을 조절하는데 준엽이 물었다. 그 음성이, 고조가, 평탄하기 짝이 없어 얄미웠다. 여인을 껴안아놓곤 느껴지는 게 아무것도 없는 모양이다. 포옹 한 번에 서는 것까지는 안 바랐어도 작은 것이나마 반응은 있어야 할 게 아닌가. 은강은 억울했다.

"아니요."

픽 쏘아붙이곤 그녀가 먼저 자리에 앉았다. 이렇게 되면 무슨 일이 있어도 그의 순진무구함을 깨부수고 말리라. 저 순백을 붉게 물들이고 말겠다는 결연한 의지가 한시적으로 은강의 동요를 억눌렀다.

"다음은 제삼 장. 입을 맞출 것입니다."

부인의 선포에 준엽이 고개를 끄덕였다.

"눈 감으세요."

"내가, 말입니까?"

"예!"

준엽은 조금 미적거렸지만 시키는 대로 눈을 감았다. 은강은 슬그머니 다가가 그의 다리 위에 살포시 내려앉았다. 그리고는 망설임 없이 그의 입술에 제 입술을 갖다 붙였다. 아니, 붙이려고 하였다.

한데 이상한 일이지. 얼굴 가까이에 다가가자 마음이 저어되었다. 싫은 게 아니라 어딘가 불가항력이 작용되는 것처럼 더 나아가기가 힘들었다. 집무실에서 일만 한 터라 볕에 타지 않은 뽀얀 준엽의 살갗이 은강에게 가책을 안겨주었다.

이래도 될까? 아무리 부부지간이라지만 아무것도 모르는 그에게 이렇게 손을 대도 될까?

은강은 갑자기 저가 어리고 힘 좋은 돌쇠를 유혹하는 청상과부가 된 느낌이었다. 적서에 단골로 등장하는 그 음란 부인 말이다. 회의감이 몰려왔다. 그토록 바라는 순간을 앞두고 이런 심정이 든다는 것이 본인도 믿기지 않았지만,

'이미 들어버린걸.'

은강은 준엽에게서 손을 뗐다. 그러자 준엽이 눈을 떴다.

"어째서⋯⋯."

준엽은 은강의 낯빛이 어두운 걸 보곤 말끝을 흐렸다. 나름 짐작이 가는 게 있어 그의 입에서도 무거운 소리가 흘러나왔다.

"부인께 나는 아직도 미성숙한 존재인가 봅니다."

뜻밖의 말에 은강의 눈동자가 흔들렸다. 그야 뭐 과거라면 아주 틀린 짐작도 아니었겠으나 최소한 지금에 이르러서는 그렇지 않았다. 제 이상이 워낙에 확고하여 그렇지 어쨌건 현재의 낭군이라면 무얼 하여도 이상하지 않을 어엿한 사내였다. 문제는 낭군이 아니라 자신이었다.

"조금은 달리 받아들여지지 않을까 했으나, 역시 아직 내가 미숙한 탓에⋯⋯."

오해를 사고 있었다. 준엽의 시무룩한 어깨에 은강은 어찌할

바를 몰랐다.

"괜한 청을 드려 부인을 곤란케 하였소. 송구합니다."

머리가 숙여지는 것이 싫었다. 그가 사과하는 것이 싫었다. 은강은 덥석 준엽의 고개를 붙들고 입을 맞추었다. 인장을 찍듯 쾅! 얼굴을 부비자 쪽! 소리가 방 안을 때렸다.

"아닙니다. 그래서, 그런 게 아닙니다!"

얼떨떨한 얼굴을 하고 있는 준엽에게 은강은 속내를 진솔히 밝혀냈다.

"그저 제가 처량하고 구질구질하여 그래서…… 그래서 그리하였습니다. 낭군은 잘못이 없으십니다!"

"아프다니."

며칠 전, 그의 음성이 머릿속을 울렸다.

"아무것도 모르는 낭군을 소첩이 더럽히려는 것 같아서!"

"여기에 중병의 환자가 있습니까?"

"홀로 나쁜 마음을 품게 된 것 같…… 읍!"

말은 채 이어지지 못했다. 소리가 삼켜지고, 숨이 삼켜지고, 입술이 삼켜졌다. 준엽은 대범하게 은강에게 침범했다. 도톰한 혀가 은강의 입안을 거침없이 휘저었다. 혀뿌리를 파고들더니 제 것에 얽어 부드럽게 돌려댄다. 얼결에 은강은 그에게 말려들었다. 혀끝이 입천장을 가느다랗게 줄 그을 때마다, 혀가 얼얼하게 흡입될 때마다 등줄기가 짜릿했다. 은강은 준엽의 품에 안겨 그의 가슴팍만 꼭 붙들었다. 입맞춤이 길어질수록 그에게 점점 매달리게 된다. 숨이 벅차오고 심장이 벅차올랐다.

"······부인."

물고 뜯고 삼킬 것처럼 거친 움직임 속에서 한참 만에야 소리가 터져 나왔다. 가쁜 숨을 가득 머금은 그의 부름에 은강은 어느새 꼭 감겼던 눈꺼풀을, 슬며시 들어 올렸다. 몽롱한 그의 눈동자가 저에게 진득하게 달라붙었다. 그 시선이 부끄러워 은강은 얼굴을 비스듬히 돌렸으나 금세 다시 붙들리고 만다.

"으응······."

재차 촉촉한 붉은 살점이 서로 엉기고, 붙고, 쫓기고, 마찰했다. 서로의 혓바닥이 문질러질 때마다, 그 강도는 횟수에 비례하여 점차 세어져만 갔다. 은강의 입속에서 시작되었던 야릇한 만남은 이제 터를 가리지 않았다.

그는 매우 능숙했다. 꽃분에게 듣기로 처음인 사내와 입맞춤을 하면 얼굴에 침 범벅은 각오해야 한다 하던데, 둘 사이엔 침한 방울 흐르지 않았다. 자신이야 어릴 적부터 보고 들은 게 많으니 그렇다 치는데 낭군은 참 신기할 노릇이다. 얼마 전까지만하여도 그쪽으론 백치처럼 굴더니?

의문이 한번 떠오르기 시작하자 집중이 분산됐다. 상대도 그걸 깨달았는지 멈칫, 그가 눈을 떴다.

"낭군. 어, 어째서……. 어떻게……."

아무리 은강이라 하여도 사내에게 어찌 처음인데 잘하느냔 말
을 쉬이 던지기는 어려웠다.

"아까는 무엇부터 해야 하냐고 물으셨으면서……."

주저주저하던 은강이 최대한 질문을 누그러뜨렸다. 다행히도
그 뒤에 생략된 은강의 의도를 준엽은 알아서 이해해 주었다.

"무엇부터 해야 하냐 물었지, 무얼 해야 하냐 묻지는 않았던
것 같은데."

웃음기 실린 음성이 평소와는 영 딴판이었다. 약간은 시건방
진 듯한 느낌도 들어 은강은 흠칫 준엽을 새로 보았다. 늘 저를
볼 때면 한량없이 맑고 티 없던 눈동자가 오늘따라 조금 위험해
보였다. 예리하게 스치는 빛이 마치 그 옛날, 광대극을 보곤 실소
를 터뜨리던 준엽을 떠올리게 하였다.

"부인. 나도 책을 읽었습니다."

그가 엄지로 슬며시 은강의 입술을 문질렀다. 작은 손짓일 뿐
인데도 묘하게 야릇했다. 은강의 발가락이 꼼질거렸다.

"그리고 이 나라에 나보다 더."

속삭이는 내용이 참으로 당차기 그지없다. 겸양이란 조금도
찾아볼 수 없는 단언. 하나 그는 그럴 자격이 있었다.

"배우는 데 재주 있는 이도 없지요."

아…….

다시 입술이 엉겨드는 동안 은강은 환희에 가득 찼다.

장원 급제자, 만세.

❀

요즈음, 마님은 기분이 좋아 보였다. 시도 때도 없이 콧노래를 흥얼거리거나 자수를 놓다가도 몇 번씩 초점을 흩뜨리며 흐흥 웃음을 짓기도 하였다. 귀환 부인 하권을 내놓으라 닦달하지 않음은 물론이고 아예 꽃분 자신이 적서를 압수한 사실 자체를 잊고 있는 것처럼도 보였다.

"마니임, 어디까지 하셨어요?"

이런 변화가 생긴 것이 주인 나리의 제안 이후부터 시작되었으니 필시 원인은 그것이리라. 꽃분이 은근한 목소리로 은강을 찔러보았다.

"무얼?"

그러나 은강은 오리발을 내미는 게 아니겠는가. 꽃분은 배신감이 들었다. 지금껏 저는 물으면 묻는 대로 다 얘기를 해주었건만 본인 차례가 오니 숨긴다 이거지?

"어디까지 나가셨냐고요, 나리와."

꽃분이 직접적으로 질문을 던졌다.

"묻지 마. 나도…… 몰라."

말과 말 사이의 공백에 '아잉' 소리가 들린 것도 같다. 은강의 얼굴에는 웃음이 흘러넘쳤다.

"기분이 좋아 보이십니다요?"

"응. 세상이 아름다워. 얘, 꽃분아. 나 근자에 참말로 세상이 아름다워 보인다? 이 바늘도 아름답고 이 경대도 아름답고 저 장롱도 아름답고 너도 참 아름다워. 막 주변이 반짝반짝 빛이 나는 게 아니겠니?"

"잤어요?"

은강의 호들갑을 보다 못해 꽃분이 거두절미하고 본론을 던졌다.

"뭐, 뭐?"

"정사를 치르셨냐고요."

"어……, 그게……."

과거엔 그보다 더한 음담패설에도 깔깔거렸던 은강이 정사라는 말 한마디에 얼굴을 붉혔다. 손가락을 꼼지락꼼지락 말꼬리도 꼼질꼼질, 한참 시간을 끌던 그녀가 끝끝내는 고개를 내저었다.

"아직. 입맞춤까지만."

"한데도 즐거우세요? 벌써부터?"

겨우 고깟 것으로 이 난리라니! 꽃분은 믿을 수가 없었다. 제 주인마님이 어떤 사람이던가. 이미 열하나에 오라비들의 보정 수업을 훔쳐 듣고 열둘에 소녀경을 떼고 열셋에 고을에서 제일가는 적서 수집가가 된 여인이 아니던가. 한데 입맞춤으로 이토록 수줍어하며 고개를 끄덕이다니.

"흠……. 진짜 의외네요."

"무엇이?"

"아직 별다른 거 하지도 않았는데 이렇게 행복해하시는 걸 보니……, 마님, 생각보다 나리에 대한 연정이 깊으셨나 봅니다?"

"그게 무슨 의외의 일이야. 난 외려 네가 더 의외다. 내자가 외자를 연모하는 건 당연한 일이지 않니. 굳이 의문을 가질 이유가 뭐야."

어릴 때부터 그렇게 많은 외설서를 읽고 그렇게 많은 남정네를 밝혔으면서도, 신기하게도 아직 순수한 구석이 있는 분이었다. 순수라고 해야 할지, 고리타분하다고 해야 할지 정확한 분간은 어렵지만 말이다.

내자가 외자를 연모하는 게 대체 어찌 당연하단 말인가. 차라리 아랫것들이야 오며 가며 눈 맞아 남녀상열지사 좀 펼치고 혼인을 하면 된다지만 어디 체면 중시하는 양반네들에게 이게 가당키나 할 일인가.

가문과 가문의 결합에 당사자인 아씨와 도련님의 의사는 없다. 혼례 치르는 날, 처음으로 상대의 얼굴을 보는 일들도 부지기수다. 부모가 월하노인도 아닌데, 그들이 멋대로 맺어준 연에 연정이 따른다면 그건 다행다복(多幸多福)한 것이지 결코 당연한 일이 아니었다.

"마님 혼례 전날 울었던 거 잊으셨어요? 밤새 통곡을 해서 신부가 눈이 퉁퉁 부었었잖아요. 다른 사람들한테 벌에 쏘여서 그리되었다 둘러대는 바람에 저는 아씨를 위험에 빠뜨렸다고 경을 쳤고요."

"그때는……."

기억이 멋쩍었는지 은강이 바늘 끝으로 머리를 긁적였다.

"그때는 어리고 조그맣고 곱상해서 싫다고 하셨잖습니까. 아씨께서 꿈꾸시던 사내란 신장이 육 척이 되거나 그도 아니면 몸에 털이 숭숭 나야만 했으니까요. 지난 삼 년 동안도 그 꿈은 여전하시고요. 주인 나리께서 쑥쑥 성장하신 건 사실이지만 아직 마님의 이상에는 미치지 못하시지요. 얼마 전까지만 해도 그 얘기 하시면서 발을 동동 구르셨잖아요."

"사람이 늘…… 바라는 것을 다 이루면서 살 수는 없는 법이 아니니. 하고픈 게 있을 때는 여건이 되는 한, 해야지."

"그러니까, 쇤네가 보기에 그게 이상하다니까요? 마님께서 원하는 건 정사를 치르시는 것이었잖아요? 그걸 소망해서 이상을 꺾으셨잖아요? 근데 아직 안 했잖아요? 그런데 어찌 그리 행복해하시는 겁니까?"

꽃분은 은강이 다섯 살 때부터 그녀의 수발을 들어왔다. 십여 년 그 곁을 지켰던바, 은강이 지금처럼 행복해하는 걸 본 적이 없었다.

"뭔가 하기는 하는데, 아직 미적미적이시면…… 안타까워하셔야 하는 거 아닙니까? 한데 느긋하니 느른하니, 그걸로 족해하시는 것이 참으로 신기하단 말입니다."

"내가 언제 이걸로 완전 족하다고 하였니? 아직 갈 길이 더 있긴 하다만 어쨌건 여정을 시작했단 것으로도 기쁘긴 기쁘니까. 애초에 기대치가 바닥이었던 걸 고려해야지."

"아하, 그러니까 기대치보다는 좀 낫다?"

"좀이 아니라 엄청, 무척, 아주, 굉장히!"

머릿속의 생각이 복잡해질수록 꽃분의 눈알도 핑글핑글 격렬하게 돌아갔다. 나리께서 배우는 게 장기인 분이시긴 하지만 머리로 배우는 것과 육체로 행하는 데는 엄연히 간극이 있다. 아니었음 보정 배우신 양반 나리들은 죄 색사에 통달하였게? 꽃분은 회의했다. 한데도 양쪽 모두 초짜인 사람들이 좋아 죽는다는 것은, 추측되는 이유가 하나밖에 더 있겠는가.

"설마 손 닿고 안기만 해도 몸이 막 찌릿찌릿하세요?"

"그럼 너는 아니니?"

돌아오는 반문에 꽃분이 피식 웃음을 터뜨렸다. 사내들은 모르겠다만 여인들이 마음에도 없는 사내의 손길에 그렇게 반응하는 경우는 듣도 보도 못하였다.

"역시. 우리 마니임, 나리가 엄청 좋으신가 보다."

"내자가 외자를 사모함은 당연한 도리가."

"당연하지 않아요, 마니임. 사모해야 하는 것이 도리이지만 그렇게 되는 게 쉬운 일은 아니라고요. 도리는 지켜야 하는 것이잖아요. 노력해야 하는 것이라고요. 한데 연심이란 건 애쓴다고 다 이루어지는 게 아니어요. 모두가 그랬으면 세상에 기루가 왜 있겠어요? 간통은 또 어찌 존재하고요."

꽃분의 날카로운 지적에 은강은 허가 찔린 기분이 들었다. 부부의 도리로써 낭군을 존경하고 내조해야 한다고 생각했지, 사내로서 낭군을 열렬히 사모해야 한다고는 생각해 보지 못했다. 혼인을 하였기에 얼른 색사도 치러야 한다고만 생각했지, 사내를 연모하여 정을 나누고자는 생각해 보지 못했다. 이 차이가 예상보다 더 컸다. 꽃분이 그것을 깨우치게 하였다.

부부의 도리와 상관없이 자신은 진실로 낭군을 연모하고 있었던가. 여전히 저는 육 척 장신에 건강한 덩치의 사내가 좋고, 낭군은 아직도 제 이상과는 거리가 먼데?

"사또로서만 존경한다 하시고 사내로선 못 미친다 하시더니 그것도 아니시잖아요? 이게 무슨 순정이야. 손만 대도 찌릿찌릿하다니! 열둘에 소녀경에 통달한 우리 마님께서어!"

어쩜 이렇게 귀여운 말씀을. 깔깔깔 웃음소리가 방 안을 마구 울렸다. 몸종의 놀림에 은강은 얼굴이 후끈거렸다.

"네 멋대로 생각하거라. 가부간 좋은 게 좋은 것 아니겠니. 남들 보기에 그리 보인다면 된 거지. 내자는 외자를 연모해야 할 도리가 있으니까."

"도리만이 아닌 것 같으니 드리는 말씀이죠."

꽃분이 알나리깔나리 마을 꼬마들처럼 짓궂게 은강을 놀렸다. 은강은 흥! 콧방귀를 꼈지만 딱히 꽃분의 놀림이 싫지는 않았다. 사람이 언제나 완벽한 이상만을 좋아하는 것은 아니니까. 사실

은강은 지금껏 그게 하고 싶은 욕구가 컸던 것이지 그와 하고 싶은 욕구가 컸던 것은 아니었다. 하지만 이제 어쩌면 자신은……

"이렇게 해요, 마님."

생각에 잠겨들려는 찰나, 꽃분이 소리를 낮추었다.

"거사가 이루어지는 날에 압수했던 책 모두 돌려 드릴게요. 경사도 겹경사가 더 성대한 법이잖아요? 어떠세요? 귀환 부인 하권도 그때쯤이면 드릴 수 있을 것 같은데?"

어사또 김경수를 까마득 잊고 있었다. 은강은 꽃분이 귀환 부인을 언급하자 그때서야 그 책을 기억해 냈다. 지금 상황으로 봐선 아무런 문제가 없을 것 같다. 은강은 자신 있게 고개를 끄덕였다. 어쩌면 그때쯤, 그 책들은 아무런 필요가 없지 않을까?

지금도 세상이 이렇게 아름다운데.

5. 이면

"헤헤. 사또. 제가 아주 재밌는 이야기를 들었습니다."

호방이 올린 호적단자(戶籍單子 : 호주가 삼 년마다 양식에 따라 작성하던 호적 서류)와 관아에 수집되어 있던 호적단자를 하나씩 대조해 보고 있던 준엽이 눈살을 찌푸렸다. 그렇지 않아도 밤새 공기에 접촉되어 있던 예민한 눈동자가 갑자기 들이닥친 빛 덩어리에 시린 기운을 느낀 것이다. 자연히 말이 곱게는 안 나간다.

"문 닫아."

"예이예이."

툭하면 어딘가로 자리를 비우는 비장이 활기찬 모습으로 준엽의 아래에 앉았다. 동에 번쩍 서에 번쩍, 몸이 아주 바쁘시다.

"재밌는 얘기, 뭐."

그래도 그가 물어오는 소식 대부분은 꽃분에게서 비롯된 것이기에 관심을 아니 둘 수가 없었다. 일이 첩첩이 쌓인 와중에 비장의 게으름을 허락해 주는 유일한 이유다. 은강의 이야기가 실금실금 들어오니까. 기실 준엽은 이를 통해 부인의 일거수일투족을 파악하고 있었다. 지난 삼 년간.

"청매산 과부 간음 사건."

붓을 든 사또의 손이 움찔 떨렸다.

"사또께서 그 사건 때문에 골머리를 앓아 하신다는 '헛소문'이 퍼졌지 뭡니까. 그것도 마님께만."

비장이 얄밉게 준엽을 향해 이죽거렸다.

"그것참 이상하죠. 제 기억엔 작년 사건이었고 사또께선 별로 어렵지도 않게 판결을 내리셨잖아요? 청매산 과부는 화간으로 장 팔십 대. 그리고 주자가 어쩌고저쩌고하시면서 대명률에 따르면 시댁 식구들은 과부를 돌보아야 하는데 그 책임을 유기하였으므로 소를 제기한 이에게는 장 육십 대."

장정도 장 열 대면 뼈마디 삭신이 다 녹아내린다. 그런데 과부의 나이 든 시모에게 장 육십 대를 내렸으니 이는 곧 사형선고나 다름이 없다. 이러한 때, 혼비백산한 과부 시댁에서 할 수 있는 선택이란 강제된 것이나 마찬가지였다.

"아예 소 자체를 취하하게 만드시지 않았습니까. 그쪽에선 돌이켜보니 헛것을 본 것 같다고 하였죠? 캬아, 과연 명판관!"

비장이 연신 손뼉을 치며 오두방정을 떨었다. 그가 시끄럽게 굴면 시끄럽게 굴수록 준엽의 낯빛이 어두워진다.

"시끄럽다. 일이나 해."

준엽이 퉁명스레 대꾸하자 비장의 얼굴에 더욱 짙은 웃음이 걸렸다.

"하긴. 내숭 떠는 것보단 차라리 수작 부리는 게 낫긴 하죠. 저번엔 어디, 병자 있냐고 하셨답서요?"

"아, 그래."

그때 일이 생각난 듯 준엽이 드디어 하던 일을 멈추고 얼굴을 들어 올렸다.

"너희. 대체 뭔 짓거리를 한 게냐?"

"마님께서 멀리서 소리치며 들어오시길래 꽃분이가 문에 구멍 하나 뚫어드렸죠. 그리고 마침, 우연히, 놀랍게 하늘의 안배로 두 분이 거기서 만나셨고요."

가소롭다는 듯 준엽이 코웃음 쳤다.

"우연히? 일하다 말고 갑자기 사라지니 내가 널 찾으러 가, 안가."

눈치만 빨라가지곤. 비장이 구시렁거리자 준엽이 눈썹을 쓱 추켜올렸다. 심기가 비틀어졌다는 방증이다. 비장이 잽싸게 태세를 전환한다.

"헤헤. 그래도, 마님이 무슨 부인 하권 찾으러 왔던 건 요행이었습니다. 가부간 그동안 꽃분이한테 들어보니 마님은 마님 나름대로 난리고 나으리도 뭐…… 저한테 물으시면서 그런 독서하신 지도 좀 되셨잖아요? 그래서 저희끼리 말을 맞춰보니 이제 진전을 보실 때도 되지 않으셨나 싶었던 거죠."

음음, 되었고말고. 비장이 자문자답으로 말을 이어 나갔다.

"그런데 좋은 흐름 타시라고 기껏 분위기 잡아드렸더니……아, 대체 진짜 왜 그러셨어요."

비장의 타박에 준엽은 괜히 한편에 쌓여 있는 소장(訴狀)을 건드렸다. 그는 비장의 말을 회피할 목적으로, 펼쳐 든 소장에 제사(題辭 : 백성이 제출한 민장에 쓰던 관부의 판결이나 지령)를 써넣기 시작했다. 그걸 보고 기가 찬 비장은 한숨을 내쉬었다. 딴짓을 하는데 그 딴짓 또한 업무다. 참 잘났다, 싶다.

"듣고 계시지요? 아픈 사람 타령은 왜 하셨냐니까요."

"그런 때에 마주쳐 당황해하였으니까. 민망하지 않게 상황 넘겨주려 한 게다."

붓 든 팔을 잡고 흔들자 준엽이 그의 손을 쳐내며 마지못해 대꾸를 해주었다.

"그럼 병자 확인하겠다고 한 건?"

"당황하는 게 깜찍해서."

허억! 비장이 요란하게 숨을 들이마셨다. 그리곤 곧 두 눈을 깜빡이며 손바닥으로 여러 번 탁탁 귀를 쳤다. 헛것을 보고 헛것을 들었나? 비장은 현실을 인정할 수 없었다. 저 야차 같은 사또 나으리께서 얼굴을 붉히고 깜찍하다는 소리를 발음해? 저 나으리 머릿속에 깜찍이라는 말이 있기는 있는 모양일세?

"어쩐지…… 기분이 나쁩니다. 이유는 잘은 모르겠지만, 어쩐지……."

비장은 마치 더러운 것이라도 본 양 몸을 부르르 떨었다. 그러자 어느새 시퍼런 낯빛으로 돌아온 준엽이 무거운 입꼬리를 억지로 끌어 올린다. 그를 향해 빙긋 짓는 미소가 무척이나 의미심장하였다.

"시끄럽고 일이나 하거라. 할 일이 태산이다. 이쪽에 호방이 모아온 금번 호적단자랑 그간 관아에 보관되어 있던 호적대장의 기록에서 어긋나는 것, 솎아두었다. 그거 가지고 우리가 따로 조사해 온 호적단자와 비교하여 기록에 안 맞는 거 걸러내고……."

"잠깐! 사또. 잠깐, 잠깐!"

숨넘어갈 정도로 쏟아지는 어마어마한 지시에 비장이 마지막으로 숨 쉴 구멍을 찾아 머리를 내밀었다. 이 잡담을 끝으로 자신은 다시 저 엄청난 기록의 해류에 파묻힐 것이 자명했으므로 그의 발버둥은 필사적이었다.

"대체 왜 합방치 않으시는 겁니까? 그렇게 연모하시고, 심지어 부부가 아닙니까. 한데 어째서 내숭까지 떨면서 여직 애들 장난 같은 일만 벌이고 계시는 겁니까?"

지난 삼 년간 사또를 모셔오던 비장은 그간 묵혀놓았던 질문을 드디어 입 밖으로 꺼내보았다. 도무지 이해를 하지 못할 노릇이었다. 저 속이 얼마나 음흉하고 시커먼데 마님 앞에서 억지로 순백을 덧칠하여 본심을 숨기는 것일까. 꽃분의 말을 들어보면 외려 마님은 그의 흑심을 두 손 들어 반길 것 같은데.

그렇다고 어디 사지가 모자라나 아니면 혈기가 모자라나. 양쪽 모두 차고 넘치는 데다가 저 냉혈한이 유일하게 아끼고 사모하는 것이 그의 부인이 아니던가.

"아직 때가…… 아니야. 모자라."

서안 끄트머리 어딘가에 시선을 던지며 준엽이 착 가라앉은 음성으로 중얼거렸다. 워낙에 미미한 소리였으므로, 이렇게 둘밖에 없는 조용한 방 안에서도 어지간히 집중하지 않으면 듣지 못할 음성이었다. 하여 사실 그게 비장에게 던진 답이었는지 그저 스스로의 다짐이었는지는 누구도 알 수 없었다. 하지만 어쨌건 그는 말했다. 그럼에도 불구하고 아직은 때가 아니라고.

'합방 길일이라도 잡아뒀나?'

다행히도 청각 좋은 비장은 사또의 중얼거림을 들을 수 있었다. 그러나 아무리 머리를 굴려도 사또의 진의는 쉽사리 알 수 없었다. 게다가 준엽은 비장에게 그럴 틈조차 주지 않았다.

"나한테 신경 끄고 일이나 해. 저거 분류 다 못 해놓으면 꽃분이고 꽃나발이고 영영 못 보게 될 테니."

다시금 야차로 돌아온 사또는 다른 때처럼 성질머리 고약한 으름장을 놓았다. 비장의 입에서 숨이 빠졌다.

"예히, 나으리."

✳

　저번 만남 이후로 은강은 손가락을 꼽아가며 준엽을 기다렸
다. 그러나 한 손을 모두 사용하고 다른 손을 써먹는 동안에도
준엽은 나타나지 않았다. 마음 같아선 살짝 가서 말이라도 걸어
보고 싶은데, 그는 도무지 동헌에서 나올 기미가 없었다. 꽃분이
한테 듣자 하니, 요즘 대대적인 호적대장 정리 탓에 사또의 업무
가 태산처럼 서안을 장식하고 있다 한다.

　시기가 시기인 만큼 어쩔 수 없다는 걸 알았지만 접촉의 묘미
를 경험해 보고 나니 인내가 쉽지 않았다. 오죽하면 사찰에 가
번뇌 떨치기 백팔배도 올려보고 밤새 나무아미타불 관세음보살
독경도 외웠겠는가. 그러나 색심 다스리기는 그녀에게 별다른 효
용을 안겨주지 못했다. 하여, 은강은 방도를 바꾸어보기로 하였
다.

　'버릴 수 없다면 돌려야 해. 다른 곳으로.'

　즐거움을 줄 수 있는 다른 것에 관해 그녀는 골몰하기 시작했
다. 톡톡톡톡톡톡. 오랜 시간 바닥을 찍던 검지가 벼락이라도 맞
은 양 크게 떤 것은 한순간이었다.

　'귀환 부인 하권!'

　그날로부터 보름이 지났다는 사실을 깨달은 것이다. 은강은
삼 본 심마니처럼 두 팔을 활짝 펼쳤다. 나으리가 찾지 않는 동안
에 귀환 부인 하권을 읽으며 즐겁게, 얌전히 시간을 보내면 그게

일석이조가 아닌가!

그러나 문득 떠오른 또 다른 사실에 그녀의 환희는 금방 수그러들었다. 꽃분과의 약조가 떠올랐기 때문이다. 있던 책들도 아직 돌려주지 않고 있는데 귀환 부인 하권을 세책점에서 잘도 받아다주겠다 싶었다.

'그럼……'

소피 빠진 오줌보처럼 바닥에 널브러졌던 은강이 고개를 번쩍 들었다. 이걸 왜 고민이라고 하고 앉았는지 과거의 자신을 뉘우친다.

'나 혼자 가면 되지?'

에잉!

세책점의 주인장은 은강을 보자마자 대뜸 인상부터 찌푸렸다. 늘 환대만 받아오던 은강은 흔치 않은 다른 이의 적대에 자못 당황하였으나 방문 목적이 있으므로 세책점 안에 성큼 발을 들였다.

"돌아가시게."

주인장이 손을 휘휘 내저었다. 먼 걸음을 어렵게 한 은강은 그의 박대에도 불구하고 손을 내밀었다.

"돌아갈 때 가더라도 받을 건 받고 가야겠소."

"없어, 없어. 없으니 돌아가시게. 그쪽 벗에게 받은 웃돈도 다 돌려줄 테니 귀환 부인 하권 그만 찾아."

"대관절 무슨 소리를 하는 게요? 힘들게 기다리고 어렵게 왔더니 그런 무책임한 소리가 어디에 있소?"

"그 책이, 아 글쎄, 씨가 말랐어! 씨가 말라서 우리도 어떻게 해보고 싶어도 할 수도 없다고!"

하늘이 무너진 듯 주인장은 원통함을 표출하였지만 은강의 입장에선 어리둥절할 뿐이다.

"씨 마른 건 처음부터 알고 있던 사실이고. 그래도 한 권 돌고 있었잖소? 세 번째라며?"

"그러니까 그 한 권마저도 씨가 말랐다고! 속에 천불이 나 죽겠는데 그만 좀 따져! 진짜 죽을 맛이니까!"

유일한 한 권마저 씨가 마르다니? 이게 무슨 청천벽력이란 말인가! 은강이 발끈하여 소리를 지르기 시작했다.

"뭐요? 무슨 장사치가 이렇게 신의가 없소? 왜 댁이 큰소리야! 죽을 맛은 내가 죽을 맛이지! 보름간 사람 똥개 훈련시킨 것도 아니고! 대기하라 그래서 대기했는데 뭐가 어쩌고 저째?"

"그것참 미안하게 됐소이다! 웃돈에 웃돈 더해서 댁의 벗에게 돌려줄 터이니, 그만 돌아가시오!"

"누가 돈이 중요하댔소? 돈 더 줄 테니까 책 내놓으라 하지 않소!"

"있으면 주지! 있으면 주는데, 아주아주 높으신 윗분께서 선점도 아니고 독점해 가셨소이다!"

"지금 그걸 자랑이라고 하고 앉으셨소? 그런 게 어디 있소! 독점이라니! 돈 몇 푼에 이럴 수 있소?"

"돈 몇 푼? 돈이면 다행이게! 양반 나리께서 모셔갔으니 우리 같은 일개 장사치가 뭘 어쩌겠소!"

두 사람은 세상이 떠나가라 목에 핏대를 올렸다. 각자의 입장에서 억울한 것을 서로에게 피력해 대는 게, 실상은 화풀이를 하는 것과 다름이 없었다.

"그쪽 얼굴만 봐도 귀환 부인이 떠올라서 내 속이 얼마나 쓰리고 쓰린 줄 아쇼? 가, 가! 얼른 가시게나!"

게다가 이 싸움은 무의미할 뿐 아니라 처음부터 패배자도 정해져 있었다. 세책점에서 책이 없다고 하는데 은강이 무슨 수로 책을 받아오겠는가. 주인장의 축객령에 그녀는 씩씩거리면서도 밀려나올 수밖에 없었다.

'뭐 이런 곳이 다 있담?'

밖으로 쫓겨난 은강은 세책점을 노려보며 치를 떨었다. 연유가 어떻든 본인이 약조를 지키지 못했으면 사람이 공손히 사과부터 해야 할 게 아닌가. 한데 속이 쓰리다고 손님인 자신에게 역정만 내다니.

"두 번 다시 오나 봐."

은강은 입술을 쌜쭉이 일그러뜨리곤 발길을 돌렸다.

"저 처자는 뭔 죄라고 저 처자한테 그렇게 화를 내?"

곁에서 지켜보던 아낙네 하나가 뒤늦게야 주인장에게 핀잔을 주었다. 다혈질인 건 알고 있었지만 그렇다고 그 꽃 같은 처자에게 그토록 화를 내다니, 관계 외자도 질릴 정도였다.

"아니 뭐. 나도 책 뺏긴 것도 억울하고…… 웃돈에 웃돈 물어줄 거 생각하니까 속이 심히 상하여……."

시간이 흘러 화가 많이 가라앉았는지 주인장이 곰방대로 괜히 이마를 긁적였다. 반성하는 기색이 역력하긴 했으나 이미 물은 엎질러진 뒤였다. 아까운 손님 하나 놓쳤겠다고 생각하며 아낙은 혀를 끌끌 찼다.

"근데 대체 책은 누구한테 뺏겼다는 거요? 말 좀 해보소."

질문에 골치 아픈 듯 주인장은 머리를 짚었다.

"몰라. 그 미친놈들이 딱 한 권 있는 그걸 가져갔어. 다른 데는 수색도 않고 우리 세책점에만 압수해 갔다니까? 이거 표적 수사 아니야, 표적 수사?"

주인장은 그 미친놈들이 정확히 누구인지 밝히지 않았지만 압수, 표적, 수사라는 실마리로 상대의 정체를 명확히 알려주었다. 아낙네는 조심스레 주변을 살피며 자그마하게 손나발을 불었다.

"관아에서 단속 나왔소? 풍기 단속 뭐 그런 걸로?"

"아, 물어 뭐해."

"한데 그런 것치곤 말짱한데? 다른 서책들은 무사하구먼."

"그러니까 기가 막힐 노릇, 미친놈들이라 하는 거 아니겠냐고. 걷어갈 거면 오래된 벌건 책만 가져가면 될 것 아닌가. 왜 하필 장안의 인기작인 귀환 부인 하권, 딱 그 한 권만 압수해 가냐, 이

거야! 내가 그 책을 얼마나 귀하게 모셔왔는지 아시오? 올해의 대목인데, 나 원!"

차가운 곰방대가 애꿎게 서장(書橄)을 회초리질 한다. 뽀오얀 먼지가 우수수수수— 주변에 날리고 아낙이 기침을 해대는 동안도 주인장의 열변은 계속해서 토해졌다.

"불온서적인지 아닌지 확인하고 돌려주겠다는데, 그걸 누가 믿나? 이쯤 되면 의심이 된단 말이오. 아무리 생각해도 수상쩍은 게 한두 가지가 아니오."

"한두 가지가 아니라니? 이 외에도 다른 이상한 게 있소?"

"저쪽 아래에 그 왜, 새로 생긴 세책점이 있지 않소. 거기에도 귀환 부인 하권이 두어 권 입고되어 있거든. 한데 거기 책은 압수도 안 했더라니까? 여기에만! 왜 내 책방에서만 가져간단 말이오? 이상하지 않소?"

"확실히 그건 이상하오."

"저쪽 책방에서 관아에 뒷돈을 댄 게 틀림없소. 그렇지 않고서야 이건 말이 안 되오!"

주인장의 말이 그럴듯하게 들렸으나 아낙은 이내 머리를 털어냈다. 신관 사또 아니, 이제는 누가 봐도 이 고을 최고의 수장인 그 유 사또가 뒷돈을 받고 움직일 인물로는 보이지 않았기 때문이다. 사람이 너무 꼬장꼬장하고 엄격한 게 탈이지 폐단을 만들 인물은 아니었다. 그 아래 육방 아전이 의심스럽기는 하지만, 시퍼렇게 사또가 두 눈 뜨고 있는데 수숫대로 크게 당한 그들이 이토록 경거망동하리라는 생각도 들지 않았다.

"내 생각은 좀 다른데."

아낙네가 신중하게 다른 의견을 제시했다. 말해보란 듯 주인
장이 손바닥을 내보였다.

"귀환 부인에 나오는 탐관오리가 유 사또가 아니오."

"그렇지. 한데 설마 그 뭐, 우리 사또도 유 사또니까 그게 불쾌
해서 거둬들였다, 그런 얘기할 거면 관두쇼. 우리 사또가 어디 그
럴 사람인가? 유치하게."

"이이 성질 급한 거 봐. 사람 말은 좀 끝까지 들어보시오. 귀환
부인 내용이 뭐요."

"방아 찧는 얘기?"

"방아를 찧긴 찧는데 누구랑 누가 방아를 찧는지 생각해 보
소. 유 사또 부인이랑 어사또랑 눈 맞아서, 유 사또를 처단하는
내용 아니오."

"그래서?"

"유 사또 부인 마님이 이 책에 빠진 거지. 그래서 어사또라도
기다리는 거 아닐까?"

"⋯⋯."

주인장의 입에서 잠시 숨이 멎었다. 얼빠진 낯으로 그가 아낙
네를 쳐다본다. 대치 같은 침묵이 흐르고 곧 세책점을 뒤흔드는
노성이 터져 나왔다.

"아, 집어치워!"

✻

빈손으로 걷게 된 은강의 발걸음은 힘이 없었다. 돌아가야 한
다는 생각에 억지로 걷다 보니 터덜터덜 움직임에 품위가 없다.
대체 어떤 높은 윗분이 저를 제치고 귀환 부인 하권을 탈취해 갔
는지, 새삼 의문과 분노가 비죽비죽 돋아났다.

'어휴, 관두자 관둬. 알아봤자 뭘 할 수 있는 것도 아니잖아.
이 허울만 좋은 현감 부인 자리, 제약투성이야, 정말.'

차라리 예전처럼 최 부자 집 고명딸, 아리따운 양반 아씨였다
면 성이라도 내고 땡깡이라도 부렸겠으나 관아의 안방마님은 그
런 것조차 할 수가 없었다. 옳든 옳지 않든, 공정성 시비에서 자
유로울 수 없고 수령의 위신에 어떻게든 뒷말이 가해질 가능성이
컸기 때문이다.

가끔 은강은 자신이 허울만 좋은 처량한 신세라 생각했다. 남
들은 관아의 안방마님이라 우러러보지만 막상 본인이 판단하는
제 처지는 그랬다. 그녀의 손발에는 눈에 보이지 않는 오랏줄이
칭칭 매여 있어 관과 억지로 일체화가 된 것 같았다. 그나마 음란
서적을 즐기는 게 그녀가 하는 일 중 가장 자유로운 일탈이지만,
사실은 그조차도 이제 슬슬 손을 떼야 하는 시기가 도래했다는
것을 은강도 어렴풋이 알고 있었다. 앞으로의 인생에서, 적서를
제하고 그나마 낙을 찾자면……

'오늘 밤은 서방님이 찾아주셨으면 좋겠는데.'

준엽을 떠올리자 그녀의 입가에 곡선이 머물렀다. 최근 그와 전보다 더 시간을 함께 보내면서 그에 대한 단상이 점차 다채로운 빛깔을 띠게 되었다. 소년 급제, 일 중독, 명판관, 청렴결백, 염관 등 과거 사또라는 직분을 투영해야만 구상되던 준엽은 어느덧 열기 띤 눈동자와 거침없는 행동력, 다정한 말투와 야릇한 손길을 가진 근사한 사내가 되어가고 있었다. 여전히 신장은 육 척에 미치지 못했지만 그것도 근래에 이르러선 아무럼 어때였다. 기왕이면 다홍치마인 것이지 치마를 얻을 수나 있으면 그것으로도 만족이었다.

뚱하게 나와 있던 은강의 입이 점차 콧노래를 흥얼대기 시작했다. 마지못해 질질 끌리던 발걸음도 총총 산뜻하기 그지없다. 하지만 어렵사리 둥실둥실 떠오른 기분이 격추된 것은 바로 다음이었다.

챙그랑!

어디선가 들려오는 선연한 파열음에 은강의 고개가 돌아갔다. 그녀의 시선에 웅성거리는 사람들과 그 사이사이로 언뜻 일사불란하게 움직이는 관졸들이 보였다.

'무슨 일이지?'

은강이 자연스레 발걸음을 돌렸다. 현장에 다가가면 다가갈수록 깨지고 부서지는 파열음은 더 크게 들려왔다. 혀 차는 사람들의 소리와 사내의 발악, 여인의 절규, 아이들의 울음소리도 귀를 사로잡았다. 모여 있는 백성들을 헤쳐 나아가 보니 나뒹굴고 있는 세간 살림과 바닥에 주저앉은 노모, 졸망졸망한 어린아이들의 모습이 눈에 띄었다.

"데려가지 마라, 이놈들아!"

아이들의 어미로 보이는 아녀자가 관졸들을 향해 달려들었다. 관졸들은 사내 하나를 결박하고 있는데 보아하니 그가 이 집안의 호주(戶主 : 가장)인 듯싶었다.

"공무 방해죄로 함께 끌려가고 싶지 않으면 물렀거라!"

관졸은 아녀자를 떨쳐 냈다. 엉덩방아를 찧으며 나뒹구는 그녀의 바로 옆에는 깨어지고 부서진 살림살이들이 널려 있어 까딱하다간 몸을 다칠 것 같았다.

"뭔 놈의 부역이야! 농사지을 사람을 잡아가면 나라에서 우리 식구 먹여 살릴 것이오?"

아녀자는 바닥을 짚으며 다시 발딱 몸을 일으켰다. 삿대질을 하는 그녀의 손바닥에서는 피가 줄줄 흐르고 있었다. 바닥을 짚을 때 깨진 그릇에 상해를 입은 것 같았다.

"그걸 왜 우리한테 하소연을 해? 나라에서 성곽 지을 인력이 필요하다 하니, 별수 없는 노릇 아닌가! 임금한테 직접 따져!"

"나라 녹 받아먹는 사람이 어찌 그리 무책임한 소리를 허요! 성곽? 내 피 같은 조세 떼먹었음 그걸로 지지고 볶고 알아서들 해야지! 애들 아부지까지 데려가면 어쩌란 말이오!"

"어디 억울한 게 그쪽뿐이야? 임금님이 이 집 사내만 데려오라 그랬나? 왜 유난이야, 유난이?"

"호방 나리께서 호구조사 싹 해가셨고, 분명히 부역 면제자라 하였단 말이오! 그런데 이제 와서 이러는 법이 어딨나! 이런 게 어디에 있소!"

여인이 악을 썼으나 관졸들은 입씨름에 넌덜머리가 났는지 더 이상 대꾸하지도 않았다.

"데려가라!"

관졸 대장의 명이 떨어지자 호주의 양어깨를 잡고서 관졸들이 압송을 시작했다. 둘러싼 백성들이 거치적거리는지 창이 휘이휘이 주변에 무차별로 육모방망이를 휘둘렀다.

"뭘 봐! 어디 구경났어? 다 공무 방해죄로 끌려가고 싶지 않으면 썩 물러!"

방망이 끝이 자신들에게로 돌아오자 사람들은 겁을 먹고 발을 뒤로 뺐다. 와중에 아녀자가 다시금 달려들자 이번에는 있는 힘껏 그녀를 내팽개쳤다.

와장창창!

항아리에 몸이 부딪치며 여인이 쓰러졌다. 놀란 아이들이 빽빽 울음소리를 높였고 부인이 걱정된 가장이 관졸들에게서 벗어나려다 구타를 당했다.

'세상에! 심하잖아!'

은강이 얼굴을 와락 구겼다. 아무리 공무를 수행 중이라지만 사람들을 윽박지르고 우악스레 사람을 다루는 관졸들의 모습은 가히 공포스러웠다. 이건 옳지 않았다. 술렁이는 민심의 가운데 서서, 은강은 결심했다.

'이건 아니야!'

땟국물이 줄줄 흐르는 아이들의 울음소리를 들으며 은강은 사또의 부인으로서도, 이건 묵과할 수 없다고 여겼다. 은강은 주먹을 꽉 쥐었다. 비록 예서 정체를 밝히는 한이 있더라도 말려야 한다고 생각했다.

하여 모두가 물러설 때, 은강은 한 걸음을 앞으로 내디뎠다. 난장판에 끼어들 뱃심을 두둑이 준비하고 숨을 크게 들이마셨다.

그런데 그때.

"나서지 마세요."

황급히 그녀의 앞을 가로막는 사내가 있었다. 헌헌한 풍채에 은강의 시야가 점령된다.

"자네……."

"가서 어쩌시려고요. 마님께서 움직이셔 봐야 일만 커집니다."

호방 강인지였다. 그가 은강의 두 팔을 붙들었다.

"비키게. 지금 사람이 잡혀가고 있지 않나."

"아니 되십니다. 못 가십니다."

은강이 그를 뿌리치려 했으나 강인지 또한 물러서지 않았다. 그에게 붙들린 사이에 관졸들이 기어이 호주를 끌고 멀어져 갔다. 조급해진 은강이 발을 동동 굴렀다. 그럼에도 강인지는 은강을 놓아주지 않았다.

"역의 문제이네. 호적대장 탓에 징발되고 있는 것이었어."

잇새를 뚫고 힘겹게 나오는 소리가 바들바들 흔들렸다. 호적대장은 연령, 성별, 식구 수, 거주지, 본관, 신분 등이 기록된 문서였고 부역은 이 기록을 토대로 소집 대상자가 정해진다. 그리고 이 호적대장을 작성하는 데 가장 큰 몫을 가지고 있는 이는……, 다름 아닌 눈앞의 사내다.

"호방이면서, 호적대장을 기록하는 호방이면서! 대체 지금 어찌 이러고 있는 것인가. 그대가 나서도 모자랄 판에 나를 막다니!"

은강은 강인지를 매섭게 노려보았다. 한때 그를 좋은 관원이라고 여긴 탓에 배신감은 배로 돌아왔다. 그의 의기 넘치는 포부를 직접 들은 적이 있기에 그녀는 실망스러움을 금치 못했다.

"오늘 일은 사또에게 내, 진상을 낱낱이 파헤치라 청할 걸세."

그때까지도 저를 잡고 있던 호방의 손을 은강이 내쳤다. 은강은 지금, 한걸음에 달려가 준엽을 만나고 싶은 마음뿐이었다.

"저라고."

돌아서는 은강의 등 뒤에다 대고 강인지가 입을 열었다.

"저라고 이 자리가 편한 줄 아십니까. 진정 이게 제 뜻처럼 보이십니까. 아까 그자는 제가, 소인이 직접 부역에서 사하여준 자입니다!"

그의 고함이 은강을 덮쳐 왔다. 의미심장한 강인지의 발언에 그녀의 심장이 쿵 떨어져 내린다.

"호방이 역에서 제하여준 이를, 다시 징집시킬 수 있는 분이 누구겠습니까!"

주막에 한 쌍의 남녀가 마주 보며 자리 잡았다. 훤한 인물이 사내는 사내답고 여인은 여인다워 얼핏 보아도 조화로운 선남선녀라. 그러나 무슨 근심이 있는지, 안타깝게도 그들의 반듯한 이목구비는 주모가 술상을 올릴 때까지도 펴질 줄을 몰랐다.

쪼르르르.

강인지는 사발이 채워지자마자 벌컥벌컥 술을 들이켰다. 그 기세가 어찌나 맹렬한지 목젖이 몇 번 오르내리자 머리가 단숨에 뒤로 누웠다. 크흐. 소매로 입가를 닦으며 그가 빈 사발을 술상 위에 내려놓았다.

"사또께선 매사 일 처리가 빈틈이 없으십니다. 말 그대로 완벽, 완전할 완(完)에 구슬 벽(璧) 자지요. 흠 없고, 온기 없고, 더러움도 없는······, 이상적인 다스림 말입니다."

주막의 북적거림에 숨어 강인지가 속내를 밝혔다. 오직 단 한 사람의 청자를 앞에 앉혀 놓고 그는 어느 때보다도 열변을 토해 냈다.

"그분을 뵙고 있자면 마치 산속에서 성리학만 갈고닦은 선비님을 모시고 있는 것 같습니다. 세상은 이와 기가 있고, 이상적이고 본질적인 이(理)는 현실과 현상인 기(氣)보다 우위에 있기 때문에 기는 이를 따라야 하지요. 뭐, 좋습니다. 유학하는 분들 중에 주자를 존경하지 않는 사람이 있겠습니까. 그러나 그분은 유학자일 뿐 아니라 사또이십니다. 현실 정치를 해야 할 분이란 말입니다."

강인지는 주자의 이기이원론에 대해 말하고 있는 듯했다. 이가 어쩌고 기가 어쩌고, 오라비들이 열심히 배우고 외고 쓰던 것을 지켜봐 왔지만 사실 은강은 잘 알지 못했다. 그러나 다행히도 지금 강인지가 전하고 있는 뜻만은 알아들을 수 있을 것 같았다.

"자네 말은…… 사또께서 현실과 동떨어진 통치를 하고 계시다는 겐가."

그는 부정 대신 사발만 다시 한 번 시원스레 들이켰다. 후우— 내뱉는 숨에 끈적이는 고뇌가 묻어났다.

"그분의 다스림에는 인정이 없습니다. 사람이 없습니다. 오직 법에 기준을 두고 문서에 기록된 대로만 일을 처리하십니다. 백성들의 실상이 어떠한지는 그분의 고려 사항이 아니시지요. 호적 대장에, 양역에 징집될 나이가 쓰여 있으므로 노모가 있고 아이들이 있고 고리대금에 시달려도 호주를 끌어내지요. 물론!"

흥분에 못 이겨 강인지가 쾅! 상을 내리쳤다.

"물론 말입니다, 법이라는 것은 만민이 따르고 지켜야 할 강령이지요. 나라에서 양역꾼들이 필요하다 하였으니 수를 맞추어 올리는 게 마땅합니다. 그러나 그 기준이 애매하게 걸쳐지는 사람들이 있습니다. 판단하기에 따라선 양역의 책무를 지지 않아도 될 사람들이 있습니다. 아까 마님께서 보신 자들이 바로 그러한 자들이지요. 생년월일이 역에 징집되기에 모호하거나 난리 통에 호구 기록이 사라진 자들 말입니다."

"……."

"소인은 그런 자들에게 역을 지우지 않습니다. 제하여주었습니다. 고통과 노역을 백성들에게 부과해야 할 이유가 무엇입니까. 나라엔 난이 잦고 백성들의 삶은 나날이 피폐해져 갑니다. 관리란, 그런 이들에게 선정을 베풀어야 하는 사람들이 아닙니까. 기록에서 글자를 읽을 것이 아니라 실상에서 사람들의 눈을 보아야 하지 않겠습니까."

강인지의 호소는 설득력이 있었다. 그러나 쉬이 입을 열 수 없는 것이, 호방에게 동조하기에는 사또가 눈에 밟혔기 때문이었다. 자신은 준엽의 삼 년간을 옆에서 지켜봐 온 사람이었다. 그가 지난 세월 동안 고을을 위해 얼마나 성실히 노력했는지 은강은 알고 있었다.

"사또께서도 분투노력하고 계시네."

변명처럼, 은강이 낭군을 두둔했다.

"그분께서 부임하셨을 적에 이 고을에서 그분을 상전으로 대하는 이가 없었지. 그러나 지금에 이르러 이 고을에서 그분을 상전으로 아니 대하는 이가 없어. 그냥 이루어진 결과가 아니네. 하루에 두 시진 이상 숙면을 취하신 적이 없는 분일세."

"그걸 모르는 게 아닙니다. 그러나 어떤 때는 차라리 노력하지 않는 것이 보탬이 될 때도 있습니다. 좀 전의 경우가 그렇지요. 군이 사또께선 옛 호적대장까지 죄 뒤져 경계에 걸쳐져 있는 자들까지 모조리 찾아내, 역을 부과하지 않으십니까. 날이 시퍼렇게 선 칼 같습니다. 그걸 맞는 쪽이 사람이란 걸 잊고 계신 것 같습니다. 그럴 수밖에요. 동정도 온정도 없이 글자를 상대할 뿐이시니까요."

확실히, 준엽은 고을의 수령으로서 철두철미하게 일해왔으나 그의 동선은 모두 관아 내에서만 맴돌았다. 관아 밖은커녕, 관아 내에서도 그는 동헌에만 틀어박혀 자료와 씨름하였다. 빛도 쬐지 않고 탁상 앞에 앉아 숫자(數字)와 명자(名字)를 검토하고 개신하며 세월을 보냈다.

'그 모든 노력이 탁상공론이었단 말인가.'

은강은 상황이 암담하여 할 말을 잊었다. 그리고 그녀가 입을 열지 않자 둘 사이에는 대화가 끊겼다. 시끌벅적한 소음이 주막 내에 가득한데 두 사람만은 고요했다. 호방은 쉼 없이 술만 들이켰다. 얼큰한 기운이 그의 준수한 낯을 물들인다.

"실은 이런 얘기까지는 전하지 않으려 했는데……. 혹 그거 아십니까."

조금 취한 듯 그의 입술이 헐거워졌다. 틈을 타 새어 나오는 정보가 은강을 당혹시킨다.

"사또께선 마님께서 가시던 책방, 얼마 전엔 풍기 문란의 명목하에 그곳을 단속하셨습니다. 적서 좀 보면 어떻다고, 저잣거리에 그런 것 좀 나돌면 어떻다고. 저는 사또께서 인간 애욕을 이해하긴 하시고 계시는 것인지도 의문입니다."

촉이 심상치 않았다. 좀 전, 세책점에서 문전박대를 당한 기억이 생생하여 더욱 그랬다.

"기루 가는 사내놈들보다야 훨씬 건전하건만 그것도 용납을 못 하시나 봅니다. 여인들이 즐길 수 있는 몇 안 되는 즐거움일 텐데. 과연 선비님이라 해야 하나. 요즘 부녀자들 사이에서 인기가 많은 책이 있다 하던데 그걸 대대적으로 압수하셨다 하더군요. 제목이 무슨 부인……, 하권이던가."

앞뒤가 착착 맞아떨어졌다. 세책점 주인장이 높은 분이 독점해 갔다 말하더니, 관아에서 압수를 해간 모양이었다. 하필 귀환 부인이라니! 전에 자신이 귀환 부인 상권을 가지고 있는 걸 보았을 텐데 대체 낭군은 그때 저를 보며 얼마나 한심하게 여겼을까. 낯이 다 후끈거렸다.

"세상에."

은강의 입에서 통탄이 터졌다. 적서가 떳떳한 책은 아니라지만 세상사, 그 정도도 허락지 않을 정도이면 완전 벽창호가 아닌가. 사또는 예상보다 더 외골수의 백면서생인 듯했다.

"어찌 그러십니까. 혹시 마님께서도 찾으시던 책이었습니까."

"아, 아니네! 그, 그런 건 아, 아니네만……."

은강은 부정하였으나 그녀의 낯빛은 정직했다. 호방이 '저런' 하고 안타깝다는 듯 소리를 냈다.

"사또께선 너무 어린 나이에 급제하시어 세상을 잘 모르십니다. 그러니 충격받지 마십시오. 마님께서 그릇되셨던 것은 아닙니다. 결코."

대강의 사정이 짐작되는지 강인지가 은강에게 위로를 건넸다. 민망하고 부끄러워 은강은 말을 돌렸다.

"그저 예상보다 더 완고하신 듯하여 조금 놀랐을 뿐이네. 그렇게 소소한 것까지 구애하실 줄은 몰랐던 터라. 다들 어진 분이라고 하였네. 존경할 만한 사또며 청렴한 관리라고, 주변에선 입모아 내게 그리만 말했지."

"마님의 주변 사람이니까요."

약간은 빈정 섞인 대꾸였다. 은강이 고개를 떨구었다. 본인이 생각하기에 좀 과했다 판단이 되었는지 강인지가 말을 덧붙였다.

"사또 나리는 명판 일화도 여럿 있을 정도로 명판관인 것도 맞고 이 나라 제일가는 천재인 것도 맞습니다. 하지만 영민한 것과 사람을 잘 다스리는 것은 다른 영역입니다. 아니, 외려 사또에 대한 그러한 평판이 선정(善正)을 방해하고 있다는 걸 아셔야 합니다."

"그게 무슨 말인가? 사또에 대한 호평이 어진 정치를 가로막다니?"

"아시겠지만 사또는 나라에서 가장 유명한 분이시지요. 백성들은 물론이고 고관대작들도 주시하고 있으며 무엇보다 임금님께서 그분께 거는 기대가 큰 것으로 알고 있습니다. 제갈공명, 태공망에 비했다지요? 그래서일 것입니다. 사또께선 그 기대에 부응코자 무리를 하고 계십니다."

"……."

"넘어가도 될 일들을 굳이 헤집고 들쑤시는 이유가 무엇이겠습니까. 그분은 조정에서 자신을 주목한다는 걸 주지하고 계십니다. 그리고 이에 응하기 위해 가혹할 정도로 엄격하게 율령을 집행하시지요. 어찌 보면 그분 입장에선 당연한 것일 수도 있습니다. 신하로서 맡은 바 소임을 다 하는 것이니까요. 그러나 사또의 과잉 충성에 희생당하는 백성들이 있습니다. 그분께서 쌓는 몇 줄의 공적에는 백성들의 피와 땀이 깔려 있단 말입니다."

뒤통수를 얻어맞는 것 같은 충격이 전해졌다. 무릎 위에 고이 포개어져 있던 은강의 손이 바들바들 떨렸다. 그럴 리 없어. 공적이라니? 그럴 리가, 나리께서 그럴 리가…….

은강은 들은 말을 즉시 부정했다. 그러지 않고서는 자신이 견딜 수 없을 것 같았다.

바라지 않던 혼례를 치렀음에도 지금껏 사또를 바라볼 수 있었던 것은, 그를 존경했기 때문이었다. 한평생 등을 보고 따를 수 있을 것 같은 사람이었다. 그런데 정말로 그가 왕에게 충성하기 위해서 백성들을 희생시켰단 말인가? 물론 신하된 도리로서 왕에게 충성하는 것은 자식이 부모에게 효를 행하는 것처럼 옳은 일이다. 옳지만, 그래, 옳은 것이 당연하지만…….

숨이 가빠졌다. 근원을 알 수 없는 배신감에 가슴이 쓰라렸다. 사또를 흠모하고 싶었다. 그리고 요즈음은 정말 그로 인해 행복하였다. 그런데 왜 하필 지금 이런 엄청난 이야기를 듣게 된 것일까? 아무것도 몰랐다면 좋았을 것을……. 시간을 되돌리고 싶을 정도였다.

"송구합니다. 마님께서 그런 얼굴을 하시니 소인이 어찌해야 할지 모르겠습니다."

은강이 낙담하자 강인지가 걱정 가득한 눈으로 그녀를 바라보았다. 그렇잖아도 습윤한 두 눈에서 진심 어린 염려가 흘러나왔다. 위로가 필요한 때에 들이닥친 타인의 따뜻한 시선. 무방비하게 넋 놓고 있던 은강의 심장이 순간, 크게 한 번 박동하였다.

'왜…… 이러지?'

은강은 허둥지둥 시선을 아래로 끌어 내렸다. 조짐이 좋지 않았다. 약간……, 위험한 기분이 든다.

"아무래도 소인이 괜한 말을 했던 모양입니다. 엄밀히 따지자면 사또께선 잘못한 게 없으신데도 제가 속상하여 마님까지 근심케 하였습니다. 사또께서도 분명 사또의 사정이 있을 겁니다. 어린 나이부터 그분께 거는 기대들에 얼마나 중압감이 컸겠습니까. 헤아리고자 한다면 헤아리지 못할 것이 아닌데도 소인이 경솔하게 입을 놀렸습니다. 감히 마님 앞에서. 용서해 주십시오."

은강을 배려한 것일까. 강인지가 이번에는 사또를 슬그머니 두둔하였다. 이런 마음 씀씀이에 새삼, 은강은 그가 그릇이 큰 사람이라는 것을 느꼈다. 이 고을의 호방으로만 쓰이기에는 그의 인품이 아깝고 그의 재주가 안타까웠다. 정치는 이런 인재가 펼쳐야 하는 것이 아닐까. 가슴에 아량과 열정이 넘치는 사람이 백성을 다스려야 하는 것이 아닐까. 강인지의 신분이 중인만 아니었어도 그는 지금쯤 귀히 쓰임 받았을 것이다. 귀환 부인에 나오는 어사또 김경수처럼 말이다.

"아니네. 후회하지 말게. 기탄없이 말해주어 나는 진실로 그대에게 감사하고 있네."

거짓이 아니었다. 속속들이 밝혀지는 진실에 도망치고 싶었던 것도 사실이었으나 그래봤자 비겁자가 될 뿐이라는 것도 알고 있었다.

"감사라니요? 당치 않습니다. 관청에 들어온 지 오래되지도 않은 햇병아리 주제에 소인이 주제넘게 나선 것은 아닌지……. 부끄럽습니다."

"관아에 들어온 지는 기월(幾月 : 몇 달)이라고 하나, 민생에 관한 경험은 훨씬 풍부하지 않은가. 걱정 마시게. 방자하다는 생각은 조금도 하지 않았네. 외려 이 사람은 백성을 보살피는 자네의 마음에 감화를 받았네."

멋쩍어하는 강인지를 보며 은강은 다시 한 번 생각했다. 애석한 인재이다. 신분의 족쇄만 없었더라도 훨훨 창공을 날았을 사람인데.

"그대에게 들은 것은 비밀에 부치겠네. 그러니 안심하고 앞으로도 사또의 옆에서 성심으로 보좌해 주길 바라네."

관청 안방마님의 부탁에 호방은 공손히 머리를 조아렸다.

❋

하필 왜 그 밤이었던 걸까. 한동안 은강을 잊은 듯 일에만 집
중하던 준엽은, 운명의 농간처럼 최악의 시기에 내아를 찾았다.

계시(癸時). 달이 가장 높이 떠 있는 그 순간에 그가 안채에 들
어섰다. 방문을 허락받을 적에 돌아오던 냉랭한 말투가 신경 쓰
였으나 피로에 지쳐 자신이 착각을 했으리라 그는 생각했다. 그
러나 머리를 가지런히 풀어 헤친 은강의 고운 자태는 한눈에 보
아도 가시 품은 꽃처럼 살벌했다. 무언가 사달이 났구나 직감하
며 준엽은 자리에 앉았다. 대체 그것이 어떤 사달인지는 그 좋은
머리로도 전혀 헤아리지 못했지만.

"어디 편찮으십니까. 심기가 불편해 보이시오."

준엽이 조심스레 말을 붙였다. 뚱한 은강의 얼굴을 보고 있자
니 딱히 지은 죄가 없는데도 가슴이 조마조마했다.

"아닙니다. 괜찮습니다."

북풍보다 매서운 대답이 돌아왔다. 그러자 은강을 보던 준엽
의 눈동자가 정처를 잃고 헤매기 시작했다. 혼란 속에서 갖가지
생각들이 떠오른다. 요 며칠 내아를 찾지 못한 게 문제일까, 아
니면 멋대로 야심한 시각에 들이닥친 것이 탈이 났나, 그도 아니

면 세책점에서 책을 압수해 온 게 사달이 되었나.

개중에서 가장 가망성이 있어 보이는 것은 마지막의 경우였다. 그러나 세책점 주인장이 멍청이가 아닌 이상, 관아에 단속당하였다는 것을 함부로 지껄일 리는 없었다. 관아에서 주시하고 있단 것을 알려봐야 손님만 떨어져 나갈 것이 자명했으니까.

"한데 어째서……."

준엽이 안절부절못하며 은강의 눈치를 살폈다. 그가 진땀 빼는 모습을 보니 은강의 마음 한편에도 안쓰러운 기운이 서린다. 그러나 은강은 표정을 풀지 않았다. 낮에 들었던 그에 관한 이야기를 잊지 않은 까닭이다.

"어찌 오셨습니까. 항시 그렇듯 공사다망하시었을 터인데."

언젠가 하였던 말을 은강이 다시금 입에 담았다. 당시엔 투정처럼 귀여웠던 말투가 지금은 무서울 정도로 모질다.

"아아. 그리고 보니 아직 과부에게 판정을 내리지 못하셨지요. 한데 어쩌지요. 소첩은 그럴 기분이 아닌데. 나리께선 영민하신 분이니 굳이 소첩과 시간 낭비 마시고 그렇게나 좋아하시는 주자의 말씀에 따라 일을 처리하는 게 어떻겠습니까. 장 삽십 대쯤이면 되려나요? 볼기짝이 다 터져 죽어나겠네요."

은강이 차갑게 미소 지었다. 부인의 적대가 준엽의 속을 헝클이다 못해 새카맣게 태워 버렸다. 정확히는 알 수 없었지만 무언가 오해를 사고 있는 것 같았다.

"그, 그것 때문이 아니라……. 그래서 온 것이 아니라……."

말을 더듬는 그 짧은 순간에도, 준엽은 필사적으로 은강의 마음을 헤아리려 애썼다. 갑작스런 저의 접근이 그녀의 입장에선 여인의 몸만 탐하는 파렴치한처럼 보일 수도 있겠다 싶었다. 아닌데. 정말 그런 것이 아닌데 본의를 어떻게 전해야 할지 감도 잡히지 않았다. 하여 그는 속에 있는 그대로를 가감 없이 털어냈다.

"보고 싶어서."

계속되는 철야에 몸은 한계에 다다라 있었다. 아무리 한창때의 사내라 하여도 이런 상태에서까지 쾌락을 추구할 정력은 없을 것이다. 잘 시간을 쪼개어 왔다.

"부인이 보고 싶어서, 왔습니다."

정말로 그것이 다였다. 반달 웃음이, 새치름한 입술이, 또랑또랑한 눈빛이 그리웠을 뿐이다. 그 마음에 거짓은 없었다. 듣는 사람도 모를 리 없는 진심이었다.

은강은 치마를 구겨 쥐었다. 이렇게 다정하신 분이 어째서 백성에겐 그토록 혹법(酷法)하게 구신단 말인가. 꽉꽉 눌러 담았던 감정이 울컥 치솟았다.

"나리께도 그런 마음이 있다니 놀랐습니다. 일밖에 모르시는 줄 알았더니."

그래도 괜찮았다. 불만은 탑처럼 쌓여갔지만 그래도 참을 수 있었다. 무얼 위해서 그가 수고하는지 그녀도 알았기 때문이다. 꽃분에게는 늘 투덜거렸지만 사실 내심은 그가 자랑스러웠다. 그런데 그것이 오히려 독이었을 줄은 꿈에도 상상치 못했다. 쓸데없이 안 해도 될 일까지 만들어 그가 사람들을 고생시키고 있을 줄, 내아에 있는 저가 어찌 알았겠는가.

"부인께 내가 잘못한 게 있습니까. 있다면 말씀하시오. 알아야 해결해 줄 것이 아닙니까."

어지간히도 답답하였는지 준엽도 조금 언성을 높였다. 호방에게 들었던 말들을 따져 묻고 싶었지만 그에게 피해가 갈까 싶어 은강은 속내를 비틀어 뱉었다.

"……세책점을 단속하셨다구요."

준엽의 가지런한 눈썹이 순간적이나마 모양을 흩뜨렸다.

"풍기 문란? 그까짓 것이 풍기를 어지럽히면 얼마나 어지럽힌다고 그런 걸 단속하신답니까. 그게 무슨 그리 큰 죄라고 책을 죄 압수하셨습니까? 그런 것도 이해하지 못하시면서 청매산 과부 사건은 또 어찌 참작을 하시려고요."

"그건……."

준엽은 말을 잇지 못했다. 고작 책 한 권을 압수한 것이기는 하지만 어쨌건 명분을 그리 내세운 것은 사실이었다. 더군다나 오히려 책이 한 권이기에 더욱 떳떳할 수 없었다. 명분과 맞지 않았으니까.

부인의 지적대로 적서 한 권이 풍기를 해치면 얼마나 해치겠는가. 그는 단순히 은강이 빠져 있다는 책이 신경이 쓰였을 뿐이다. 하필 탐관오리 유 사또가 등장하고 어사또가 활약한다는 내

이면   129

용이 무척이나 거슬렸다. 부인이 그 책을 읽지 않기를 바랐고 또한 자신이 먼저 그 내용을 확인해 보고 싶었다. 한심하지만 그것이 진실이었다.

"엄격하십니다. 과한 것은 모자란 것만 못하다 하였습니다. 한데 사또께선 조화와 중도라는 것이 없는 모양이십니다. 책 밖에도 진리가 있는데 책 속에서만 진리를 찾으시니, 그 밖의 것은 모두 사특하게 느껴지시겠지요."

은강의 빈정거림에도 준엽은 항의하지 못했다. 딱히 책 속에서도 진리 따위, 구한 적 없었지만 준엽은 묵묵히 부인의 말을 귀담아들었다. 세책점 단속은 입이 열 개라도 할 말이 없었으니까.

"소첩은 나리께서 세상을 지금보다 더 넓게 보셨으면 좋겠습니다. 내부에만 몰두하지 마시고 부디 주변을 둘러보세요. 현실은 글처럼 딱딱 떨어지지 않습니다. 세상사, 형편에 따라 적절히 관용을 베푸는 신축성도 가지셔야 합니다."

한편 낮부터 쌓인 분을 준엽에게 표출한 은강은 어느 정도 속이 진정됨을 느꼈다. 더불어 그가 자신의 충고를 받아들인 듯 고개까지 끄덕이자 그녀는 일단 안도하였다. 손도 못 댈 꽁생원은 아니구나. 그래도 계도가 먹히겠구나. 은강은 내친김에 여세를 몰아 응어리의 중심을 향해 활을 쏘았다. 직언이 터진다.

"호구조사의 일도 마찬가지입니다. 듣자 하니, 양역자들을 귀신같이 뽑아내신다지요."

바닥을 보고 있던 준엽의 얼굴이 올라왔다.

"융통성을 가지세요. 왜 그럴 필요가 없는 자들까지 이 잡듯 캐내어 역을 부과하십니까. 한 집안의 호주입니다. 가장이란 말입니다. 부양해야 할 늙은 부모가, 어린아이들이 있습니다. 그런데 어찌 그리 딱딱하게 일 처리를 하십니까."

그러나 그것은 실착이었다.

"그만하시오."

준엽이 단호한 음성을 내었다. 아예 표정이 바뀌어 있다. 은강에겐 여태 거의 보여주지 않았지만 그 외의 이들이 유 사또라 하면 떠올릴 대쪽 같은 모습이었다. 망설임도 여지도 없다.

"낭군. 본디 좋은 약은 입에 쓴 법입니다. 마음이 불편하다 하여 외면하셔서는 안 됩니다."

"그만, 그만하라 하였소."

"나으리!"

은강이 소리쳐 그를 불렀다. 속이 초조하고 안타까웠다. 부디 한 번만 그녀의 낭군이 자신의 말을 존중해 주었으면 했다. 나를 위해서도, 그를 위해서도. 그러나 준엽은 은강의 말에 강하게 반발하였다. 밤을 흔들어 깨우는 호령이었다.

"세책점을 단속하여 책을 압수한 것, 예, 내 잘못이 맞습니다. 사사로이 권력을 사용하였으니 탐관이라 지적하신다면 군말 없이 달게 받겠습니다. 비난받아도 어쩔 수 없는 일이지요. 나 또한 반성하고 있습니다. 그렇지만! 하나! 역에 관해서는 결코 부인의 말을 받아들일 수 없습니다. 노모가 있든, 자식이 있든, 얼마만큼 그자의 삶이 곤궁하든! 본관은 자의적으로 판단하여 예외를 두어서는 안 됩니다. 역은, 공평하게 돌아가야 하는 것입니다. 만백성이 공평무사해야 할 일에 융통성을 두라니, 폐단이라도 저지르란 말씀입니까!"

"어쩜 이리 세상 물정 모르는 소리를 하십니까. 제발, 소첩 이렇게 간청 드리오니 관아에만 있지 마시고 저잣거리에라도 나가 보세요. 나리께서 어떤 이들을 징집하고 있는지, 그때에 어떤 참혹한 광경이 나타나는지 두 눈으로 직접 확인하시란 말입니다. 호적대장만 들여다보지 마시고요! 나으리께선 점점 우물 안 개구리가 되어가고 있다곤 생각지 않으십니까. 의심해 보지 않으십니까, 정녕!"

"부인!"

더는 참아줄 수 없는 듯 준엽이 버럭 목청을 높였다. 그가 소리를 지르자 은강의 두 눈이 휘둥그레 뜨이더니 점점 좁혀들기 시작했다. 그가 저를 향해 이토록 언성을 높인 것은 처음 겪는 일이었다.

"······하."

기가 막히는지 준엽이 이마를 짚으며 숨을 토해냈다. 그리곤 곧 하하. 하하하하. 기이한 웃음을 터뜨렸다. 기쁨이라곤 한 터럭도 찾아볼 수 없는, 메말라 빠진 웃음이었다. 그조차도 금방 끊겼지만.

"부인은 대체 나에 대해 무엇을 아시오."

한껏 뒤틀린 음성, 그리고 눈빛. 준엽을 보는 은강의 속이 서늘하게 식었다. 그가 무서웠다.

"무엇을 알고 계시기에 그리 나에 대해 단언하실 수 있단 말입니까. 세상 물정을 모른다고요. 나를 알기는 압니까? 관심은 있었습니까?"

공기를 낮게 진동시키는 그의 음성이 은강을 비수처럼 찔렀다. 한 마디 한 마디가 정곡처럼 틀어박혀 가슴이 따가웠다.

"대체 무슨 소리를 하는 건지."

씹어뱉는 듯한 중얼거림이었다. 준엽은 더 이상 은강과 대화할 마음이 없는지 자리에서 일어섰다.

"오늘 들은 말들은 못 들은 걸로 치겠소."

준엽의 냉대에 바짝 얼어 있던 은강이었으나 그녀는 끝까지 설득을 포기하지 않았다. 벌컥 문이 열리고, 준엽이 문지방을 밟는 순간까지도 은강은 말을 이었다.

"비록 저희 집안이, 과거에 급제한 이 없고 벼슬 한 자리 제대로 해본 적이 없다지만 소첩은 오라버니들과 부친을 존경합니다. 기근이 닥치고 역병이 돌고 나라에 난이 발생할 적마다 백성들에게 곳간을 열지 않은 적이 없습니다."

사내대장부로 태어나 입신양명의 포부를 가지는 것은 입댈 것이 아니다. 그러나 강인지의 토로대로 그 바탕에 민생에 대한 고려가 없다면 그의 포부는 사특한 야망으로 썩어 문드러질 가망이 높았다. 은강은 그것이 못내 걱정되었다.

"누구의 기대에 부응해야 하는 것인지, 부디 나리께서 잊지 않으셨으면 합니다."

6. 폭발

혼례를 치른 지 삼 년 만에 고성이 오갔다. 좋아 죽는소리까지
는 내지 않았어도 다툼 또한 없었던 부부인지라, 아랫사람들의
근심은 이만저만이 아니었다. 특히 두 사람의 냉전에 직접적으로
크나큰 영향을 받는 꽃분과 비장이 그러했다.

"나으리. 눈 밑에 그늘이 어둑어둑하십니다."

꽃분은 까슬까슬한 비장의 얼굴을 쓰다듬으며 그를 걱정하였
다. 비장은 꽃분의 손을 붙잡고는 어리광을 부리듯 그 손에 볼을
부볐다.

"미친 것 같다. 사또가 내 보기엔 미쳤다, 미쳤어. 과로로 죽고
싶은 소망이라도 있는 것인지."

"그 정도이옵니까?"

"뒷간 가는 것까지 눈치가 보인다니까? 문 여는 소리만 내도 어찌나 살벌하게 눈을 치뜨는지. 잠도 안 자. 그 양반은, 평시에도 일을 하고 기쁠 때도 일을 하고 짜증이 나도 일을 하는데 그중 제일이 화가 날 때인 것 같다. 일하다 죽으려고 하는 것 같아. 새로운 방법의 자해가 아닐까 싶다."

"어휴! 주인 나리 정말 너무하십니다. 왜 그러신답니까?"

"그 양반은 원래 그런 양반이었고, 대체 마님이 어찌 그러셨는지 난 더 의문이다. 왜 잠자는 호랑이 코털을 뽑아? 뒷일 책임져 주실 것도 아니면서."

비장이 아니 그런 척하며 무뚝뚝하게 제 상전의 편을 들었다. 그러자 꽃분도 가만있지 않는다.

"마님은 선의로 하신 말씀입니다. 다 사또 생각해서 드린 충언입지요. 사실 말이야 바른말 아닙니까. 집무실에 앉아 계신 것도 좋지만 실제 민생이 어떤지도 아셔야 하지 않겠습니까."

"이 이상 뭘 어찌 더 세세히 파악하란 말이냐. 다리 밑에 가서 동냥질이라도 할까? 사또께선 이미 충분히 알고 계신다. 그리고 애당초 그런 충고를 마님께서 하셨다는 것도 참 우스운 일이 아니더냐."

"우습다니요?"

꽃분이 고리눈을 떴다. 비장의 말, 그 기저에 깔린 무시를 읽은 탓이다.

"마님은 고을에서 이름난 부잣집의 고명딸이 아니시더냐."

"해서요? 곱게 자라났다 하여 백성을 염려하는 마님의 마음이 거짓 같으십니까?"

"거짓이라 보지는 않는다. 선량한 분이시지. 하나 사또와 비교하자면 우스운 것도 사실이다. 민생을 모른다? 부잣집 고명따님이 뉘게 그런……."

"사또께오서 넉넉지 못한 집안에서 성장하셨다는 것은 압니다. 아씨와는 비할 수도 없겠지요. 하나 그래 보았자, 나리의 빈곤이라는 것도 양반들 간에서 상대적인 것이겠지요. 기간도 매우 짧았을 거고요. 열넷에 장원 급제를 한 양반이 아니십니까. 인생사 고달픈 걸 모르는 것은 그분도 마찬가지십니다."

토라진 듯 꽃분이 입을 삐죽였다. 안 그럴 것 같으면서도 뒤끝이 긴 꽃분의 성품을 알기에 비장은 난감하기가 이를 데가 없었다. 하나 그렇다 하여 제 의견을 물리고픈 마음은 조금도 들지 않았다.

"주경야독이라고 아느냐."

"쇤네, 미욱하지만 그 정도는 알고 있습니다. 낮에는 농사를 짓고 밤에는 글을 읽는다는 뜻 아닙니까. 한데요? 사또께오서 낮에 농사라도 지으셨답니까?"

"아, 아니 그건 아니지만……."

꽃분이 말을 받아치는 솜씨에 휘말려 비장이 뒷목을 긁었다. 그만큼 열심히 공부에 매진했다는 말을 해주고 싶었는데 밭 갈

'경(耕)'자 탓에 망했다. 여종이 어찌 이토록 유식하기까지 해가지곤……. 그가 다른 성어를 떠올리기 위해 머리를 쥐어짜는데 꽃분이 먼저 선수를 점했다.

"아무리 천재라고 하나, 열넷에 과거를 통과하는 데 노력이 없지는 않았겠지요. 그분이 이룩한 성과와 바탕을 무시하고 있는 것은 아닙니다. 오히려 그 노력은 충분히 인정하니, 이제 그만 서책을 파시고 밖에서 무슨 일이 일어나는지 둘러보라는 마님의 충언이 아니십니까. 마님께선 금지옥엽이시나 가택 안의 화초처럼 생활하시지는 않으셨습니다. 눈을 뜨고 귀를 기울이고 마음을 열고 살아온 분이십니다."

"그래봤자 간접 경험이 아니더냐. 흉년이 닥친다 하여도 배곯는 이들이 있다는 걸 알 뿐, 그분께서 굶지는 않으셨겠지."

"그럼 사또는 굶으셨답니까?"

"그랬다면?"

예상외의 반격에 꽃분이 꿀 먹은 벙어리처럼 소리를 내지 못했다.

"그래, 좋은 말이 생각났다. 형설지공! 밤에는 반딧불을 모아 책을 읽고 겨울밤에는 흰 눈에 비추어 학습에 매진한다지? 사또께서 딱 그 짝이셨다."

"예? 무슨 소리를 하시는 겁니까? 곤궁했다 하여도 그래도 양반인데, 양반이 어째서……."

꽃분은 비장이 그의 윗사람을 비호하기 위해 별 무리수를 다

쓴다 생각했다. 양반이 형설지공 했다면 민초는 어찌 서술해야 하나?

"돈 많은 중인이 몰락한 양반보다 낫다는 말 모르느냐? 그럴 싸한 족보를 가지고 있으면 뭐하느냐. 허울만 양반이지. 아비는 났을 때 이미 세상에 없었고 어미도 중병에 시름시름 앓다 사또 나이 다섯인가 여섯에 여의었다지. 최 부자 집에서 마님을 사또 와 혼인시킨 이유 중 큰 몫을 차지했던 것이 시댁이 없어 고생을 덜 하겠다는 것 아니었느냐."

"뭐, 그건…… 그랬죠."

"마님 입장에선 시댁이 없어 편할지도 모르겠으나 사또 입장에 선 부모가 없던 것이니 그간의 처지가 얼마나 처량하였겠느냐. 먼 친족 찾아 여기 기웃 저기 기웃, 의탁된 곳에서도 어지간히 눈칫밥 먹으며 살았다 하더구나. 그리고 거기서 탈피해 보겠다고 죽기 살기로 매달렸던 것이 학문이고. 가뭄에 백성이 농사짓듯 먹고살기 위해서 한 공부였다. 물론 그렇게 하여도 소과 문턱도 못 밟는 사람이 부지기수이긴 하지만 아무튼 그렇게 절실히 노력 했다는 게다."

사또의 곱상한 얼굴로는 도무지 꿰뚫어 볼 수 없는 과거였다. 본인 입으로 집안이 풍족하진 않았다곤 하였지만 사또는 일견하 여도 귀티가 줄줄 흘렀다. 하여 은강의 친정에 비해, 다른 양반 들에 비해 재물이 풍족지 않았겠거니 짐작해 왔으나 사또의 말에 엄살이나 겸양은 없었던 모양이다. 깨끗한 옷 입고 삼시 세끼 챙겨 먹으며 공자 왈 맹자 왈 하였을 것 같은데, 의외였다.

"그런 삶을 살았으니 사또 입장에선 백성 시찰 따위 할 필요가 있겠느냐. 본인만큼 빈곤과 굶주림에 대해서 잘 아는 사람도 없을 테니, 시간 낭비에 불과하지. 마님께서 걱정하지 않으셔도 그분은 본인 자리에서 민생을 위한 최상의 방법이 무엇인지 알고 있고, 이미 최선을 다해 그것을 실행하고 있느니라."

"그것이라 하심은……?"

물음의 형태를 빌려 입을 열었으나 영민한 꽃분은 사실 반쯤은 비장의 말을 어림짐작하고 있었다. 비장 또한 그것을 알고는 확신을 주듯 고개를 힘차게 끄덕였다.

"천재지변을 제하고 민생을 가장 곤궁케 하는 게 무엇이겠느냐."

"……."

"그것이 바로 동헌에 집착할 수밖에 없는 이유다."

꽃분은 내아를 향해 걸음을 재게 놀렸다. 비장의 말에 거짓이 없다면 마님은 사또께 실책을 저지른 셈이었다. 관우 앞에서 대도를 휘두른 격이고 공자 앞에서 문자를 쓴 격이니, 망신도 그런 망신이 없다. 한시라도 바삐 도착하여 냉큼 착오를 바로 잡아주어야 할 듯했다.

그러나 그녀가 은강을 만나기 전, 무시할 수 없는 관문이 등장하였다. 앞마당에서 서성거리고 있던 호방 강인지와 먼저 맞부딪친 것이다.

"나으리."

꽃분이 고개를 숙였다. 다양한 사람들과 부대껴 살아온바, 그녀는 지나치게 혀가 미끄러운 사람들을 경계함이 이롭다는 나름의 신조를 가지고 있었다. 하여 그녀는 강인지의 허우대는 가까이 두고 싶어 하면서도 사람 그 자체에는 거리를 두고 있었다.

"꽃분이구나. 마침 잘되었다."

강인지가 반색을 하더니 단숨에 마당을 가로질러 왔다. 그가 다가서자 몸에서 좋은 향내가 풍겨 나왔다. 그러고 보니 오늘따라 호방 나리께서 유난히 멀끔히 차려입었다.

"마님을 만나 뵙기를 청하려는데, 말씀 올려주겠느냐."

"예? 호방 나리께서 내아에는 어쩐 용무로……."

"전에 마님께 신세 진 것이 좀 있어서."

은강보다 은강의 얼굴을 더 많이 보아온 꽃분은, 대체 언제 자신도 모르게 마님과 호방 사이에 접선이 있었는지 무척이나 의아했다. 그러나 혀에 기름칠한 작자가 묻는다고 해서 바른대로 말해줄 리가. 꽃분은 괜한 수고 대신에 가지고 있던 껄끄러움을 숨기지 않고 표현했다.

"곤란합니다. 마님께서 수령의 부인이고 나리께서 호방이라고는 하나, 어쨌건 외간 사내가 아니십니까. 삿된 소문을 주의함이 옳습니다. 하니 전언하실 것이 있으시다면 쇤네가 옮겨 드리겠습니다."

"같은 관청 식구인데 어찌 이리 깐깐하게 구느냐. 누구 보는 사람이 있는 것도 아니고 너만 눈 감으면 아무도 모를 일이다. 내 마님을 위해 귀한 물건을 구하여 왔느니라."

"에구머니! 그러면 더더욱 아니 되지요. 귀한 물건이라니, 뇌물이라 오해라도 받으려면 어쩌시려구요."

꽃분이 부러 크게 호들갑을 떨었다. 펄쩍 뛰며 천부당만부당하다 싹을 자른다. 귀환 부인 속 어사또를 닮은 사내, 마님의 주위에 맴돌지 않는 게 모두에게 이로웠다. 큰소리를 내면 지레 겁먹을 것이라 예상했다. 감히 외간 사내가 멋대로 염석문(簾席門)을 지나 내아로 들었으니 말이다.

"어찌 말을 그리하느냐? 그럴 리가 있겠느냐!"

그러나 강인지는 꽃분의 호들갑에 더 큰 호들갑으로 대응하였다. 쩌렁쩌렁한 목소리가 내아를 울렸고 그 소리에 반응하듯, 안채의 문이 밖을 향해 벌컥 열렸다. 꽃분은 아차 싶었다.

"밖에 무슨 일이냐."

요즘 심기가 매우 불편하신 주인마님께서 마뜩잖은 시선을 마당에 던졌다. 그러다…….

"호방 강인지 인사 올립니다."

그를 발견해 내곤 찌푸린 미간이 턱 풀어졌다. 뜻밖의 장소에서 호방을 보게 되자 눈이 휘둥그레 뜨였다.

"자네가…… 여기에는 어쩐 일인가."

"실은 마님께 급히 전해 올릴 것이 있어……."

"급히?"

급하다는 말에 은강은 귀가 솔깃하였다. 무슨 일이 얼마나 급하길래 그래, 내아까지 찾아왔을까.

"예. 도리에 어긋나는 줄은 알지만 워낙에 시급하여 예까지 찾아오게 되었습니다. 친히 올려야 할 물건이기도 하고요."

은강이 흔들리나 싶자 강인지가 얼른 첨언하였다.

"……."

잠깐 고민하던 은강은 주변을 휘휘 둘러보았다. 마침 내아에는 꽃분을 제하고 눈치 볼 사람이 아무도 없었다. 호기심을 이기지 못하고 은강은 깃털처럼 가볍게 손짓하였다.

"그럼 얼른 들게. 게서 그러고 오래 서 있어봤자 곤란하기만 하지 않겠는가."

섣부른 은강의 격 없는 환대에 꽃분의 입에서 볼멘소리가 흘러나왔다.

"마님!"

"잠깐이지 않니. 주변 출입이나 단속해 주렴."

강인지가 거 보란 듯 꽃분에게 어깨를 으쓱이더니 은강을 따라 내아로 들었다. 꽃분은 눈을 가늘게 뜨곤 방문을 쳐다보았다가 이내 마당을 떴다. 그녀의 발걸음은 한 치의 망설임 없이, 곧장 동헌을 향해 나아갔다.

"먼젓번의 일은 면목이 없습니다."

술기운과 함께 혈기도 사라졌는지, 강인지는 정제된 모습을 보였다. 단정하고 덤덤하고 차분한 태도다. 예의에는 어긋났어도 허심탄회하게 말을 꺼내던 그의 모습이 인상 깊었기에 은강은 약간의 섭섭함마저 느꼈다. 사람이 좀 멀게 느껴진다.

"면목이 없을 게 무에 있다고. 그런 소리 말게."

"아닙니다. 소인이 엉뚱하게 울분을 풀어 분란만 일으킨 것 같습니다. 마님께 송구할 뿐입니다."

분란을 일으켰다 표현하는 걸 보니 아무래도 호방은 자신과 낭군 사이에 다툼이 인 것을 알게 된 모양이다. 은강은 힘없이 웃었다.

"그건 자네와 관계없는 일이네. 내 스스로 느낀 바가 있어 사또께 진언을 올린 것이니 관아에서 어떤 말이 돌든 모른 체하시게."

은강이 그렇게까지 말했으나 호방은 납득키 어려운지 심각한 표정을 지었다. 고뇌하는 얼굴을 보고 있자니 든든한 기분이 들었지만 한편으론 부담을 짊어주는 듯한 기분도 들었다.

"한데 내게 전할 것이 있다 하지 않았는가. 그것도 급히. 대체 무언가."

그녀가 자연스레 말을 돌렸다. 그러자 강인지가 번쩍 고개를 들어 올렸다.

"아, 그게 말입니다……."

그가 자신의 품에 손을 넣고는 눈을 빛내었다. 그늘 한 점 없이 반짝반짝하다. 은강은 대체 그 손에 무엇이 잡혀 있기에 그가 저렇게 밝은 모습을 보이는지 궁금하였다.

"무엇인가. 애태우게 하지 말고 얼른 보여주시게."

"마음 단단히 먹으셔야 합니다."

강인지의 입가에는 어느새 짓궂은 미소가 걸려 있었다. 본 중, 가장 유쾌하여 덩달아 은강의 기분도 가벼워졌다.

"이렇게 바람을 잡아놓고 기대에 못 미치면 뒷감당은 어찌하려고?"

"마님께서 별로라 하시면."

"그러면?"

"소인이 성을 바꿀 겁니다."

"그리 호언장담하였다가 큰코다치지."

말은 그렇게 하였지만 은강도 기대에 부풀었다. 무얼까? 대체 무엇이 저 점잖은 이를 이렇게까지 부풀릴 수 있는 것이지? 그녀의 시선이 그의 가슴팍에 머물렀다. 광야처럼 드넓은 건장한 상체가 천천히 오르내린다.

"놀라시기 없기입니다."

강인지가 드디어 품에서 비장의 무언가를 꺼내 들었다. 은강의 눈동자가 그의 손을 따라, 위로 치솟았다가 곤두박질치듯 아래로 내려왔다. 제 앞에 놓인 평평한 책 한 권. 빨간 표지 위에 쓰인 제목을 무심결에 읽어 내린다.

"귀환 부인 하…… 권?"

자신의 귀에 들어오는 제 목소리가 믿기지 않았다. 눈동자가 확장된다. 얼떨떨한 얼굴로 그녀가 책과 강인지를 번갈아 보았다.

"예. 귀환 부인 하권이 맞습니다."

은강이 숨을 들이마셨다. 귀환 부인 하권이라니! 그녀는 채신머리없이 비명을 내지를 것 같아 손으로 자신의 입을 틀어막았다. 대체 이걸 어떻게 구했단 말인가. 사또가 단속한 탓에 시중에 씨가 말랐다 하였거늘!

"실은 소인 것이 아니라 제 누이의 것입니다. 얼마 전에, 누이 방에 있는 것을 발견하여 슬쩍 걷어왔습니다."

"누이의 것인데 내게 이렇게 전달해 주어도 괜찮은가? 누이는 어쩌고?"

"아. 거기까진 미처 깊이 생각하지 않았습니다. 마님께서 좋아하실 것 같아서 일단 가져왔는데……."

"누이가 화내지 않겠나."

"음……. 빨리 읽고 돌려주시면 괜찮지 않을까 합니다."

"내가 빨리 읽지 않으면 어쩌려고?"

"어……. 음……. 그건 별수 없지…… 않겠습니까?"

말 한 마디 한 마디가 질질 늘어지는 것을 보니 뒤처리는 생각도 없이 일단 가져와 바친 것 같았다. 그 대책 없음에 얼이 빠지면서도 입에서는 웃음이 픽 새어 나왔다. 철두철미할 것 같은 인상인데 의외로 허술한 구석이 있는 것 같다.

"송구합니다. 어째 계속 마님만 뵈오면 송구하단 말씀만 올리게 되는 것 같은데, 정말 송구합니다. 실은 마님께서 찾던 책이셨던 것 같고 마침 그게 제 눈앞에 있길래 무턱대고 가지고 왔습니다. 마님께서…… 좋아하실 것 같아서."

민망한 듯 그가 얼굴을 붉히며 뒷목을 긁었다. 은강은 귀환 부인 하권을 손에 쥐고 오래도록 책을 내려다보았다. 이 책을 얻게 된 것도 기뻤지만 그가 전후 사정 따지지 않고 자신을 생각해 준 것도 매우 기뻤다.

"걱정 말게. 나는 책을 속독하는 버릇이 있어 쉬엄쉬엄 읽으려 하여도 그게 되질 않는 사람이네."

은강이 경대 아래로 책을 갈무리해 놓았다.

"……성은 바꾸지 않아도 될 것 같네."

"예?"

"고맙다는 말일세."

정면으로 얼굴 보기가 쑥스러웠다. 하지만 감사 인사를 표하면서 눈을 피할 수도 없는 법, 은강은 애꿎게 치맛자락을 구기며 강인지를 쳐다보았다. 그러자 그가 별말씀을요, 하며 고르고 하얀 이를 내보였다. 동탕한 얼굴에 이는 순박한 미소가 은강에게 빛을 쬐었다. 요 근래 전전긍긍 앓았던 마음이 위로받는 기분이었다.

"그나저나 누이가 있었던가."

도란도란 대화가 이어졌다. 세 살 어린 누이가 있는데 사람을 대하는 게 서툴러 걱정이라는 것, 혼기가 찼는데 세상 어떤 놈을 데려와도 누이가 아까워 주지 못하겠다는 것, 뒷집에 사는 도령을 좋아하는 것 같은데 그 도령이 또 마을 처자들의 인기를 한 몸에 잡은 이라는 것, 누이를 곱게 꾸며주고 싶은데 그러기엔 저가 아는 것이 없어 힘들다는 것 등등. 누이에 대한 사랑이 지극하였다.

이에 은강은 거래하는 아파(牙婆)들 중 화장은 누가 낫고 머리 손질은 누구 손길이 야무지고 또 장신구는 누구 것이 품질이 좋은지 강인지에게 하나하나 소개해 주었다. 그러며 언제가 되어도 좋으니 누이의 마음이 내키거든 자신을 찾아오라, 서책을 나눠보는 것도 좋겠다 덧붙였다.

"그리고 누이의 책을 이 사람이 먼저 잡게 된 것에 대해서 약소하게나마 보답을 하고 싶네."

"보답이라니요? 아닙니다. 어찌 그런 생각을 하십니까."

강인지가 격렬히 손사래를 쳤으나 은강은 이미 패물함을 뒤지고 있었다. 작은 것이라 하였으나 고을 최고의 부잣집 고명딸이다. 손가락이 훑는 장신구마다 값나가지 아니하는 것이 없었다. 오랜 고민 끝에 은강이 노리개를 집어 들었다. 푸른 수술이 달린 각향노리개다.

"받게. 누이에게 전해주면 기뻐할 걸세."

은강이 노리개를 내밀자, 사향 냄새가 은은하게 강인지의 코끝을 간질였다.

"당치 않으십니다. 고작 책 한 권에 이리 귀한 것을 주시다니요."

"고작 책 한 권이라니? 얼마가 있어도 손에 넣지 못하던 것을 구해주지 않았는가. 얼른 받으시게. 누이의 책을 받았으니 누이에게 답례품을 보내는 것은 당연지사 아니겠는가."

"아무리 그래도……."

그가 한사코 거절하려 하자 은강이 상심한 양어깨를 늘어뜨렸다. 그러며 비장의 무기를 쓴다.

"마음에 들지 않나? 마음에 차지 않는 게지? 자네 눈에 곱지 않은 것이지?"

그녀가 강인지를 몰아붙였다. 일이 이렇게 되자 도무지 받지 않고서는 넘어갈 재간이 없다.

"……그럼 감사히."

실랑이 끝에 결국 강인지의 손이 노리개를 향해 나아갔다. 조막만 한 향갑 위에서 그와 은강의 손가락이 어쩔 수 없이 쓱 맞닿았다.

뜻밖의 접촉.

찰나에 불과한, 우연찮은 접촉으로 끝이 날 수도 있었다. 당사자들의 기억에도 남지 못할 만큼 조용히 묻힐 수도 있었다. 주목하는 이가 없었다면 분명히 그랬을 것이다. 그러나 그 순간에 은강의 심장은 쿵 떨어져 내렸다.

"뭐 하나."

바깥 공기가 찬 기운을 몰고 왔다. 느닷없이 개입한 사내의 음성에 은강은 하마터면 노리개를 떨어뜨릴 뻔하였다.

"정표라도 주고받나?"

문가에, 준엽이 서 있었다.

예상치 못한 그의 등장에 은강은 한동안 정신을 차리지 못했다. 그야말로 혼백이 나갈 지경이었다. 어째서 이 시간에 낭군이 내아에 발걸음을 한단 말인가. 지금쯤이면 한창 동헌에서 정무를 보고 있을 때가 아니던가. 은강의 눈동자가 갈피를 잡지 못해 구군복을 입은 준엽에게서 우왕좌왕하다가 그의 뒤에 있는 꽃분을 잡아내었다.

'저것이, 사람들 출입 단속하랬더니!'

상황을 이해한 그녀의 눈초리가 고약하게 일그러졌다. 그러자 꽃분이 꽁무니에 불붙은 것처럼 급히 은강의 시야에서 몸을 빼내었다.

"내가 못 올 곳에 온 것도 아닌데 부인께선 어찌 아랫사람을 핍박하시오?"

준엽이 문가에 몸을 기댄 채 팔짱을 꼈다. 무서우리만치 서늘한 그의 시선에 은강은 그제야 찬물을 뒤집어쓴 듯 정신이 번쩍 들었다.

"핍박이라니요. 무슨 말을 그리하십니까. 일단 안으로 드시지요."

은강이 노리개에서 손을 떼곤 자리에서 일어섰다. 그녀가 한 걸음 물러나 상석을 양보했음에도 준엽은 발걸음을 떼지 않았다. 여전히 문지방을 밟고 서선, 그가 강인지를 뚫어져라 노려보았다.

"규방에 사내라······."

잔잔한 음성에는 명백히 분기가 실려 있었다. 호방이 당황한 티를 감추지 못하고 어버버 입을 열었다.

"저, 그, 그게······ 마님께 드릴 것이 있어서······."

"무엇?"

"그, 그건······."

총체적인 난국이었다. 사내인 그가 내아에 든 것도 문제고, 관아에서 압수했다는 귀환 부인을 구해다 주었다는 것도 문제고, 그 외설 서적을 호방이 주었다는 것도 문제였다. 그는 제대로 변명을 하지 못하고 진땀을 흘렸다. 그 모습이 심히 안되어 보여 은강은 본인이 대신 나섰다. 사또를 상대하는 데 호방보다는 제 처지가 차라리 낫다 셈했기 때문이다.

"바, 받을 것이 있어 소첩이 불렀습니다."

그러나, 그때까지만 해도 불쾌한 기색만 내비치던 준엽은 은강의 말에 노골적으로 인상을 찌푸렸다. 미간이 좁혀들고 눈동자가 형형하다.

"어디 받을 것만 있던가. 줄 것도 있는 것 같던데."

그는 강인지가 손에 쥐고 있는 노리개를 지적했다.

"그건 물건 값으로 쳐준 것입니다."

"엽전이 아니라 패물을 지불해야 할 정도로, 내 집안의 살림이 곤궁할 줄은 몰랐군."

준엽의 입에서 나오는 모든 말이 언중유골이었다. 한마디를 할 때마다 죄 몰풍스레 되받아치니 은강은 돌연 아연해졌다. 은강은 지금껏 낭군에게서 이렇게까지 차가운 응대를 받아본 적이 없었다.

"사또께 송구합니다. 소인이 생각이 짧았습니다. 그러나 마님께선 잘못이 없으시니……."

"나가."

강인지의 말을 석둑 자르며 준엽이 명했다.

"사또."

"나가라, 하였다."

말이 통하는 상태가 아니었다. 단호한 준엽의 명령에 강인지는 고개를 숙였다. 그리곤 얌전히 물러나는데 사또가 그의 손목을 꽉 붙들었다. 감정 실린 악력이 어찌나 강하던지 손이 저릿저릿하였다.

"내 집 안의 어떤 것에도 손대지 말거라."

준엽은 기어이 강인지에게서 노리개를 탈취해 냈다. 은강이 '나으리!' 소리쳐 불렀으나 그는 들은 체도 하지 않았다. 오히려 준엽은 강인지의 멱을 붙잡아 문밖으로 내팽개쳤다. 호방이 볼품없이 마당을 뒹굴었고 준엽은 소매에서 돈주머니를 꺼내 땅바닥에 던졌다. 마치 동냥질 받는 거지처럼 강인지의 얼굴 옆에 엽전이 떨어진다. 준엽의 모욕적인 처사에 강인지의 입꼬리가 파르르 떨렸다.

"이 시간부로, 그 누구도 내 허락 없이는 내아에 접근할 수 없다."

사또가 명을 던지곤 문을 쾅 닫았다. 그러자 내아 주변의 인기척이 스물스물 물러나기 시작했다. 사박사박 땅 밟는 소리마저 모두 사라지고 사위가 적막하다. 이 근방에는 이제 은강과 준엽 둘밖에 남아 있지 않았다.

"지금 무얼 하신 겁니까."

적막을 바탕에 깔자 은강의 음성이 한층 또렷이 울렸다. 방에 사내를 들인 것이 절대 잘한 짓은 아니었지만 준엽이 이토록 무도하게 군 것은 충격이었다. 돈주머니가 철렁 떨어질 때 제 마음이 철렁 떨어졌단 것을 그는 과연 알까. 어떻게 본인의 아랫사람에게 저렇게까지 굴욕을 준단 말인가. 공명하게 곤장을 치는 게 나을 것 같았다.

"나리께서 이토록 잔인하신 분인 줄은 내, 정녕 몰랐습니다."

은강은 준엽에게 실망감을 감출 수가 없었다. 기대가 컸던 만큼 기대가 떨어지는 낙폭도 실로 어마어마했다.

"어디 부인께서 모르는 게 그것뿐이겠소. 나에 대해 모르는 것을 꼽는 것보다 아는 것을 세는 게 더 빠를 텐데요."

준엽은 작정한 양 빈정거렸다. 사실 그가 차분하게 문책하였다면 은강은 할 말이 없었을 것이다. 진심이든 아니든 그녀는 그에게 사죄할 수밖에 없는 처지였다. 왜냐하면 이번 일은 은강이 경거망동한 게 사실이니까.

그러나 그때에 준엽에게 잘잘못을 가릴 이성 같은 건 남아 있지 않았다. 왜 은강이 안채로 호방을 들였는지, 그와 무엇을 했는지, 도무지 물어볼 여력이 없었다. 사실 듣고 싶지도 않았고 이해하고 싶지도 않았다. 그저 속이 부글부글 끓었다. 그간 억눌러 오던 초조함과 불안감은 강인지와 은강이 한방에서 다정히 대화를 나눈 것을 목격한 순간부터 걷잡을 수 없는 분노로 변질되었다.

"그러게 말입니다. 이런 분인 줄 알았다면 하나라도 더 몰랐어야 했는데 알게 되어 유감입니다. 앞으로도 모르기 위해선 내외하는 게 좋을 것 같습니다."

은강이 준엽의 독설에 지지 않고 이를 맞받아쳤다. 그녀는 방금 자신의 눈으로 본 광경이 몹시나 충격적이라, 스스로를 돌아볼 사고의 여유가 없었다. 그녀는 손가락을 들어 문을 가리켰다.

"나가시지요."

축객령이 나왔으나 준엽은 끄떡도 하지 않았다. 그는 다만, 냉소하였다.

"내 집에서 누가 주인을 내쫓는단 말이오."

"그럼 제가 나가겠습니다."

은강이 너르게 보폭을 잡고는 거침없이 문 쪽으로 나아갔다.

그러나 문고리를 잡기도 전에 그녀의 팔은 준엽에게 낚아채였다. 그는 은강을 돌려세웠다.

"내 허락 없이는 어디도 갈 수 없어."

은강이 속박에서 벗어나기 위해 팔을 휘둘렀다. 그러나 준엽은 외려 그녀의 양쪽 손목을 결박하고 벽에 밀어붙였다.

"그리고 난 당신을, 내 옆에서 단 한 발자국도 내보낼 생각이 없고."

힘껏 몸부림을 쳤으나, 여인이 사내를 당해낼 리 만무했다. 준엽이 작정하고 힘을 쓰자 은강은 그를 뿌리치지 못했다. 몇 차례의 노력은 허무하게 결실을 맺었다.

"강인지 때문이오?"

숨결이 느껴질 정도로 가까이 얼굴을 붙인 채, 준엽이 물었다. 기세가 자못 살벌했다.

"역에 간섭했던 이유가 호방 탓이었냔 말입니다."

은강은 우선 숨을 골랐다. 섣불리 입을 열었다가 호방에게 피해가 갈 것이 염려되었기 때문이었다. 강인지는 의롭고 자애로운 향리였고, 은강은 자신이 나고 자라온 이 고을에 그와 같은 자가 꼭 필요하다 여겼다.

"호방의 탓이든 덕이든 그게 무슨 상관입니까. 어찌 됐건 나으리께선 제 조언 같은 건 받아들일 생각도 없으실 텐데요."

"그대의 말이 내게 아무런 영향이 없는 것 같소?"

"그럼, 있습니까?"

"기가 막히는군."

준엽은 일희일비의 참뜻을 그녀에게 휘둘리면서부터 절감하게 되었다. 과거의 한마디에 사로잡혀 삼 년이나 욕망을 억누르며 살아오고 있는 그에게, 자신의 말이 영향이나 있냐는 은강의 물음은 잔인할 정도였다.

"기가 막히는 건 오히려 이쪽입니다. 그날 제 간청을 일고의 여지없이 내치신 게 누구신데 그런 물음을 던지십니까."

"그대의 간청이 정말 당신의 것이었소? 천만에. 난 그리 생각하지 않습니다."

그녀의 부탁은 준엽이 이 고을에 부임한 이래로 이미 수차례나 들어왔던 고루한 이야기에 불과했다. 전대 호방은 물론이거니와 이방, 형방, 예방, 공방 등등 관아의 아전들은 죄 자신의 임무에 안민(安民 : 민심을 어루만져 진정케 함)을 결부시켜 사또의 감시를 느슨하게 풀려 하였다. 그러나 준엽은 그리했을 때에 발생되는 결과를 아전들의 머리 꼭대기 위에서 내려다보고 있는 사람이었다.

"간청이 내 것이었냐고요? 그럼 나리께선 제가 누군가의 청탁이라도 받았다 여기시는 겁니까?"

은강은 음성이 다시금 가파르게 치솟았다. 수령의 부인으로서 사또의 명성에 누 끼치지 않으려 그동안 열심히 발버둥 쳤다. 사람들의 입에 나돌까 싶어 벗들과의 왕래도 끊고, 그 좋아하는 나들이도 삼가고, 가끔의 걸음조차 개구멍을 이용하여 몰래 나갔던 게 다 누구를 위해서였던가. 그런 자신에게 어찌 청탁을 운운할 수 있지?

그를 위해 노력하고 조언을 하였더니 돌아오는 것은 부당한 의심뿐이다. 게다가, 그러고 보니 기억나는 것도 하나 있다.

"아까 호방 탓이냐고 저를 다그치셨지요. 그 말은 즉, 나리께선 제게 호방의 청탁이 통했다 판단하신 게로군요."

은강이 아프도록 입술을 꽉 깨물었다. 곁에서 그렇게 사람이 조언을 해주는데도 자신의 잘못을 돌아보지는 못할망정 모든 걸 타인의 잘못으로 돌리다니 졸렬하기 짝이 없었다.

"대체 그가 제게 무얼 줄 수 있기에 그런 얼토당토않을 소리를 하십니까. 중인인 그가 제게 재물을 줄 수 있습니까, 아니면 권력을 줄 수 있습니까."

"그에게 미혹된 것이라면?"

한번 크게 뒤틀린 심사는 도무지 회복이란 것을 몰랐다. 은강의 부릅뜬 두 눈을 직시하면서도, 투기에 눈먼 준엽은 그녀를 제대로 바라보지 못했다.

"호방 강인지는 그대가 꿈꾸어오던 사내에 가깝지 않소. 오래전부터 늘 노래를 불러왔지. 육 척 장신의 웅건한 대장부. 그야말로 그대의 이상에 가깝지 않습니까."

삐뚜름하게 올라간 입술이 소리를 뒤틀었다.

"이야기 속 어사또를 닮았다 하였던가⋯⋯?"

뭐 확실히. 비장에게 전해 들은 이후로, 준엽도 귀환 부인을 한 글자도 빠뜨리지 않고 정독하였다. 그리고 어사또 김경수의 외양 묘사와 춘화가 호방 강인지와 닮은 것을 인정했다.

"관계없는 이야기를 하고 계십니다."

그가 어찌 자신이 했던 말들을 알고 있는 것일까. 은강은 의문이 들었지만 그보다 우선인 것은 심란한 제 마음을 갈무리하는 것이었다. 준엽의 지적과 같은 맥락은 결코 아니었지만 하늘을 우러러 한 점 부끄러움이 없냐 한다면, 떳떳하지는 않는 것이 사실이긴 했다.

"소첩은, 소첩의 의견을 나리께 직언했을 뿐입니다."

"글쎄? 과연 그럴까. 지금껏 부인께선 관아의 일에 관해선 내게 작은 훈수조차 두지 않던 분이셨소. 한데 새로운 호방이 들어온 이후로 갑자기 나를 비방하는 것도 모자라 허무맹랑한 주장을 해대지 않습니까. 그것도, 호방과 한 치의 어긋남 없는 똑같은 논지로!"

은강은 말문이 턱 막혔다. 그야…… 제 눈으로 목격한 정황이 있고 호방으로부터 부차적인 설명을 들었으니 어쩔 수 없이 겹치는 면이 있기는 할 것이다.

"우연찮은 기회에 호방에게서 이야기를 듣게 된 것은 맞습니다."

겪었던 일을 세세히 알려줄 필요는 없었으나, 은강은 인정할 것은 인정하기로 했다.

"그러나 호방은 제게 청탁하지 않았고 저 또한 그의 청탁을 받아들이지는 않았습니다. 소첩은 그저 그의 말에 일리가 있고 그가 신뢰할 만한 자라 자의적으로 판단했을 따름입니다. 설마 그런 것마저 청탁이라 우기실 요량은 아니시겠지요."

"그를 신뢰할 만한 자라 판단하신다고요."

"예."

"나보다…… 더?"

생각지도 못한 비교에 은강이 움찔하였다.

"왜 대답을 못 하시오."

"나으리는 어째서 그와 다투려 드시는 겁니까. 나리는 사또이고 그는 아전에 불과합니다."

"누가 그걸 모르오? 한데 부인께서 그리 만들고 계시지 않습니까. 나와 그를 같은 선상에 두고, 그의 편을 들어주시지 않습니까."

"그런 적 없습니다. 착각이시겠지요."

"착각? 내 의견은 들어볼 생각조차 갖지 않으시더니 강인지의 의견에는 찬동을 표하지 않았습니까. 일리가 있다 하였던가요? 나는 집무실에서 서책만 파는 세상 물정 모르는 애송이에, 중도 도 인의도 없어 가혹하게 일을 집행하는 융통성 없는 관리라는 평에 정녕 뜻을 함께하셨다는 겁니까?"

준엽이 은강의 팔목을 더욱 강하게 옥죄었다. 그가 거머쥔 곳에서 통증이 전해져 와 은강은 얼굴을 찌푸렸다. 고통을 호소하고 싶었으나 그녀의 앞에서, 준엽은 그녀보다 더 참혹한 표정을 짓고 있었다.

"지난 세월 동안 부인께선 나를 그리 여겨오셨던 겁니까. 그러면서 겨우 며칠 본 호방은 신뢰할 만한 자라고요. 그가 어떤 자인 줄이나 아시오? 강인지는! 그자는……!"

그에 관해 쏟아내고픈 말이 준엽의 속에는 무수히 많았다. 그러나 그는 관청의 수장으로서 관아 내부의 일을 경솔히 발설할 수 없었다. 그는 뼛속까지 수령이었다. 우레처럼 터져 나간 소리가 억지로 갈무리되었다. 준엽은 어금니를 꽉 깨물었다.

"아무튼, 다시는 그자와 가까이하지 마시오. 그는 탐욕스럽고 궤변에 능한 사람이요. 결코 부인에게 이로울 자가 아닙니다."

강인지에 관한 내사는 엄비였다. 하여 준엽의 입에서는 표면만 핥는 가벼운 험담만이 터졌다. 당연히, 은강은 그것을 납득하지 않았다.

"제게 이로울지 그렇지 않을지는 소첩이 판단하겠습니다."

시종일관 호방에게 옹졸하게 반응하는 준엽이, 은강은 이제는 안타깝기보다는 넌덜머리가 났다. 할 수만 있다면 뺨을 쳐서라도 그의 정신을 깨우쳐 주고 싶을 정도였다.

"부인!"

"직접 경험해 본바, 그는 백성에 대해 진지하게 고뇌하는 관인이었습니다. 또한 낭군과 다르게, 호방은 사또를 송찬하고 이해하려 애쓰더군요. 그는 나으리를 천재일 뿐 아니라 매사에 성실한 분이라 하였고 조정의 기대에 대한 부담에 버거울 것이라 염려까지 하였습니다. 그런 사람을 웃전으로서 감싸 안고 중용하기는 커녕, 헐뜯다니요."

은강은 자신이 입을 여는 동안에, 준엽이 느끼는 감정의 동요를 고스란히 되받고 있었다. 결박되어 있던 손목이 그로 인해 바들바들 흔들렸다. 그럼에도 그녀는 독하게 준엽에게 절망을 선사했다. 꽉 막힌 귓구멍을 뚫어줄 충격이 되기를 기원하며.

"소첩은 오늘 정말 나으리께 실망하였습니다."

흔들림이 멈추었다. 오랫동안 붙들린 손에 드디어 자유가 찾아왔다.

"나리와 백년가약 맺은 것을 후회합니다."

바람대로, 그녀의 쐐기는 강력했다. 귀뿐 아니라 그 어떤 다른 것도 꿰뚫었을 정도로 효과가 지나치게 과격했다.

"……방금 무어라 하셨소."

장고 끝의 악수가 이런 것일까. 은강이 준 자극은 정통으로 준엽의 불안을 관통했다. 불난 집에 억수 같은 기름 비가 쏟아져 내렸다. 대참사였다.

"혼례 치른 것을 후회한다. 내가 들은 것이, 맞습니까?"

삼 년간 써온 탈이 부서지는 것은 순식간이었다. 순수를 가장하던 어린 신랑은, 신기루였던 것처럼 자취를 감추고 준엽은 제어 없이 본색을 드러냈다. 그가 가진 것 중 가장 거칠고, 어둡고, 흉포한 내면이 수면 위로 떠올랐다. 본인도 미처 몰랐을 자신의 모습이었다.

"예, 그리 말했습니다. 나리께서 자, 자꾸만 엇나가시니 아내 된 사람으로서……."

"하긴. 처음부터 우리 혼사에."

난폭한 눈빛과 다르게 은강의 말을 끊는 준엽의 음성은 나직했다. 그러나 은강은 폭풍 전야의 그것처럼, 불길한 긴장감을 느끼며 주춤주춤 옆으로 물러났다. 준엽 또한 그녀를 따라 한 보 한 보를 내디뎠다.

"당신 의사 같은 건 일말도 포함되어 있지 않았지."

구석에 몰린 은강에게 준엽이 손을 뻗쳤다. 피할 길 없는 막다른 곳에서 그녀는 손쉽게 그에게 사로잡혔다. 허리가 당겨지고 턱이 붙들렸다. 그리곤 곧장 입술이 덮쳐 왔다.

"……!"

준엽은 시작부터 사납게 은강을 탐했다. 그는 그녀를 벽에 세게 짓이기며 은강의 입속에 강압적으로 혀를 쑤셔 넣었다. 당황한 은강은 처음엔 그의 입맞춤에 당하기 급급했지만 곧 정신을 사려 먹었다. 이건 아니라는 생각에 그녀는 있는 힘껏 준엽을 뿌리쳤다.

"그만!"

그러나 겨우 반 보 뒤로 떠밀렸을 뿐, 준엽의 눈에 붙은 불길은 조금도 사그라들 기미가 없었다. 아니, 오히려 한 번 거절을 당하자 불안과 투기로 얼룩진 그의 분노는 걷잡을 수 없이 타올랐다. 마치 먹이를 낚아채는 매처럼 준엽은 다시금 은강을 손에 넣었다. 단숨에 그녀의 두 팔을 한 손에 그러쥐고 다른 손으로 은강의 뒷머리를 꽉 누른다. 자신에게서 도망치지 못하도록, 벗어나지 못하도록.

그렇게 은강을 옴짝달싹 못 하게 결박하고선, 준엽은 실컷 그녀의 내부를 맛보았다. 부드러운 입술을 성에 찰 때까지 몇 번이고 빨고 핥고 깨물었다. 은강이 읍읍 소리를 내었지만 아무런 소용이 없었다. 준엽은 작정한 것처럼 그녀의 모든 것을 삼키고 있었다. 소리도, 저항도, 입술도, 숨 한 줌조차도 놓치는 것이 없었다.

은강은 속수무책 그에게 점령되어 갔다. 폭풍우에 휩쓸린 배처럼 이리 휘청 저리 휘청 그에게 좌지우지된다. 숨을 쉬기가 점점 버거워지고 눈앞이 흐려졌다. 몸에서 힘이 빠지자 발버둥도 멎어들어 간다.

'안…… 되는데.'

육체만 그에게 종속되어 가는 것이 아니었다. 격앙되었던 감정 또한 그녀보다 더 거친 준엽의 기세에 차츰차츰 밀려갔다. 이래선 안 되는데, 낭군을 바로잡아야 하는데……. 은강은 준엽을 계도할 방책을 짜내려 애썼지만 떠올리는 즉시 생각은 옅어져만 갔다. 머릿속이 뜨거운 열기에 까맣게 녹아간다. 어딘가 확 돌아버린 듯 달려드는 준엽의 입맞춤은 단숨에 은강의 정신을 앗아갔다.

"이미 치러진 혼례는 결코 무를 수 없어."

폭군처럼 그녀의 입속을 군림하던 준엽이 문득, 중얼거렸다. 물속에 빠진 것처럼 몽롱하고 먹먹한 은강의 귓속에 그의 진득한 말소리가 각인되었다.

"원하든 원하지 않든, 당신은 죽을 때까지 유준엽의 아내로 머물 것이고."

귓불을 잘근잘근 깨물던 그가 은강의 목을 혀끝으로 문질렀다. 벌어져 있던 은강의 입에서 훗! 무방비한 신음이 터져 나왔다.

"죽어서도 내 옆에 묻혀 그 비석에 내 처로 이름 남기겠지."

그가 말을 건넬 때마다 달뜬 숨이 목덜미를 간질였다. 은강은 자극받지 않으려 어깨를 움츠렸지만 그럴수록 준엽은 집요하게 그녀의 목을 애무했다. 은강이 할 수 있는 것이라곤 신음이 흐르지 않도록 이를 꽉 누르는 것뿐이었다.

준엽은 입으로는 은강의 목 구석구석을 핥아 내렸고 손으로는 그녀의 옷고름을 술술 풀어냈다. 순식간에 저고리가 벗겨지고 차가운 공기에 상체가 노출된다. 은강의 팔뚝에 소름이 돋아나고 잠깐, 사고가 선명히 돌아왔다.

"그만. 낭군, 갑자기 왜……, 아……!"

대화를 이어가려는 은강의 노력은 실패로 돌아갔다. 준엽은 그녀의 가슴을 거세게 움켜쥐었고 입을 열던 은강은 갑작스런 접촉 부위에 놀라 얼어붙었다. 그새에, 준엽은 원하는 대로 그녀의 젖가슴을 주물렀다. 새하얗고 풍만한 살결이 그의 손아귀에서 형체를 잃어갔다. 준엽의 숨이 눈에 띄게 거칠어졌다.

"나으리. 하……. 그, 그만!"

그에게 가슴이 당겨질 때마다 은강은 통증과 함께 야릇한 감각을 느꼈다. 그의 입술이 닿는 곳마다, 손길이 닿는 곳마다 낙인이 찍히는 것처럼 육체가 지져졌다. 살갗은 타들어갈 듯 뜨거웠고 다리가 바들바들 떨렸다. 금방이라도 주저앉을 것 같아 은강은, 준엽을 밀어내던 것도 잊고 그의 옷자락을 꽉 붙들었다.

"어째서?"

은강의 치마까지 거의 걷어낸 준엽은 얼굴을 점점 아래로 미끄러뜨렸다. 분노로 들끓었던 열기는, 소유에 대한 열망의 근간이 되어 그를 움직이게 만들고 있었다. 준엽은 한입에 은강을 집어삼키고 싶었다. 지난 삼 년간 한시도 바라지 않은 적이 없던 욕망이었다. 그녀를 위해 성질에도 맞지 않는 내숭까지 떨며 꾹꾹 본심을 숨겨왔지만 이제 와서는 아무런 소용없는 짓거리였다. 자신의 그 모든 노력에도 불구하고 부인은 혼례를 후회한다 하지 않는가.

"부인께서도 염원하던 것이 아니었던가."

유륜을 따라 혀가 부드럽게 원을 그렸다. 손안에 잡힌 은강의 허리가 움찔거리는 게 느껴지자 준엽은 참지 않고 가슴 끝을 빨아 당겼다. 머리 위에서 '으응' 억눌려 터지는 신음이 욕정을 충동질했다.

"해보고 싶다 입버릇 해왔으면서."

침 범벅이 된 유두가, 맨들맨들 그의 눈을 유혹했다. 준엽은 젖을 찾는 아이처럼 은강의 가슴을 게걸스레 흡입하였다. 자극에 못 이겨 그녀가 몸을 비틀 때마다 벌겋게 손자국이 찍힌 가슴이 눈앞에서 출렁거렸다. 그것을 보는 준엽은 목이 다 타들어가는 것 같았다.

"으음……."

준엽은 자신의 입술로 은강의 입을 격렬하게 틀어막았다. 허리를 쥐고 있던 손을 천천히 내려 그녀의 속곳 안으로 파고들었다. 슬금슬금 내려간 손이 은강의 비부를 부드럽게 쓸었다. 질척한 물기가 손가락에 휘감겼다. 그녀가 자신의 품 안에서 젖어들었다는 것이 준엽의 마음 한구석을 만족시켰다. 비틀린 분기와 눈먼 독점욕이 살짝 누그러졌다.

그는 은강에게서 입술을 떼곤 그녀의 얼굴을 뜨겁게 응시하였다. 갑작스런 입맞춤의 중단에 은강이 눈을 뜬다. 낯익은 얼굴, 낯선 표정. 애욕에 찬 준엽의 시야를 가득 메웠다. 그녀의 입에서 하아, 하아, 하아 공기가 가쁘게 드나들며 몸을 죄던 긴장이 조금 느슨해진다. 그리고 그때에.

톡.

음부를 돌던 준엽의 손가락이 작게 치솟은 돌기를 건드렸다.

"흣!"

보드라운 어깨가 움찔 융기하며 은강의 입에서는 짧은 교성이 터졌다. 저릿저릿한 감각이 등줄기를 타고 짜르르르 그녀의 온몸을 흔들었다. 앞의 쾌감들을 압도하는 지극한 성감에 은강은 덜컥 가슴이 내려앉았다. 그가 화를 낼 때에도 두근두근 움직이던 심장이 지금에 와선 쿵쾅쿵쾅 그녀를 지배하고 있었다.

"서방님……, 아앗!"

그만두시라 만류하려 할 적에, 준엽이 도톰한 극점을 본격적으로 슬슬 문질러대기 시작했다. 출렁거리는 쾌감에 은강의 고운 아미가 일그러지고 그녀가 이를 세워 입술을 깨물었다. 그와 색사를 치르고 싶었던 것은 사실이나 이런 방식은 아니었다. 절대 이런 분위기에서, 이런 식으로는…….

"흐윽!"

그러나 복잡한 상념을 녹여 버리는 아찔한 쾌감.

"으응……, 아, 홋, 앗."

손가락이 빠르고 강하게 철벅일수록 은강의 신음도 자지러질 듯 고조되었다. 파르르 떨리던 하체가 줄줄 아래로 내려온다. 무너져 내리는 은강을 감상하며 준엽도 그녀의 움직임에 어울려 주었다. 바닥에 주저앉아 그는 은강을 자신의 몸 위에 얹었다.

"하아, 서방님. 그래도……, 하아하아, 이건…….."

준엽이 은강의 두 다리를 벌려 제 허리 좌우편에 붙이는 동안, 은강이 숨도 고르지 못하곤 다급히 입을 열었다.

"어차피 협의하에 진행하고 있던 것 아니었습니까."

은강은 그가 일전에 청매산 과부 사건으로 촉발된 '초야 치르기'를 언급하고 있단 것을 알아차렸다.

"그리고 딱히 특별할 것도 없는, 심상한 부부지간의 일이지요."

태연한 준엽의 대꾸가 얄미웠다. 틀린 말은 아니었으나 인정하기는 싫었다. 특별할 게 없다니? 자신이 아무리 남녀의 교합에 관심이 지대할지언정 다투던 와중에 그의 분노를 받아내듯 일을 치르고 싶지는 않았다. 그러기엔 둘 사이에 아직 해결되지 못한 감정이 돌담처럼 존재하고 있지 않는가.

"싫어요. 이런 심정으로, 떠밀리듯 이렇게는……!"

은강이 준엽을 떠밀려 손을 들어 올렸다. 그러나 그녀의 손은 그의 가슴에 닿기도 전에 준엽의 손에 턱 붙잡혔다.

"그동안 궁금해하였다지요. 내가 사내구실을 할 수 있는지 없는지."

규방에서나 칭얼대던 은밀한 토로를 준엽이 거론하자 은강의 숨이 멈추었다. 대체 어디서 어디까지 알고 있는 거지? 저번 다툼 때도 그렇고 은강은 그가 의외로 자신에 대해서 많이 알고 있다는 것을 눈치챘다. 그간 동헌에서 생활하며 안채 쪽으론 얼굴조차 잘 보여주지 않았건만.

"이참에 확인해 보면 되지 않겠습니까."

놀라움이 가실 새도 없이 더 큰 놀라움이 은강을 덮쳐 왔다. 준엽에게 붙들린 자신의 손에 기이한 감촉이 느껴지는 것이 아니겠는가. 끈적하고 뜨겁고 굵직한…….

설마, 하며 은강이 쪼록 시선을 내렸다. 젖혀진 구군복 사이로

단단히 성이 난 채, 위를 향해 잔뜩 몸집을 부풀린 춘화첩의 그
것이 제 손바닥에 둥글게 감겨 있었다. 검붉은 사내의 분신은 그
녀의 눈길이 닿자마자 꿈틀 움직였다. 놀란 은강이, 남근을 잡고
있던 손을 반사적으로 움츠렸다.

"웃, 하아."

갑작스런 조임에, 준엽의 입에서 탁한 신음이 흘렀다. 이미 충
분히 젖어 있던 그의 양물에서도 맑은 액이 흘렀다. 시각과 청각
이 굴복당하는 것 같았다. 은강의 아래에서도 찔끔 애액이 새었
다.

"가능한 지는 오래되었으니."

그가 은강의 손을 잡고 제 음경을 천천히 흔들었다. 신음에 엉
긴 숨이 벅차오르고 곧던 준엽의 눈빛이 일그러졌다. 엉거주춤
둥그렇게 모양을 잡고 있던 은강의 손안으로 그의 기둥이 한층
더 크기를 키웠다.

"하면……, 큿."

그의 손을 뿌리쳐야 하는 게 옳음을 안다. 하지만 붉은 입술
새로 가쁘게 드나드는 준엽의 숨소리는 지나치게 사람의 신경을
자극했다. 평시에 한 번도 보지 못한 서방님의 야릇한 얼굴이 은
강은 자못 신기했다. 또한 비록 그의 손이 제 손을 잡고 움직이
고 있으나, 어쨌건 그녀의 손길에 그가 흥분하는 것을 지켜보고
있자니 충족감 같은 것마저 느껴졌다.

탁탁탁탁탁탁탁탁.

물기 어린 마찰음이 크게 번져 나갈수록 손바닥에서도 후끈후끈한 열기가 크게 번져 왔다. 준엽이 입술을 깨물고 억눌린 신음을 흘릴 때마다 은강은 그의 입을 벌리고 혀를 빨고 싶은 충동에 휩싸였다.

"하면, 되지 않…… 겠소."

이윽고 터지기 직전까지 자신의 것을 팽창시킨 준엽이 잡아먹을 듯 은강을 쳐다보며 말을 마쳤다.

은강은 제 귀에 자신의 맥박 소리가 들려오는 듯한 착각이 들었다. 눈에 뭔가 쓰인 것인지 어린 선비처럼만 보이던 낭군의 얼굴에서 야한 색기가 느껴졌다. 아무래도 자신은 지금 잔뜩 몸이 달아오른 모양이었다. 그가 제 몸을 타고 신음을 내지르는 게 듣고 싶었다. 그가 고개를 젖힐 때마다 툭 불거져 나오는 목젖을 입술로 어루만지고 싶었다. 그 어느 때보다 강한 성적 충동이 그녀를 내몰았다. 하지만, 은강은 고개를 내저었다.

"그래도 지금 이렇게는……."

초야에 딱히 엄청난 기대를 갖고 있던 건 아니었다. 하지만 적어도 이렇게 싸우던 와중에, 갈등이 풀어지지 않은 상태에서 일을 치를 수는 없다고 생각했다. 첫 경험이다. 다정한 말을 주고받고 따뜻한 시선을 주고받으며 부부간의 첫 교접을 경험하고 싶었다. 그러나 그녀의 의사는 아래에서 퍼지는 말초적 쾌감에 또 한 발 밀리고야 만다.

"흐—읏!"

준엽의 기둥이 은강의 음핵에 맞닿았다. 짜릿함에 그녀의 전신에 퍼져 있는 심줄이 바짝 수축하였다. 손가락과 발가락이 오므라들었다.

"오늘은…… 통문할…… 생각, 없으니……."

헐떡임에 못 이겨 준엽의 말이 드문드문 늘어졌다. 그는 은강의 엉덩이를 꽉 쥐고선 제 허리를 움직였다. 기둥으로 끊임없이 돌기를 문지르자 은강의 낭창한 나신이 뒤틀렸다. 불끈거리는 그의 남경에서도 독기 오른 핏줄이 바짝 섰다.

"안심하시오."

그로부터 둘 사이에는 더 이상 사람의 대화가 오가지 않았다. 헉헉대는 숨과 짐승처럼 의미 없는 신음만이 부부를 감싸 안았다. 은강은 자신이 반쯤 미쳤다고 생각했다. 이러지 않는 게 좋을 것 같다 판단했으면서도 그녀는 준엽의 목에 매달려 있었다. 입으로는 몇 차례나 '그만'을 발음했지만 그것이 사실상 별 의미가 없는 신음에 가깝다는 걸, 누구보다 본인이 잘 알았다. 그가 목을 빨 때, 가슴을 움켜쥘 때, 허릿짓을 할 때마다 거부는커녕 더 가까이 달라붙고 싶었다.

"훗! 그만……! 서방님, 핫, 낭……, 군, 하앗! 흐윽!"

일방적이었던 성기의 마찰은 점차 맞비빔으로 변해갔다. 감각이 가파르게 고조될수록 은강은 스스로 허리를 움직였다. 지금도 감당할 수 없는 쾌감이 전신을 휩쓸건만 탐욕에 눈먼 자처럼 더더더 자극을 갈구하게 된다.

"아앙! 아아아, 하앙! 아아앗!"

변하지 않는 자세로 서로 맞물린 성기를 움직이는 것이 다인데도, 댈 때마다 처음처럼 찌릿찌릿하다. 젖은 살이 철벅철벅 마찰음을 내는 것마저 그녀의 성감을 고조시켰다.

"하아, 부인. 부인……. 부인, 아아!"

게다가 점점 애타게 그녀를 부르는 준엽의 음성이 마음을 간질였다. 그는 오랜 갈증을 해소하는 것처럼 은강의 젖가슴을 쪽쪽 빨았고, 그녀는 저도 모르게 가슴을 내밀며 허리와 목을 한껏 뒤로 젖혔다. 흥분을 주체하지 못하고 아래 입구가 벌렁벌렁 절로 움직여 댔다. 은강은 본능적으로 자신이 한계에 다다라 간다는 것을 느꼈다.

"훗! 아앗! 앙! 흑! 핫!"

교성은 아까보다 더 짧고 강하게 튀어나왔다. 고민도 갈등도 없이, 순간순간 느껴지는 예민한 감각을 입 밖으로 여과 없이 토해냈다. 점차 눈앞이 하얗게 번져 오는 기분이다. 아, 아아, 아아아……!

"아아앗!"

단말마 같은 비명과 함께 은강은 끝끝내 절정에 올랐다. 벼락이 정수리에 직격한 것 같았다. 숨이 턱 막혔고 질구(膣口)가 한껏 수축했다. 몸속의 모든 감각이 터져 나갔다. 그녀는 준엽의 몸을 꽉 끌어안았다. 순간, 세상은 백색이었다.

"하으……."

제어되지 않는 몸이 준엽의 품 안에서 부르르르 떨렸다. 탈력감이 몰려왔다. 달음박질을 죽기 직전까지 해댄 기분이었다. 여전히 상대의 것은 힘을 잃지 않고 빳빳하게 서 있었지만 은강은 맥이 다 풀렸다. 움츠러들었던 온몸이 스르르 풀려나가며 그녀의 눈꺼풀도 지탱할 힘을 잃었다.

어둠은 순식간에 몰려왔다. 기절하듯, 은강은 잠에 빠져들었다.

7. 폐단

　눈을 떴을 때는 한낮이었다. 중천까지 잠들었던 걸 보면 어제의 일이 많이 곤하기는 한 모양이었다. 주변을 둘러보니 훤한 방 안에 저 하나만 덩그러니 남겨져 있다. 허전함 같은 것이 느껴질 법도 하건만 의외로 공허함 같은 것은 느껴지지 않았다. 잠결에, 드문드문 어떤 일이 있었는지 기억하고 있는 까닭이다.

　준엽이 남긴 감촉이 지금도 선연했다. 물수건으로 제 몸을 구석구석 닦아주고, 옷을 입혀주고, 머리를 정돈해 주고 폭신한 이부자리를 깔아주었다. 그리고…….

　은강은 손을 들어 이마를 매만졌다. 볼을 쓸던 손길과 몇 번이고 이마에 닿던 입술의 온기가 아직까지도 어렴풋이 느껴지는 듯했다. 무척이나 따듯하고 다정하였었지. 이마를 맴돌던 손이 점차 아래로 내려왔다. 물기 없이 보송보송한 평소의 입술이다. 그러나 어젯밤에는 어떠하였던가.

피할 수 없는 명확한 기억들에 은강은 두 손으로 얼굴을 가렸다. 속이 울렁거리며 몸에 열기가 후끈 올라왔다.

'난 대체 무슨 짓을……'

현실을 부정하려 고개를 마구 가로저었지만 흐트러지는 것은 제 머리칼뿐이었다. 기억들은 사라지지 않았고 흐려지지도 않았다. 한창 언성을 높이다가 어째서 일이 그렇게 흘렀는지 모를 일이다. 그를 밀어내다 색욕에 굴복한 저도 저이지만, 낭군은 대체 무슨 생각으로 그런 짓을 저질렀던 것일까.

불과 며칠 전만 하여도 준엽은 여인의 교성과 앓는 이의 신음을 구분하지 못하던 도련님에 불과했다. 남녀 간의 정사에는 도통 관심이 없던 순수하기 짝이 없던 어린 서방님이었다. 하지만 어제의 그 눈빛. 정욕을 담고 절급하게 일렁이던 그의 눈동자는 결코 아무것도 모르는 소년의 것이 아니었다. 탁하지만 짙고 깊다. 마치 눈동자의 꺼풀이 벗겨진 것처럼. 그 짧은 사이에 준엽은 개안한 것일까, 아니면…….

'여태 내 앞에서 막을 쓰고 다녔던 걸까.'

은강은 혼란에 휩싸였다. 청매산 과부 사건 덕에 그가 생각보다 더 장성하였다는 것을 알 게 되기는 하였다. 하지만 그것은 어디까지나 본인의 예상보다 조금 더 였던 것이지, 예상치도 못했을 정도는 아니었다. 그런 눈빛으로, 얼굴로, 손길로, 음성으로 자신을 대하리라곤 꿈에도 상상치 못했다. 몇 년이나 지나면 모를까…….

은강은 자리를 걷고 일어났다. 경대를 열어 제 모습을 살펴본다. 목에서부터 가슴까지 낙인처럼 붉은 자국이 남겨져 있다.

"원하든 원하지 않든, 당신은 죽을 때까지 유준엽의 아내로 머물 것이고 죽어서도 내 옆에 묻혀 그 비석에 내 처로 이름 남기겠지."

어젯밤 무심코 넘겼던 음성이 귓가에서 울려 퍼졌다. 그의 말을 곱씹자 몸이 바르르 떨린다. 새삼, 소름이 돋을 만큼 오싹한 발언이다. 하지만 동시에 그 번듯한 얼굴 속에 숨겨져 있는 자신을 향한 지독한 소유욕이 짜릿하게 느껴졌다.

'아……. 세상에.'

경대 속, 초점을 흩뜨리고 있던 고운 여인이 주인의 허가 없이 광년이처럼 푸스스 미소를 지었다. 왜일까. 늘 잔잔하던 가슴속이 펄떡펄떡 뛰기 시작했다.

'난 좀 취향이 이상한 것 같아.'

은강은 두 손으로 가슴을 지그시 눌렀다. 화가 나는 게 정상일 텐데도 이상하게 입가로 웃음이 실실실 새었다.

그가 드러낸 무서운 소유욕과 밀어붙이던 박력에 심히 마음이 설렜다. 그런 식의 경험을 진행하고 싶지는 않았지만, 그 생각은 분명 변함이 없는데도, 별개로 그와의 어젯밤이 좋았다.

외설서 속에서 '안 돼요'에서 '돼요'로 넘어가는 걸 너무 많이 봐서 그런가? '넘어갈 거면 빨리 좀 넘어가지, 왜 미적대는 게야' 하도 불만을 터뜨린 적이 많아서 그랬던 걸까? 은강은 준엽이 주는 쾌락에 그렇게 빨리 넘어간 자신이 나쁜 의미로 참 대단하다 싶으면서도 별로 뉘우쳐지지는 않았다.

그 순간에는 넘어가도 될 것 같았다. 그에게 화가 나기는 하였지만 솔직히 그의 손길이 싫지는 않았으니까. 아니, 그 정도로는 당시의 심정을 이루 다 표현할 수 없다. 불길이 일렁이는 눈빛과 자신을 애타게 갈구하는 낭군의 몸짓이 사람을 그렇게 미치게 만드는데 어쩌란 말인가.

혼백이 녹아내리는 것처럼 좋았다. 결국 안 했는데도.

'그럼, 하면 얼마나 좋다는 거야?'

두 손으로 볼을 감싸 쥐었다. '강쇠와 과부전'에선 첫 교합을 하늘이 쩍 벌어지고 땅이 두 동강이 나는 느낌이라고 서술하였다. 천지개벽과 같은 강렬함이 느껴진다고 하였다. 읽을 당시에는 과장이라고만 여겼는데 지금 보니 참말일 것 같다.

은강은 몸을 배배 꼬며 한참을 망상에 빠져들었다. 그렇게 얼마간의 시간을 흘려보내고, 조금 뒤늦게야 그녀는 퍼뜩 정신을 추슬렀다.

'기가 막혀서! 최은강! 대체 지금 이 상황에 무슨 생각을 하고

있는 게야?'

은강은 제 뺨을 스스로 매우 쳤다. 서방님이 성에 눈을 뜬 것은 물론 쌍수를 들고 반길 만한 일이긴 했다. 하지만 반가운 것은 반가운 것이고, 지금 그것이 가장 중요한 일은 아니지 않은가.

내 정신 좀 봐, 내 정신 좀. 은강은 자책하며 머리를 푸드득 흔들었다. 낭군과의 합방이 급한 만큼 먼저 처리해야 할 일 또한 시급하였다. 준엽과 자신 사이에 쌓여 있는 담벼락. 이 모든 사달의 근본적인 원인을 깔끔하게 마무리 지어야만 했다.

양역(良役).

은강은 여전히 이 일에 관한 한, 사또의 다스림이 가혹하다 판단했다. 자신이 직접 보고 들은 것이 있으므로 당연했다. 하지만 그렇다고 하여 어제 자신에게 아무런 잘못이 없냐 하면, 그런 것은 아니었다.

하루가 지나 감정이 가라앉고 나니, 낭군의 말이 새삼스레 다가왔다. 준엽의 말마따나 그녀는 이 일에 관해 그의 말을 들어볼 생각조차 하지 못했다. 호방의 말이 일리가 있는 것은 그녀가 그의 말을 듣고 헤아렸기 때문이었다. 한데 자신의 낭군에게는 애초에 그럴 기회조차 부여하지 않았다. 다짜고짜 이제 그만 책에서 벗어나라고 훈계만 늘어놓았을 뿐이었다. 이 얼마나 편파적이고 섣부른 언행이었던가.

가혹한 부역을 따지기 이전에, 응당 그가 그렇게까지 하는 이유를 먼저 물어보았어야 했다. 호방은 준엽이 임금의 기대에 부응하기 위해 무리한 공적을 쌓고 있다고 했다. 하나 그 진위 여부는 당사자에게 확인된 바도 없거니와 백번 양보하여 그렇다 하더라도, 그것이 그간 이 고을을 위해 불철주야 노력했던 준엽의 삼 년을 사라지게 만드는 것은 아니었다. 그의 노고는 은강도 인정하고 있는 것이었다. 그렇다면, 그런 낭군이 그토록 엄격하게 일을 진행시킬 적에는 합당한 사정이 있을 거라 헤아리는 게 정상의 사고방식일 것이다.

입장을 바꾸어 생각해 보니 그가 화를 냈던 이유가 짐작이 갔다. 섭섭했겠지. 다른 이는 몰라도, 그의 노력을 가까이서 삼 년간 지켜봐 온 그녀였기에 준엽은 더욱 크게 상심했을 것이다.

은강은 통렬히 반성했다. 대체 어디서부터 잘못된 것일까.

'은연중에 나으리를 세상 물정 모르는 분이라 얕잡아 본 거야. 어리니까. 나보다 어리고 벼슬을 하기엔 너무 어리니까 내 생각이 옳을 거라고 우쭐한 거야.'

나에 대해 뭘 알긴 아냐는 그의 말이 새삼 뼈아팠다. 준엽을 어리다 얕잡아 보았던 아전들을 경멸했으면서 저 또한 똑같은 일을 저지르게 된 것만 같아 가슴이 시렸다. 준엽이 그들을 얼마나 슬기롭게 다스렸던가. 또 그때에, 자신은 얼마나 감탄하였던가.

"하아."

은강의 입에서 깊은 한숨이 새어 나왔다. 스스로에 대한 실망이 너무 크고 앞길이 막막하여 눈앞이 캄캄했다. 이제 어찌해야 할까. 다시 양역의 이야기를 꺼내어 그의 의견을 듣는 게 최선책이겠지만 그건 어디까지나 본인의 희망일 뿐이었다. 상황이 나빴다.

어제, 준엽은 내아 출입 금지령을 선포했다. 덕분에 나으리를 만나기는커녕 꽃분이 계집애도 만날 수 없는 것이 현재 자신이 처한 현실이었다. 준엽이 먼저 발걸음하지 않는 한 당분간 그녀는 그를 만날 수 없었다. 이렇게 만남조차 장담할 수 없는데 양역을 다시 입에 담을 기회를 잡기란 하늘의 별 따기가 아니겠는가.

은강의 시름은 한층 깊어졌다. 이제 자신에게 남아 있는 것이라곤 준엽이 남긴 온기와 호방이 주었던 귀환 부인 하권뿐이었다. 그녀는 하릴없이 붉은 서책을 팔랑팔랑 넘겼다. 그러나 글자가 아무리 눈앞에서 어른대도 내용은 도통 눈에 들어오지 않았다. 그렇게나 열심히 찾았던 책이 지금에 와선 아무런 감흥이 없었다. 탐관 유 사또, 암행어사 김경수, 현숙한 구씨 부인의 이야기가 딱히 궁금하지 않았다. 이게 뭐라고 야단법석을 떨었던 건지, 과거의 자신을 이해할 수 없었다.

은강은 책을 덮곤 다시 이부자리 위에 드러누웠다. 지금 그녀의 바람은 하나, 준엽을 만나고 싶다는 것이었다. 눈을 마주하면서 대화를 나누고 싶었다. 그의 이야기를 듣고 싶었다. 그를 알고 싶었다.

혼인한 이래로 처음으로.

✳

그 새벽에도 동헌에는 어김없이 불빛이 새었다. 대부분의 관인들이 퇴청하였음에도 준엽은 집무실에서 공첩들을 일일이 검토해 보고 있었다. 그 양이 얼마나 방대했던지, 쌓여 있는 공첩들은 금방이라도 쓰러질 듯 모양새가 아슬아슬했다.

하지만 앞을 보는 준엽의 곧은 시선에서는, 일말의 불안감도 찾아볼 수 없었다. 넘어져도, 뒤섞여도, 그는 처음부터 끝까지 다시금 공첩들을 쌓아 올릴 수 있었다.

그럴 수밖에.

낮에는 아전들과 민생 공무를 처리하고 밤에는 이렇게 그들의 행태를 감사해 온 지도 몇 달이었다. 지난 시간 동안, 준엽은 이 공첩들을 수십 수백 수천 번도 더 읽어왔다. 아무리 자료들이 중구난방 쌓여 있어도 나라 제일가는 그의 머리에는 순서부터 방위까지 모든 게 명확했다.

관아에 보관된 역대 호적대장의 원부와 절기마다 이루어진 인사의 발탁과 이동, 강인지가 작성한 금번의 호적대장, 호적대장들 간의 기록 오류, 비장을 시켜 직접 수집한 호적단자 등, 자료는 복잡하게 얼기설기 엮여 있었지만 이러한 분류가 증명하는 바는 간단했다.

'그간 잘도 해 처먹었군.'

전대의 호방과 이방들은 각자의 편의를 봐주며 비리와 부패를 일삼아 왔다. 연고 지역에 관리를 임명하지 않는 상피 제도는 수령에게 공정성을 부여하지만 단기간에 고을 실정을 파악키 어렵게 한다는 약점이 있었다. 이를 이용하여 고을의 사정에 밝고 실권을 가진 아전들, 특히 경제권을 가진 호방과 인사권을 가진 이방이 서로 결탁하여 부정을 저질러 왔던 것이다.

준엽은 강인지가 작성한 호적대장을 서안 위로 아무렇게나 툭 던졌다. 가뜩이나 호방을 생각하면 짜증이 나는데 그 내용까지 실정과 다른 것을 확인하니 새삼 속이 비틀어졌다.

호구 기록의 오류와 누락은 폐단과 직결된다. 그런데도 이런 작자를 믿고 제 앞에서 그를 두둔하던 은강이 원망스럽기까지 했다. 본인이 저지른 잘못이 더 크니 그녀를 원망해서는 아니 되었지만.

"이번에야말로 발본색원이 가능하겠지요? 방증할 만한 자료는 충분하니까요."

비장이 하품과 함께 말을 쏟아냈다. 좀 전까지 구석에서 쪽잠을 잤는데도 아직 피로가 가시지 않아 그의 눈은 벌겋게 충혈되어 있었다.

"이건 부패를 뒷받침할 자료이지 부패 수사를 시작할 수 있는 도화선으로는 적합하지 않아. 문제를 일으켰던 아전 놈들을 싹 잡아들이기에는 아직 부족해."

"에이."

사또의 엄살에 비장은 고개를 흔들었다. 하여 호적대장 작성 시기와 맞물려 함정 수사를 개시한 게 어디의 어느 분이신데 지금 내숭을 떤단 말인가.

"금두꺼비 반쪽 경로 추적하고 계시지 않습니까."

"하는 중이지, 아직 내 손에 들어온 건 아니니까."

"그거야 시간문제죠. 호방이 금두꺼비를 문 게 확인되는 즉시 추포령 내리실 거잖아요."

"아직 시간이 안 찼으니 안심할 국면은 아니지."

같은 편에게도 깐깐하게 구는 사또의 대응에 비장은 조금 진절머리가 났으나, 이내 마음을 풀었다. 남에게 엄격한 만큼 사또는 그 자신에게도 엄격했다. 그러니 제 아내에게 억울하게 오해를 사면서도 극비를 지키기 위해 호방에 관한 내사를 일러주지 않는 게 아니었겠는가. 다투다 보면 홧김에라도 발설할 법도 할 텐데, 징그러울 정도로 독한 사람이다.

"가부간 이 지긋지긋한 철야가 드디어 끝장이 나겠네요. 초임 삼 년 만에 이렇게 큰 성과를 거두게 되셨으니 다음 부임지는 더 넓고 큰 곳이 되겠습니다? 옆에, 복원 땅이 그렇게 비옥하고 물이 좋다고……."

"관심 없다."

준엽은 비장의 말을 석뚝 잘랐다.

"그런 건 별로 흥미 없어."

사내대장부로 태어나 가진 기재가 저만치 훌륭하면 응당 여러 뜻 펼치기를 원할 텐데, 사또는 신기하게도 입신양명에 대한 욕구가 없어 보였다. 그렇다고 안분지족하며 그냥저냥 살아가느냐

하면 그런 것도 아니다. 그는 맡은 일에는 목숨을 내건 것처럼 열과 성을 다해왔다. 그러면서도 그 이상을 지향하지는 않는다. 참으로 알 수 없는 양반이다.

"그러시겠지요. 고상하신 우리 사또께선 아등바등 출세 따위 탐내지 않으실 테니까요. 나으리께서 관심 가지셨던 건……."

비장의 눈동자가 데구르르 한 바퀴를 굴렀다. 기억을 되새겨 보는데, 이 양반이 안달 냈던 게 생각보다 고결하지 않아 그는 깜짝 놀랐다.

"색사. 허어, 그리고 보니 유학자이시면서 어찌 그리 남녀상열지사에 관심을 쏟으셨던지."

"시…… 끄러."

준엽이 고개를 돌렸지만 비장은 이미 그의 낯에 오른 붉은 기운을 포착해 내었다. 키야, 통탄할지고! 나라 제일의 천재 유학자의 흥밋거리가 고작 부인과의 합방뿐이라니. 꿈이 참 소박하다.

"정말 이상한 양반."

비장은 무심코 중얼거렸다가 칼을 품은 시퍼런 시선을 되받았다. 간담이 오그라들었지만 그는 넉살 좋게 허허 웃음을 내보였다.

"마님과 화해하실 시간도 얼마 남지 않았습니다. 진상을 알게 되시면 분명 마님께서도 나으리를 다시 보실 겁니다."

은강의 얘기가 나오자 준엽의 눈에서 순식간에 독기가 빠졌다. 이거다 싶어 비장은 잽싸게 화제의 방향을 내아로 잡았다.

184 **나으리**

"어디 다시 보는 걸로만 그치겠습니까. 양역 관련 얘기 나오기 전만 해도 나으리의 수작질 덕에 아니, 노력 덕에 알콩달콩 끈적끈적 사이가 좋지 않으셨습니까. 아전 놈들 처리하고 나면 호방 관련하여 오해도 풀리게 될 것이고 그러면 자연히 부부 사이도 한발 진전을 보시게 될 것입니다. 비 온 뒤에 땅 굳는다 하지 않습니까."

"글쎄……. 과연 어떨까."

준엽의 입에서 풀 죽은 음성이 흘러나왔다. 그는 확신이 없었다. 비장의 예견대로 오해에서 비롯된 작은 다툼으로 그칠 수도 있었을 것이다. 그러나 준엽은 투기에 못 이겨 자신이 저지른 짓을 기억했다. 혼례를 후회한다는 은강의 말에 마치 무언가에 씌인 것처럼 이성이 뚝 끊어졌다. 어떻게든 그녀를 취하고 싶다는 탐욕 말고, 당시 그에게는 아무것도 남아 있지 않았다.

"좋아질 겁니다. 암요, 그렇고말고요."

사정을 모르는 비장이 준엽의 어깨를 두들겼지만 어떠한 위로도 안겨주지 못했다. 은강이 용서만 해준다면 그는 흙바닥에 무릎을 꿇고 머리를 조아릴 각오도 되어 있었다. 하지만 그녀가 자신을 용서해 주지 않을까 두려워 그는 차마 내아로 고개조차 돌리지 못했다.

"이번 수사만 종결지으면 나으리 부부의 일은 만범순풍일 겁니다. 이쪽 거사 치르고 저쪽 거사도 치르고!"

비장이 호언장담하였으나 준엽은 서안에 머리를 처박았다. 느닷없는 쾅! 소리에 비장이 눈을 화등잔만 하게 떴다. 이 양반이 뭘 잘못 주워 먹었나? 갑자기 대체 왜 이러는 거야?

"유준엽 이 미친 자식."

그리고 놀랍게도 그의 심정을 대변하는 말소리가 당사자의 입에서 흘러나왔다.

"정신 나간 놈."

쾅! 쾅! 번듯한 이마를 나무 책상에 찧고 있는 그의 모습은 진정 얼이 빠진 것 같았다.

"급살 맞아 뒤질 자식."

"그, 그렇게까지 생각하지는 않았습니다."

"거열해도 모자랄 놈."

"나으리?"

"그래도 한 번만."

"……"

"용서해 준다면……."

평생을 받들고 아끼며 살 텐데.

희미하게 읊조리는 준엽의 모습은 천재도, 수령도, 자신만만하고 잘난 그 무엇도 아니었다. 그저 열애에 앓아 무력하게 휩쓸리는 사내아이일 뿐이었다. 그 나이에 걸맞은, 사랑에 빠진 도련님 말이다.

'살다 보니 이 무서운 양반이 귀엽게 보일 때가 다 있군.'

비장은 저도 모르게 입꼬리를 슬며시 올렸다. 정확한 사정은 알 수 없지만 하늘을 우러러 한 점 부끄러울 것 없는 우리 사또 께옵서도 잘못이라는 것을 저지르긴 저지르는 모양이다. 동헌에 앉아 호령하는 걸 보고 있으면 혼자 녹죽처럼 고매하기 그지없는 데.

"무슨 일인지는 모르겠사오나 근심 마십시오. 은강 마님은 이 고을 출신이 아니십니까. 사또께서 마님의 고토를 위해 해온 일 들을 아시면 감격치 않을 수 없을 것입니다."

스윽— 준엽이 고개를 돌렸다. 여전히 얼굴은 서안에 붙이고 있었으나 그래도 비장의 말이 솔깃하기는 하였다.

"꽃분이에게 듣자 하니 마님께서도 의기가 남다른 분이신 것 같더군요. 외설서도 기개 있는 장부가 등장하는 글만 골라서 본 다 하지 뭡니까."

비장이 꽃분에게서 얼핏 스쳐 들은 이야기를 그럴듯하게 끌어 냈다. 요란하지 않아서 그렇지 사또 유준엽의 가장 크나큰 장점 이라 하면 역시 공의(公義 : 공평하고 의로운 도의)가 아니겠는가.

그러나 준엽은 힘없이 손을 설렁설렁 내저었다.

"아, 그건 기개 넘치는 사내를 좋아하기 때문이 아니다. 단지 털북숭이 장한의 외양을 가진 인물들이 주로 의기로운 대장부 역으로 등장해서 그런 것이지."

"예? 그럼 마님께선 그런 외양을 선호하신다는 겁니까? 사냥 꾼이나 산적 같은……?"

준엽은 긍정하듯 눈을 천천히 감았다 떴다. 그는 드물게 비장의 물음에 가감 없이 대꾸해 주고 있었다. 지치고 체념한 가운데 평시에는 자존심에 꾹꾹 숨겨두었던 말들이 진솔하게 흘렀다.

"사내다운 사내를 좋아하지. 털이 북슬북슬하고 최소 육 척 이상이 되는 건장한 남아를 이상(理想)으로 꼽는다 하더군."

꽃 같은 마님의 독특한 취향에 비장은 내심 당혹스러웠다. 헌헌대장부를 선호한다고는 들은 적은 있으나……, 산적 같은 사내가 풍채가 좋은 것은 맞지만 어째 좀, 너무 극단적이지 않는가. 비장은 설마 그러할까 싶어 허허실실로 대충 웃어넘겼다.

"아무리 그래도 정말 그렇겠습니까. 닭이 먼저인지 알이 먼저인지는 아직 밝혀진 것도 아니지 않습니까. 의기남아가 좋아서 그런 장한의 외양이 좋아졌을 가능성이 훨씬 클 겁니다."

하나 준엽은 픽 웃고 말았다. 그랬으면 좋겠지만 혼인 전부터 일관되었던 은강의 취향이 갑자기 급변할 리가 없었다. 안타깝지만 사람은 그렇게 잘 변하지 않는다.

"넌 좋겠구나."

준엽은 물끄러미 비장을 올려다보며 의미심장하게 한마디를 던졌다. 비장이 손으로 스스로를 가리키며 '저요? 왜요?' 하고 물었다.

"텁석부리이지 않느냐. 거기다 관골도 툭 불거지고 턱도 모가 나서 참으로 사내다워 보인다."

비장은 웃어야 할지 울어야 할지 갈피를 잡지 못했다. 칭찬 같으니 기뻐야 하는데 왜인지 약이 오른다. 누가 보아도 사내답긴

하지. 하지만 계집아이들은 보통 우락부락한 사내보다는 기품 있는 선연한 미남에게 더 마음을 주지 않는가.

호방 강인지처럼 부리부리한 외양에 풍채가 좋거나 그도 아니면 깨끗한 바탕에 눈빛이 유독 날카로운,

"난 어째서 아직도 이렇게 희멀쑥한 건지."

자기 비하를 하고 있는 눈앞의 누군가처럼.

"나는 열등해. 세월은 가는데도 크게 자라지도 않고, 그렇다고 삼 뿌리처럼 털이 많이 나는 것도 아니고."

비장이 준엽의 푸념을 가늠해 보듯 실눈을 떴다.

"사또, 오 척하고 칠 치(171㎝)쯤 되지 않으십니까?"

"칠 치하고 반. 근래에 더 자랐어."

대략의 수치에 준엽은 정색을 하고 말을 바로잡았다. 그는 지금 손톱만 한 길이에도 민감했다.

"아, 예. 오 척 칠 치 반(172.5㎝). 아주 작은 신장이 아닌뎁쇼? 소인과도 고작 한 치(3㎝) 정도밖에 차이 나지 않는 것을요."

"한 치나 차이 나는데 어떻게 고작이란 말이 나와. 그리고 육척이 아니면 소용없다."

"왜요. 마님께서 육 척 장신의 사내를 좋아하시니까요?"

어조가 매끄럽지 못하고 울퉁불퉁하다. 농과 조소가 반반씩 섞인 가벼운 물음이었다. 그러나 사또는 부정하지 않았고 비장은 가볍게 탄식했다.

"아이구. 애처가도 이런 애처가가 없습니다. 정도껏 하셔야지

요. 남들이 알면 흉보겠습니다요."

"⋯⋯."

"세상의 모든 부부가 다 서로의 이상이라 살아가는 건 아닐 겁
니다, 사또. 살며 맞추어가는 게지요. 아무리 제 짝이 좋아도 말
입니다, 신장 한 치, 두 치에 그렇게 전전긍긍하는 건 과하고 헛
된 욕심이십니다."

"유난이라 말하고 싶은가 보군."

"아니라곤 말 못 하겠습니다."

준엽이 몸을 일으켰다. 등줄기는 꼿꼿해졌으나 어깨는 여전히
축 처져 있었다.

"별수 없지 않느냐. 그 아래론, 사내로 느껴지지 않는다 하였
으니."

"예? 언제요?"

"⋯⋯."

정숙해야 할 양반 부인치고 색욕을 밝히기는 밝힌다지만 마님
께서 그렇게 경우가 없는 여인은 아닌 것 같아 비장은 납득키 어
려웠다. 하나 준엽의 얼굴로 미루어보아 상황이 예상보다 심각한
듯 보여 더 추궁하기도 껄끄러웠다.

"그런 것에 구애되지 마시지요. 강박밖에 더 생기겠습니까. 벌
써 백년가약 맺었는데 뭐 어쩌겠습니까."

합당한 의견이었다. 남의 일이었다면 준엽도 실없는 소리 들었
다 일축하였을 것이다. 그러나 상대가 최은강인지라 그는 어떤

한마디도 넘겨듣지 못하였다.

은강과 자신의 백년가약은 저가 일방적으로 밀어붙여 성사시킨 혼인이었다. 당시에 그녀는 박 진사의 둘째 아들 박무진과 혼약이 오갔고 성사는 거의 확정적이었다.

마을에서 최 부자로 불리는 은강의 부친, 최정문은 비록 출세는 못 하였으나 인의가 넘치는 향반이었다. 그는 고명딸 은강을 몹시도 사랑하여 대단한 신랑보다는 굽은 데 없이 바르고 양순한 신랑감을 얻어주려 애썼다. 하여 여식의 혼처를 물색함에 있어 가풍과 인품을 중점에 두었는데, 박무진은 이러한 조건에 부합하는 사내였다.

그는 화목한 가문에서 어긋나지 않게 자란 선한 공자였고, 박 진사네라면 은강은 시부모에게 내리사랑 받고 신랑에게 존중받으며 행복할 것이라 최정문은 판단했다. 더군다나 박무진은 은강이 입버릇처럼 오래간 소망해 오던 몸집 우람한 대장부가 아니던가.

그런데 그걸 비집고 들어가 은강의 인생을 생각지도 못한 방향으로 틀어놓은 게 바로 자신이었다. 뒤를 봐줄 집안 따위 없고, 눈칫밥 먹으며 혈혈단신 자라온 구김 많은 유준엽이 모든 걸 바꾸었다. 두 가문의 축복 아래 순조롭게 이루어지던 선남선녀의 혼사를 파훼시킨 것이다.

물론 준엽은 그 일에는 한 점의 후회도 없었다. 그러나 자신의 마음에 어쩔 수 없이 휘말려든 은강에게 미안한 것은 사실이었다. 별안간 얼굴도, 성품도 제대로 알지 못하는 어린 신랑을 맞이해야 했으니 얼마나 기가 막히고 참담했겠는가.

박무진과 혼인할 것 같다 말하며 활짝 웃던 그녀의 얼굴은 마치 세상을 다 가진 것만 같았다. 그 웃음을 깨뜨렸으니 자신은 은강에게 최선을 다해야 했다. 적어도 그녀가 그때에 소망했던 한 가지 정도는 꼭 이루어주어야 하지 않겠는가.

잊고 싶었던 부인의 소망이 다시금 준엽의 머리를 괴롭혔다. 그래. 그 꿈을 지켜주기 위해 지금껏 잘도 가증스럽게 순진한 척 가장을 해놓곤 이상한 책 때문에 최근 기조를 잃었다.

'빌어먹을 암행어사.'

부인이 적서를 즐겨 본다는 것은 알고 있었으나 내용이 그따위일 것은 또 무엇이람. 하필 유 사또에 하필 현감 부인인 탓에 마치 제 일처럼 감정이 이입되어 처지를 망각했다.

선을 지켰어야 했다. 말도 안 되는 빌미로 다솜짓을 하다 보니 슬금슬금 선을 넘게 되고, 그러다 결정적으로 그 밤에 자제력을 잃지 않았는가. 예전과 같이 손닿는 것조차 어색하였다면 아무리 투기에 눈이 돌았어도 저가 감히 그런 짓을 저지를 수 있었겠는가.

삼 년간 고이 감춰 온 감정이 광마처럼 폭주하며 이제 자신도 자신을 믿을 수가 없는 경지에 이르렀다. 준엽은 그야말로 걷잡을 수 없는 수렁에 빠져들었다.

"금수만도 못한 놈."

중얼거림과 함께 다시 이마가 딱딱한 서안을 향해 내려간다. 그리고 어김없이 쾅!

비장은 사또의 자학이 재개되자 혀를 끌끌 찼다. 웃전의 기분이 저조하면 인생 고달파지는 건 아랫사람인지라 비위를 맞춰주고 싶었으나, 자신이 말린다고 하여도 귓등으로 들을 것 같지도 않았다. 어디 본인뿐이랴. 마님을 제외한 누가 와도 마찬가지이지 않을까?

'한동안은 한참 저러겠네.'

예상되는 최악의 사태에 비장은 벌써부터 골치가 아파졌다. 그러나 그때에 다행히도, 그의 예상을 빗나가는 뜻밖의 일이 발생했다.

"사또!"

희미하게 비치는 서광과 함께 급박한 부름이 날아들었다. 사령의 외침에 침체되었던 동헌이 단숨에 깨어났다.

"삼켰답니다!"

벌컥 문이 열리자, 준엽의 새까만 눈동자에 황금빛이 스며들었다. 오래도록 기다리던 소식이 드디어 전해져 온다.

"뱀이, 금두꺼비를 삼켰답니다!"

관의 대응은 속전속결이었다. 이른 아침, 호방 강인지의 가택에는 압수 수색령이 내려졌고 비장은 관졸들은 이끌고 사또의 명을 수행했다. 마침 강인지는 관아에 등청(登廳)하던 중이었기에 주인 없는 집의 수색은 거칠 것 없이 순탄했다.

사또는 얼마 지나지 않아 반으로 쪼개어진 금두꺼비가 발견되었다는 전갈을 받게 되었고, 곧바로 호방을 추포하라는 두 번째 명을 내렸다. 호방 강인지는 연청(椽廳 : 관아 구실아치들의 집무처)에서 즉각 사로잡혔다. 그는 금두꺼비의 존재를 추궁하는 사또에게 그것은 청탁의 대가가 아니라 집안에서 대대로 내려오는 가보라 항변하였다. 그러자 사또는 강인지의 눈앞에 그가 가진 것과 대칭되는 금두꺼비의 나머지 반쪽을 제시하였다.

"가보? 그 말이 진실이 되려면 그대와 나의 부친은 같은 사람이 되어야겠군. 우리가 배다른 형제라도 되었던 모양이지?"

빼도 박도 못할 증좌 앞에서 호방은 더 이상 구질구질한 변명을 이어가지 않았다. 그는 순순히 오라를 받았고 감옥에 압송되었다. 이로써 사또와 몇몇만이 은밀히 이어 나가던 내사는 정당한 구실을 얻어 아전들의 문란(紊亂)을 공적으로 수사할 수 있게 되는 듯했다. 하지만 호방은 감옥에 이송되던 중에 도주를 감행했고 관졸들은 그를 감당하지 못했다.

애초에 비밀리에 진행되던 공무였던지라 관여된 인원이 극히 소수였고 그중에서도 상당수는 비장과 함께 강인지의 가택에 가 있던 상태였다. 관아 대부분의 사람들은 강인지에게 추포령이 내려진 사실조차 몰랐고 두 명의 관졸들을 제압한 강인지는 유유히 관청을 탈출하였다.

"쇤네는 이럴 줄 알았다니깐요? 호방 나리, 아니지, 나리는 얼어 죽을! 강인지를 볼 때마다 기분이 묘하게 서늘했지 뭡니까."

꽃분은 내아로 조반을 대령하며 이슬아침에 일어났던 관청 소식을 떠들어댔다. 은강은 갑자기 들이닥쳐 아무런 일도 없었단 듯 수선을 피우는 몸종이 괘씸하였지만 사안이 워낙 충격적이다 보니 타박을 잠시 눌렀다.

"그러니까 그 금두꺼비 반쪽은 사또께서 일부러 흘리신 것이란 말이지? 낚시질하듯?"

"예, 예, 그렇지요. 사또께서 함정을 파놓은 곳에 강인지가 걸려든 겁니다. 금두꺼비 반쪽을 흘려 뒤에서 청탁을 하는 데 사용하게 했다지 뭡니까. 그리곤 그게 호방의 손에 들어간 걸 확인하자마자 증인과 증좌를 앞세운 것이지요."

꽃분은 침을 튀겨 가며 생생히 설명했으나 은강은 선뜻 믿어지지가 않았다. 강인지에 대해 속속들이 잘 아는 것은 아니었지만 언동의 단면만 보아도 그는 부정을 저지를 사람 같지 않았다. 백성들이 관아의 사람을 두려워하기에 관복도 입지 않고 관졸도 대동치 않는다던 사람이 아니던가.

'아무리 열 길 물속보다 알기 어려운 게 한 길 사람 속이라지만……'

도통 미심쩍어, 은강은 진실을 가려내기 위해 생각에 골몰하려 했으나 꽃분은 그럴 틈을 주지 않았다. 한껏 목에 힘을 주고 그녀는 의기양양하게 강인지를 헐뜯었다.

"쉰네는 사람이란 다 장단(長短)이 있다 생각합니다. 한데 호방은 항시 바른 모습만 보이면서 군자 행세하는 게 왠지 뒷구멍이 추잡할 것 같았습니다. 앞에서 백성 위한다고 혀에 기름칠한 놈들치고 제대로 된 놈들이 하나 없지요. 게다가 인물도 반질반질한 게 관상이 딱 협잡꾼 상이었습니다."

은강은 손 뒤집듯 바뀐 몸종의 태도 변화에 조금 맹랑한 기분이 들었다. 전에는 새로 온 호방이 인물이 괜찮다며 신상을 털어보겠다고 의욕적으로 나서더니 이제는 그럴 인간일 줄 알았단다. 그럴 인간일 줄 알았으면 처음부터 꺼림칙하다 말이나 하던가, 여태 입 다물고 있다가 나쁜 풍문이 돌자 그때서야 본인은 다 알고 있었단 듯 구는 게 썩 좋아 보이지는 않았다. 게다가 그 근거라는 것이 단순히 본인의 촉이 다이지 않는가.

"인물이 잘나고, 안민을 입버릇 하고, 바른 모습을 보이면 신뢰하지 못할 사람이란 게야?"

되짚다 보니, 꽃분이 꼬집는 특징에 적합한 사람을 은강은 한 명 떠올렸다. 속이 울컥하며 말이 매섭게 쏘아졌다.

"그럼 우리 사또께서도 협잡꾼처럼 보이겠구나? 인물 반듯하고 사람 번듯, 흠 없는 분이지 않느냐."

"어머, 마님! 무슨 말씀을 그리하시어요?"

꽃분이 펄쩍 뛰었다. 상전 앞이니 일단 잡아떼기는 하겠지, 은강은 심드렁하게 여겼으나 이어지는 꽃분의 변명은 정녕 예상 밖이었다.

"흠이 없다니요? 사또께선 공적으론 완벽하실지 몰라도 사적으론 그리 번듯한 분도 아니시지요. 빈말할 줄 모르시고 덕담 한 마디 건네는 법 없으시니 오뉴월에도 서리 내릴 것 같다니까요? 마님께야 그래도 조금 유순히 말하려 하시는 것 같지만, 아랫것들 입장에선 몰풍스러워 모시기 힘든 분이라는 게 중론입니다. 그런 성품이시니 공무를 칼같이 처리하는 것이긴 하겠지만요."

"……."

제 면전에서 서방을 비난조로 그려내니 속이 부글부글 끓었다. 저 딴에는 긍정적인 면을 밝혀주려 한 것 같긴 한데 아무리 좋게 들어주려 해도 좋지가 않았다. 은강의 눈꼬리가 핏 치솟았다.

"한데 너, 여기엔 어찌 든 거니?"

은강이 수저 한 번 잡지 않은 조반상을 손가락으로 쭉 밀어냈다.

"관청의 관졸이란 관졸은 죄 근방으로 수색에 나갔지 뭡니까. 덕분에 내아 경계가 제일 헐거워져서 오늘 조반은 제가 들고 왔습니다. 소식 듣자마자 마님께 알려드려야겠다 싶어서요."

"내가 지금 어떻게 출입하였느냐 묻는 줄 아니? 무슨 염치로 여기 왔냐 묻는 게다."

주변을 경계하라 하였더니 그길로 쫄랑 사또를 모셔온 꽃분의 작태를 아직 분개해하는 은강이었다. 꽃분이 멋대로 사또를 뫼셔오지만 않았어도 호방에게 책을 받고 저는 값을 치르고, 조용히 마무리되었을 일이었다. 한데 그녀가 낭군을 데려오는 바람에 일이 걷잡을 수 없어지고 사달이 났다. 호방이 어떤 사람이건 말 건 친동기간 같았던 몸종이 자신의 명을 어겼던 게 은강의 마음에 생채기로 남았다.

"마니임. 다 지나간 일이온데······."

꽃분이 은강의 눈치를 보며 아양을 떨었다. 하지만 그렇잖아도 토라져 있던 은강은 준엽에 대한 꽃분의 적나라한 평을 듣고 난 이후 마음이 적잖이 상한 상태였다. 은강은 '흥!' 콧방귀를 뀌곤 꽃분을 밀어냈다.

"나가. 전엔 그렇게 나리의 명을 척척 알아서 잘 받들던 애가 왜 출입 금지령도 풀리지 않았는데 여길 온대니?"

꽃분은 히잉 약한 소리를 냈지만 은강에게 주춤주춤 떠밀렸다.

"다 마님 생각해서 그런 거예요. 아무리 아랫것이라도 그렇지, 행랑아범도 아닌 이가 떡하니 내아 앞마당에 있는 게 보기 좋지는 않잖아요. 보기 좋지 않다 뿐일까. 방구석까지 들이셨으니 주인어른과 마나님이 아시면 아주 경을 치실 테지요? 강인지는 사또께 곤장 맞아야 하고요."

구구절절 옳은 말이라 은강이 잠시 주춤하였다. 사실 꽃분이가 사또를 모셔와 일이 벌어진 것은 맞지만 근원적으로는 저가 호방을 들인 게 가장 큰 문제였다. 주막에서 그렇게 얼굴 마주 보며 대화를 나누었더니 퍽 친근하다 착각하여 큰 실책을 저질렀다. 호방이 제 오라비도 아닌데.

'그건 반성하고 있는데……'

반성할 게 그것뿐만인 것도 아니었다. 호방을 나무라는 사또에게 저가 어찌 나섰던가. 강인지가 진땀 흘리는 게 안되어 보여 섣불리 움직였다가 낭군의 화만 돋우었다.

'나으리께는 잘못한 게 맞는데.'

추욱 내려가기만 하던 은강의 고개가 불현듯 번쩍 올라왔다.

'그런데 넌 유 사또가 아니잖아?'

은강은 꽃분의 등을 찰싹! 내리쳤다. 사또와 제 문제는 부부 간 풀어야 하는 것이었고 자신과 몸종 사이의 문제는 엄연히 별개의 것이었다.

"경계가 허술해졌다 하여 나으리 명 어기고 여기 온 너도 보기 좋지는 않거든?"

"아잉, 마님."

"교태는 네 님한테나 부리려무나. 배신자. 넌 내 몸종도 아니야, 나가!"

버티는 몸종의 등을 은강은 강하게 내쳤다. 디딤돌을 삐긋 밟고 꽃분은 아슬아슬하게 마당에 내려섰다.

"마님!"

너무하단 듯 꽃분이 항의조로 은강을 불렀다. 그러나 은강은 눈 하나 깜빡 않고 문을 힘껏 닫았다. 밖에서 꽃분이 무어라 구시렁거리며 물러났으나 그녀는 귀에 담지 않았다.

'너무 오냐오냐 데리고 있었어.'

근자에 언동이 뽈난 망아지 같으니 이쯤에서 기강을 한번 잡아줄 필요가 있었다. 결코, 절대로, 낭군을 험담하고 일전에 제 말을 듣지 않아 화풀이를 한 게 아니다.

아무렴, 그렇고말고.

은강은 고개를 주억거렸다. 호방의 소식에 싱숭생숭했던 마음에 한 줄기 시원한 바람이 분다.

"한데 정말 호방의 짓일까."

꽃분을 내쫓자 다시금 은강은 의혹에 사로잡혔다. 방 안에 울린 제 음성이 자신의 귀를 때리는 게 새삼스럽다. 한동안 사람 구경 못 하고 혼자 있었더니 느는 건 혼잣말뿐이다. 은강은 어쩐지 쑥스러워 실없이 미소 지었다.

"아닙니다."

하지만 혼잣말보다 더욱 새삼스런 답변이 그녀의 웃음을 얼렸다.

"소인이 한 짓, 결코 아닙니다."

대꾸가 돌아왔어? 경악에 찬 그녀의 두 눈에 곧 훤칠한 사내의 얼굴이 서서히 차올랐다. 여기까지 오는 길이 얼마나 험했는지 강인지가 성치 못한 몰골로 병풍 뒤에서 모습을 드러냈다.

"자네, 어찌!"

"마님."

비명을 지르려는 찰나, 강인지가 은강 앞에서 무릎을 꿇었다.

"도와주십시오."

갑작스런 강인지의 등장도 어안이 벙벙한데 거기에 더해 그는 바닥에 이마를 찧었다.

"소인, 억울하옵니다. 관아에 현재 어떤 말이 돌고 있는지는 좀 전에 똑똑히 들었습니다. 하나 소인 그러한 삶을 살아오지 않았습니다."

엉거주춤 문가에 서 있던 은강은 자신도 모르게 뒷걸음질을 쳤다. 등 뒤가 닿으며 순간 문이 덜컹였다. 너무나 당혹스러워 쉽사리 입이 떨어지지 않았다. 소리쳐 사람을 불러야 하는데 주변에 사람이 없다는 사실이 떠올랐다. 꽃분이 말하길 내아의 경계가 가장 허술해졌다 하였다.

"어, 어찌 여기 있는 겐가."

은강은 침을 꼴깍 삼켰다. 왠지 모를 긴장감에 손바닥이 젖어들었다.

"밖의 경비가 삼엄하여 안으로 잠시 피신하였습니다. 곧 나갈 터이니 안심하십시오. 저도 머무를 여유는 없습니다."

나간다는 말에 은강의 머릿속은 동군과 서군으로 나뉘어 줄다리기를 하였다. 지금이라도 뛰쳐나가 강인지가 여기 있다 고성을 질러야 할까, 아니면 그를 설득하고 달래어 관아로 자수를 시켜야 할까.

"설마 개구멍을…… 통해서 도망이라도 치겠다는 겐가?"

생각이 정리되지 않은 채로 은강이 강인지의 의중에 확인을 구했다. 그러자 호방은 긍정하듯 가볍게 고개를 끄덕였다. 입안이 바싹 메말랐다.

"하지만 그 전에, 마님께 꼭 말씀드리고 싶은 것이 있어 실례와 위험을 무릅쓰고 이렇게 찾아뵈었습니다. 부디 제 호소를 한 번만 들어주십시오."

출입 금지령이 떨어진 내아는 고요했다. 밖에서는 어떠한 인기척도 느껴지지 않는다. 이런 상황이라면 얌전히 호방에게서 그 사정을 들어야 할 것 같았다. 괜히 소리를 질러 강인지를 섣불리 자극시켰다가 자신에게 어떤 위험이 닥칠지 헤아릴 수 없었으니까. 당황하여 일이 크게 벌어질 수도 있고 혹 그가 정말 악인이라 자신을 인질로 잡을 수도 있다. 그런 걸 사또가 목격하거나 그가 자신을 방문했다는 사실 때문에 주변에 얼토당토않은 소문이라도 나게 된다면 부부 사이는 돌이킬 수 없으리라.

서군의 형세가 유리해졌다. 은강이 강인지에게 보료를 내어주며 저 또한 상석에 가 앉았다.

"대체 무엇이 억울하단 겐가? 아니, 억울한 일이 있으면 사또 앞에서 명명백백 밝혀야 되지 않는가."

"함정에 빠졌습니다. 사또께선 간신배의 농간질에 넘어가 제 말을 듣지 못하십니다."

"농간질이라니?"

반신반의하며 은강이 질문했다.

"금두꺼비가 소인의 처소에서 발견되었다 들었습니다. 그러나 그것은 제 것이 아닙니다. 본 적도 만진 적도 없는 물건이 감쪽같이 제 소유로 둔갑이 되어 있더군요."

"하나 자네가 그 금두꺼비를 가보라 둘러댔다 들었는데?"

어지간히도 속이 막히는지 강인지는 두어 번 본인의 가슴을 강하게 쳤다. 은강이 조반상 위에 있던 물그릇을 내밀자 그가 단숨에 그릇을 텅 비워냈다.

"예, 저도 창문 뒤에서 아까 얘기 다 들었습니다. 어떻게 그렇게 말도 안 되는 풍문이 도는지 모르겠습니다. 거짓부렁입니다. 소인이 그 금두꺼비를 가보라 주장했다는 말을 직접 들은 이가 있습니까? 꽃분이도 주워들은 이야기를 퍼뜨리지 않았습니까. 제가 연청에서 잡혀 동헌으로 끌려갔을 적에 대면한 이는 사또뿐이었나이다. 그리고 소인 결코, 사또께 그런 말씀 올리지 않았습니다."

"그럼 어찌 그런 말이 나도는 것이냐."

"모르지요. 소인의 집에서 금두꺼비가 나왔다 하길래 '그런 게 있었으면 진즉에 가보로 삼았겠다'라고 아뢴 게 이상하게 와전된 모양입니다."

아귀는 그럴듯하게 맞아떨어져 은강은 가볍게 고개를 끄덕였다.

"한데 정말 그 금두꺼비, 자네 소유가 아닌가?"

"제 집에서 발견된 것은 맞는 것 같습니다. 그러나 제 것은 아닙니다. 아무래도 누군가가 소인이 부재한 틈을 타, 몰래 갖다 놓은 모양입니다. 가장 가능성이 있는 것은 수색 중일 때 가져다

놓는 것이겠지요."

은강이 가느다랗게 실눈을 떴다.

"그 말은 관아의 내부자가 자네를 모함하고 있다는 말인가?"

"예."

"그리 생각하는 이유는?"

"소인은 관아 내에 적이 많습니다. 호적대장은 역과 세의 근간이 되니까, 이를 감시하면 착취가 어려워지지 않겠습니까. 그간 조세 횡령을 일삼던 놈들이 제가 호방 직을 맡고 나서부터는 그게 여의치 않게 되었지요. 게다가 소인이 사정이 있는 백성들에 한해 변별을 두어, 세를 거두어들일 수 있는 호구도 적었을 테니 콩고물 먹을 기회도 적었을 겁니다."

정리하자면 부정을 저질러 오던 다른 아전 일파들에게 미움을 사 축출당했다는 것이다.

"그건 그렇다 치지만 결백하다면 사또께 무고를 주장하면 될 일이었네. 도주할 필요가 있었는가. 재판에서 명명백백히 시비를 가렸으면 되지 않았나. 설마, 자네 사또마저 의심하는 건 아니겠지? 공명정대하신 분이네."

"사또께서 치우친 분이 아니라는 것은 압니다. 그러나 그분은 동헌에서만 모든 일을 처리하려 하시지 않습니까. 제가 잡혀 있는 동안 조작된 증좌들이 올라올 테고 그분은 서안 위의 것들로만 제 죄를 가려내실 것입니다. 그리고 여기에는 소인의 편이 없지요. 제 무죄를 위해서 적극적으로 발 벗고 나설 사람은 없지만, 제 유죄를 위해서 부정을 행할 사람들은 많습니다."

"하여 직접 움직인다는 것인가. 아무리 그래도 이건 경우에 맞지 않네. 내, 사또께 공정히 헤아려 주십사 청을 넣어줄 테니 무모한 짓 말게나. 그분을 믿고 처분을 기다리게."

강인지의 심정이 이해가 가지 않는 것은 아니었다. 만일 자신이 본을 보여야 하는 현감 부인이 아니었다면 어쩌면 은강도 묵과했을지 모른다. 하지만 그녀는 자신이 누구인지 잊지 않았다. 유준엽의 내자된 처지로 그녀는 조심스레 호방을 설득했다.

"소인 이미 탈주한 몸이옵니다. 지금 들어가나 나중에 들어가나 덧대어질 죄명은 같습니다. 시간 차만 조금 나겠지요."

"하여?"

그의 답변이 퍽 뻔뻔스레 느껴져 은강은 불쾌감을 표했다.

"무죄를 입증할 때까지 하염없이 도주하겠다는 겐가? 어느 안전이라고 그리 말할 수 있는 것인가!"

"오해 마십시오. 마님을 능멸하려는 게 아닙니다. 그저 마님이라면 다른 윗분들보다 사고가 열리신 분이시고 소인이 믿을 만한 분이시기에 기탄없이 말씀 아뢰는 것입니다."

호방이 펄쩍 뛰며 넙죽 바닥에 고개를 처박았다. 그가 그렇게까지 행동하니 은강도 큰소리를 더 내기가 겸연쩍었다. 하지만 그렇다고 이대로 그를 눈감아주는 것도 큰 문제이기에 은강은 시름에 빠졌다. 왜 내아로 숨어들어 사람을 시험케 하는 것일까 탓하게 되다가도, 얼마나 의지할 만한 사람이 없었으면 저를 찾아왔을까 싶어 조금 가엽기도 하였다.

"길지 않을 것이옵니다. 늦어도 내일 갑시(甲時 : 오전 네 시 반에서 다섯 시 반까지) 안으로는 무죄를 입증하겠습니다."

파격적인 약조에 은강의 귀가 팔랑였다. 갑시까지 앞으로 열시진(스무 시간)밖에 남지 않았다. 무죄를 입증하기에는 턱없이 시간이 짧아 은강은 들은 바를 의심하였다.

"그게 가능하겠는가?"

"어느 정도, 생각이 있습니다. 하나 입증하지 못한다 하더라도 내일 아침에는 제 발로 다시 관청에 들어오겠습니다. 어쨌건 법을 계속 어겨서는 안 되니까요."

대신에, 하고 그가 음성을 낮게 깔았다.

"마님께서 소인을 좀 도와주셨으면 합니다."

우수에 젖은 강인지의 눈이 촉촉했다. 소설 속에서 자주 묘사되는, 소위, 말하는 눈빛이다. 입 한 번 벙긋하지 않아도 사연이 있어 보인다. 은강은 전에도 두어 번 호방의 이러한 눈과 마주한 적이 있었다. 그때엔 분명 심중에 감동이 있었던 것 같은데 며칠이나 지났다고 신기하게도 지금은 마음이 평안했다. 다만 눅진한 가운데 느껴지는 처량하고 애달픈 기운은 여전하여, 동정심이 생기기는 하였다.

"말해보게."

"갑시에 동구 밖에 있는 성황당에 나와주실 수 있으십니까."

은강은 기억을 더듬었다. 고을 밖으로는 나간 적이 별로 없어 기억이 가물가물했다. 하지만 오래 지나지 않아 그녀의 머릿속에 거미줄 낀 낡은 집이 기억났다.

"동구 밖 성황당? 거기는 오래전에 폐가가 되지 않았나."

"예. 사람들 눈을 피하여 접선하려면 그곳이 제격일 것 같습니다."

"이른 시각에 그곳은 왜……."

망설임에 말끝이 흐려졌다.

"무죄를 입증할 결정적인 증좌를, 마님께 맡길까 합니다."

"내게?"

"소인, 어쨌건 내일 아침에는 관청에 돌아올 겁니다. 하지만 그 이전에, 사또께 증좌를 올려야 하지 않겠습니까."

"하면 내일 직접 올리면 될 것이 아닌가."

"사또께서 친히 저를 추포하시는 게 아니지 않습니까. 수색을 하며 소인의 처소에 몰래 금두꺼비를 갖다 두는 자들이옵니다. 추포하는 과정에서 증좌를 빼앗겨 버리면 소인은 회생치 못합니다."

"그러면 사또께 내가 말을 전하여 나리와 직접 접선하는 게 낫지 않겠는가."

"사또께서 과연 저를 믿고 혼자 나오시겠습니까. 그리고 마찬가지로, 그분께서 대동하는 누구도 저는 믿지 않습니다."

진실은 차치하고 명을 거역하고 도주한 그 순간부터 믿음은 바닥을 쳤을 것이다. 관졸을 거하게 대동하여 움직였으면 움직였지, 본인 홀로 갈 리는 없을 터였다. 얼마 전 호방에 관해 준엽이 평한 것은 차치하고라도, 유 사또는 한 번이라도 어긋난 자에게는 단호하다 널리 알려져 있지 않은가.

'한 번……'

은강의 눈동자가 불안하게 흔들렸다. 전번의 일로 자신 또한 이미 그에게서 내쳐진 것은 아닐지 걱정이 밀어닥쳤다. 이제야 그와 허심탄회하게 대화할 용기가 솟았건만 이미 소용없어졌을까 조바심이 났다.

그녀의 시름도 모르고, 호방은 사또의 눈과 귀를 가리는 검은 무리에 대해서 열심히 설명했다. 하지만 은강의 귀에는 도통 그의 말이 들어오지 않았다. 낭군은 자신이 호방의 얘기를 꺼내는 것을 싫어한다. 그런데 추포령까지 내려진 상황에서 그를 다시 봐달라 두둔하게 된다면 어찌 될까. 필경 불호령이 떨어질 것이다.

'영원히 내외하게 될지도.'

화를 내는 것까지는 괜찮았다. 한데 그가 제게 등을 보인다고 생각하니 가슴이 지끈거렸다. 생살을 한계까지 잡아당기는 느낌이다. 속이 미어졌다.

"……아니 될 것 같네."

결국, 은강은 선을 그었다. 한창 떠들고 있던 호방이 눈을 부릅떴다. 그에게는 낯을 들 면목이 없었다. 하나 그 때문에 더 이상 나으리와 멀어지고 싶지 않았다. 낭군의 이야기를 최우선으로 들어보기로 결심한 참에 아직 듣지 못하였는데 경거망동할 수는 없었다. 은강은 입술을 한껏 깨물었다가 작정한 듯 말을 이었다.

"물론 내 자네를 도와주고 싶네. 하나 이 사람 처지에, 관의 일에 끼어드는 것은 좋은 모양새는 아닐 것 같네. 사실 지금 추포령이 떨어진 자네와 이렇게 대화를 나누는 것도 그릇된 일이지. 잘라 말하자면 무리네. 차라리 다른 이에게 부탁하는 게 나을걸세."

"마님."

강인지는 적잖이 충격을 받은 듯 떨리는 음성으로 은강을 불렀다. 은강은 다시 입술을 잘근잘근 씹었다. 곤경에 처한 이를 자신의 입장 때문에 적극적으로 돕지 못하는 것에 양심이 쓰라렸다.

"사, 사또께서 공명정대하게 판결을 내려줄 걸세. 괜히 명판관이라 불리시겠는가."

확신이 아니라 이는 희망이었다.

"나 대신 다른 이를 보내겠네. 꽃분이나 행랑아범을……."

"저는 관아 내의 누구도 믿지 않습니다. 그나마 신뢰하였던 분이 마님인 것이고요."

어떻게든 그를 도울 차선책을 모두 풀어보기도 전에 거절당했다. 게다가 그 이유라는 것이 은강을 더욱 곤란하게 했다. 가시방석에 앉아 있는 기분이었다. 은강은 껄끄러운 속을 힘겹게 뱉어냈다.

"미안하게 됐네."

그럼에도 어쩔 수 없다는 뜻이었다. 허옇게 떠 있던 강인지의 낯빛이 이제는 어둡게 물들었다. 은강은 슬그머니 시선을 돌려 필사적으로 그의 얼굴을 보지 않으려 노력했다. 그와 함께 있는 것이 어찌나 불편했던지, 오죽하면 밖에 인기척이라도 나서 호방이 얼른 도주라도 해주길 원할 정도였다. 하지만 그녀의 간절한 기도에도 불구하고 천운은 그리 쉽사리 베풀어지는 것이 아니었다. 은강은 오롯이 버거운 시간을 견뎌내야 했다.

"마님."

이윽고 그가 동요 없는 음성으로 담담히 은강을 불렀다. 은강은 슬쩍 심호흡을 하곤 고개를 들었다. 강인지는 습윤한 눈동자가 그녀를 기다리고 있었다.

"한 번만, 재고해 줄 수 없으십니까."

최후의 간청은 그렇게 시작되었다.

"마님께서 버거우실 것 압니다. 소인도, 제가 무리한 청을 올렸단 것을 알고 있으니까요. 하지만 그럼에도 마님을 찾아온 이유가 무엇이겠습니까. 저는 이 관아 내에서 믿을 수 있는 사람이 없습니다."

초조한지 그가 손을 옷에 문질러 닦았다.

"사또께선 저를 의심하시고, 아전들은 잿밥을 먹지 못하도록 만든 저를 증오합니다. 관청 경험이 길지 않은지라 어떤 하인이 누구의 밑에 속해 있는지도 다 구분해 내지 못했습니다. 외람되지만, 마님의 몸종인 꽃분이도 제게는 그저 비장의 하수인처럼만 보일 뿐입니다. 제 사방은 이렇게 의뭉스런 자들로 가득합니다. 조금만 빌미를 주면 기꺼이 제 목을 뜯을…… 적들이지요."

"한데 나는 어찌 믿는다는 겐가."

"마님은 관아에서 제 진의를 아시는 유일한 분입니다. 그리고 저로부터 득 볼 게 하나도 없는 분이기도 하시지요. 하지만 무엇보다도, 제가 마님을 믿는 것은 제 경험을 믿기 때문입니다. 부역에 끌려가는 백성을 보곤 나서려 하지 않으셨습니까. 양반 부인이 여염집 복색을 하고 저자를 드나들었다는 게 밝혀지면 무성한 뒷말이 나돌 것인데도, 용기를 내셨습니다. 그래서 저 또한 마님께는 진심을 보여드렸지요."

과거를 더듬다 보니 감정이 격해졌는지 강인지의 말이 빨라졌다. 미간이 좁혀들고, 밤바다같이 그윽한 그의 눈에서 찬찬히 은하가 떠올랐다. 헤아릴 수 없는 기저에서부터 빛무리가 그렁그렁 존재감을 발하였다.

"소인, 백성을 위해 노력한 죄로 이렇게 역풍을 맞았습니다. 망망대해에 표류된 난선이고 벼랑 끝에 매달린 조난자와 다를 바 없습니다. 그런데 이대로 저를 버리실 겁니까."

눈가가 붉어지며 그 눈망울에는 애수가 출렁였다.

"저를 살려주실 분은 마님밖에 없으십니다."

사람을 흡입하는 눈빛이다. 그 어느 여인이라도 그의 눈동자에 담기는 순간, 오장육부를 꺼내주지 않고는 배기지 못할 만큼 호소력이 짙었다.

"하나……."

은강 또한 간신히 반박의 어두를 꺼냈다. 그의 눈가에 스민 물기를 애써 외면하는데도 이미 방 안의 공기가 눅눅했다. 어디로 고개를 돌려도 숨을 쉬기가 어려웠다. 부담감에 질식할 것만 같다.

"전번 날, 사또께서 화가 많이 나시었네. 이미 오해를 샀지. 이런 상황에서 내가 자네의 증좌를 사또께 직접 가져다준다? 나으리께서 잠자코 두고만 보실 것 같으신가. 사달이 날 걸세."

"그렇다면 더더욱 제 청을 들어주셔야지요. 제 무죄가 입증되는 것도, 마님에 대한 사또의 오해가 풀리는 것도, 이제는 그 수밖에는 없습니다."

"그게 무슨 말인가?"

"마님은 이곳이 고향이지 않으십니까. 그래서 익히 아전들의 패악을 알고 있었고 저를 신경 써주셨던 것이라 해명하면 간단하게 풀릴 일입니다. 하지만 그러려면 우선 제 무죄가 입증이 되고 아전들의 패악이 겉으로 드러나야 하겠지요. 이번에 저를 도와주시는 게 가장 빠른 길이 될 것입니다. 어디 그뿐입니까. 마님께선 공을 세우게 되는 것이니 사또께서 그냥 넘기지는 않으실 겁니다. 그분은 공과를 기준으로 확실한 상벌을 내리는 것으로 유명하지 않으십니까."

자신의 오해도 풀고 공도 세우고, 말하자면 일석이조라는 것이다. 그의 눈망울에도 겨우 저항해 낸 은강이었으나 그의 세 치 혀는 그것보다 더 강력했다. 솔직히 공 같은 건 아무래도 상관없었다. 그러나 사또와의 관계가 해결될 방법이다. 더군다나 그것은 약자를 돕는 방편이기도 했다.

은강의 작은 머리통이 이리 기우뚱 저리 기우뚱 흔들렸다. 그러자 그가 설득에 박차를 가한다.

"결심을 내리기가 어려우시면 반대의 경우를 생각해 보시면 됩니다. 만일, 제가 이대로 누명을 뒤집어쓰고 몰락하면 어찌 되겠습니까. 저도 저이지만, 마님은 제대로 된 해명거리도 없이 사또의 오해를 뒤집어쓰셔야 할 것입니다. 그것도 상대는 부정한 자로 낙인이 찍혀 있을 테이지요."

가장되는 최악의 미래에 은강의 흔들거림이 덜컥 멈추었다. 호방은 꽃분의 인평대로, 기름칠한 혀를 능수능란하게 놀려 나갔다.

"어디 그뿐인지 아십니까. 사또께서도 더더욱 고을을 다스리기가 어려워지실 겁니다. 직언을 하는 사람 없고, 그분 앞에는 거짓들이 판을 치겠지요. 물론 유 사또는 영민하신 분이시니 어느 정도는 가려내실 겁니다. 그러나 그것도 한계라는 것이 있지요. 삼 년 전에 수숫대를 넣어도 꺾이지 않는 아전들이, 과연 앞으로는 잡힐까요. 저로 인해 성공을 맛보았을 텐데?"

추상적 불안이 실체를 갖추고 은강의 눈앞에 몸소 대령되었다. 자신이 강인지의 청을 무시하지 않는 것도 여러 가지 걸림이 있었으나 청을 무시하는 것만큼 선명하지는 않았다. 얼기설기 겨우 벽을 기워놓은 심중에 서서히 구멍이 벌어졌다. 그리고 이때에, 강인지는 쐐기를 박아 넣었다.

"이번 일만 해결이 된다면 소인, 백골난망 마님의 은혜 잊지 않을 것입니다. 평생 사또 나리를 성심성의껏 뫼시며 그분의 노고를 함께하겠습니다. 다시는 이런 불상사가 발생치 않도록."

이제, 허물어지는 것은 시간문제였다.

❀

이튿날, 준엽은 심기가 불편했다. 하루의 수색에도 머리털 한 가닥 발견하지 못한 것을 보니 호방은 유유히 고을을 떠난 모양이었다. 조용히 처리하고 싶었는데 상황이 이렇게 되니 방문을 붙여 만방에 요란을 떨어야 해결이 날 듯했다.

잡는 것이야 시간문제라지만, 이송 중 도주라니! 방이 붙을 때마다 제 수모감도 함께 뻗어나갈 게 선연했다. 그렇잖아도 주변에는, 어린 나이에 일찌감치 벼슬을 한 자신을 곱지 않게 보는 수령들이 많았다. 이 일로 한동안 저를 물고 늘어질 것을 생각하니 벌써부터 골치가 아파왔다.

"나으리!"

"사또!"

두통에 시달리는데 꽃분과 비장이 동시에 뛰어 들어왔다. 함께 방문을 넘기는 하였으나 같이 온 것은 아닌지라 서로를 향한 시선이 어리둥절했다. 그러다 아차, 각자의 용무를 상기하곤 둘은 한시가 급하다 입을 열었다.

"마님이!"

"호방이!"

두 사람이 꽥꽥 소리치는 통에 준엽은 머리가 울렸다. 그는 손을 들어 꽃분을 지목했다. 호방 일이 시급하다지만 은강의 소식을 먼저 듣고 싶었다.

"마님이 사라졌어요!"

두통이 단숨에 사라지고 된서리를 맞은 듯 정신이 들었다.

"조반 차려서 안방에 들었는데 마님이 안 보이지 뭐예요. 이부자리 만져 봤는데 냉한 것이, 금방 어디 가신 것 같진 않았습니다. 기다리다가 주변을 한참 찾았는데……."

꽃분이 금방이라도 울음을 터뜨릴 듯 울먹울먹 말을 이었다.

"안 계세요. 어디에도 없어요. 본 사람도 없대요. 감쪽같이 사라지셨다고요!"

꽃분의 외침이 귀청을 때렸다. 급작스럽게 닥친 현실은 준엽이 감당하기에는 너무나도 거대한 폭력이었다. 일찍이 겪어본 적이 없는 사태에 준엽은 막막한 심정을 다스리지 못했다. 감정에 그대로 먹혀, 휩쓸린다. 내부에서 울리는 불안한 고동 소리가 머리를 뒤흔들었다. 목울대를 움직여 침을 삼켜보려 하였으나 넘어가는 것이 없었다.

"사또. 이걸 좀 보셔야 할 것 같습니다."

그런 준엽의 눈앞에 호방이 서찰을 들이밀었다. 글을 읽을 여력은 없었다. 하지만 우연히 은강을 가리키는 지칭이 시야에 얻어걸린 뒤, 올이 풀리듯 내용이 술술 읽혀들었다. 강인지의 직인까지도.

순간, 분노가 폭발했다.

"건방진 자식!"

준엽은 서안을 뒤엎었다. 쾅! 굉음이 터지며 서안이 바닥을 나뒹군다. 차곡차곡 쌓여 있던 공문서들은 사방팔방으로 흩어졌다. 하지만 준엽은 그로도 성이 풀리지 않는지 의자를 걷어찼다.

콰장창!

날아간 의자가 백자를 부수고 창을 찢었다. 밖에서 동헌의 보초를 서고 있던 관졸들이 날벼락에 몸을 떨었다.

"나, 나리……."

가지런함을 잃고 날뛰는 준엽의 모습에 꽃분은 겁에 질렸다. 사또 나리께서 단정한 외양과는 다르게 의외로 거친 면이 있다는 것은 비장에게 들어 익히 알고 있던 것이었다. 저도 종종 그가 중얼거리는 날 선 비꼼이나 욕설을 들은 적이 있었다. 하지만 그래도 태도만은 차분하던 이가 저렇게 흐트러져 난폭하게 구는 것은 이번이 처음이었다.

대체 강인지가 어떤 서찰을 보냈기에…….

의문을 품는데 비장이 그녀의 어깨를 움켜쥐곤 뒤로 끌었다. 준엽으로부터 몇 걸음 물러서서, 그가 꽃분의 귓가에 작게 속삭였다.

"강인지가 마님을 억류했다. 오늘 밤까지 몸값으로 삼만 냥을 준비해 오라 협박 전서를 보냈더군."

도무지 따라갈 수 없는 내용에 꽃분은 일순 숨을 멈추었다.

"대체 그, 그게 무슨……."

음성이 파르르 떨렸다. 상황이 믿기지 않아 갖은 생각들이 떠올랐지만 지금은 궁금증보다는 일의 해결이 더 시급했다.

오늘 밤까지 삼만 냥을 준비하라니. 아무리 은강의 친정이 부자이고 수령에게 시집갔다지만 그런 액수가 '하룻밤 새'에 준비될 수 있을 턱이 없었다. 호방도 사정을 모를 리가 없을 텐데 어째서 이런 터무니없는 요구를 하는 것일까.

'사정을 아니까?'

꽃분이 고개를 들었다. 그만한 돈이 고여 있는 곳을 한 군데 알고 있다.

"설마 나라에 공납으로 바치는 전세에 손을 대라는 겁니까?"

"그렇겠지. 그간 해오던 짓거리로 미루어보면 틀림없이."

강인지의 돈벌이는 다른 아전들보다 조금 더 잔꾀가 좋았다. 근간은 호구의 조작으로, 그는 이를 통하여 양역을 인질 삼아 재물을 뜯어냈다. 이러한 불법 징수야 과거부터 있던 수법으로 양민이 도망가면 주변인에게 포를 뜯는 인징(隣徵), 동징(洞徵)이나 사망자에게 포를 부과하는 백골징포(白骨徵布), 어린아이를 군적에 올리는 황구첨정(黃口簽丁) 등은 이미 유명한 폐단이었다.

그러나 강인지는 그렇게 일방적인 횡령을 일삼지 않았다. 그는 재산을 뜯기는 뜯되, 나라에서 부역이나 군역을 면해주는 구실보다 더 싼값으로 재물을 걷어들였다. 그러고는 호적을 조작하여 사망자로 처리해 주거나 아동 혹은 노인으로 나이를 바꾸어 양역에서 면제해 주었다.

말하자면 이는 일종의 거래로, 그에게 재물을 뜯긴 이는 양역을 빼달라 뇌물을 바친 것과 다름이 없었다. 거래가 성사되는 즉시 강인지와 한통속이 되는 것이다. 하여 호방에게 재물이 뜯긴 백성이 사또에게 이를 바로잡아 달라 탄원을 올릴 일은 절대 없었다.

유 사또처럼 유달리 꼼꼼하여 육방의 일을 죄 확인하는 수령이 아니었다면 호방의 부정부패는 냄새를 맡기조차 어려웠을 것이다. 그러나 준엽은 공문서, 특히 고을 백성들의 호구를 기억하는 지독한 기억력의 소유자였고 작은 오류도 용납지 못하는 깐깐한 성품의 소유자였다. 각각의 문서상 몇 개의 어긋남이 잡히자 그는 몇십 년 치분의 호적대장과 관아 내의 인사이동부를 죄 파헤쳤고 그 속에서 부정한 돈의 흐름을 추적하는 데 성공했다.

천재지변을 제하고 민생을 가장 곤궁케 하는 것, 아전의 폐단을 척결하기 위해 나선 것이다.

"강인지는 그럼 사또께서 공납금에 손을 대어 자신과 같은 공범자가 되길 원하는 건가요? 재물은 재물대로 챙기고?"

몸값도 얻고 뒤탈이 없도록 사또에게 부정까지 종용하는 것이다. 꽃분의 물음에 비장이 고개를 끄덕였다.

"그럼 만약 돈을 준비하지 못하면요? 주지 않으면 어찌 되는 겁니까?"

"……팔아버리겠다고."

"농이시지요?"

처음엔 희망하는 대로 그저 부정해 본 것이었다. 그러나 재차 생각해도 가능할 리가 없었다.

"사또께서 사람을 풀어 찾아내면 그만일 일입니다."

"이 고을이나 근방에서라면 그렇겠지."

"그놈이 가면 어디를 가겠습니까. 뛰어봤자 벼룩이지."

"강인지를 다른 아전들과 같이 취급해선 안 될 것이다. 그놈은 외지에서 왔어."

"강인지는 향리입니다. 이 마을에서 자라, 전대 호방에게 세습 받은 자리라는 게지요. 외지인이라니, 그럼 호방 강인지가 가리(假吏 : 다른 고을에서 온 아전)였단 말입니까? 그랬으면 사또께 사전에 재가를 받아 임명이 됐겠지요. 말이 안 맞습니다."

"전대 호방에게 돈을 주어 친족으로 호적을 조작하고 그의 자리를 세습한 경우더군. 도망갈 곳이 있는 놈이라는 게다. 어디서 굴러왔는지도 모르고 어디에 마님을 팔아넘길지도 모르지. 거기다가 혼자만 온 것도 아니야. 놈은 타지에서 왈패 놈들을 데려와

조직을 만들던 중이었다."

느릿느릿 기어 나오는 말들이 이 이상의 충격이란 없을 것 같았으나, 연신 꽃분의 정신을 강타했다.

"한탕 크게 하려고 독거인들을 사망자로 처리하여 사람을 판 것 같더군. 대상은 주로 처녀와 아이. 예상보다 일찍 사또께 적발돼 버렸지만."

횡령 부패에 더해 그럼, 인신매매까지 저질렀단 말인가? 멀쩡한 양인을 노비로 탈바꿈해 꽃분은 입을 막았다. 정녕 그게 가능하단 말인가?

비장이 알려주는 사실이 근거가 없는 황당무계한 소리기를 기원했다. 그러나 타지인이라고 하니 기억나는 게 있었다. 전에 마님과 함께 세책점에 갔다가 관아로 돌아오는 중에 불량한 외지인이 자신들을 희롱하지 않았던가. 그때 영웅처럼 나타나 그들을 해치운 게 호방이었건만⋯⋯.

"아이고, 우리 마님."

탄식과 함께 다리에서 힘이 쭉 빠졌다. 전모를 알게 된 꽃분은 자리에 털썩 주저앉았다.

"은강 아씨⋯⋯."

꽃분의 눈에서 까무룩 빛이 꺼졌다. 항시 팔팔하던 과년한 처녀는 노인처럼 기력이 폭삭 쇠했다. 아무것도 할 수가 없었다. 그저 입으로 아이고, 아이고야, 억장이 무너지는 소리만 낸다. 그 모습이 퍽 안되어 비장이 꽃분의 곁에 주저앉았다. 토닥토닥, 달

랠 목적으로 등을 다독여 주었으나 그의 손길은 외려 꽃분의 신경
만 자극하였다.

"대체 무슨 일을 그런 식으로 하신답니까?"

열분이 발칵 토해졌다. 죽은 듯 있던 이의 난데없는 고성에 비
장이 놀라기가 무섭게, 꽃분은 비장의 멱까지 틀어쥐었다. 하극
상을 따질 분위기도 아니었다. 그녀의 전신에서 살벌한 기운이
흘렀다.

"내사 중이셨단 거잖아요! 수완 좋고 수단 안 가리는 악독한
자라는 거, 익히 알고 계셨단 거잖아요! 그런데 어찌! 어떻게! 어
쩜! 말을 안 해주실 수 있으세요? 입 뒀다 어디에 쓰세요!"

"내사는 극비니까……."

변명하듯 비장이 우물거렸다.

"그걸 누가 몰라요? 쇤네처럼 미천한 것이야 몰라도 상관없지
만, 마님은 아니시잖아요! 아무리 극비라 하더라도 마님은 부부
시잖아요! 그런 음험한 놈이 마님 주변에서 얼쩡거리는 거 보셨으
면서 무슨 배포로……!"

비장을 향해 소리치고 있었으나 꽃분의 책망은 모두 준엽에게
해당하는 것이었다. 차마 사또를 힐난하지 못해 그녀는 애꿎게
비장을 붙잡고 늘어졌다.

"순해 빠진 우리 마님, 어지간해선 남 의심도 잘 안 하는 분인
거 알지 않으십니까. 저잣거리만 나가면 소매치기, 동냥아치의
물주 되어서 주머니 탈탈 다 털리고도, 그래도 그이들 한 끼는 잇

겠다고 하시던 분입니다. 호방 같은 놈한테야 호구겠지요, 호구!"

꽃분이 가감 없이 난장을 쳤다. 말씨를 가리지 않는 그녀의 태도에 비장의 눈동자가 슬그머니 꽃분의 뒤편으로 굴러갔다. 이사달에 설마 웃전께서 계집종에게 경을 치지는 않겠지만 쌓인 분노가 어디로 터질지 모르는 법이 아니겠는가.

난동을 부리던 준엽은 어느새 고요를 지키고 있었다. 아까까지 폭주하듯 들끓던 기세는 거짓말처럼 사라졌다. 주변을 초토화시켜 놓곤 홀로 우두커니 서 있는 사또가 비장은 왠지 으스스하게 느껴졌다.

"내게 할 말이 있으면 해도 좋다."

준엽이 퍽 너그럽게 입을 떼었다. 하지만 내용과 달리 그의 음성은 고저도 없이 서늘하기만 하였다.

"얼마든 들어주지. 그 대신, 사방팔방 소리 지르지 말거라. 네 주인이 납치되었다 세상에 소문을 낼 것이 아니라면."

꽃분이 뒤돌았다. 네 주인이라니? 그녀는 사또가 은강을 지칭할 적에 거리를 두는 것을 눈치챘다. 착각이었으면 하였으나 얼음 가면을 뒤집어쓴 듯 일그러짐이 없는 그의 얼굴이 꽃분을 불길하게 만들었다.

나으리는 분명 마님을 아꼈다. 그의 은근한 마음 씀씀이는 꽃분도 알고 있는 것이었다. 하지만 그의 애정은 여태 경쟁이라는 것을 해본 적이 없었다. 시험을 당할 기회도 없었다. 그러니 유준엽의 최선위(最先位)가 최은강일지는 아직 밝혀진 바가 없다는 것이다.

특히나 충돌해야 할 것이 관리로서 마땅히 지켜야 할 도리라면, 더욱이 미지수였다. 유 사또는 정명론에 입각하여, 수령으로서의 책무에 목숨을 걸던 이가 아니던가. 그가 과연 마님을 구해내기 위해 조세에 손을 댈까? 부정을 저지를까?

"나리."

꽃분은 물음에 장담하지 못하여 입을 열었다.

"마님의 친정에 말을 전할까요? 당장에 다른 재물을 엽전으로 바꿀 수는 없겠으나 그래도 수십 꿰미는 있지 않겠습니까. 거기에다가 어르신께서 이곳저곳에서 도움을 청하면 조세를 빌릴 액수도 줄어들 것입니다."

그가 은강의 몸값을 지불할 용의가 있다면 이것이 최선의 방법일 터였다. 액수가 워낙에 컸으므로 어떻게든 조세에는 손을 댈 수밖에 없었다. 그나마 죄를 줄여보자면 최 부자 집에서 당장엘 끌어올 수 있을 만큼 엽전을 끌어와, 조세에 손대는 금액을 줄여보는 것이었다. 그러므로 은강을 무사히 데려오려면 최 부자 집에 말을 옮기는 것이 자연스런 수순이다. 지금, 꽃분은 사또의 의중을 떠보고 있었다.

"아니."

사또는 뒷짐을 지고선 일고의 가치도 없이 결론을 내렸다.

"전하지 않는다."

"예? 하, 하지만 나, 나리. 그러면……."

"그 집이 부산해지면 고을에 소문이 나는 것도 시간문제가 아니더냐. 그러니 바깥 어디에도 말 옮기지 말거라."

"나으리!"

꽃분이 사또의 경고에도 불구하고, 소리 질렀다. 경악에 물든 꽃분이 얼굴이 곧 사색이 되었다.

"설마 호방에게 몸값을 지불하지 않을 셈이십니까?"

"……."

준엽이 즉답 않고 고개를 돌렸다. 그가 않겠다고는 말하지 않았지만 그러겠다고 말하지도 않았다. 하지만 그럼에도 그의 애매한 몸짓은 꽃분에겐 마치 외면처럼 다가왔다.

"나으리……?"

믿을 수가 없어 그녀가 재차 준엽에게 답을 독촉했다. 준엽은 도통 무슨 생각을 하는지 알 수 없는 얼굴로 침묵만 지켰다.

"나리! 그것을 횡령이라 생각지 마시고 빌렸다가 다시 채워 넣으면……."

꽃분은 애가 닳아 여느 죄인이 그러하듯 준엽의 옷자락을 잡고 늘어졌다. 그러자 준엽의 눈가가 은근살짝 접혀든다. 심기가 어그러지는 징조였다. 비장이 기류를 읽고 냉큼 꽃분을 떼어냈다.

"최은강은 최은강의 행동에 책임을 지면 된다."

준엽은 꽃분을 쳐다보지도 않은 채로 중얼거렸다.

"나는 수령으로서 수령의 책임을 지면 되는 것이고……."

그 단단한 음성에 여종은 경악하여 손으로 입을 막았다.

＊

"호방!"

은강은 잡혀 있는 처지치고는 퍽 반갑게 강인지를 불렀다. 성
황당에 갔다가 웬 낯선 사내들에게 잡혀, 초옥에 갇힌 지도 어느
덧 네 시진이 흘렀다. 상황이 심상찮다는 것은 강인지가 아닌 다
른 이들이 왔을 때부터 직감하고 있었다. 하지만 그럼에도 그녀
는 다시 만나게 된 호방을 밝게 불렀다.

그가 자신을 함정에 빠뜨린 게 아닐 것이라는 믿음을 어떻게든
강인지에게 표하고 싶었다. 불안한 만큼, 그 불안을 종식시키기
위해 거짓 반가움을 덧대었다. 나는 여전히 당신을 의심하지 않
고 있다는 애잔한 몸부림이었다.

그러나 강인지는 헛웃음을 터뜨렸다. 피식, 숨이 빠져나가자
은강의 얼굴에서도 빛이 걷혔다.

"허튼수작 마시지요."

그가 삐걱이는 방문을 닫으며 나긋나긋 일렀다.

"술시(戌時 : 오후 일곱 시 반부터 여덟 시 반까지)까지 얌전히 계시
면 풀어드릴 것입니다. 물론 사또가 내 청을 들어줄 때의 일이지
만."

강인지는 잔잔한 미소를 머금었으나 온기가 없었다.

"그게…… 무슨 말인가? 지금 무, 무슨 소리를……."

가슴 한켠에서부터 올라오는 서늘한 기운을 마지막까지 모른 체하며 은강은 말을 더듬었다.

"증좌를 가져온다 하지 않았나."

"이 상황에 정말 몰라 묻습니까? 증좌?"

강인지가 두 손을 들어 올렸다. 아무것도 없는 빈손을, 그는 약이라도 올리듯 은강의 눈앞에서 털어 보였다.

"그런 게 어디 있겠습니까. 그건 그저, 마님을 인질로 잡기 위해 지어낸 말일 뿐인데."

불길한 예감이 딱 맞아떨어졌다. 밝혀진 진실에, 뒤통수를 얻어맞은 듯 정신이 얼얼했다. 은강의 숨이 얼크러졌다. 가슴이 쿵쿵 뛰고 머릿속은 둥둥 울렸다. 차분히 속을 다스려 보려 노력하였으나 쉽지 않았다. 하나 그럼에도 은강은 대화를 이어 나갔다.

"그러니까, 대체 어찌……? 어, 어째서?"

"먹고살기가 힘들어져서 말입니다. 아시다시피, 나라에선 아전에게 녹봉을 지급하지 않으니까요."

"생계에 문제가 있다면 내가 도와줄 수도 있었네."

"그러시겠지요. 우리 마님은 마음도 재물도 넉넉한 분이니 말입니다."

"내가 무슨 잘못을 저질렀는지는 모르겠으나 기풍(譏諷 : 넌지시 비꼼)은 관두어."

"아니오. 빈정대는 게 아닙니다. 마님은 소인이 본 반가의 여인네들 중에 가장 곱고 착한 분입니다. 구태여 고상한 척하지 않고, 위선을 떨지도 않고, 인정이 넘치는 좋은 분이셨습니다. 하지만 아무리 그래도 삼만 냥을 적선치는 못할 테지요?"

"삼만 냥?"

현실감도 느껴지지 않는 엄청난 액수였다. 하지만 한 가지만은 확실히 와 닿았다. 삼만 냥이라는 액수는 누가 들어도 생계와는 전혀 상관이 없는 돈이었다.

"지금 뭐하자는 겐, 악!"

은강이 벌떡 자리에서 일어서자마자, 험상궂은 왈패 두엇이 그녀를 붙잡아 눌렀다. 무지막지한 힘에 은강은 맥없이 제압되었다. 머리와 어깨가 바닥에서 짓눌린다. 아픈 것도 아픈 것이지만 그보다도, 자신의 몸조차 제 의지대로 움직일 수 없다는 현실 자각이 은강을 두려움에 빠뜨렸다.

"손 떼지 못하겠느냐!"

그런 은강을 보곤 강인지가 제법 단호하게 호통을 쳤다. 그러자 은강을 구속하던 힘들이 즉시 스르륵 헐거워졌다. 제한적이나마 자유가 찾아들자 은강은 팔꿈치로 몸을 지탱하며 상체를 들어 올렸다. 강인지가 그녀를 내려다보고 있었다. 까만 눈동자에는 염려가 듬뿍 담겨 있었다.

"그리 거칠게 다루면 쓰나."

그가 몸을 굽혔다. 그러더니 처박혔던 은강의 볼을 부드럽게 쓰다듬었다. 은강의 마음에 혹시나 하는 작은 희망의 불씨가 피었다.

"무려."

그러나 그가 툭 내뱉은 뒷마디는 불꽃을 짓이기기에 충분했다.

"몸값이 삼만 냥이나 되는 분인데."

"자네, 지금."

말뜻을 깨달았다. 음절과 음절을 발음할 때마다 숨이 턱턱 막혔다. 기다란 속눈썹이 파르르 떨리고 곧 동그랗던 그녀의 두 눈이 왈칵 형체를 일그러뜨린다.

"내 몸값으로 삼만 냥을 요구했다는 겐가?"

"……."

은강은 저를 붙든 손들을 뿌리치고 몸을 일으켰다. 왈패들은 다시 은강을 제압하려 하였으나 쓸데없는 소란이 싫었는지 강인지가 턱짓을 하여 물렸다. 그의 신호에 사내들이 모두 방을 빠져나갔다. 좁은 내부에는 이제 강인지와 은강, 둘만 남았다.

"대체 뉘에게!"

"누구 있겠습니까. 마님 주변에 돈 나올 구석이야 두 군데밖에 더 있습니까. 알아서들 모아주겠지요."

"술시까지라며? 자네의 목적이 진정 돈이었다면 이런 말도 안 되는 거래는 시작하지 않는 게 좋았네! 혹 삼만 냥이나 되는 돈이 반나절 새에 뚝딱 나올 거라 생각하였는가?"

"그럴 리가요. 도깨비방망이가 있는 것도 아닐 텐데."

"그럼 대체 자네가 원하는 게 뭐지?"

"말씀드렸잖습니까. 삼만 냥이라고."

앞뒤가 맞지 않다 지적하려는 찰나, 강인지가 툭 말을 내뱉었다.

"그리고 덤으로, 복수? 표현이 거창하니 다른 말로 화풀이라고 하여도 좋겠군요."

"대체 내가 무슨 잘못을 하여?"

"마님은 잘못이 없습니다. 고래 싸움에 등 터진 새우처럼 그저 가련하지요. 그래도 굳이 잘못이라 한다면…… 유 사또의 내자가 된 것?"

"사또에게 복수를 하고 싶다는 것인가? 설마 자네, 아직까지도 본인이 모략을 당했다 나를 기만하려 드는 것은 아니겠지. 사또가 다른 아전들의 말을 믿었기에 복수한다고 변명하려는 셈인가?"

"물론 아니지요."

"한데! 그럼 대관절 사또는 무슨 잘못이 있어서 그분께 복수한다는 것인가!"

"들쑤신 것?"

본인이 내뱉은 말임에도 듣기에 어처구니가 없어, 강인지는 너털웃음을 지었다. 명분으로 따지자면 제 입장에선 할 말이 없는 게 사실이긴 했다. 사또 유준엽이야 백성에게 있어서 요즘 세상에 둘도 없을 훌륭한 관리가 아닌가.

"유 사또의 죄명을 지어보자면 그건 영민함이겠습니다. 어린놈이 지나치게 똑똑하오. 세상 물정이라도 몰랐으면 귀엽기라도 하였을 텐데, 징그럽게도 애어른이지 뭡니까. 공부만 했을 유학자가 저자에서 구르고 구른 상인처럼 굴고 있으니 아랫사람 일할 맛이나 났겠습니까?"

문제는 자신이, 어린 백성이 아니라는 점이었다. 골을 뽑을 때까지 착취를 일삼으려 매수한 호방 자리다. 청렴한 상전과 자신의 상성은 궁합을 점칠 필요도 없이 최악이었다.

"일천 냥이나 주고 산 직분이거늘 본전치기도 하기 전에 사람을 이렇게 쥐 잡듯 잡는 게 어디 있답니까? 아전 녹봉을 주는 것도 아니면서 폐단은 단속하고 부려먹기는 소처럼 부지런히 부려먹으니, 나 원."

전대 호방은 자리를 넘길 적에 노환 탓이라 둘러댔으나 호방이 된 지 사나흘을 넘기지 못하여 강인지는 본인이 그에게 속았다는 사실을 알았다. 장원 급제는 하였으나 그래봤자 글방도련님이라 설명 들었으나 유준엽은 결코 호락호락한 자가 아니었다.

눈이 밝고, 똑똑하고, 강단까지 있으니 그 아래서 폐단을 더이어 나가기는 어려웠을 것이다. 유일하게 약점이라고 할 만한 것을 꼽자면 이 고을의 실정에 대해서 아는 게 없다는 것일까. 그나마도 삼 년 차쯤 들어서니 동헌에 앉아 집집의 숟가락 외울 수준이 되어, 전대 호방 역시 버티다 못해 자리를 넘긴 것이었다.

"하다못해 타협이라도 될 양반 같았으면 이렇게까지는 안 하였지. 그러나 알잖습니까, 완고하고 꼬장꼬장한 거. 적당히 보고 넘겼다면 나도 유 사또 재임 기간 동안은 적당히 장단 맞추어주었을 것입니다. 본인도 피곤하지 않고 나도 이문 남기고, 누이 좋고 매부 좋고. 한데 함정 수사까지 하여 이따위 판국을 만들어놓다니. 긁어 부스럼 만드는 격이 아닙니까."

"그럼 금두꺼비 반쪽, 역시 자네가……."

호방은 답할 필요나 있냐는 듯 빙글빙글 웃었다. 모르는 사람이 봤다면 넉살 좋은 이의 장난처럼 보였을 웃음이었다. 그러나 개안한 은강에게는 그의 모든 언행이 협잡꾼처럼 느껴졌다.

대체 그간 무슨 콩깍지가 쓰였던 것일까. 저런 인간을 왜 그렇게 진실한 사람이라 믿어주었던 것이지?

기억을 거스르자 그와의 첫 만남부터 갖가지 의문이 떠올랐다. 처음부터 자신이 사또의 부인이라는 것을 알고 있었던 것일까? 그래서 왈패들로부터 구해준 것일까? 그럼 그 왈패들은 강인지가 준비해 둔 것인가? 언제, 내가 꽃분이와 함께 저잣거리에 나갈 줄 알고? 아니면 구해준 것은 진실로 우연이었던가? 백성을 위해 관졸을 대동치 않는다는 말만이 거짓인가?

'이제 와 그게 다 무슨 소용이야.'

은강은 입술을 깨물었다. 답을 안다고 하여 처지가 달라지는 않았다.

"그럼 술시쯤에나 다시 보지요. 문 앞에 사람을 풀어둘 터이니, 괜히 허튼짓하다가 어디 한 군데 부러지지 마시고 조신하게 계시지요. 서방이 삼만 냥을 들고 홀로 찾을 때까지 말입니다."

"그래도 한 가지."

강인지가 일어서는데 은강이 작게 중얼거렸다.

"한 가지만 물어봄세."

강인지는 팔짱을 끼곤 벽에 기대었다. 어차피 술시까지는 급할 것도, 서두를 것도 없었다.

"그러시든지."

"주막에서 만났던 날, 기억하는가."

"그 운수 나쁜 날을 기억 못 할 리가 있겠습니까. 사또가 부역 누락자를 색출해 간 날인데."

그때를 떠올리니 간담이 서늘해져 강인지는 제 가슴을 쓸어내렸다.

"자네가 면제시켜 준 역을 사또께서 다시 부과시킨 것은 사실이었나 보군."

"그날 두 눈으로 목격하지 않으셨습니까. 소인은 거짓말을 하지 않았습니다. 거짓말이라는 건 언젠간 들키게 되어 있는 것, 하수의 방편입니다. 기간이 짧을 때나, 어제처럼, 임시적으로 쓰는 것이지요. 알고 싶은 게 그게 답니까?"

"아니, 질문은 지금부터네. 자네가 그 백성이 가여워 역에서 면제시켜 준 건 아니겠지. 또한 사또께서 그에게 다시 역을 부과시킨 이유도 있겠지. 진실을 알려주게. 그날과 같은 궤변 말고."

다른 것은 아무래도 상관없었다. 하지만 자신이 나으리에게 어떤 실수를 저질렀는지는 확실히 알고 싶었다. 낭군이 자신에게 그만큼 화를 내고 그러한 조치를 취한 것에는 분명 이유가 있으리라.

"재차 말하지만 제가 했던 말에는 거짓이 없습니다. 백성에게 양역이란 고통을 안겨주는 노역일 뿐이지요. 먹고살기도 바빠 죽겠는데 나랏일이라니, 그걸 반기는 백성이 어느 세상에 있겠습니까. 하여 소인은 그런 이들에게 측은지심을 베풀어주었지요."

반지르르한 그의 언사에 은강이 도끼눈을 떴다. 강인지의 말에 감탄하던 맑은 눈동자는 더 이상 존재하지 않았다.

"다만 그 비중은 일할 정도이려나. 구할 정도는……."

"재물을 취하여? 돈을 뜯어야 나오는 측심인가?"

"어차피 부역에 나갈 게 아니라면 부역세를 내야 하지 않습니까. 소인이 아니라도 나라에서 뜯어갈 조세였습니다. 소인은 그것보다 적게 걷었습니다."

은강이 쏘아붙여도 강인지는 얼굴색 하나 바꾸지 않고 당당했다. 본인이 진짜 정의 실현이라도 하고 있다는 양, 거리낌이 없었다. 그의 후안무치에 은강의 비어버린 줄만 알았던 가슴속에서 천불이 치솟는 걸 느꼈다.

"이제 보니 그때 잡혀갔던 이는, 선량한 백성이 아니라 자네에게 청탁을 한 죄인이군. 역을 부과받을 것이 아니라 옥에 갇혔어야 하는 파렴치한이 아닌가!"

관졸들이 그렇게 거칠게 행을 집행하는 데에는 이유가 있었다. 그 정도면 관대하게 아량을 베풀어준 것이나 다름없었다. 한데도 그 부부는 적반하장으로 난동을 부려댔단 말인가.

"그게 그렇게 열 낼 일입니까? 돈만 있으면 누구나 그러고 싶을 텐데."

"뭐야? 네 지금 무어라 하였느냐!"

"조용히 넘어가면 탈 나지 않는데 굳이 들쑤셔서 집안을 풍비박산 내는 쪽이 더 문제 아닙니까. 양반네들이야, 관직 맡았다 하여 면제이고 재물 많으니 부역세를 내면 끝이니 별로 와 닿지도 않으시겠지만."

"공사를 빙자하여 사리사욕을 채운 주제에 허울이 좋구나."

"엽전 한 냥 주지 않으면서 아전을 부려먹는 건, 알아서 조달하라는 이 나라 임금의 깊은 뜻 아닙니까?"

"삼만 냥이나 요구한 주제에 녹봉을 들먹여? 녹봉을 준다 하여 정녕 네놈이 분란을 일으키지 않았을까? 그럴 것이면 진즉 내게 거지 밥그릇이라도 들이밀어 보지 그랬느냐? 적선쯤은 얼마든 해주었을 텐데! 그도 아니면, 없는 집 뜯지 말고 우리 집 곳간이라도 털어보든가!"

은강의 독 오른 외침에 강인지의 눈빛이 비틀렸다. 그가 다시 주저앉더니 은강의 코앞에 얼굴을 디밀었다.

"부부는 일심동체라더니 요령 없는 데서는 일맥상통하나 보오?"

전대 호방에게 당한 것이나 마찬가지였으나 강인지는 금방 태세를 정비했다. 호방 자리를 살 때 치렀던 일천 냥 중, 반은 비싼 고리대를 빌린 것이기에 어떻게든 차선책이 필요했다. 아니었다 간 쥐도 새도 모르게 저승으로 끌려갈 위기에 처해 있었으니 필 연적 수순이었다.

그는 냉정하게 돌아가는 상황을 파악했다. 어차피 수령의 임 기란 길어봤자 오 년이다. 그리고 이를 다 채우는 경우는 별로 없 다. 이미 삼 년 차인 유준엽은 특별한 일이 없는 한은 아무리 길 어도 한두 해 이상 이 고을을 맡지 않을 터였다.

하여 강인지는 현 사또가 떠날 때까지는 무리하지 않을 작정이 었다. 이자를 갚을 정도의 작은 부담만 민가에 지우며 다음 사또 가 부임할 때까지 준비를 마쳐 둘 예정이었다. 그는 티 나지 않도 록 치밀하게 수를 썼고 외부에서 잡배들을 하나둘 가려 받아 조 용히 기반을 꾸렸다. 한데 이 와중에 일어나는 극히 소소한 어긋 남에 유준엽이 반응을 한 것이다.

"적당히 부역꾼 수 맞추어주었으면 재가만 하면 될 것을, 댁네 서방이란 놈은 명단이 이상하다 액수가 이상하다 온갖 트집을 다 잡아냈지. 어차피 다른 부임지에 가면 상관없을 고을인데 일 일이 몇십 년 치의 호적대장을 뒤집으며 말이야. 요령 없이 나서 서 화를 자초하는 게 꼭 누구 같지 않아?"

강인지가 은강의 턱을 옥죄었다.

"잡혀온 주제에, 눈치만 봐도 모자랄 것인데 겁도 없이 나불대 는 누구 말이야."

은강은 고개를 털어 그의 손을 떨쳐 내려 했지만 그럴수록 압박은 더욱 강하게 돌아왔다.

"이거 놔!"

"이보시오, 마님. 왜 내가 그쪽을 말짱히 두고만 있는지 궁금하진 않으시오?"

"……."

"혼인한 지 삼 년이나 됐으면서 아직 처녀라며? 관아에서 소문이 자자하던데. 네 미성숙한 서방에게 감사나 올려. 팔 때 비싼 값 받으려 때리지도 않고, 건들지도 않고 고이고이 모셔 두고 있는 거니까."

그의 눈은 늘 촉촉하다고만 생각했다. 하지만 지금 은강이 마주하고 있는 강인지의 눈 속에선 시퍼런 불길이 일렁였다. 본색이, 드러났다.

"하지만 봐주는 것도 한계가 있어."

육 척 장신 사내의 위협에 은강의 작은 어깨가 움츠러들었다. 손끝과 발끝이 시렸다. 금방이라도 울음이 터져 나오려는 것을 은강은 이를 꽉 물어 억눌렀다.

"사람을 속이고 무에 그리 당당한가."

은강은 강인지를 똑바로 쳐다보았다. 마음속에서는 온갖 상념과 공포가 술렁였다. 하지만 은강은 꾹꾹 속을 다져 눌렀다. 이 자 앞에서, 약한 모습을 보여주고 싶지는 않았다. 강인지는 겁을 내야 할 상대가 아니라 화를 내야 할 상대였다.

"선의를 악의로 갚고도 어찌 그리 떳떳할 수 있는 겐가."

적어도, 자신은 그래야 했다.

"이보시오, 마님."

강인지가 은강의 턱을 놓았다. 그가 혀로 입술을 축이곤 조금 느리게 말을 이었다.

"요즘 세상은 남을 속이지 않으면 남에게 속는 세상이요. 나는 그저 그런 세상에 잘 순응한 것뿐이고."

강인지가 자리에서 일어섰다. 그가 삐걱 문을 열자 빛이 쏟아져 들어왔다. 바깥세상은 눈이 시리도록 밝았다.

"댁은 적응하지 못한 게지요. 그게 내 잘못인가?"

빛을 등지고 그가 은강에게 뼈아픈 충고를 던졌다.

"속은 쪽이 어리석은 것이지."

탁.

문이 닫히고 호방은 사라졌다. 하지만 그가 남긴 일침은 은강의 가슴속에 묵직하게 똬리를 틀었다. 생각에서 벗어나려 버둥거렸으나 별다른 소용은 없었다.

강인지의 말이 맞았다. 자신이 어리석었다. 제가 본 단면으로 그렇지 않았다 하여 사람 전체를 판단할 수는 없었다. 말 그대로 그건 토막에 불과하니까 그리 쉽게 믿어서는 아니 되었다. 자신이 선의를 보낸다 하여 상대가 꼭 호의로 보답하란 법이 어디에 있는가. 그건 제 과욕이었다.

인정하기 싫지만, 그런 세상인 모양이다.

"삼만 냥……."

허탈한 심정으로 은강이 읊조렸다.

이리도 어리석은 자신을 두고 삼만 냥의 값어치를 운운하다니 기가 막혔다. 뭘 믿고 삼만 냥이야. 삼만 냥이 뉘 집 똥개 이름도 아닐 텐데. 은강은 제 어리석음에 치를 떨면서도 자신보다 더 우매한 이가 여기에 있다고 비웃었다.

강인지는 헛다리를 단단히 짚고 있었다. 은강은 사또가 호방 뜻대로 움직여 주지 못할 것이라는 것을 알았다. 삼만 냥이라는 액수는 사또의 녹봉과 제 패물로도 부족했고 친정에서 재물을 털어도 금세 모을 수 있는 돈이 아니었다. 전답과 금은보화를 팔고 팔면 모를까, 그것도 기한이 술시까지라 하면 불가능하다. 고리대를 빌린다 쳐도 이 고을에서 하루 새에 그 돈을 융통해 줄 수 있는 업자가 어디 있겠는가. 그렇다면 남은 방법이라는 게 오직 하나뿐인데 그것이야말로 어불성설이었다.

은강은 무릎을 끌어안았다. 강인지가 어째서 이렇게 말이 안 되는 수를 쓰는지 그녀는 이해할 수 없었다. 그는 사또가 저를 위해 나랏돈에 손을 댈 것이라 확신하는 건가? 세상에 잘 순응하였다 잘난 체를 다 해대더니 그것도 아닌 모양이다. 은강은 낭군이 저를 얼마나 아끼는지는 몰라도 유 사또가 공금에 손대지 않는다는 것은 짐작할 수 있었다.

'내조는커녕 탈만 일으키는 아내 같은 거, 차라리 잊은 셈 치는 게 나을지도.'

여인은 재가가 불가능하여도 사내는 얼마든 재가가 가능한 것이 이 나라가 아니던가. 여인은 죽은 이에게까지 정절을 지켜야 하지만 사내는 산 부인이 있어도 첩을 끼고 기생을 안아도 손가락질 받지 않는 세상이 아니던가.

사람들은 더럽혀진 부인을 곁에 두느니 저항하다 자결한 부인을 곁에 두는 게 더 영예롭다고 한다. 열녀문은 가문의 영예이고 고을의 본보기이니, 팔려간 아내를 되찾느니 정절을 지키다 죽었다 알리는 게 사내들 입장에선 나을 터였다.

'아. 역시 강인지는 똑똑한 사람이네. 찾지 않을 것까지 예측한 것이라면.'

은강은 자조했다. 사실은 본인이 이렇게 극단적인 예측을 할 만큼 사또가 형편없는 인성을 가진 이가 아님을 알고 있음에도, 그녀는 스스로를 상처 입혔다. 본인 또한 바라지 않는 미래임에도 억지로 자신을 괴롭혔다. 자책은 아팠지만 차라리 그쪽이 속이 편했기 때문이다. 이것조차 아무 곳에도 쓸데없는 헛짓거리에 불과했지만.

"아무튼, 다시는 그자와 가까이하지 마시오. 그는 탐욕스럽고 궤변에 능한 사람이요. 결코 부인에게 이로울 자가 아닙니다."

강인지의 충고가 좀 옅어지나 싶으니 이번에는 준엽의 경고가 떠올랐다. 그 말 그대로였다. 은강은 살며 호방처럼 궤변에 능한 사람을 본 적이 없었다. 그를 겪지 못했다면 세상에 이런 자가 살아 숨 쉰다는 것조차 믿지 못했을 것이다.

소설 속에서 나오는 악인들이란 거짓말을 일삼고 이간질을 하거나 패악질을 부리면 부렸지, 호방처럼 교묘하게 행동하지는 않았다. 그는 진실 속에 거짓을 섞고 누군가를 칭찬하며 동시에 누군가에 대한 불신을 조장했다.

대단한 사람이다. 그걸 간파한 준엽은 더 대단하였고.

투둑…….

참고 참았던 눈물이 결국엔 터졌다. 준엽에게 건넸던 말들이 새록새록 비수처럼 돌아왔다. 다른 이 아닌, 자신의 말이었다. 제 입으로 한껏 그에게 소리쳤다.

강인지가 이로울지 그렇지 않을지 본인이 판단하겠다고, 그는 고뇌하는 관인이라고, 나으리께는 실망하였다고.

어디 그뿐인가. 잘난 체 건방진 훈수까지 곁들였다.

세상을 넓게 보라고, 어찌 그리 딱딱하게 일 처리를 하냐고, 본디 좋은 약이 입에 쓴 법이라고.

낭군은 어떤 심정으로 그 어리석은 말들을 들었을까. 몇 년 치의 호적대장을 뒤엎었다는 것으로부터 미루어보자면, 사또는 당시에 이미 호방을 내사하고 있었다. 강인지의 부정을 알면서도 그런 성품이니 제게 발설하지 않았던 것이다. 차마 제대로 된 반박도 하지 못하고 일방적으로 제게 모욕을 당하였으니 그 속이 얼마나 답답하였을까.

은강은 무릎에 얼굴을 묻었다. 준엽이 감당했을 고역을 떠올리니 차마 부끄러워 고개를 들 수가 없었다. 강인지에게 속은 자신도 미웠지만 준엽에게 모진 말을 쏟아낸 자신은 더더욱 용서할 수가 없었다.

'그때로 돌아갈 수만 있다면.'

막막한 현실에 회한이 몰려왔다. 하지만 덧없는 짓이었다. 이미 자신은 바닥에 떨어졌다. 모두가 이 앞길이 낭떠러지라 만류하였는데도 그들을 뿌리쳤다. 착시에 속아 스스로 절벽 끝에서 뛰어내렸다. 돌이킬 수 없었다.

'다시는 그러지 않을 텐데…….'

방 안이 여인의 흐느낌으로 가득 차는 것은 순식간이었다. 외딴 방에서, 비로소 은강은 자신의 과오와 마주하였다.

8. 사내

시간은 착실했다. 게으름도 조급증도 없이, 다만 흐르고 흐를 뿐이었다. 은은하게 빛이 배어들던 방 안에는 그림자가 뉘엿뉘엿 드러눕기 시작했다. 그 빛의 흐름 속에서, 은강은 세상과는 무관하게 덩그러니 방치되었다. 더 쏟아낼 눈물도 쥐어짤 감정도 없었다.

그사이에 정리된 것은 추락하는 것은 본인 하나로 족하다는 결론이었다. 자신은 자신의 실수로 여기 끌려와 있었으나 저로 인해 제 주변의 사람들이 끌려와서는 아니 되었다.

다행인지 불행인지는 모르겠으나 준엽은 괜찮을 것 같다는 판단이 섰다. 괴롭고 힘들겠지만, 무수히 많은 갈등의 순간이 존재하기는 할 것이나, 결과적으로 준엽은 자신 때문에 그릇된 선택을 하지는 않을 것이다. 그는 수령의 소임이 절대적인 사람이니까.

'섭섭해 말자. 넌 자격 없어.'

은근슬쩍 올라오는 원망을 박대하며 은강은 다음을 생각했다. 사또 유준엽이 할 첫 번째 선택은 정해져 있다. 그럼 그다음의 행보는? 그가 과연 강인지를 가만둘까?

'절대.'

답은 부정적이었다. 사또 유준엽이라면 일대를 샅샅이 수색하여 어떠한 희생을 감수하더라도 발본색원할 것이다. 본래라면 이미 하고도 남았음이라. 그러나 지금껏 잠잠한 것은 그래도 역시, 자신 탓이겠지.

은강은 이때에 처음으로 남편 유준엽에 대해서 생각해 보았나. 사또 유준엽은 그나마 추측이 가는데 남편 유준엽은 도무지 종잡을 수가 없었다.

그에 대해 알고 싶다고 생각한 것도 최근이었다. 그러곤 그림자조차 보지 못했으니 당연하다면 당연했다. 책임감이 강한 편이니 해결하려 애쓰기는 할 것이다. 하지만 어떻게? 어느 정도까지 할 마음이 있는 건데?

'애초에 낭군은 왜 나와 혼인한 거지?'

먼저 매파를 보낸 것은 낭군이었다. 저야 부모님의 결정에 어쩔 수 없이 코 꿰인 것이지만 그는 상황이 달랐다. 양친이 계신 것도 아니고 문중에서 압박을 넣은 것도 아니고, 자의로 결정한 것이다. 대체 왜?

'벼슬을 맡았으니 혼사가 시급하긴 하였겠지만……'

가장 먼저 떠올린 것은, 세간에서 흔히들 말하는 것처럼 돈이었다. 은강도 여태껏 막연하게나마 그럴 것이라 생각해 왔다. 자신이 시집올 적에 친정에서 기둥뿌리 하나는 뽑아주었으니까. 하지만 지금 와 생각해 보니, 그 유준엽이 재물 때문에 자신을 선택했다는 것은 좀 이상했다.

성품도 성품이지만 그는 열넷에 대과에서 장원을 치른 나라 최고의 인재가 아닌가. 도읍에는 그를 탐내는 고관대작의 여식들이 즐비하였을 것이다. 제 집안이 이 고을에선 부자라고 하나 그래봤자 도읍에 있는 세도가에 비할 것은 못되었다. 출신 집안 탓에 그가 가당치도 않은 명문가도 있겠지만 그를 들이고 싶은 세도가도 분명 있었을 것이다.

'한 번쯤은 물어볼걸.'

은강은 두 손을 들었다. 시간이 한정되어 있는 판국에 모르는 문제를 붙잡고 끙끙 앓아봤자 저만 손해였다. 그녀는 그 이상 깊게 파고들지 않고 자신이 예측 가능한 범위에만 다시 집중하였다.

유준엽은 절대 공금에 손대지 않는다. 하지만 최소한의 인정은 있을 테니 그가 모을 수 있는 것은 다 모아오지 않을까. 친정도 힘을 보탤 것이니 삼만 냥까진 도달하지 못하여도 술시까지면

반의반 이상은 채울 수 있을 것 같았다. 하나 그것을 넘기는 것과 치죄는 별개의 일이었다. 돈을 모으느냐 안 모으느냐, 그것을 호방에게 넘기느냐 안 넘기느냐는 확신 불가능한 영역이었으나 그가 절대로 강인지를 용서하지 않으리라는 것만은 분명했다.

그렇다면 문제는 강인지다. 준엽이 모은 돈을 건넸을 경우, 한 탕을 생각하자면 오천 냥도 충분하였으나 덤으로 복수도 하겠다 하지 않았던가. 삼만 냥 안 되는 돈이 그의 복수심을 누그러뜨려 줄 것 같지는 않았다. 그러나 강인지 본인도 무사히 이 고을에서 벗어나려면 자신이 필요하긴 하겠지. 또한 돈을 받지 못하고 사또가 징벌하려 들 때에도 그는 그의 안위 보존을 위해 자신이 필요할 것이다. 일종의 방패막이로써.

'일을 망치는 확실한 방법 하나는 알겠네.'

차라리 모르는 게 나을 수였다.

'더 나은 수가 있을 거야.'

있어야 했다. 하지만 그 외에 대체 무엇이 있을 수 있을까. 은 강은 눈을 질끈 감았다. 모든 게 캄캄했다. 밖에는 우락부락한 사내들이 몇이나 문을 지키고 서 있고 주변은 도와줄 이 없는 갈 대밭이다. 한데 어찌 여기서 무사히 빠져나갈 수 있을까.

'가장 어수선해질 때가 언제지? 대열이 흐트러질 때라면……'

어떻게든 다른 방도를 세워보고자 하는데, 밖에서 부산이 일었다. 그네들끼리의 탈이라도 발생했나 싶어 은강은 기대를 품고 방문에 귀를 대었다. 하지만 내용을 파악하기도 전에 문에 인영이 먼저 내려앉았다.

은강은 얼른 몸을 뒤로 물렸다. 그러자 저 멀리, 황혼 녘의 세상이 눈에 들어왔다. 그리고.

"웬 계집이야?"

얼굴에 반점이 돋은 낯선 사내가 위풍당당히 모습을 드러냈다. 그는 내부를 살펴보더니 키가 껑충한 계집아이 하나를 방 안에 억지로 밀어 넣었다. 머리 꼴은 산발에 뺨에서부터 목까지 덕지덕지 부스럼이 인 어린 낭자였다. 사내의 억센 손길에 낭자가 바닥에 엎어지고 뒤에서는 누군가의 물음이 날아들었다.

"그리고 너, 왜 자리 이탈했어."

"어차피 마지막인데 팔 건 다 팔아야지. 동냥질하고 있길래 보여 잡아왔지. 벙어리라 뒤탈도 없어."

"히야. 아무리 그래도 그렇지, 저 더러운 게 팔려? 역병 있는 건 아니고? 몸에 저게 다 뭐야."

"네놈이 낄 것도 아닌데 무슨 상관이야. 형님 허락받았으면 됐지."

심상치 않은 대화에 은강이 퉁퉁 부은 눈을 억지로 떴다. 사람을 납치하였어? 뭘 어찌한다고?

"이, 이보시오."

귀를 의심하여 사내들에게 말을 걸었으나, 그들은 은강의 존재 자체를 무시하였다. 눈앞에서 문이 쾅 닫히고 한동안 밖에서는 처자의 흉상(凶相)을 두고 그들끼리 설왕설래가 이어졌다. 듣자 하니 제정신으로는 듣지 못할 대화였다.

양민을 납치하여 노비로 매매한다는 풍문을 듣지 못한 것은 아니었다. 하지만 그것은 어디까지나 무서운 풍문, 괴담이 아니었던가?

'하긴. 강인지 그 인간은 나도 팔 것이라 하였지.'

새삼 온몸이 바르르 떨렸다. 정수리부터 발끝까지 싸한 기운이 퍼져 나갔다. 협박으로 그저 해본 말이 아니라 진심이었다. 아무리 강상의 도가 무너졌다지만 어떤 공작이 있기에 반가의 여인을 판다는 것일까. 후일을 어찌 감당하려고?

돌이켜 보니 궤변론자가 아니라 정녕 미친 작자였다. 뒷일 따위는 말 그대로 차후의 문제이고 돈만 받아 챙기면 끝이라는 심보다. 금수도 아니고 하늘 아래, 인간이 어찌 이리 악독할 수 있지?

'불알이나 터져라.'

낙심과 근심밖에 없던 은강의 마음속에 저주 하나가 찬연히 타올랐다. 저를 물어도 상관없으니 호랑이라도 나타나 강인지의 사타구니를 뜯어주면 소원이 없겠다 싶었다. 죽어도, 그런 기적은 일어나지 않겠지만.

"저기, 얘. 괜찮니?"

은강은 헛된 망상을 지우며 낭자에게로 몸을 돌렸다.

얼핏 보았을 때도 상태가 좋아 보이지는 않았으나 자세히 보니 밖에서 떠드는 대로 몰골이 심각하긴 심각했다. 마구 흐트러진 머리는 눈가를 다 덮고 있지를 않나, 겨우 보이는 눈 아래도 왼쪽 뺨과 목에 창종(瘡腫)이 덕지덕지 덮여 있어 안타까움을 자아냈다. 그나마 부스럼이 일지 않은 오른쪽 뺨이 물오른 복숭아처럼 탐스럽고 입술이 도톰하여 계집아이다운 태가 나기는 났지만.

"몇 살이니? 열다섯? 열여섯? 몸은 좀 어때?"

같은 상황에 처해 있어서일까. 은강은 왠지 모르게 그녀에게 친근감을 느꼈다. 난생처음 보는, 괴기하다면 괴기할 수도 있는 꼴을 하고 있는데도 이상하게 정감이 간다. 하지만 은강의 이러한 호의는 외려 계집아이의 경계를 불러일으켰다. 그녀가 질문을 퍼부으며 다가가자 어린 낭자는 몸을 잔뜩 웅크렸다. 은강은 그녀를 향해 뻗던 손을 멈추었다. 도움을 주려 손을 내밀었건만 돌아오는 반응이 심상찮았다.

"괜찮……."

혹시나 하여 한 발 더 다가서자 어린 처자는 벽 모퉁이로 몸을 물렸다. 두 손으로 머리를 가리고 와들와들 떠는 것이, 겁을 먹은 징조가 명백하였다. 은강은 자신이 무심코 내민 손이 상대에게 커다란 위협으로 작용하고 있음을 깨달았다.

호의가 거절당하자, 처음엔 '내가 대체 뭘 했다고? 나보다 덩치는 더 크면서?' 조금 억울한 기분도 들었다. 하지만 자문하기 무섭게 자답을 찾는다. 저런 모습으로 구걸을 하며 거리를 떠돌아다녔으면 당할 취급이야 뻔하지 않겠는가. 놀림은 기본일 것이고 욕설이나 구타, 돌팔매질 등의 박대도 희귀한 일은 아닐 터였다.

'거기다 아까 분명 벙어리라 하였지.'

계집아이를 데려왔던 왈패의 말을 기억해 내니 상황이 충분히 납득이 갔다. 은강은 한숨을 내쉬며 처자의 반대편으로 걸어갔다.

"그래. 차라리 낯선 이는 경계하려무나. 그런 세상이라 하더라."

벽 구석에 몸을 기댄 채, 은강이 작게 한탄했다. 아이는 거리가 생기고 나서야 안심을 하였는지 어깨를 조금 누그러뜨렸다. 그리고는 자신의 말에 의문을 느꼈는지 반대쪽에서 흘끔흘끔 제 한심한 모습을 훔쳐봤다.

"누가 그러더구나. 요즘 세상은 남을 속이지 않으면 남에게 속는 세상이라고. 그러니 세상에 적응하지 못하는 사람은 어리석다 하였어."

시선을 느끼며 허심탄회한 한탄을 계속했다. 상대에게 말을 건네는 듯하였으나 실상은 독백이나 다름없었다.

"그래, 맞는 말이야. 너처럼 어린 낭자들도 아는 이치를 여태 나만 몰랐나 보다. 그저 나는, 내 세상이 전부라 착각하였던 모양이야. 내 세상이 별천지라."

흉년에도 배곯아본 적이 없는 부잣집. 오라비가 내리 다섯인 집안의 막내 고명딸. 눈에 넣어도 아깝지 않을 금지옥엽. 열아홉의 일생이 무사평탄하였다. 인생의 가장 큰 굴곡이란, 혼인을 치른 사내가 제 이상에 부합되지 않다는 것 정도일까. 하지만 그조차도 요즈음엔 상관이 없었다. 아닌 게 아니라, 요즈음엔 정말 이상 따위 어찌 되든 상관없다고 생각했다. 그와 손잡고 안고 입 맞추는 그 모든 게 너무나 좋았으니까. 그로 충분했으니까.

"아니, 근데!"

괜히 준엽이 생각나 다시금 마음에 동요가 일었다. 말라비틀어진 줄 알았던 눈물이 또 핑 돈다. 하여 은강은 부러 큰 소리를 내었다. 그의 얼굴을 떨쳐 내려 씩씩하게 이 모든 일의 원흉에게 적의를 불태웠다.

"근데 난 정말 화가 나. 강인지 그 작자의 말이 맞다는 건 알겠는데 너무너무 분해서 미칠 것 같아! 내가 어리석어서 내 처지가 이 모양 이 꼴인 건 알겠어. 맞아, 맞는데! 속은 사람이 잘못이란 말을, 어떻게 속인 사람이 할 수가 있는 게지? 뻔뻔하게!"

곱씹을수록 분노에 더해 원통함까지 사무쳤다. 자신의 잘못은 잘못이나 그와 별개로 강인지의 죄는 죄였다. 천인공노할 일을 저지른 사람이, 어째서 잘난 듯이 남에게 당당히 훈계를 할 수 있는 걸까.

"아무리 생각해도 강인지는……."

죄를 지었으면 마땅히 그에 합당한 벌을 받아야 한다. 그녀가 읽어온 모든 서책들이 그랬다. 하다못해 적서에서조차도 악인은 심판을 받았다.

"불알이 터져야 해. 두 쪽 다!"

주먹을 꽉 쥐어 굳세게 의지를 천명하는데 곁에서 콜록! 콜록 콜록 기침이 터져 나왔다. 은강은 사레들린 소리를 듣고서야 옆에 어린 낭자가 있음을 의식했다. 말을 하다 보니 점입가경 하여 혼자만의 의식에 풍덩 빠져 버린 것이다. 주책없게 불알을 운운하며.

겸연쩍어 은강은 주먹을 풀었다.

"······."

일시적인 흥분이 가시자 방에는 다시 을씨년스런 침묵이 가득했다. 은강은 시나브로 어두워진 문가와 반대편에 옹송그린 계집아이를 번갈아 보았다.

시간이 다가온다. 자신이야 스스로의 인과를 등에 짊어진 것이지만 저 아이는 어찌 여기에 붙들려 버린 것일까. 아무런 죄가 없거늘 청렴한 사또와 부패한 아전, 그리고 우매한 현감 부인의 알력에 끼어 희생당할 위기다. 그렇잖아도 고달팠을 신세를 완전 망치게 생겼다. 아무런 상관도 없는데······.

"얘."

은강은 작지만 퍽 결연하게 아이를 불렀다. 그러자 어린 낭자가 듣고 있다는 듯 인기척을 냈다.

"지금부터 내가 하는 말이 네게는 수상쩍게 들릴지도 모르겠지만."

시간이 촉박한데 여기서 언제까지고 무력하게 반성만 하고 있을 수는 없는 노릇이었다. 아무리 절절하게 과거를 후회하여도 그로 인한 현실은 변하지 않는다. 지금 움직이지 않으면, 내가 남긴 족적은 미래까지도 현실이 될 터였다.

"아니, 수상쩍겠지만 그래도 내 부탁 한 번만 들어주지 않으련?"

고민조차 사치가 되어가는 순간, 은강은 더 이상 결단을 미루지 않았다. 일을 망치는 확실한 한 가지 방도가 있고 그것으로 무구한 어린 낭자를 구해낼 수 있는데 망설일 이유가 없다.

"내 너를 무사히 내보내 줄 게다. 기회는 내가 어떻게든 만들어줄 테니까 꼭 내 말대로 따라주렴. 뛰라고 할 때 뛰고 가라고 할 때 가. 뒤도 돌아보지 말고."

은강이 고개를 숙이고 씁쓰레 웃었다.

"그런 세상이니까 낯선 이는 경계하라 얘기해 놓곤, 갑자기 이런 말을 하니 어처구니없겠지만……."

그녀는 아이를 향해 고개를 돌렸다. 이미 사위는 어두컴컴하여 상대의 모습은 보이지 않았다. 하지만 은강은 무엇이 존재하는지 모를 어둠을 향해 속삭임을 멈추지 않았다. 상대가 어찌 반응하든 상관없었다. 그녀는 결의를 다져야 했고 그녀가 옳다고 생각하는 바를 지켜야 했다.

"그래도 한 번은 믿어보렴. 한 번쯤은, 괜찮아."

제 탓에 어그러진 것들을 돌릴 것이다. 미약한 존재이므로 달랑 저 혼자서 모든 걸 해결하지는 못할 것을 안다. 시간을 돌릴 수 있는 것도 아니고 강인지를 처단할 수 있는 것도 아니다. 하지만 최소한, 관계없는 자가 폐를 입어서는 아니 되니까.

'그 정도는 할 수 있어.'

수령의 내자된 이로서, 한 사내의 부인된 이로서, 반가의 여인으로서 은강은 도리를 다할 생각이었다.

어둠에 눈이 익숙했을 때쯤, 문이 열렸다. 환한 등롱과 그보다 환한 강인지의 얼굴이 내부를 밝혔다. 갑작스레 들이닥친 빛이 폭력처럼 느껴져 은강이 눈살을 찌푸렸다. 손으로 빛을 가리려 애쓰는데 한나절 만에 강인지가 다시 방 안으로 들어왔다.

"약조한 시간이 다 된 것 같은데 왜 네놈은 여기에 있지?"

등롱만큼이나 이글이글한 시선으로 은강이 강인지를 노려보았다. 뾰족한 그녀의 말투에도 강인지는 누글누글하게 답변을 하였다.

"소인도 사또를 뵙고 싶지만 공연히 모습을 나타내, 사또의 심기를 어그러뜨릴 필요 있겠소이까. 마님도 문 앞에 두엇 있는 게 낫지 아까처럼 사내가 득실득실하면 불편할 테고."

"흥. 잡히는 게 두려워 저는 피하고 아랫놈들만 보낸 거겠지."

"곧 풀려나실 텐데 마무리는 어여삐 하는 게 어떻겠소, 마님? 그리고 송구하옵게도 소인은 그런 걱정 안 합니다. 사또가 마님에게 해가 될 일을 자처할 리가."

강인지의 말이 괜한 희망을 품게 한다. 반박하고 싶은데 막상 입에서는 쉽사리 반박이 나오지 않았다. 이성적으로 사또가 자신을 위해 조세에 손대지 않는 게 옳다는 걸 알지만 감정적으로 조금쯤, 그게 흔들릴 정도로 자신을 소중하게 여겨주었으면 좋겠다는 욕심이 생겼기 때문이다. 하지만.

"사또에 대해 알면 얼마나 안다고. 헛소리 말게."

은강은 부정했다.

"마님보다야 많이 알지 않겠소. 혼인한 지 삼 년이 됐다지만 몇 번이나 말 섞었소. 부군이 일에 미쳐 얼굴 보기도 힘들었다 들었는데 마님에 비하면 기월은 사또와 밤낮 붙어 일한 내가 더 잘 알지 않겠소."

"누굴 희롱하려는 겐가? 내 처지가 그랬단 걸 알면서 잘도 그리 지껄이는군."

강인지가 의미심장하게 미소 지었다. 어딘가 비밀을 감추어 둔 듯, 뭇 여인들을 사로잡을 퍽 매력적인 미소였다. 그렇기에 은강에게 있어선 더더욱 가증스러운.

"무슨 사정으로 사또가 그간 마님을 피했는지는 나도 잘 모르겠소만 내가 한 가지는 확신하오. 유 사또는 말이오, 당신을 깊이 생각하고 있어. 그건 날 믿어도 좋을 거요. 내가 다른 건 몰라도 사람 마음 꿰뚫는 눈치 하나만은 확실하지."

이 눈치가 아니었다면 오래전에 굶어 죽었을 것이다. 언변과 외양, 눈치가 뒷골목에서 천하게 태어난 강인지를 오늘날까지 호의호식하게 해준 원동력이었으니까.

"아주 자신만만하군. 그분과 내가 어찌 지냈는지 직접 본 것도 아니면서."

"사람 눈을 두고 괜히 마음의 창이라는 게 아니오, 마님. 두 분의 과거는 몰라도 그가 현재에 당신을 어떤 눈으로 봤는지 내 여러 번 목격하였지. 거기엔 관청에서 공무를 수행할 때의 유 사또를 떠올리면 절대 뛰어넘지 못할 벽이 있지."

그리고 두 번. 동헌 앞에서, 그리고 내아에서 유준엽이 저를 보던 눈빛이 결정적이었다. 억누른다 하여 억눌렀지만 그럼에도 감추어지지 않는 사내의 투기를 어쩔 것인가. 감정이란 한 톨도 없이 일에만 미쳐 있는 줄 알았더니…….

그때는 의아했지만 지금와 생각해 보면 아주 예측이 불가능한 상황도 아니었다. 나라 개국 이래로 최연소의 장원 급제자. 앞길이 탄탄대로인 그가 이런 지방의 향반 딸과 혼례를 치른 것 자체가 유준엽의 마음이 있지 않고서야 이상한 일이었다.

거기다 환경이라는 게 있다. 듣기로 유준엽은 고아와 다름없이 혼자 자랐다 한다. 마찬가지로 천애 고아인 강인지는 그의 고독을 얼마쯤 이해할 수 있었다. 그리고 세상에 혼자인 이가 스스로 만든 최초의 가족. 그는 절대로 은강을 버리지 못한다. 그렇잖아도 책임감이 투철한 양반이니 부인에 관해서는 두말할 것도 없다.

"그러니까 오직 감에 의존한다는 겐가?"

은강이 보란 듯 조소했으나 강인지는 그녀보다 강하게 맞받아 쳤다.

"한눈에, 현감 부인이 정에 굶주린 호구라는 걸 알아챌 정도니 신뢰할 만하지 않소."

"뭐야?"

"소박 삼 년이면 여인네 자족감(自足感)이 바닥을 치는 것도 이상하지는 않겠지만."

아플 만한 곳을 잘 골라 찔러대는 걸 보면 그는 정말 눈치가 빨랐다. 그의 한마디에 마음이 뒤숭숭해졌지만 은강은 그것과 별개로 머리를 굴렸다.

"만일 자네가 틀린다면 어쩌겠는가."

"그럴 리는 없소."

"자네 생각으론 그럴 리 없겠지. 하나 내 예측은 다르거든. 멀리서나마, 나는 삼 년간 사또를 봐왔네."

"그게 무슨 상관이오? 부군이 삼만 냥을 챙겨오지 않으면 뒤집어쓰는 건 마님인데. 나랑은 상관없지. 얼른 삼만 냥 가져오라고 치성이나 드리는 게 낫지 않나?"

"어찌 그러지? 자신 있다고 하더니 실은 그것도 아닌 모양이지?"

은강은 은근슬쩍 그를 긁었다.

"자네, 지금 내심은 두려워 떨고 있는 건 아닌가?"

이어지는 그녀의 도발에 강인지의 굵은 눈썹이 꿈틀거렸다. 은강은 이를 놓치지 않고 그를 몰아붙였다.

"자네에게 있어 최상은 사또께서 삼만 냥을 주고 그분 또한 이 실책으로 인해 죄를 지어 자네를 쫓지 않게 되는 거지. 하나 만일 그가 돈을 건네지 않는다면? 날 판다 하여 삼만 냥이란 돈이 생겨나지도 않을 뿐더러 사또도 자네에 대한 추포를 멈추지 않을 걸세."

죄지은 사람은 절대 두 다리 뻗고 잘 수 없다. 은강은 집요하게 그의 불안을 조장했다.

"그래서? 그러니 지금이라도 풀어달라는 허튼소리를 할 셈인가?"

"아니네. 그런 얼토당토않은 생각은 해보지 않았네. 다만 자네가 자네의 눈치에 그만큼 확신을 가지고 있다면 나와 내기를 하나 하자는 말일세."

"내기?"

"만일 유 사또가 돈을 가지고 온다면 자네는 소기의 목적을 달성한 셈, 받을 것만 받고 떠나면 되네. 손해 볼 것 없지. 그러나 만일 내 예상대로 사또가 돈을 들고 오지 않는다면."

"않는다면?"

"저 아이는 풀어주게."

은강이 손가락으로 벙어리 낭자를 지목했다. 그녀의 손짓에 따라 강인지는 방구석으로 눈길을 돌렸다. 등롱불이 미치는 끝자락, 꼬질꼬질한 차림새의 소녀가 웅크리고 있다.

"낮에 주웠다는 그건가."

강인지는 그때서야 계집아이의 존재를 재차 인지했다. 불빛이

어른어른 비추는 어린 낭자의 손등을 보며 그는 얼굴에서 혐오를 지우지 않았다. 좁쌀만 한 종기가 수백쯤 우둘투둘 치솟아 손등을 빼곡히 메우고 있었다. 역귀가 재림한 것처럼 흉측하다.

이 고을에서의 마지막이니, 애들 용전에나 보태어 쓰라고 팔아도 좋다 허하기는 하였는데 막상 직접 보니 소름이 끼쳤다. 보고로 들었을 때보다 훨씬 징그럽다. 강인지는 얼른 눈을 씻었다.

"마님 말대로 사또가 돈 들고 오지 않으면, 내게 좋을 일이 하나도 없는데 내가 저 계집애까지 포기해 줘야 할 이유가 뭐요."

"그래서 내기라고 하지 않나."

"내기에서 이겨도 내가 득 보는 게 없는데? 손을 감수할 때는 득도 있어야 감수를 하는 게지."

"어쩌겠나. 자네와 내기하는 상대가, 이미 모든 걸 잃은 상태인데. 자네 덕분에."

생각지도 못한 은강의 당당한 일침에 강인지는 잠시 말을 잃었다. 적서나 챙겨보는 멍청한 계집인 줄 알았더니 의외로 날카롭게 굴기도 한다. 그는 은강에게 약간의 흥미가 동했다.

"왜 그리 쳐다보는 겐가."

"담력이 좋은 건, 세상 쓴맛을 못 봐서 그런 거요? 이 상황에서도 아주 당차네. 재밌소. 다른 데서 만났으면 좋았을 걸 그랬소."

"잡소리는 치우고, 내기할 건가 말 건가."

제법 강하게 나오는 은강을 향해 강인지는 실소를 터뜨렸다.

까짓거 뭐…….

"하지. 해드리지. 내가 틀릴 리는 없을 터이니."

그가 약조해 주자 그녀의 고운 얼굴에 순간, 시름이 가시고 웃음이 활짝 뱄다. 그늘이라곤 한 점 없이, 한 치의 비틀림도 없이 기쁜 티를 내는 게 진심처럼 보였다. 밝다. 지나치게 밝다. 이 상황에서 말도 되지 않는다.

'제 걱정만 하여도 모자랄 판국에 비천한 계집애를 빼주려고 해? 세상 물정을 좀 체감했나 했더니 여전히 맹탕인가?'

최은강은, 강인지로서는 도무지 이해를 하려야 할 수가 없는 인간이었다. 온 가족의 내리사랑을 듬뿍 받으며 배부르고 등 따습게 자라 그런지 모난 구석이 없다. 자신과는 상관이 없어도 불의를 보면 진실로 분개하고 사람이 어려운 처지에 있으면 실심으로 도우려 한다. 그런 게 현실에서 가당키나 한가? 옛날 옛적 어느 마을에로 시작되는 이야기 속의 사람도 아닌데.

강인지는 왠지 모르게 속이 비틀렸다. 인생사 떫은맛을 호되게 보았으면 배우는 게 있어야 할 게 아닌가. 뭐가 좋다고 웃어?

"그러니까 그 꼴이 되는 거야."

그가 작게 중얼거렸다.

"무어라 하였나?"

"멍청하다 하였소!"

강인지가 벌컥 성을 냈다.

"유 사또가 돈을 주지 않으면 팔려갈 처지인데, 고작 저 벙어리 계집애 하나 보내준다고 그걸 기뻐해? 철이 없어도 어지간히 없어야지. 내 분명 일렀을 텐데? 눈 뜨고 코 베이는 세상이니 정신 똑바로 차리라고."

견딜 수 없는 짜증이 치민다.

"덤벙덤벙 사람을 믿으니 지금 그 모양 그 꼴이 아닌가. 속고 속이는 세상에서 도태된 아둔한 계집 같으니라고. 제 앞가림도 못 하는 게."

한심하단 듯 그가 혀를 찼다. 강인지의 노골적인 비난에 은강이 주먹을 꽉 쥐었다. 스스로도 반성했던 부분이기는 하나 역시 그로부터 훈계를 듣자 욱성이 돋았다. 분하다.

'어지간히도 잘나셨네. 아주 인물이 나셨어! 네놈은 그래서 이 사달을 일으켰나 보지? 그렇게 살다가 급살 맞지.'

속으로는 백 번도 천 번도 더 대거리를 하였으나 은강은 입 밖으로 한마디도 꺼내지 않았다. 어디, 사람이 똥이 무서워서 피하겠는가.

'더러워서 피하는 거야. 더러워서!'

시끄러운 제 속내가 들킬까 싶어 은강은 얼굴을 내렸다. 표정을 숨기기 위해 바닥을 보는 그녀의 모습은 겉으로 보이기에는 퍽 애잔한 구석이 있었다. 그렇지 않아도 가녀린 어깨가 더 축 처지고 가느다란 목이 힘없이 꺾여 있으니, 꼭 물 먹은 하얀 들꽃 같았다.

그 꼬락서니조차 거슬려 강인지는 한껏 인상을 찌푸렸다. 보고 있자니 저 계집은 사람 복장 터지게 하는 재주가 탁월하다.

'그래도 어렴풋이……'

강인지는 유준엽이 왜 최은강을 선택했는지 아주 약간이나마 짐작이 가능할 것 같았다. 아마도 자신이 화나는 이유로 그는 저 멍청한 계집을 손에 넣었을 것이다.

'한심하군.'

마뜩잖은 기분에 강인지는 은강에게서 눈을 뗐다. 어쨌건 이로써 그는 다시금 확신했다. 유준엽은 절대 부인을 버리지 못한다. 결핍을 채워주는 여인을 찾기란 쉽지 않다. 하물며 이런 세상에서는 더욱이.

밖에서 인기척이 나기 시작한 건, 약조한 시각을 훌쩍 넘긴 뒤였다. 숨 막히는 침묵의 저지선을 뚫는 소리에 강인지의 얼굴에는 화색이 돌았다. 은강에게 호언장담하며 내기를 수락했던 때와 달리 시간이 흐를수록 그는 초조함을 감추지 못했다. 불안 가득하던 낯에 안도감이 앉자 그게 눈꼴셔 은강은 입을 삐죽였다.

형님—! 으로 시작된 부름은 갈대를 흔들고 곧 방문을 두들겼다.

"형님!"

허겁지겁 들이닥친 사내는 이미 한 번 낯을 익힌 사내였다. 그러나 동일 인물이라 느껴지지 않을 정도로 그는 낮과는 다른 얼굴을 하고 있었다. 반점 돋은 눈가에서 연신 경련이 인다. 문 앞을 지키던 왈패 셋은 영문을 몰라 그의 뒤통수를 망연히 지켜보기만 했다.

"왜 이리 시끄럽게……."

"사또가 왔소! 사또가 왔는데!"

강인지의 말을 가로막으며 그가 급급히 소리쳤다. 금방이라도 넘어갈 듯 숨을 헐떡이는 모습이 심상치가 않았다.

"약조한 시각을 조금 넘겨서 사또가 오기는 왔는데!"

뒷말이 이어지기도 전에 강인지의 인상이 구겨졌다. 수하가 홀로 돌아온 것, 그의 손아귀에 아무것도 들려 있지 않다는 게 시사하는 바가 불길했다.

"관군을 대동했소!"

청천벽력의 소식이 날아들었다. 일동의 숨이 얼어붙었다. 흥분하여 소리를 와와 질러대는 이는 악보를 몰고 온 왈패뿐이었다.

"우리를 잡아들이면 계집이 무사하지 못할 것이라 누누이 말하였는데도! 아랑곳하지 않고 대꾸도 없이, 사또는 뒤편에서 구경만 하는 게 아니겠소!"

"……."

"돈은 한 푼 구경도 못 했습니다. 협상도 없었소. 망보던 놈들까지 다 제압당하고 단단히 무장한 관졸부터 들이닥치고……. 쥐새끼도 못 나가게끔 퇴, 퇴로도 죄 막아버리곤……!"

왈패가 진정치 못하고 그 커다란 몸을 들이떨었다. 그의 말에 방문을 지키던 놈들 또한 동요를 감추지 못했다. 철석같이 강인지의 말을 믿고 모의한 일이 아니었던가. 한데 가장 중요한 부분에서 그의 예측이 틀렸다. 콕 짚어 말하지 못할 묘한 긴장감이 흐른다. 내부에서 실금이 가는 모습이 선연히 보였다. 당장에 도주해야 하는 거 아니냐며 그네들끼리 대책을 논하고 야단법석이 일어났다.

은강은 숨을 죽이고 기회를 노렸다. 균열이 더 크게 벌어질 때까지.

"정말 사또가 한 푼도 없이 왔단 말이냐."

잠자코 있던 강인지가 입을 연 것은, 왈패들이 일단은 강가에 감춰둔 배를 찾자고 의견을 모았을 때였다.

"그럼이요! 두 손이 얼마나 가뿐하던지. 그 양반, 앞에 나서지도 않지 뭐요!"

강인지는 수하의 말이 신뢰 가지 않았다. 여기에 누가 있는데 유준엽이 칼을 댄단 말인가. 까딱하였다간 최은강의 목이 비틀릴 텐데. 사또 부부의 관계에 관한 제 계산이 빗나갈 리는 없다. 그는 자신의 판단에 자신이 있었다. 그렇다면······.

"한데 넌 어찌 여기에 왔지?"

그의 예리한 시선이 수하의 행색을 낱낱이 살폈다. 흙바닥을 굴렀는지 추저분하긴 하였으나 옷자락이 베인 곳도 핏물이 스민 곳도 없었다. 얼굴 또한 본래의 반점이 선명하게 느껴질 정도로 낯이 깨끗했다. 붉고 푸른 멍조차 들지 않았다.

"예? 왜 여기 있냐니요?"

질문의 요지를 잡지 못하고 그가 멍청히 되물었다.

"한데 넌 어찌 빠져나왔느냐 말이다."

"그야 구사일생으로 살아난 거 아니겠소. 형님께 알려드리려고 도망쳐 왔지요."

강인지가 실눈을 뜨더니 픽 입꼬리를 들어 올렸다.

"그런 것치곤 지나치게 멀쩡하군."

웃음이 짙어진다.

"너무 멀쩡해서 수상쩍을 정도로."

"형님, 지, 지금 무슨 소리를……."

촉이 섰는지 그가 말을 더듬었다. 강인지가 천천히 자리에서 일어섰다.

"다 잡혔는데 하나만 도망쳐 왔다? 그것도 내게로? 우리 사이에 무슨 신의로? 나 같으면, 당장에 홀로 나룻배부터 찾아서 떠날 것 같은데."

강인지의 얼굴에서 웃음이 뚝 멎자 도망쳐 나온 사내의 얼굴이 딱딱하게 굳었다.

"차라리 목돈에 눈이 뒤집어진 네놈들이…… 짜고서 나를 속이려 들고 있든가, 네놈이 나머지 놈들을 처리하고 와선 내게 거짓을 고하고 있다는 게 훨씬 앞뒤가 맞지 않겠느냐."

"아, 아닙니다, 형님! 어찌 그런! 절대, 그런 게! 믿어주십쇼!"

뜻밖의 추궁에 사내는 당혹감을 감추지 못했다. 그가 크게 손을 내저었으나 이미 강인지의 시선은 싸늘했다.

"그게 아니면 관군이 네놈만 놓아주기라도 했나 보지? 누가 네 꼴을 보고 사지를 뚫었다 믿을까."

강인지가 빈정거렸고 추궁받던 자의 눈동자는 심정을 솔직히 드러냈다. 종횡을 잡지 못하고 흔들리는 시선에 불안이 엿보인다.

"안 그러냐."

통할 리 없다고 생각했는지 왈패도 더는 변명 않았다. 강인지 또한 더 묻지 않았다. 눈이 맞았고, 거짓이 나올 틈은 입추의 여지도 없었다.

중압감에 맞서 싸워볼 생각조차 않고 왈패가 뒷걸음질을 쳤다. 강인지가 나아가는 만큼 주춤주춤 뒤로 밀려나간다. 강인지가 문턱을 밟는 순간, 의혹은 진실이 되었다.

"잡아라!"

사내가 등을 보이며 뛰쳐나감과 동시에 강인지가 추포를 명했다. 얼떨떨하게 두 사람의 대화를 듣고 있던 다른 왈패들이, 그의 호령에 퍼뜩 정신을 차린다. 쫓는 자들과 쫓기는 자의 마찰이 무성한 갈대와 억새의 갈기 사이를 파고들었다.

그렇게 급조된 왈패 무리는 균열이 발생하자 쉽게도 사분오열로 찢어졌다. 어차피 강인지처럼 사람을 믿지 않는 자가 우두머리로 있으니 서로 간의 신의 따위는 눈곱만큼도 없었으리라. 틈이 벌어지자마자 배가 수장되었다.

'가장 어수선해질 때, 대열이 흐트러질 때.'

은강은 네 왈패가 자리를 뜬 지금이 기회라고 생각했다. 문을 가로막고 있는 이는 강인지, 단 한 명뿐이다.

"약조 지켜. 아이는 보내주시게."

은강이 벌떡 자리에서 일어섰다. 밖의 동태를 살피던 강인지가 몸을 뒤로 돌렸다. 그의 반반한 낯짝이 악귀처럼 뒤틀렸다. 지금이 어느 때인데 일의 경중을 헤아리지 못하고 저따위 소리를 지껄인단 말인가. 성난 그의 안광은 도깨비불처럼 형형했다.

"지금 이 사태에서 그게 가당키나 할 거라고 생각하쇼? 눈치는 어디다 팔아먹은 년이야. 방금 얘기 못 들었어? 내 손에 아직 들어온 게 아무것도 없는데!"

육 척이 넘는 건장한 사내가 사납게 은강을 을렀다. 일이 뜻대로 풀리지 않자 강인지는 조롱으로도 더는 마님 소리를 내지 않았다. 밑바닥이 보이는 천박한 호칭과 투박한 어조. 목의 울림이 그르렁거리는 게 꼭 짐승 같다. 마주 보고 서 있는 것만으로도 위협적이다. 큼지막한 손이 제 목을 움켜쥘 수 있을 것 같다. 호흡이 가빠지며 종아리가 달달 떨려온다.

"지금이니까 말하는 게다."

하지만 은강은 뱃심을 주고 다부지게 소리를 냈다. 지금이 아니면 기회가 없어. 겁먹지 마. 죄지은 거 없어. 그러니까 떨지 마.

"네 손에 돈이 있든 없든 내 알 바가 아니지. 우리 내기에 자네 수중에 돈이 들어가고 말고는 논의된 적 없어. 난 다만 자네가 내기에 졌으니 약조를 지키라는 것이네."

"내기에 져? 어디서 자다가 봉창 두드리는 소리를 해?!"

강인지가 살벌하게 윽박질렀을 때 마침 저 멀리서는 누군가의 섬뜩한 비명이 울렸다. 단말마였다. 강인지가 흠칫 주의를 밖에 뺏기려는데 은강은 재빨리 대화를 이었다. 시간이 없다.

"아까 그자의 말, 틀리지 않았을 걸세. 사또는 왔겠지. 빈손으로."

눈을 똑바로 보고,

"처음부터 사또께서 네놈의 협박에 굴하지 않을 것이라는 거 알고 있었다. 외려 네놈 무리를 잡아 일벌백계의 본을 세우시는 게 훨씬 그다운 결정이시지."

물러서지 말고,

"또한 너같이 추비한 놈이 약조를 지켜줄 리 없다는 것도 짐작하고 있었다."

실컷,

"네놈들 같은 시정잡배, 어차피 사또께서 관군을 동원하는 순간 흩어지리라는 것도 익히 예상했다. 하여, 기다렸지."

말해.

"관군이 이곳을 포위해 들어올 때를."

은강의 말에 반박하려 강인지가 입을 벌렸다. 그러나 곧 뭔가 짚이는 게 있는지 그가 가만 입을 다문다. 진위를 가늠하는 듯 그의 미간이 설핏 좁혀들었다.

"진실을 말하여도 믿지를 않으니, 꼴이 우습구나. 심복조차 의심하니 어찌 일이 진행될 수 있을까."

"어디서 공염불을 외워?! 네년 말대로라면 그놈 꼴이 그렇게 번듯할 리가! 지금 도망칠 이유도 없고……!"

"무슨 말을 해도 믿어주지 않을 거라는 걸 알았으니까!"

강인지의 잡소리를 상대할 여유는 없었다.

"자네 입으로 아까 말하지 않았나. 관군이 네놈만 놓아주기라도 했나 보냐고. 아까 그가 관아와 결탁했든 하지 않았든, 관군이 부러 놓아준 것만은 틀림없겠지."

은강의 말을 마치기가 무섭게 아까보다 조금 더 가까운 곳에서 또 다른 누군가의 비명이 터져 나왔다. 쫓아야 하는 이는 하나이다. 한데 벌써 두 명. 그렇다는 건 누가 됐든 제 무리의 사람 중 최소한 한 명은 당했다는 말이 된다. 강인지는 그제야 은강의 말을 실감했다. 그녀의 말을 전부 믿을 수는 없었지만 무언가 잘못된 것만은 틀림없었다.

"사정이 어떻든 얼른 이 아이부터 내보내시게. 자네에게 필요한 것은 나이지, 이 아이는 아니지 않는가!"

은강이 다급하게 요구했다. 안팎의 정세를 읽느라 강인지의 눈이 분주히 움직였다. 은강이 소녀에게 일어나라 손짓했다.

"어서!"

내기와 상관없이 그냥은 보내주지 않을 것을 안다. 곧 관군이 현장을 덮칠 것이고 사태는 더 격화될 것이다. 중요한 것은 자신이지만 강인지 입장에서 인질이야 많으면 많을수록 좋을 테지. 하여 은강은 여기서 비장의 무기를 꺼내 들었다. 품속을 뒤지자 손가락에 작고 서늘한 날붙이가 잡혔다.

챙!

발도(拔刀)하자, 검성이 극적이리만치 아름답게 울렸다. 총 길이 세 치(약 9㎝), 도신은 엄지손가락만 한 얇은 도가 서늘한 은빛 섬광을 발했다. 정오까지만 해도 자신이 이런 걸 소지하고 있다는 사실조차 잊고 있던 물건이었다. 그래도 반가의 여인이라고, 습관처럼 몸에 지니고 있었을 뿐이다.

은장도.

열셋에 모친으로부터 이걸 받았을 때 얼마나 진저리를 쳤던가. 자신을 지킬 때 쓰는지 자신을 해칠 때 쓰는지, 구분도 되지 않는 소름 끼치는 물건이라고 생각했다. 열녀문과 은장도야말로 제 삶과는 하등 관계가 없을 줄로만 알았다. 그런데 그걸 쥐고 있다. 심지어 제 목을 겨냥해서.

"지금 무슨 짓을 하려는 거지?"

"문에서 비켜서게. 이 아이가 나갈 수 있도록."

"미친 건가?"

"내가 다치거나 죽으면 네놈은 더 잔인하게 추살당할 게다. 날 내보내라는 것도 아니고 그 아이 하나 내보내자는 것인데 고민할 이유가 무에 있나."

"그러니 미쳤냐고 묻는 게 아닌가! 처음 보는 벙어리 계집 보내겠다고 그따위 짓을 해?!"

"내 목에 칼을 겨누고 날 내보내 달라 해봤자 자네가 보내줄 리가 없지. 하지만 자네 말마따나 벙어리 계집, 아무 가치 없으니 보내주어도 무방하지 않겠나."

"내보내고 자결이라도 하면 내 손해가……."

"보내!"

은강은 강인지와 입씨름하지 않았다. 그녀는 은장도를 한층 더 가까이 목에 댔다. 예리한 칼 끝부분에서부터 차가운 기운이 온몸으로 퍼져 나갔다. 오한이 들며 등줄기로는 땀이 줄줄 흘렸다.

눈과 눈이 맞부딪쳤다. 은강은 제 심약한 속내가 그에게 비추어질까 염려하였다. 그러나 강인지는 다행스럽게도 그녀를 노려보면서도 주춤주춤 문에서 걸음을 비켜섰다.

"가!"

은강은 전방의 강인지를 경계하며 소녀에게 곁눈질을 보냈다. 그러나 아이는 미동도 않는다. 겁을 잔뜩 집어먹은 것인지 그녀는 한 발자국도 떼지 못하고 있었다.

"가렴. 약조하였잖니! 무사히 내보내 주겠다고. 지금 가. 뛰라고 할 때 뛰고, 가라고 할 때, 가거라!"

피가 바짝바짝 마르는 기분이 들었다. 은강이 크게 소리치자

껑충한 계집아이는 겨우 작게 보폭을 놀렸다. 단 한 걸음, 마지못해 떼는 아주 작은 단 한 걸음. 그럼에도 그것이 첫걸음이었기에 은강은 안심했다. 처음이 어렵지 아이는 금세 뛰어나갈 것이고 일단 저 아이가 나가고 나면 한시름을…….

형니이이임—!

찰나였다. 소리가 들렸고, 귀가 섰고, 주의가 미쳤다. 그리고 그 짧은 한순간에 잠깐 돌아간 시야의 공백에서부터 강인지가 쳐들어왔다.

"꺄악!"

은강은 비명과 함께 반사적으로 물러섰으나, 그녀의 본능은 사내의 발보다 느렸다. 강인지는 눈 깜짝할 사이에 은강에게로 치달았고 은장도를 든 그녀의 손목을 붙들었다.

"이거 놔! 이거……!"

그를 뿌리치기 위해 힘껏 몸부림쳤으나 당해낼 수 없었다. 강인지는 한 손으로는 손목을, 다른 손으로는 그녀의 멱을 잡더니 은강을 힘으로 넘어뜨렸다. 바닥에 은강이 패대기쳐지며 동시에 은장도 또한 허공을 날았다. 은강은 벽을 퉁긴 은장도를 찾으려 손을 뻗었으나 등불이 닿지 않는 어둠 속으로 사라진 은장도는 쉬이 찾아지지 않았다. 찾을 시간도 없었다.

"이 정신 나간 년이!"

그녀가 고개를 들었을 때는, 강인지의 발이 날아들고 있었다. 자신을 밟으려는 그의 움직임이 느리게 보이는데도 이상하게 꼼

짝할 수 없었다. 자리에 붙박인 것처럼 피할 수 없었다. 은강은
질끈 눈을 감았다.

무자비한 발길질이 그녀를 덮쳤다.

둔중하다.

첫 번째 충격에 관한 그녀의 감상은 그러했다. 분명히 맞고 있
는데, 여파가 오는데, 이상하게 그다지 아프지 않다. 퍽퍽 짓밟
는 소리가 요란하게 나고 몸에 충격이 느껴지는데도 예상했던 것
만큼은 고통스럽지 않았다. 왜일까. 이상했다. 어쩐지 속이 갑갑
하고 숨이 꿉꿉하다.

은강은 눈을 떴다. 그러나 보이는 것은 어둠뿐이다. 그녀는 눈
을 감았다가 다시 떴다. 하지만 마찬가지였다. 보이는 것은 없었
다. 무언가에 싸인 것처럼 아무것도 볼 수가 없었다. 은강이 무
심코 몸을 버둥거렸다. 하지만 그럴수록 그녀의 전신은 더 강하
게 죄여들 뿐이었다.

싸여 있다.

무엇으로부터.

자각하였을 때, 강인지는 연신 거친 욕설을 내뱉고 있었다. 차
마 입에 담을 수 없는 욕설과 저급한 저주가 분노와 함께 토해졌
다. 무의미한 것과 의미 있는 것이 한데 헝클어져 은강의 귓속을
침입했다. 모든 걸 알아들을 수 있을 만큼의 경황은 없었다. 하
지만 은강은, 강인지와 자신의 가운데 누군가 끼어든 사실을 알

게 되었다.

보호받고 있다.

아이로부터.

하지만…….

그 아이는 계집이 아니었던가?

단언하건대, 제 몸을 물 샐 틈 없이 꼬옥 감싸고 있는 이 딱딱한 육체는 절대 여인의 것이 아니었다. 덜 여물었기 때문에 가슴이 평평하다든가 계집치고 기골이 우람한 게 아니었다. 그런 것과는 완전히 궤가 달랐다. 온몸으로 느끼고 있기 때문에 알 수 있다. 강건한 뼈대와 다부진 어깨, 단단한 가슴팍. 부드러움이라고는 조금도 느껴지지 않는 이 육체는 필시 사내의 것이다. 심지어 낯설지조차 않았다.

아…….

너무나 익숙했다. 분명 모르는 이가 아니었다. 저를 둘렀던 견고한 품, 미열이 뜬 것 같은 체온, 삼목과 유사한 은은한 체향까지 모든 게 친숙했다. 몇 번이나 저를 꼬옥 안아주었던 누군가의 것과 비슷했다. 그를 떠올리게 한다.

물론 그럴 수 없다는 것쯤은 알았다. 아무리 체구가 비슷하다지만 제 낭군이 어떤 군자인데 천것 행세를 하며 치마를 입겠는가. 얼굴에 난 부스럼은 또 어떻고. 아파(牙婆)와 광대꾼들에게 남우세스런 분장이라도 받지 않고서야 가능할 리 없었다. 그가, 융통 없이 대쪽 같기만 한 유준엽이 그런 미친 짓거리를 할 리가 없다.

절대 없는데…….

현실적으로 말이 되지 않는 상황이라고 은강은 생각했다. 정말이지 허무맹랑한 상상이 아닌가. 하지만 이성과 달리 어둠 속에서 떠오르는 얼굴이 그 한 사람밖에 없었다. 그리움이 만들어낸 착각이라고 해도 좋았다. 벼랑 끝에 내몰리자 준엽의 단정한 얼굴이 보고 싶었다. 늘 날카롭지만 저를 바라볼 때면 다정한, 또 가끔은 뜨거운 열기를 품던 그의 눈과 마주하고 싶었다.

몸이 파들파들 떨려온다. 숨이 가빠오고 눈물이 고였다.

"형님! 형님!"

배신자를 잡으라 보냈던 놈들 중 하나가 돌아왔다. 강인지는 발길질을 멈추지 않았다.

"관군이 왔소!"

왈패가 방 안으로 뛰어 들어와 강인지의 팔을 붙들었다.

"형님, 갑시다! 지금 이럴 때가 아니야!"

그러나 강인지는 잡힌 팔을 뿌리치더니 더욱 거세게 발에 힘을 실었다. 거쳐서 오는 파급일 텐데도 제게로 내리 앉는 충격이 전보다 더 무겁고 난폭하다. 한데도 은강을 끌어안은 손에서는 여전히 힘이 빠지지 않는다. 옅은 신음조차도 새지 않았다. 대신에 정수리 위에서는 교치음이 났다. 얼마나 이를 꽉 깨물었는지 부서질 듯 어금니가 맞물리는 소리가 들렸다.

"그러니까 이 계집을 데려가야 할 거 아냐! 끌고 가야, 최가에 연통 넣어서 몇 푼이라도 건지지!"

"아, 글쎄! 사또가 왔다니까!"

그래. 분명 밖에 있는 이가 사또라 한다. 귀로 똑똑히 확인을 구했다. 한데도 은강은 밖에 있다는 사또보다 자신을 막아주고 있는 이가 제 서방인 것 같았다. 유준엽은 사또인데, 한데 이상하게 저를 안아주는 이 사내가 유준엽처럼 느껴졌다.

안 돼.

처음엔 그립고 그리워 착각이라도 좋다 생각하였지. 그러나 쏟아지는 폭행 속에서 그녀의 소원은 직감을 거슬렀다. 차라리 무사히 밖에 있기를. 이자가 아니기를.

눈망울을 가득 채웠던 눈물이 주르르 관자놀이를 타고 흘렀다. 앞에 있는 이는 유준엽이 아니어야 했다. 제 낭군이 어떤 사람이던가. 열넷에 대과를 장원 급제한, 하늘이 재주를 주었다는 천재가 아니던가. 임금이 주목하고 백성이 기대하는 전도유망한 사내가 바로 유준엽이었다.

귀한 일을 할 사람이다. 그 소중한 인재가 이런 곳에서, 이따위 왈패에게 짓밟혀서는 아니 될 일이었다. 이렇게 일방적으로 두들겨 맞다가 어딘가 잘못되기라도 한다면 자신은 어찌 살 것인가.

끔찍한 예상에 은강은 가슴이 무너지는 것 같았다. 벗겨진 살 갗에 소금을 뿌린 것처럼 속이 쓰라렸다. 유준엽이든, 유준엽을 닮은 누군가이든 이 이상 제 탓에 고난을 겪게 내버려 둘 수는 없었다.

"잡히면 돈이고 뭐고 없소! 형님! 갑시다!"

"이 계집만 끌어내면 돼!"

"형님, 이럴 여유 없다니까! 일단은 빠져나가야 될 거 아뇨!"

"떠들 시간에 도와!"

"아, 진짜!"

위에서는 옥신각신 저들끼리의 쟁집이 발생했다. 잡스런 논의 따위는 은강의 관심이 아니었다. 그러나 쟁집 끝에 결정된 왈패의 가세는 그녀의 주의를 사기에 충분했다. 은강은 몸을 한껏 비틀었다. 강보에 싸인 아기처럼 몸이 구속되어 상대를 뿌리칠 수는 없었으나 허리 틈을 비집고 양팔을 빼내는 것 정도는 가능했다. 은강은 손을 들어 그의 등을 껴안았다.

"비켜! 떨어지라고, 이 빌어먹을 년아!"

무차별 구타는 그의 등과 은강의 손등을 가리지 않았다. 중간을 거치지 않고 수직 하강하는 왈패들의 발은 마치 절굿공이 같았다. 쾅쾅 그들에게 짓이겨지는 은강의 손등은 금세 피투성이가 되었다. 가는 뼈에 충격이 직격할 때마다 저릿저릿한 고통과 함께 손가락이 반사적으로 움찔움찔 펴졌다. 하지만 은강은 이대로 손가락이 끊어질지언정 스스로 손을 풀지는 않으리라 악착같이 그를 껴안았다.

차라리 낭군이 아닌 사내이기를. 그래야 지금 맨손에 와 닿는 이 통증과 아픔이 덜어질 수 있을 것 같았다. 외간 사내를 껴안은 죄를 저지른 것이기를. 유준엽만은 아니기를……!

"아악!"

아주 멀지 않은 곳에서 죽음의 신호가 터졌다. 짧고 굵은 외마디 비명에 거칠 것 없던 다리들이 흠칫 멈추어 섰다.

"형님, 정만이 소립니다! 가깝소!"

그 말을 증명이라도 하듯이, 어디선가 빛이 번쩍하더니 바깥의 갈대밭이 순식간에 불길에 휩싸였다. 강인지의 눈에도 불길이 번졌다. 그는 발작처럼 아래를 걷어찼다.

"형님!"

분통 터진 왈패가 악성을 내질렀으나 강인지는 요지부동이었다. 그도 마음 같아선 피신하고 싶었으나 현실의 문제가 도사리고 있었다. 호방 직을 사기 위해 빌렸던 고리대 오백 냥. 이 계집이라도 있어야 하다못해 몇천 냥을 뜯어낼 게 아닌가. 처음부터 유준엽뿐 아니라 최 부자 집에도 연통을 날렸어야 했다. 금액도 삼만 냥으로 억지를 부릴 게 아니라…….

"제기랄!"

유준엽이 내자보다 수령 직에 더 가치를 두고 있었다니. 능력을 과신한 나머지 치명적인 착오를 일으켰다. 하지만 그 눈은, 다 무엇이었단 말인가. 아니면 역시 액수가 문제였던가. 최은강을 연모하나 공금에 손을 댈 정도는 아니라는 건가.

"형님, 배까지 불 번지면 탈출 못 합니다! 이제 가야 합니다!"

"……."

"에라이! 이젠 나도 모르오!"

혼비백산한 수하가 결국 강인지를 버려두고 먼저 몸을 내뺐다. 그가 현명했다. 갈대와 억새가 나르는 불길은 기세가 가팔랐고, 강가에 숨겨둔 그들의 작은 배가 전소되는 데는 긴 시간이 걸리지 않을 것이다. 당장 나가야 했다. 그러나 지금 탈주하여도 돈줄이 없으면 고리대를 빌려준 놈들에게 필시 추살당할 운명이다.

무리는 붕괴되었고 도주 중에 이 수준의 계집은 만나기도, 잡아들이기도 힘든 실정이었다. 최은강이 필요했다. 최 부자 집에서 돈을 받거나 하다못해 팔아넘기기만 하여도 족히 수천 냥은 받을 터니까.

하지만 이걸 어찌하지. 강인지는 제 발밑에서 서로 부둥켜안은 계집년들을 쳐다보았다. 덜덜덜 떨면서도 손의 깍지를 풀지 않는 최은강이나 머리털 한 올 빠져나올 틈 없이 최은강을 끌어안은 벙어리 계집이나, 쉽사리 떨어질 기세가 아니었다. 아예 팔을 끊어내면 모를까……!

"팔을 끊어내면……. 자르면……."

무심코 떠올린 생각에서 방도를 얻는다.

"검……. 내 검……."

그가 얼결에 중얼거리며 자신의 몸을 더듬었다. 그래. 팔을 자르면 쉽게 떨어지겠지.

"내 검!"

타개책을 찾은 강인지가 소리를 버럭 질렀다. 그는 밖에 놓아 둔 검을 가져오기 위해 황급히 몸을 틀었다. 그러나 발걸음을 몇 번 놀리지 못하였을 때, 그의 넋을 송두리째 날려 버리는 소리가 있었다.

"호방 강인지!"

이름이 불리었다. 쨍하고 날카롭다. 결코 등 뒤에서는 나올 수 없는 음성이다. 방에는 계집년만 둘이 존재하지 않았던가. 심지 어 하나는 소리도 만들지 못하는 벙어리라 하였다. 한데 지금의 이것은 굵직한 울대뼈를 진동시킨 어엿한 사내의 목청이다. 혼비 백산하려는 정신을 가까스로 붙들고 강인지가 방 안쪽으로 몸을 돌렸다.

최은강을 감쌌던 벙어리 계집아이가 천천히 몸을 일으켰다. 계집아이치고 껑충하다 생각했건만 굽혔던 허리를 곧추세우자 예상보다 더 장신이었다. 작고 갸름한 얼굴과 균형 잡힌 늘씬한 태만 아니면 사내라고 여겨도 무리가 없을 만큼.

"어디를 그리 급히 가나."

흉측하게 종기가 난 손을 들어 그녀가 난데없이 제 얼굴을 쥐 어뜯었다. 그리 억센 손짓이 아닌데도 놀랍게 살점이 떨어졌다.

찍― 지이익―, 찌지지직―. 실로 괴이한 현상이었다. 느린 손 길을 따라 창종과 헌 데, 썩은 살갗들이 벗겨져 나간다. 울룩불 룩했던 왼뺨은 탐스럽게 뽀얀 살갗으로 탈바꿈되고 문드러졌던 목도 목젖이 불거진 사내의 목을 드러냈다.

제거된 피부가 아무렇게나 바닥에 내던져진다. 뱀의 허물처럼 거기에는 벙어리 소녀의 껍데기가 남았다. 짐승의 속가죽을 얇게 떠 분장을 입힌, 인피면구다.

"네 볼일은 내게 있던 게 아니던가."

텁수룩한 머리를 쓸어 넘기자 이번에는 맑고 시린 두 눈이 나타났다. 좀체 흔들림이 없는 곧은 시선은 이런 상황에서도 동요가 없었다.

유준엽이었다.

그를 알아본 강인지의 얼굴은 흡사 귀신을 목격한 것 같았다. 찢어질 듯 부릅뜬 눈이 경악으로 가득했다.

"너……."

사또를 가리키는 호방의 손가락이 가늘게 떨렸다. 얼굴과 음성을 확인했음에도 그는 눈앞의 이가 준엽이라는 사실을 선뜻 받아들이기 힘든지 장승처럼 서 있기만 하였다. 그리고 그것은 은강도 마찬가지였다. 끌어안겼던 순간부터 막연하게나마 예견했음에도 그녀는 주저앉은 채 준엽을 올려다보기만 했다. 가슴속이 먹먹하고 시선은 멍했다. 자신을 보호하려 그가 턱없는 도박을 무릅썼다는 사실이 벅차면서도 바닥없이 송구하였다. 움직이는 것은 뺨을 타고 흐르는 눈물뿐이다.

준엽은 강인지로부터 시선을 떼 흘긋 은강을 내려다보았다. 그 짧은 순간 준엄한 경계가 무너지고 그의 눈동자에 온기가 돌았다.

"물러나 계시오."

준엽은 금세 고개를 들었지만 그의 손가락은 쓱 은강의 볼을 쓰다듬었다. 무심한 손짓이었으나 식은 뺨에 잠깐이나마 온기가 번졌다. 은강은 더듬더듬 바닥을 짚으며 몸을 옆으로 끌었다.

툭. 벽을 짚고 일어서는 그녀의 손끝에 무언가 서늘한 것이 걸렸다. 설마……, 하면서도 은강은 그것을 손에 쥐었다. 도톰한 손잡이가 손바닥에 착 감겨왔다.

"네놈이 어찌 여기에……."

강인지의 입꼬리가 파들파들 떨렸다. 사또를 마주한 때부터 그의 머릿속은 백지장처럼 새하얬다. 하지만 이내 깨끗한 종이 위로 증오가 얼룩덜룩 스며들었다. 강인지의 눈은 마치 무언가에 썬 것처럼 광기를 희번덕였다.

"유준엽! 네놈, 네놈 때문에!"

"내가 무얼 하였나? 내 기억에, 북 치고 장구 치고 모두 네놈 혼자서 한 짓이 아니더냐."

터져 나오는 강인지의 분노를 준엽은 가벼이 흘려 버렸다. 온 몸이 아릿아릿 고통의 아우성을 내지른다. 등허리가 무너질 것 같았으나 그는 이를 악물고 통증을 견뎠다. 지금은 아픈 티를 낼 때가 아니었다. 준엽은 어깨를 으쓱이더니 작정하고 강인지를 건드리기 시작했다. 일이 어그러진 지금 강인지는 비난을 돌릴 대상이 필요하다. 준엽 또한 목적한 바가 있으므로, 그는 기꺼이 그 대상이 되어주기로 했다.

"잘 보고 잘 들었네. 힘없는 부녀자를 납치한 주제에 그 앞에서 세상 타령을 하며 거들먹거리기까지 하니, 이게 무슨 광대놀음인가. 워낙에 저급하여 어디서 웃어야 할지 감도 못 잡겠더군. 퍽 곤욕이었어."

어떻게든 강인지의 주의를 잡아두어야 했다. 제게만 집중하여 관군이 도착할 때까지 그가 검과 은강의 존재를 잊을 수 있도록 강인지를 도발해야 했다. 다행히도 준엽은 어디를 건드려야 강인지가 반응할지를 잘 알고 있었다. 오히려 문제는 폭발 뒤다. 뒷감당을 할 방도는 아직 나오지 않았다.

"뭐, 뭐……!"

"아니, 그렇잖나. 저보다 족히 대여섯 살은 어린, 순진한 귀부인에게 세상사 경험이 본인이 더 더럽다고 실컷 교만을 떨었지. 나이를 헛먹었는지, 꼴사납고 한심하게. 어디 내 앞에서도 한번 해보시게."

사또의 신랄한 비판에 강인지의 낯이 벌겋게 상기되었다. 내려다보듯 말하는 게 마음에 차지 않는다. 어린놈이 벼슬자리에 올랐다고 눈에 뵈는 게 없는 모양인데…….

'수중에 삼만 냥도 없는 끈 떨어진 양반 주제에, 혼자 고결한 척은.'

지금이야 출세 가도를 달릴 것이라 포부를 품고 있겠지. 그러나 유준엽도 다를 바 없을 것이다. 고작 양반 족보 하나로는, 그의 능력이 얼마만큼 우수하든 아무것도 할 수 없음을 곧 알게 되리라. 탐관이 어디 처음부터 탐관이었을까. 탐관오리는 신관 사또부터 완성되는 게 아니라 만들어지는 것이다.

"내가 무슨 틀린 말을 했지? 내가 뭘 그리 잘못했어? 네 계집이 멍청해 속은 게, 내 잘못인가? 무죄 증자를 맡기겠다 하니 혼자 성황당까지 온, 덜떨어진 네 계집이 문제지. 이보시오, 사또 나으리? 혼자만 젠체하며 살지 말고 아둔한 여편네 머리에 물정이나 좀 박아두시오. 하긴, 명목만 부부였다지?"

강인지의 비아냥거림을 듣자마자 준엽은 쾌활하고 시원스레 웃음을 터뜨렸다. 남을 약 올리기 위해 조소한 것이 아니라 진정 재미있는 이야기라도 들은 것처럼 그의 웃음에는 꾸밈이 없었다. 그게 더 사람 속을 뒤집어 강인지가 부드득 이를 갈았다. 눈빛이 선뜩해진다.

"뭐가 웃기오?"

"아, 미안하군. 그게……, 난 나보다 우매한 놈들이 남더러 멍청하니 어떻느니 입 여는 걸 보면 우스워서 말이지."

온 나라에 그보다 똑똑하다 꼽을 수 있는 이가 없건만, 준엽은 빙글빙글 조롱기를 비죽였다.

"자네, 뒷골목에서 험하게 살았다고 세상만사 삼라만상에 통달했다 착각하는 겐가? 전부터 느낀 것이지만 자네는 스스로에 대한 과신이 지나치군. 본인은 대단한 인재라 부정이 판치는 세상에 잘 적응을 하였다고 생각하는 모양인데……."

웃음기가 거짓말처럼 하늘로 떴다. 알곡이 가라앉는 것처럼 심중의 깊은 진심만이 무게를 가지고 자리를 지킨다.

"정신 똑바로 차리거라."

준엽은 가차 없이 일침을 놓았다. 어린놈의 꾸중에 강인지의 눈썹이 크게 꿈틀거렸다.

"그간 네가 고을에서 쓴 그 더러운 술수들은 너 혼자만 알아낸 세상의 비밀이 아니다. 너는 진리를 득도한 것처럼 떠들었지만, 다른 이들이 그 간단한 이치를 깨치지 못해 수작을 못 부리는 게 아니라는 말이다. 그저 그럴 마음이 없을 뿐! 당연하지 않느냐. 애초에, 더러운 시궁창에 적응할 수 있는 건 더러운 쥐새끼뿐일 테니!"

알량한 재주를 뽐내고자 본인 얼굴에 침을 뱉는 꼬락서니가 못내 우스웠다. 사람을 등쳐 먹는 게 그리 자랑스러울 일인가? 그게 뭐가 대단해서? 터무니없는 자다. 피해자에게 책임을 전가하는 것이나 폐단을 일으킨 자신의 썩은 술수를 과시하는 꼴이 역겹다.

"속은 쪽이 멍청하다 하였던가? 천만에! 사람을 속이는 게 나쁜 일이라는 건 저자의 세 살배기 코흘리개도 아는 사람의 도리다."

"도리?"

귀에 거슬렸는지 강인지가 말꼬리를 잡았다. 그는 코웃음 쳤다.

"먹고살자고 하는 일에, 땡전 한 푼 안 주면서 사람을 굴리는 놈들은 인간의 도리를 퍽이나 잘하고 있군! 사또, 책 속 무릉도원이라도 꿈꾸오? 이 땅바닥에 덜해 먹고 더해 먹는 놈 있어도 안 해먹는 아전이 있나?! 그걸 두고 못 봐서 이 사달을 낸 네놈 잘못은 생각 안 하나?"

강인지는 이번에도 남에게 잘못을 돌렸다. 그러나 궤론이 아무리 화려하여도 원론을 이기지는 못하는 법.

"세습 아전에게 녹봉이 지급되지 않는 걸 네놈이 몰랐더냐. 다른 이 몰라도, 처음부터 시류에 편승하기 위해 굳이 호방 직을 산 네놈이 할 소리는 아니지. 그것도 고리대까지 빌려서 말이다."

준엽은 강인지의 논지에 어울려 주지 않고 오직 골자만 짚어냈다. 호방 직을 샀다는 지적에 강인지의 입이 궁색해진다. 그가 주춤대는 새에도 준엽은 부지런히 그를 몰아쳤다.

"네놈의 주장은 그저 비겁하고 치졸한 책임 전가에 불과해. 그러니 세상이 어떻다 탓하고 변명하지 말거라. 네놈은 눈 뜨고 코 베이는 세상이라 하지만, 그런 세상에서도 반듯하게 살아가는 자들이 다수이니라. 넌 사람의 선의를 이용해 먹은, 그저 인간으로서 덜된 놈이고……."

"닥쳐. 그, 입바른 소리!"

강인지가 반발했다. 하지만 준엽은 조금도 흥분하지 않고 덤덤하게 제 할 말을 이었다.

"대단한 책략가도 걸출한 책사도 되지 못하는 어설픈 시골의 모사꾼이며."

"어설픈?"

"무능력한 주제에 말만 번지르르한 모리배이고."

강인지의 주먹이 심상치 않게 파르르 떨렸다. 준엽은 저가 강인지의 얄팍한 자아도취의 가면을 제대로 부수고 있음을 알았다. 빛나는 자긍심 속에 숨겨둔 어두운 자격지심을 노린다.

"비루하고 졸렬한 소인배일 뿐이다."

정통으로 본질을 찔렀다.

"이……."

꿰뚫린 강인지의 잇새에서 억눌린 분노가 흘러나왔다. 공격당한 포악한 짐승처럼 그의 눈빛이 위태롭다. 무슨 일이든 저지를 것 같은 모습이다. 준엽은 앞으로 닥칠 일을 예상하며 은강에게 은밀히 눈짓했다. 일단 그녀만 몸을 내빼면 된다. 강인지의 검을 훔쳐서 멀리멀리 달아나 준다면 나머지는 일사천리였다. 시간은 어차피 자신의 편이었다.

"이 덜 자란 새끼가!"

삼키던 분노가 기어이 터져 나왔다. 폭발한 강인지는 앞뒤 재지 않고 준엽을 향해 달려들었다. 뭘 안다고 잘난 척 지껄여. 내가 어찌 살아왔는지 네놈이 뭘 안다고 감히 훈계를 해. 속이 부글부글 끓어올랐다. 전부터 사람을 깔보던 저 얼굴을 흠씬 두들겨 패주고 싶었다.

"안방샌님 주제에!"

강인지의 솥뚜껑 같은 손이 준엽의 머리채를 휘잡았다. 머리를 아래로 끌어당기고 무릎을 차 올려 턱 밑을 가격했다. 쩍 소리가 나며 준엽의 눈앞에서는 불꽃이 튀었다. 정신을 차릴 새가 없었다. 강인지는 그야말로 광분했다. 자신에 대한 긍지가 컸던 만큼 정곡을 건드렸을 때 퉁겨지는 반발이 실로 상당했다.

목적한 대로였다. 강인지는 계책을 효율로 다루는 자가 아니었다. 편한 수를 놓아두고 복잡한 갖은 술수를 부려대고 궤론으로 사람을 꼬드길 때부터 알아보았다. 그는 남보다 우월한 자기 자신에 도취되어 있었다. 하여 제 잘못이 확실한 상황에서도 끝없이 자신을 싸개질한다. 군이 그런 수고를 할 필요가 없는데도 어떻게든 본인을 정당화하려 들었다. 그러나 사실은 스스로도 알 것이다. 어떻게 다른 이의 눈을 현혹시켜도 자기 자신만은 속일 수 없을 테니까.

"부인 단속도 못 하는 머저리가 입만 살아서는!"

그러나 논리에서는 밀렸을지언정 무논리의 영역에서 강인지는 압도적이었다. 체격 차가 상당한 데다가 글을 쓰던 손과 주먹질을 하던 손은 그 차가 확연했다. 차라리 검이라도 쥐었으면 모를까, 맨손과 맨손으로 준엽은 결코 강인지의 상대가 되지 못했다. 최소한의 방어 외에 그는 무력했다. 관군이 올 때까지 그는 강인지에게 속수무책 당하는 수밖에 없었다. 부디 은강이 어서 이 난리에 몸을 빼주길 바라면서.

그러나 그의 기대와 달리, 준엽이 얻어맞는 광경을 고스란히 지켜봐야 했던 은강의 정신은 점점 비산되어 갔다. 그녀는 준엽의 눈빛을 읽었다. 하여 지금에 있어서 가장 현명한 행동은 인질이 될 가능성이 높은 저가 몸을 피하는 것이라는 걸 안다. 하지만 휘청거리는 준엽을 보자 그야말로 피가 말라들었다. 시야가 새빨갛다. 손이 부들부들 떨리고 살의가 들끓었다.

가만 안 둘 거야.

심박이 불규칙하게 요동쳤다.

가만두지 않을 거야!

은강은 그야말로 눈이 뒤집혀 강인지의 등판을 내리쳤다. 손이 쑥 들어가는 기묘한 감각이 섬뜩하다.

"아악!"

강인지가 비명을 터트렸다. 그 소리에 은강은 무의식중에 얼른 손을 거두었다. 그러자 서슬 퍼런 칼날이 붉게 물든 채로 강인지의 몸에서 뽑혀 나온다. 공기 중에 피 냄새가 확 퍼졌다. 은강은 그때서야 제 손이 은장도를 들고 있다는 것을 자각했다. 사람을 찔렀다. 저가, 사람을 찔렀다.

"이 미친 계집이······!"

불에 덴 듯한 통증에 강인지가 뒤를 돌아보았다. 어설피 검을 들고 어쩔 줄 몰라 하는 은강이 보인다. 대체 왜 유준엽을 붙잡고 있었지? 그녀를 보는 순간 정신이 번쩍 들었다.

시간이 촉박한데, 사또를 상대해 봐야 실속이 없다. 그에게 분풀이를 해봐야 단기의 만족에 그칠 뿐이 아닌가. 사또 부부에 대한 제 예측이 빗나가지 않은 이상, 최은강을 손에 넣으면 해결될 일이 무수하였다. 저 계집을 잡으면 배를 불리는 것은 물론이거니와 복수까지 일거양득이 아닌가. 자신의 처음 계책은 아직 유효하였다.

"죄인 강인지는 순순히 나와, 오라를 받으라!"

일단은 도주부터.

거리가 제법 좁혀졌는지 관군의 호령이 또렷이 들렸다. 누구의 음성인지 분간이 가능할 정도였다.

'비장이야!'

은강의 마음에 희망이 찼다. 그러나 비장이 아무리 가까운 거리에 있어도 더 가까이에 있는 것은 강인지였다. 기쁨을 만끽할 새도 없이 그가 은강을 향해 손을 뻗쳤다. 다가오는 손가락이 마치 거머리 같다. 제 피를 다 빨아야 끝이 나는 징그러운 악몽. 은장도를 쥔 은강의 손바닥이 땀으로 흥건했다. 두렵다. 벗어나고 싶다.

하지만 손에 들린 것은 고작 엄지손가락만 한 작은 날붙이……. 이미 등도 찔러보았으나 그에게는 그다지 큰 타격을 입히지 못한 것 같았다. 저 덩치의 사내는 어디를 찔러도 목이 아니면 제대로 해할 수 없다. 하지만 일격에 목을 찌를 수 있을까? 대번에 손이 붙잡힐 텐데!

'어디를? 어디를 찔러야 하는데?!'

절체절명의 위기 속에서 은강은 작은 칼로 치명상을 입힐 수 있는 곳을 찾았다. 자신을 제압하려 달려드는 강인지를 지척에 두고 입술이 말랐다. 눈, 목, 심장, 배, 갖은 급소들이 머릿속을 획획 지나갔다. 하지만 위험하다. 어떤 곳은 치명타를 줄 수 있어도 부위가 좁고 어떤 곳은 부위가 넓어도 이 작은 칼로 큰 해를 입힐 수 없었다. 확실한 급소가 필요했다. 빗맞아도 치명타를 줄 수 있는 곳이 필요했다.

'급소……. 급소, 급소. 급소……, 급소, 거기!'

머릿속에서 방울이 울렸다. 딸랑, 딸랑딸랑…… 영롱한 방울 소리와 합 맞추어 낭랑한 제 음성도 들린다.

'불알이나 터져라.'

그것은 마치 신의 계시 같았다. 마침 준엽이 일어나 강인지의 목에 팔을 걸어 꺾었다. 그가 벗어나라 은강에게 소리쳤다. 하지만 은강은 도망가지 않았다. 이것은 하늘이 자신에게 내린 단 한 번의 기회였다. 제 손으로 마무리를 지을 것이다.

은강은 홀린 듯 손을 들어 올렸다. 사내의 가랑이 사이에 무엇이 달려 있는지는 책에서 수없이 많이 보았다. 찔러야 할 방울이 어디에 있는지는 이미 충분히 숙지되어 있었다. 그녀는 주저 않고 자신을 향해 달려들던 그의 품으로 외려 파고들었다. 표적을 향해 칼을 내지른다.

쑥, 하고 무언가 얻어걸렸다. 손맛이 느껴졌다. 감이 왔다. 은강은 그대로 돌진했다.

푸—

강인지의 입이 크게 벌어졌다. 안구가 튀어나올 만큼 눈꺼풀이 벌어지고 흰자가 붉게 충혈되었다.

터져, 제발 터져라! 은강은 손에 힘을 주어 끝까지 칼을 밀어 넣었다.

—욱!

벌어진 강인지의 입에서는 소리조차 토해지지 못했다. 일순 모든 동작이 멎었다. 준엽조차 숨을 삼켰다. 그 순간만큼은 마치 시간이 멈춘 것 같았다. 불씨가 튀는 소리도, 관군들의 호령도 그 어떤 것도 들려오지 않았다. 세상이 적막하였다.

"나으리!"

침묵을 타파한 것은 은강이었다. 그녀는 얼어붙은 준엽을 소리쳐 불렀다. 누구도 상상하지 못할 얼굴이었다. 빈틈없는 유준엽이 그렇게까지 얼빠진 표정을 짓다니.

"가시어요!"

넋이 나가 있는 준엽의 손을 은강이 낚아챘다. 그녀의 손에 이끌리면서도 준엽은 도무지 정신을 차릴 수 없었다.

'방금 어디를…….'

목격했음에도 받아들이는 데는 약간의 시간이 필요했다. 기상천외한 공격이다. 제 무구하고 고운 부인이 어찌 거기를 공략할 수 있단 말인가. 그것도 정확하게, 망설임도 없이! 이성적으로 따져 보자면 그곳이 사내의 가장 치명적인 급소인 것도 맞고 은장도같이 작은 칼로 공격하기에 최적의 장소인 것은 틀림없었다. 하지만 아무리 그래도 그렇지…….

보통은 간담이 서늘해야 할 터인데, 상관도 없는 제 아랫도리가 서늘했다. 물론 강인지는 씹어 먹어도 시원찮을 작자다. 그럼에도 순간적이나마 적에게 심심치 않은 애도를 보내게 되는 것은 왜일까. 콱 박혀 들어가 탱탱하게 선 칼의 손잡이를 보았을 때 준엽은 그것의 운명을 예측하였다. 최소 둘 중의 한쪽은 완전히 터졌을 테니 앞으로 사내 기능이 수월하기는 어려울 듯했다.

"끄아아아아아아악!"

준엽이 복잡한 심경을 안는데 조금 뒤늦게, 강인지의 목청에서 고성이 길게 뽑혀 나왔다. 어찌나 처절한지 한 번 들은 이상 평생을 잊지 못할 것 같은 비명이었다. 육체적 고통이 엎친 데 정신적 충격도 덮쳐 가히 짐승의 포효에 비하여도 모자람이 없었다.

그 발악을 뒤로하고 준엽과 은강은 문턱을 가뿐히 넘어섰다. 맞잡은 두 손에는 흔들림이 없었다.

몸을 추스른 강인지는 부랴부랴 은강과 준엽을 뒤쫓았다. 돈이고 나발이고 저가 죽는 한이 있어도 연놈을 끝장내리라 그는 이를 부득부득 갈았다. 그러나 때는 이미 늦어, 비장이 먼저 사또 내외와 마주치고 그 너머에 있는 강인지까지 발견해 냈다.

"죄인 강인지를 추포하라!"

비장이 호령하자 관졸들이 그를 잡기 위해 행동을 개시했다. 강인지는 오던 걸음을 그대로 돌려, 걸음아 나 살려라 강가 쪽으로 달아나기 시작했다. 사또 내외를 죽이고 잡히는 거면 모를까 저만 추포된다면 그야말로 개죽음이 아닌가.

아래를 붙잡고 엉거주춤 뛰는 그의 모습은 상당히 우스꽝스러웠으나 달음박질은 무척이나 빨라 얕볼 수가 없었다. 필사의 도주에 강인지의 모습은 금세 어둠 속에 묻혔다.

"아씨! 은강 아씨!"

은강이 강인지를 쫓는 비장을 보며 한시름을 놓는데 다급한 음성이 그녀의 정신을 깨웠다. 관졸들의 호위를 받으며 사또가 등장한다. 은강은 준엽을 보았다가 다시금 눈앞의 사또를 보았다. 구군복을 입은 꽃분이었다.

"꽃분아……."

밖에 사또가 있다 하더니. 신장이 비슷하니 꽃분이 사또의 옷을 입고 준엽의 흉내를 냈던 모양이다. 그립고도 반가운 계집종의 얼굴이 마음 한구석을 죄였던 마지막 긴장까지 턱 풀어버렸다. 탈출한 것이 그때서야 제대로 실감이 났다.

'돌아왔어.'

한 손에는 준엽의 손을, 한 손에는 꽃분을 손을 쥔 채 은강은 마침내 완벽히 안심하였다. 길고 긴 악몽은 끝이 났다. 자신의

세상으로 그녀는 드디어 돌아왔다. 근심도 걱정도 하잘것없는 별
세상이 은강을 반겼다. 아끼는 사람들의 품속에서 은강은 기꺼
이 안식에 몸을 던졌다.

9. 진심

    은강이 제대로 정신을 차린 것은 그로부터 꼬박 이틀이 지난 뒤였다. 여전히 밤은 어둡고 사위는 고요했지만 마음은 안온했다. 포근한 금침에 누워 주변을 살핀다. 익숙한 것들이 눈에 들어왔다. 안채에서 눈을 뜰 수 있다는 게 이토록 행복한 일인 줄 전에는 꿈에도 몰랐다.

    "아씨! 정신이 드셨어요?"

    꽃분이 평소와 같은 차림으로 되돌아와 그녀를 맞이했다. 은강이 힘겹게 고개를 끄덕이자 눈치 빠른 계집종은 냉큼 은강에게 물그릇을 대령했다. 물을 마시려 몸을 일으키려다가 은강은 천이 칭칭 둘러져 있는 제 손을 발견했다.

"그나마 골상은 아니래요. 며칠 몸조리하시면 손을 움직이는 데는 문제 없으실 거예요. 그런데 살점이 심하게 짓이겨져서 상처가 지독하게……."

"서방님은?"

꽃분이 주인의 상태를 설명하건만 은강은 준엽의 안위부터 물었다. 꽃분은 볼을 부풀렸다가 이내 입을 삐죽였다.

"나으리는 아주 무사하세요. 의원 말로는 뼈대가 튼튼해서 생활하는 데 아무런 지장 없으시다고 하네요. 타박상이야 어쩔 수 없는 것이겠지만. 의원에게 기본 요치만 받으시고 벌써 정무에 복귀하셨어요."

준엽의 상태를 입에 올리는 꽃분은 왠지 모르게 퉁퉁거리는 태도를 보였다.

"여인네 손은 이렇게 됐는데 자기는 고작 타박상이라니."

"그런 소리 말아. 한 사람이라도 덜 다치면 좋지, 뭘 그러느냐. 서방님께서 무사하셔서 그나마 내가 얼굴을 들지, 아니었으면 난 정말……."

"그런데 왜 다치는 사람이 마님이냐고요. 무사히 데려올 거라고 하셨으면서 아씨 손만 피투성이잖습니까."

"사고를 친 것치곤 그래도 싸게 먹힌 건데 왜 그러니. 털끝도 다치지 않고 나왔으면 그게 더 민망할 뻔하였다, 얘."

"어떻게 그런 소리를 하십니까? 주인 어르신들께서 마님을 어찌 키우셨는데요! 금이야, 옥이야, 여름이면 볕에 탄다고 손차양

해주시고 겨울이면 손 춥다고 입으로 김을 불어주지 않으셨습니까. 아씨는 아씨 손을 못 보셔서 그렇습니다. 뭘 어찌하면 두 손에 피멍이 들고 살이 찢기고 살점이 뭉그러진답니까? 흉이 얼마나 심하게 남을지 쇤네 생각만 해도……."

주인 내외의 사랑을 받는다 하여 다른 종들에게 괴롭힘을 당할 때도 씩씩하던 꽃분이가 끝내 눈물을 글썽였다. 울먹이는 모습을 보니 가슴이 찡하여 은강이 그녀를 도닥였다.

"처음부터 사또 나리께서 강인지가 그 정도로 악독한 개자식인 것만 귀띔해 주셨어도 일이 이렇게까지 커지진 않았을 겁니다."

눈물은 어찌어찌 삼켰으나 꽃분은 울화를 토해냈다.

"아니면 돈만 제대로 건네줬어도 아씨 손이 이렇게 작살이 나지는 않았겠지요. 마님 친정에 알리겠다고 하니까 일말의 고민 없이 그건 안 된다며 막으시고! 정말 나으리가 무섭습니다. 강인지 협박서를 보면서 뭐라 하셨는지 아십니까? 최은강은 최은강의 행동에 책임을 지면 되고 본인은 수령으로서 수령의 책임을 지면 된다고 하셨습니다!"

"네 마음은 알겠지만 어쩔 수 없었던 것 아니겠니. 그게 옳아. 나으리는 그럴 분이라고 생각했고. 그래서 외려 도와주러 오신 걸 보고 얼마나 감동한 줄 아니?"

"그야 뭐…… 그 뒤에."

꽃분은 태어나 심장이 가장 콩알만 하게 쪼그라들었던 그 순간을 떠올렸다.

"나는 수령으로서 수령의 책임을 지면 되는 것이고……."

차갑고 단단했던 사또의 음성이 지금도 뇌리에 남아 있다.

"남편으로서 남편의 책임을 질 것이다."

꽃분의 몸이 부르르 떨렸다. 다시 기억해도 오싹하다. 수령으로서 수령의 책임을 지면 된다는 비정함도 그렇지만 남편으로서 남편의 책임을 질 것이라는 그 짧은 말을 발음할 때의 비장함도 그랬다. 어떤 것도 불사할 것 같았지. 그래서 따르긴 따랐다만 역시 못마땅하다. 꽃분은 인상을 찌푸리며 투덜거렸다.

"돈 주면 끝날 일을 왜 그런 위험한 도박을 하십니까? 예, 조세에 손대는 거 죄인 거 압니다. 하지만 아씨 친정에서 엽전을 융통할 수 있을 때까지만 빌렸다가 나중에 메워놓으면 될 일 아닙니까? 돈은 못 준다, 최가에도 연통할 수 없다 하시면서 아파와 광대패를 불러와서 여장에 분장을 받질 않나, 왈패를 매수하시지를 않나. 얼마나 기가 막혔는지 아세요? 왜 그런데 인력과 시간을 낭비하시는지 모를 일입니다."

"그 왈패, 정말 관아에서 먼저 손을 써둔 자였더냐? 세상에. 그런 걸 보면 확실히 강인지가 본인 잘난 척대로 눈치가 빠른 것 같기는 빠른 것 같은데⋯⋯."

중얼거리던 은강이 생각이 떠오른 듯 손뼉을 마주쳤다.

"참! 그러고 보니 강인지는 어찌 되었느냐? 추포하였느냐?"

"어휴! 말도 마세요. 그것도 정말 속 답답해서, 원. 얼핏 들은
바로는 유유자적 도주 중이랍니다. 대체 제대로 하시는 게 뭔
지."

누구를 탓하는지 정확히 지칭하지는 않았으나 이번에도 비난
의 날은 준엽에게 서 있는 듯했다. 어쩐지 그 모습이 귀여워 은강
이 웃어넘겼다. 그러자 꽃분은 쌜쭉하게 눈을 흘기더니 갑자기
벌떡 자리에서 일어난다.

"쇤네는 탕약 달여올게요."

종종걸음으로 급히 다가가 힘차게 문을 열었다. 흠칫! 떨림과
는 전혀 관계가 없을 것 같던 사내가 몸을 떤다. 언제부터 게 있
었던 것인지, 사또가 문 앞에 서 있었다. 흠, 흠흠. 겸연쩍은 얼
굴로 헛기침을 하는 걸로 보아선 대강의 얘기를 들은 것 같았다.
하지만 그럼에도 꽃분은 고개를 숙이지 않았다. 도리어 저가 뭐
잘못한 것이나 있냐는 듯 고개를 뺏뻣이 세웠다.

"어찌 그러고 계세요? 드시어요. 꽃분이도 얼른 일 보거라."

뒤에서 지켜보던 은강이 본의 아니게 준엽의 숨통을 틔워주었
다. 꽃분이 준엽에게 묵례를 올리곤 후다닥 달아났다. 계집종이
사라지고 나자 준엽이 조심스레 안으로 발을 디뎠다.

여느 때처럼 정갈히 구군복을 차려입은 준엽의 모습에 은강의

입가로 해실해실 미소가 번졌다. 경망스러워 보일까 봐 억제하려고 해도 도무지 마음이 숨겨지지가 않았다. 그를 보고 있자니 끼니를 잇지 않아도 배가 부를 것 같다. 그녀는 얼굴에 구멍이라도 낼 기세로 준엽을 쳐다보았다.

"몸은 어떻습니까."

준엽은 자리에 앉자마자 은강의 건강부터 챙겼다. 은강은 아무렇지도 않다는 걸 내보이려 그를 향해 방글방글 웃었다.

"잠을 잘 잔 모양인지 개운합니다."

그러나 준엽은 은강의 얼굴을 보는 게 아니라 그녀의 손에 눈길을 두었다. 손등이 뜨거워지는 느낌이 들어 은강은 스리슬쩍 이불 속에 손을 숨겼다.

"서방님은 어떠신지요. 고단하지는 않으십니까."

"나는 괜찮습니다. 어쨌건 그래도 명색이 사내놈이니……."

등롱이 하나만 켜져 있어서 그런 걸까. 은강은 그의 얼굴이 어두워지는 듯한 인상을 받았다. 왜지? 모든 일이 끝났으니 응당 기뻐해야 할지언데.

"하여도 쉬셔야지요. 공무도 중요하지만 나으리 몸이 축날까 염려스럽습니다."

"아직 강인지가 잡히지 않아서 시간을 낭비할 수 없습니다."

"아, 강인지는 아직……."

"걱정 마시오. 잡혀도 안 잡혀도 그자는 죽은 목숨일 터이니. 지독한 놈들에게 고리대를 빌렸으니 외려 안 잡혀주는 게 내 입장에선 더…….”

“예?”

뜻밖의 말에 은강이 눈을 휘둥그레 떴다. 실언을 하였다 싶었
는지 준엽이 이로 입술을 슬쩍 깨물었다.

“아, 아무것도 아닙니다. 부인은 번잡한 일엔 신경 쓰지 말고
몸조리에 최선을 다하시오.”

급히 수습했으나 영 마뜩잖은 수습이었다. 은강은 그의 말뜻
이 궁금하였지만 캐묻기가 망설여져 가만 입을 다물었다. 어색한
침묵이 흘렀다.

“그럼……. 이만, 물러날 터이니 쉬세요.”

계속해서 바닥만 보고 있던 준엽이 몸을 일으켰다. 은강이 멍
하니 두 눈을 깜빡였다. 들어온 지 얼마나 됐다고 나가려는 게
지? 몸이 괜찮냐고 묻는 게 다란 말이야?

심히 당황하여 나가지 말라는 만류조차 떨어지지 않았다. 함
께 손을 잡고 문턱을 뛰어넘었을 때 겹 싸인 모든 문제들을 뛰어
넘은 것만 같았다. 하지만 혼자만의 착각이었던 걸까. 은강은 준
엽이 그들의 부부 싸움 때보다도 더 그녀에게 거리를 두려는 것
같은 느낌을 받았다.

‘설마.’

고비를 넘겼으니 그럴 리 없다고 애써 자신을 다독였다. 하지
만 멀어지는 그의 등을 보니 마음이 초조하다. 왜인지 모르게 불
안하다. 그가 딱히 자신을 나무란 것도 아니고 모질 게 군 것도

아닌데 속이 뒤숭숭했다. 그녀가 이유 모를 두려움에 떨고 있을 때도 준엽은 나아감을 멈추지 않았다. 그가 방문을 잡았다. 그리고 그때, 은강은 놀라운 사실 하나를 깨달았다.

'한 번도 눈을 못 봤어.'

방에 들어온 이후, 사또는 줄곧 제 시선을 피했다. 자신이 준엽을 지켜보았을 뿐, 그는 저를 똑바로 마주 보지 않았다. 마음이 덜컥 내려앉는다. 그러고 보면 탈출한 것에 들떠 그렇지 아직 제대로 해결된 건 아무것도 없다. 큰 시름을 덜었을 뿐, 준엽과 제 관계는 어떠한 진전도 이루어내지 못했다.

유 사또는 한 번이라도 어긋난 자에게는 단호하다. 널리 알려진 사실이다. 그래서 자신도 강인지가 부탁하러 왔을 때 준엽에게 더 밉보이는 게 두려워 호방의 청을 거절했고 준엽에게 밉보이는 걸 만회하기 위해 호방의 청을 받아들였다. 결국 그것이 사달이 되어 더 큰 사고를 쳤지만.

이번까지 벌써 두 번째였다. 이미 선을 넘었다.

'정말 이대로…….'

갓 깨어난 은강은 무언가를 차분히 생각할 정신머리가 없었다. 그녀는 그저 급했다. 그가 떠나 버릴 것이라는 생각에 찬물 더운물도 가리지 못했다. 이불을 걷고 쏟아지듯 뛰쳐나간다. 그리곤 덥석! 준엽을 껴안았다.

"서방님!"

은강이 그의 등을 안고 늘어지자 준엽의 움직임이 멎었다. 열리던 문도 그의 손길에 따라 채 반도 벌어지지 못하고 멈춘다.

"강인지가 그런 자인지 몰라서……. 그러니까! 나으리가 다른 아전들에게 속고 계신 거라고, 호방이! 그런데 소첩이…… 어리석어서 실수를……. 그러니까 그게……."

목에는 이미 물기가 가득 찼다. 정리되지 않은 여러 말들이 입 안에서 뒤죽박죽인데 입술을 열면 그조차도 울음에 먹힐 것 같아 은강은 어찌할 바를 몰랐다. 어디서부터 어디까지 설명해야 하고 어떻게 표현해야 할까. 이대로 가다간 계속해서 선소리만 나올 것 같다. 하여 은강은 이판사판, 아무렇게나 입을 열었다.

"용서해 주세요. 소첩이, 잘못했어요."

느끼는 그대로.

"다시는 그러지 않을 테니까…… 한 번만 더 기회를 주시어요. 소첩에게서 떠나지 마세요. 앞으로 제가 더 잘할 것이옵니다. 저, 적서도 읽지 않고, 몰래 저잣거리 구경 가는 것도 하지 않고, 얌전히 규방 생활만 하며 나으리 내조에만 힘쓸게요. 그러니까."

은강은 준엽의 허리를 필사적으로 꼭 끌어안았다.

"이대로 가지 마시어요."

포옹에 습격당한 준엽은 그야말로 혼백이 입 밖으로 튀어나갈 것만 같았다. 하지만 넋이라도 있고 없고, 임 향한 일편단심이야 가실 줄이 있으랴. 그는 얼떨떨한 와중에도 제 등에 은강의 눈물이 축축이 스며들자 반사적으로 그녀에게 몸을 돌렸다.

"지금 무슨 말을……."

일단은 눈물범벅인 은강의 얼굴부터 닦는다. 하지만 닦아도, 닦아도 은강의 눈에서 눈물이 줄줄 흐르자 그렇잖아도 당황한 준엽은 더더욱 안절부절못하였다.

"무슨 오해가 있는 모양입니다. 부, 부인에게 화나지 않았습니다."

"숨기지 마시고 차라리 속 시원히 말씀해 주세요! 이번 일로 실망하였노라고, 제게 진력이 나셨다고!"

"진력이라니? 가당치도 않습니다. 그 일에 관해선 내, 부인을 탓할 게 없습니다. 실수는 있었을지언정 남을 긍휼히 여기는 선심을 어찌 나무라겠습니까. 강인지 앞에서도 말하였을 겁니다. 작정하고 속이는 놈이 악한 것이라고."

솔직히, 당시에 은강을 아예 원망하지 않았냐고 한다면 그것은 거짓이었다. 그러나 강인지가 그녀를 비난하던 때에, 자신은 자연스레 은강을 두둔했다. 답은 그때부터 나와 있었다.

본인 안위도 장담 못 하면서 죄가 없으니 기어이 천것을 살리겠다는 이가 준엽은 좋았다. 도태라고 하여도 좋고 철이 없다고 하여도 좋고 어리석다 하여도 좋다. 그런 이의 옆에 있고 싶다.

"그건…… 강인지를 대적하기 위해 둘러대신 말이 아니셨습니까?"

"진심이오."

준엽은 은강을 달래기 위해 너그러이 답했다. 그러나 돌아오는 것은 역효과였다.

"하지만…… 소첩. 기실, 선심만으로 강인지를 도운 게 아닌 것을요!"

은강은 도리질 쳤다.

"단순히, 사정이 좋지 않은 자에게 호의를 베풀기 위해 홀로 성황당에 나갔던 게 아닙니다. 물론 강인지가 아군 없이 고군분투하는 게 안되어 보여 동정심이 간 건 사실입니다. 하나 설마 그것 하나로 나리께서 내린 금지령까지 어겨가며 꼭두새벽부터 길을 나섰겠습니까."

"그러면……."

준엽의 눈동자가 흔들린다. 불쌍해서 도와주려 한 게 아니라면 강인지이기에 도왔다는 말인가?

"나으리와 화해하고 싶었습니다! 강인지가 누명을 벗지 못하면 소첩이 계속 사또께 미움을 받을까 그 근심이 더 컸습니다. 하여 강인지의 누명을 벗겨내고, 그의 무고를 입증하는 데 소첩이 몫을 한다면 나리와 다시 사이가 좋아지리라 생각했습니다. 호방에 대한 오해만 풀리면 나리와 저 사이의 모든 일이 해결되리라고……."

그렁그렁한 눈동자가 준엽에게 매달렸다. 옥구슬 같은 물방울이 배꽃처럼 고운 뺨을 또르르 굴러간다.

"소첩은 낭군께서 생각하시는 것만큼 선한 사람이 아닙니다. 선의로만 강인지, 그자를 도운 게 아니란 말입니다!"

은강은 무슨 치명적인 과오라도 고백한 것처럼 울고불고 아주 난리를 떨었다. 당혹에 벌어진 준엽의 입에서 '아' 짧은 탄사가 흐른다. 얻어맞기라도 한 것처럼 뒤통수가 다 얼얼했다. 사람을 긴장시키기에 엄청난 뒷얘기라도 있나 하였더니 이게 무슨…….

픽, 숨이 새었다. 우는 사람을 앞에 두고 이래서는 아니 되는데 피식피식 웃음이 새어 버린다.

얼굴을 슬쩍 틀고 손으로 입가를 가려보았으나 막아지지 않았다. 눈치가 이상하다는 걸 느꼈는지, 은강이 울다 말고 그를 쳐다보았다.

"진짜, 이거 참."

준엽은 머리를 절레절레 흔들었다. 고개를 젓는 중에도 웃음이 멈추질 않는다.

"큰일입니다."

스스로 판단하여도 대책이 없다. 이쯤 되면 자성이 필요할 정도다. 준엽은 손가락으로 은강의 눈꼬리에 매달린 물방울을 떼어냈다. 사람을 그렇게 당황시키더니 어찌 이리 또 금방 들뜨게 만들 수 있는 걸까.

"그 말이 더 기쁘니……."

불쌍한 이를 돕는 것보다 자신과 화해하기 위해 움직였다는 은강의 말이 너무 좋았다. 장원 급제할 때도 먹고살 걱정은 없겠다 하였지, 이렇게 기분이 좋지는 않았다. 은강에게 가졌던 옅은 앙금이 눈 녹듯 사라진다.

"기쁘시다고요?"

준엽이 고개를 끄덕였다. 어디 그뿐일까. 마음이 설렌다.

"그러면 강인지의 일도 문제가 아닌데, 대체 왜 소첩을 피하시는 겁니까?"

은강이 준엽의 소매를 꽉 붙들어 맸다. 다행히 설움은 어느 정도 누그러졌으나 그녀는 여전히 준엽의 해명이 절실했다.

"제 얼굴 한 번을 보려 하지 않으셨습니다. 혹여 소첩이 다른 실수라도……."

"부인. 그건 부인 탓이 아닙니다."

그가 두 손으로 은강의 얼굴을 받들었다. 그럼 도대체 무어가 문제냐는 듯, 은강이 소매를 잡고 흔들어 답을 종용했다. 어려운 문제는 아니지만 답을 발설하는 것 자체가 고역이다. 제 입으로 자신의 치부를 밝히는 것이니까. 준엽은 은강이 자신의 좁은 속내 같은 건 영원히 몰랐으면 하였다. 하지만 이래서야 답답한 과거를 답습하는 꼴밖에는 되지 않았다.

지금 준엽은 날아갈 듯 기분이 좋았고, 그것이 그로 하여금 일평생분의 용기를 쥐어짜 내게 만들었다.

"그……. 내가 부인을 볼…… 낯이 없어 그랬습니다."

얼굴을 감추고 싶었다. 벌써부터 뺨이 달아올랐다. 그러나 그리하였다가 지금 이 상황이지. 준엽은 어금니를 꽉 맞물었다가 벙싯 말문을 텄다.

"세상천지에 어떤 사내가 제 여인을 구하는 데 남세스레 여장 같은 것을 하겠소. 또한, 그렇게까지 해서 들어갔으면서 내가 한 것이라고는 고작⋯⋯."

　계집 흉내를 내며 몸을 들떨고 강인지에게 얻어맞은 게 다다. 강인지와 맞서서 난투를 벌일 생각은 처음부터 계획하지도 못했다. 관군이 현장에 도착할 때까지 강인지로부터 은강의 앞을 막아주는 것, 무력한 자신이 할 수 있는 것이라곤 고작 그 정도가 전부였다.

　"장성한 다른 사내였다면 강인지가 홀로 남았을 때 능히 그를 제압했을 것이오. 그리고 당당하게 당신을 구출하였겠지. 아니면 하다못해 맞서 싸우기라도 하든가. 하지만 나를 좀 보시오."

　부녀자들이 좋아하는 서책의 영웅처럼, 근사할 수 있었으면 얼마나 좋을까. 일당백의 장수까지는 바라지 않아도 괴한 몇으로부터 제 부인 하나쯤은 지켜줄 수 있기를 바랐다. 그러나 뚜렷한 힘의 차가 있는데 기세만으로 바뀔 리가.

　자신을 자조하기 위해, 그는 아내에게 손을 들어 보였다. 계집처럼 꾸며도 크게 의심받지 않는 낯짝과 여태 제대로 여물지 못한 자신의 나약한 육신이 부끄럽다.

　"나는 사내치고 뼈대가 굵은 편도 아니고, 사내치고 그리 크지도 않습니다. 사내들 중에서도 군계일학으로 돋보이는 강인지와는 비교도 못 할 우스운 꼬락서닙니다. 아니. 사내라고 언급하는 것도 우습지요. 아직까지도 아전들은 날 더러 사또라는 말보단 어린놈이라는 지칭을 더 잦게 한다지요. 나이 탓만은 아닐 겁니다."

준엽의 어깨가 처연하게 늘어졌다.

"내가 이러니까……. 삼 년간 다섯 치가 자랐으나 그래봤자 오 척 팔 치도 되지 못했고 장부가 아닌 소년처럼 보이는 외양이 문제겠지요. 다른 사또와 같은 명을 내려도 나는 계책을 쓰고 같은 말을 몇 번이고 반복해야만 말에 힘이 실립니다. 내 꼴은, 머리를 쓰는 게 전부인 공공의 영역에조차 영향을 끼쳤으니 사사로이는 더 치명적일 겁니다. 특히, 부인에겐."

도망치고 싶다는 충동이 든다. 시선을 피하고 등을 돌려 나가고 싶어진다. 억지로 버티고는 있지만 어쩔 수 없이 말소리가 더뎌지고 얼굴이 화끈거린다.

"그런데 더 한심한 꼴을 보였지요. 부인이 어떤 사내를 이상으로 꼽는지 압니다. 기대에 부응해 주지는 못할망정 그런 분장까지 하고 나타났으니 얼마나 기막힐 일입니까. 그게 낯부끄러워, 부인의 눈에 내가 그런 식으로 잔상이 남을까, 두려워서……."

준엽의 자기 비하는 그가 제 아랫입술을 깨물며 희미하게 끝을 맺었다. 참으로 못난 광경이었다. 외양의 문제가 아니라 마음이 그랬다. 사내대장부가 스스로에 대한 확신을 보여도 모자랄 판에 본인을 덜된 놈이라 일컫고 무참하다 심경을 토로하였으니.

지아비란 그 처로 하여금 평생을 믿고 따라가게끔 만들 수 있는 존재여야 한다는 게 중론인 세상이었다. 부위부강(夫爲婦綱)이 공연히 지엄한 삼강의 도리로 꼽히는 건 아닐 테니까. 남편은 아내의 벼리가 되어야 한다. 그래야 아내도 남편을 믿고 일평생

여필종부 할 수 있는 법이 아니겠는가.

그러니 이런 약한 소리를 일삼는 자를 지아비로 삼은 여인으로서는 앞날을 근심해야 할 것이다. 대체 어디 믿을 구석이 있어 마땅히 순종하겠는가. 보통은 사내의 유약함을 심려함이 정상일 것이다.

그런데 이 기분은 뭐지?

미쳤나 보다. 은강은 도무지 자신을 이해할 수 없었다. 준엽이 심중에 가둬두었던 어두운 것들을 하나씩 꺼내들 때마다, 그녀의 가슴에는 파문이 일었다. 그 흔들림은 아릿함 같기도 했고 떨림 같기도 하였다.

'사랑스러워⋯⋯?'

어째서 이런 기분이 드는지 모르겠다. 말도 안 되는 반응이라 생각했다. 하지만 그런 걸 어쩌겠는가. 듣는 내내 자신을 열등하다 말하는 준엽의 입술이, 눈빛이, 얼굴이, 그의 모든 것이 사랑옵다. 한심해 보이기는커녕 감싸주고, 안아주고, 도닥여 주고 싶어서 견딜 수가 없었다. 심장이 주체가 되질 않는다. 애틋하고 알싸한 이 내 마음을 어찌하면 좋을까.

"나으리!"

은강은 감정을 주체하지 못하여 준엽의 목을 와락 끌어안았다. 이번에도 전조 없이 다가온 그녀로 인해 어김없이 준엽의 몸이 굳었다. 미처 닫히지 못한 문틈을 비집고 바람이 살랑거린다. 두 사람의 옷자락이 뒤섞여 미미하게 흔들렸다. 밤바람을 느끼며 은강은 눈을 감았다.

펑펑 눈물을 보였던 사람은 자신인데도 도리어 그를 위로해 주고 싶다. 이미 안고 있는데도 더 온 마음을 다해 안아주고 싶다. 상냥하고 다정하게. 신심을 다하여 낭군을 보듬고 싶었다.

이건 정말이지, 새로운 마음이었다. 이전에 한 번도 겪어본 적 없는 색다른 심정이었다. 이 감정의 정체가 무엇인지 모르겠다. 그저…….

"거두세요. 낭군이 느끼는 수치는 낭군께 부당합니다."

불편한 손으로 은강은 어설피 준엽의 얼굴을 더듬었다. 손만 말짱하다면 그의 볼을 부드럽게 쓰다듬어 주고 싶다. 그가 제게 그리하였던 것처럼 온기를 나눠주고 싶었다.

"애초에 나으리니까 들어올 수 있었던 것입니다. 나으리 말대로 세상천지에 어떤 사내가 여장 같은 게 가능하겠습니까. 나으리니까 가능하셨던 일입니다. 다른 사내였다면 들어오지도 못했을 터이니, 강인지와 부딪쳐야 하는 일 따위도 없었겠지요. 그러니 그 일로의 자책은 천부당만부당합니다. 나리는 한심하지 않아요."

아. 역시 모자라다. 쬠띠가 감긴 손으로는 아무리 만져도 부족했다. 더 가까이 그와 닿고 싶다. 사이를 가로막는 모든 것들을 던져 버리고 그와 직접적으로 닿고 싶었다.

"소첩은 책에서도 현실에서도, 낭군처럼 사내다운 사내를 본 적이 없는걸요."

은강의 손이 준엽의 귀 뒤로 미끄러져 갔다. 그녀는 자신이 무슨 짓을 하는지 자각하지도 못했다. 그저 그와 가까워지고 싶다는 열망만이 그녀를 움직이고 있었다.

"낭군처럼 멋있는 사내도 본 적이 없고요."

은강이 준엽의 목을 살짝 자신 쪽으로 끌어 내렸다. 언제 울기라도 했냐는 듯 은강의 눈빛은 또렷했다.

"소첩, 청이 있어요."

시선이 맞닿았다.

"안아주세요."

사람은 가끔, 눈을 뜨고 있어도 이게 꿈인지 생시인지 혼란스러울 때가 있다. 준엽에게는 지금 이 순간이 바로 그러했다. 앓는 소리를 하였는데 어째서 그게 이런 결과를 초래하고 있는지 그는 이해할 수 없었다. 중간에 자신이 놓친 무언가가 있는 건가? 어째서 꼴사나운 모습을 보였는데 그 귀결이 안아달라인가.

이건 진짜, 말 그대로인 것일까. 혼돈 속에서 준엽이 뻣뻣하게 은강을 어깨를 감싸 안았다. 하지만 가볍게 포옹해 주었음에도 그녀는 물러나지 않았다.

"그냥 안아만 달라는 게 아닙니다."

말의 뜻이 명확해졌다. 숨쉬기가 버겁고 목이 바짝바짝 타올랐다. 준엽은 억지로 목울대를 움직여 마른침을 삼켰다.

"어째서……."

이해하기 힘들다는 듯 고개를 젓던 준엽이 돌연 은강의 어깨를 세게 붙잡았다. 터지는 음성이 평시와 달리 격하다.

"최소 육 척 이상의 장한이 아니면 할 수 없다 하지 않았습니까!"

"······예?"

"분명히 그리 말하지 않았습니까! 신장이 육 척이거나 아니면 하다못해 털이라도 덥수룩해야 초야를 치를 수 있을 거라 했소! 그래야 최소한 사내처럼 느껴진다고! 그게 아니면 동성 간의 교접과 다를 바가 없다고!"

급히 부연을 붙였으나 은강은 여전히 어리둥절한 얼굴을 하였다. 기가 막혀 준엽이 손으로 거칠게 이마를 쓸었다. 그러자 간신히 붙어 있던 전립이 아예 목 뒤로 넘어간다.

"그 조건에서 벗어난 사내와 성교하는 건 역하다고 하였소. 여인이나 아이와 관계하는 기분일 것이라고. 그래서 행복할 것이라고도 하였지요. 박무진은 훤칠하고 구레나룻도 수북하니 혼인을 한다면 필시 좋을 것이라 하지 않았소, 수수밭에서!"

"수수밭?"

정녕 모르겠단 듯 물어온다. 준엽은 미치고 팔짝 뛸 것 같은 심정이 되었다. 그때 일을 기억도 못 하고 있었단 말인가? 저는 삼 년간 은강의 저주에 속박당했건만 정작 본인은 자기가 뭘 내뱉었는지 아무것도 몰라? 준엽은 일단 흥분을 깊은숨으로 바꾸어 억지로 감정을 내리눌렀다.

"수수밭에서…… 꽃분이와 대화 나누지 않았습니까. 사내가 기골이 장대하고 털이 수북한 여인과 교접을 꺼리는 것처럼 당신도 육 척 되지 못한 작은 사내나 미끈한 낯을 가진 사내와는 성교할 수 없다고 하였소. 사내처럼 느껴지지 않아 상상만 해도 소름이 끼친다고 말했단 말이오. 분명. 토씨 하나 빠뜨리지 않고 부인이 했던 말은 전부 기억하고 있습니다."

"하지만 그렇게 말씀하셔도 소첩 기억에 없는 것을요."

다리에서 힘이 빠진다. 볼품없이 주저앉을 뻔한 것을 가까스로 버티는데, 눈앞에 지난 삼 년간의 노력이 주마등처럼 스쳐 갔다. 은강에게 사내로서 다가가기 위해 색사가 뭔지 모르는 어린 신랑 아니, 천치의 흉내를 내며 살아왔다. 지나치게 일찍이 학문에만 눈이 떠 남녀 간의 일에는 어딘가 머리가 모자란다는 흉은 물론이거니와 고자설에 아직 물건이 자라지도 않았다는 뒷소문까지 감수했다.

귀환 부인, 그리고 강인지가 아니었다면 아마 그는 지금까지도 접문이란 걸 해보지 못했을 것이다. 그런 각고의 노력으로 초야를 미루고 미루어왔다. 한데 그 시간을 옭아맨 저주가 풀리는 것 치고는 너무나 터무니가 없는 상황이었다. 허탈감에 정신을 차릴 수가 없었지만 그래도 준엽은 꾸역꾸역 설명을 이어 나갔다.

"아, 그래. 꼭 수수밭 때 했던 말이 아니라도 좋소. 지난 삼 년간 부인께서 한 말을 떠올려 보시오. 그런 장신이나…… 아무튼 산적 같은 사내와 초야를 치르고 싶다 하지 않았습니까. 이 나라에서 여인으로서 사는 삶, 어차피 할 수 있는 것도 재미있는 것도 몇 없으니 그거라도 꿈대로 하고 싶다고 하였지요. 그리던 사내와 외설서에 나오는 것처럼."

은강이 눈동자를 데굴데굴 굴리더니 선뜻 수긍하였다.

"예. 그런 말은 해왔습니다. 그런데 그게 어떻다는 말씀이십니까?"

"어떻냐니······. 하여 지난 세월 간 나는······!"

다 가라앉혔다 생각했건만 은강의 태연한 반문에 조금 울컥하고 만다. 준엽은 다시 속을 삭이곤 자그마하게 중얼거렸다.

"혼자, 두어야 했는데······."

"······."

"혼자, 있어야 했는데."

뭉뚱그려도 지칭은 명확했다. 대화가 이어질수록 흩어진 실마리들이 하나둘씩 꿰어 맞추어진다. 그렇게나 성에 무지한 듯 굴더니 정작 중요한 때에는 모르는 것 없이 알아서 손을 뻗던 낭군의 기이한 모습이 이해가 되는 순간이었다. 그래. 아무것도 모른다기엔 그의 눈빛이······.

지난 밤의 준엽을 떠올리자 배 속이 뜨거워졌다. 저 붉은 입술로 자신을 물고 빨고 부르짖었었지. 저 손으로 자신의 손을 잡고는······.

"······수 있냐는 말이오."

잠깐 정신이 딴 데로 팔린 새, 준엽이 그녀에게 질문을 던지고 있었다.

"아, 예, 예?"

"어찌 내게 청할 수 있냐고 물었습니다."

"그, 그야 뭐⋯⋯."

은강이 머리를 굴렸다.

"시, 심상한 부부지간의 일이라고 낭군께서도 일전에 말씀하셨잖습니까?"

그녀는 아주 맹랑하게 말을 받아쳐 냈다. 그날의 일이다. 자신이 호방을 두둔하고 준엽과 혼인 치른 걸 후회한다고 한 뒤로 일어났던, 그때의 일이었다. 지은 죄가 있어 준엽의 얼굴이 사색이 되었다.

"그날 일은 내 잘못했소. 사죄하겠다 계속 마음은 먹었는데 차마 부인 앞에 나설 수가 없어서 여태 말을 못 하였소. 정말 그날 일은 내가 제정신이 아니어서 부인께 크나큰 실수를 저질렀습니다."

"상관없습니다. 놀란 것은 사실이나, 그건 그것 나름대로 좋았으니까요. 하지만 예, 이왕 사과하셨으니 바로잡아 주셨으면 하는 것은 하나 있네요."

"마, 말씀하시오."

그가 말을 더듬었다. 별거 아닌데 이게 왜 사랑옵게 느껴지는지 모를 일이다. 말이 나온 김에 은강은 섭섭했던 모든 것을 털고 가기로 했다. 더 이상 그와 자신 사이에 골을 허락하지 않을 생각이었다.

"역시, 심상하지 않지요? 부부간 정을 나누는 일을 대수롭지 않다 하신 건 지나치셨어요. 소첩에겐 별거 아닌 일이 아니어요."

"⋯⋯진심이 아니었소. 내게도 심상한 일, 아닙니다. 다시는 그런 실언 않겠습니다."

은강이 활짝 웃으며 준엽의 볼을 가볍게 도닥였다. 사실은 볼을 꼬집어주고 싶은데 차마 그럴 수 없어 뺨을 건드려 본다. 준엽이 가만 그녀가 하는 양을 보았다가 제 얼굴 위에 놓인 은강의 손을 살포시 쥐었다.

"다시 부인 차례요. 정말 이유가 뭡니까."

왜 꿈이 이다지 쉽게 바뀔 수 있는지 준엽은 정말로 헤아릴 수 없었다. 몰랐으면 모를까, 수수밭에서부터 오늘날까지 삼 년이 넘는 기간 동안 은강이 품에 키워오던 열망을 준엽은 잘 알고 있었다. 그러니 궁금하다.

"거듭 물어보실 정도로 큰 이유는 아닙니다. 간단해요."

은강은 아무렇지도 않은 얼굴로 여상히 대꾸했다.

"낭군이니까요. 소첩은 그런 이상보다 낭군을 더 연모하니까요."

심장이 쿵 떨어졌다. 은강의 손등을 감싸고 있던 준엽의 손에 순간 바짝 힘이 들어갔다. 가슴속의 세찬 박동이 머릿속까지 울려 퍼진다. 자신의 심장 소리를 자신의 귀로 듣는다는 건 참으로 생경한 경험이었다. 준엽은 답지 않게 어버버 입을 열었다.

"대, 대체 언제부터……?"

유준엽, 인생 최대의 난제를 안았다. 그의 모습만 보아도 눈으로 키부터 가늠하고 은근슬쩍 한숨을 내쉬던 부인이 갑자기 그를 연모한단다. 대체 언제부터?

"도대체 왜?"

여전히 육 척에는 도달하지 못했다. 육 척이 다 무엇이냐. 오척 팔 치도 넘기지 못했다. 그는 여전히 작고 비장처럼 털이 북슬북슬하지도, 팔다리가 돌쇠처럼 우락부락하지도 않는다. 그 어떤 조건에도 부합되지 못했는데 도대체 어찌 저를 연모한다는 것인가.

"소첩은 서방님을 좋아하면 안 되나요? 이렇게나 사랑스러운데."

은강이 손가락을 꼽아가며 자신이 그를 연모하는 이유를 웅얼거렸다. 하필 '여장도 잘 어울리고'로 시작된 연모의 이유는 이랬다.

"외롭고, 귀엽고, 잘생겼고, 똑똑하고, 강단 있고, 멋있고, 바르고, 너그럽고."

어딘가 과분하고 어딘가 요상한 저런 수식들이 정녕 자신을 가리키는 게 맞기는 맞는지 준엽이 혼란스러울 때쯤 은강이 쐐기를 박았다.

"내 남편이고."

"……."

"그런 나으리를 내가 연모하니, 이상을 바꿀래요. ……바뀌었어요."

여전히 '왜'라는 질문에 대한 답으로는 적당하지 않았다. 연모하여 그런 이유들이 생겨난 것인지 그런 이유들 탓에 연모하게 됐는지 서로서로 맞물려 구분이 애매했기 때문이다. 하지만 그녀의 답변으로 적어도 한 가지는 분명해졌다.

최은강은 유준엽을 연모한다. 그리고 준엽은 이제 그 사실 하나만이 더없이 소중하게 느껴졌다. 말실수였어도 달가웠을 것이다. 그런데 기적 같은 그녀의 고백을 확인까지 받았다. 그 순간, 이유를 알아야 할 이유가 덧없이 바스라졌다. 왜 유준엽을 연모하는가는 더 이상 중요하지 않았다. 삼 년간 앓으며 지켜보던 사람이 지금 이 순간 그가 좋다고 두 번이나 말해주었는데 그보다 중요한 게 무엇이 있겠는가.

벅차다는 감정을 체감한다. 습윤한 열기가 기저에서부터 확 끓어올라 가슴을 메웠다.

"나으리는 어떠신가요?"

준엽은 말없이, 은강을 잡지 않은 다른 손을 뒤로 뻗어 문을 닫았다. 그러며 동시에 은강에게 입을 맞추었다.

급급하게 파고들어서는 지독하게 물고 늘어진다. 혀를 얽고 침을 빨아들이고 숨을 흡입했다. 준엽은 매달리는 것처럼 절절하게 입맞춤했다. 답하지 않았지만 답을 들은 것 같았다. 그녀는 기꺼이 그에게 응했다.

"못 물립니다. 아무것도 못 물러요."

입술을 거의 붙여놓은 채로 그가 속삭였다. 뜨거운 숨결이 고스란히 은강에게 쏟아졌다. 언젠가 마주쳤던 위험한 눈빛도 함께다. 은강의 가슴이 크게 들썩였다.

"잊으셨나 봅니다."

그녀는 떨리는 속내와 달리 발칙한 미소를 지었다.

"제가 청 올린 거예요."

촉촉하게 젖은 붉은 입술이 호선을 그리나 싶더니 곧 엉겨들었다. 기세가 거세어 자꾸만 뒤로 걸음이 밀린다. 은강은 떨어질세라 준엽의 뒷머리를 끌어안았다. 틈도 없이 붙어 있는데도 접촉에 갈증이 인다. 더 닿고 싶었다. 더 가까이, 더 깊이.

바람대로, 두 사람 사이의 거추장스러운 것들은 금세 훌훌 벗겨져 나갔다. 혀가 섞이고 자리가 몇 번 바뀌는 짧은 시간 동안 준엽은 바삐 손을 움직였다. 층층이 쌓인 옷들을 풀어낼 때마다 계집종이 어찌 제 부인을 이토록 싸매어놓은 건지 애꿎게 원망이 든다. 마음이 급하다. 한 손으로 가슴을 움켜쥐면서 다른 손으로 속적삼을 찢듯 벗겼다. 하얀 속살이 드러나자 준엽의 손길도 폭주했다. 속속곳에 다리속곳까지 대번에 풀어 던지곤 그가 잠깐 숨을 멈춘다.

탐하여지던 은강은 갑자기 위에서 움직임이 멈추자 눈을 떴다. 준엽의 눈동자가 정욕을 담고 자신의 몸 위를 노닐고 있었다.

그의 시선이 닿는 곳곳마다 불길이 일어 눈길이 적나라하게 느껴진다. 동그란 둔덕을 찬찬히 넘더니 납작한 배를 이리저리 배회하고, 미끄러지듯 내려온 어디 즈음에선······.

그의 시선이 살피는 곳을 알아차린 은강이 화들짝 다리를 오므렸다. 아니, 오므리려 하였다. 그러나 이미 그녀의 두 다리 사이에 있던 준엽의 무릎은 자리를 떡 버텼다. 은강이 애를 썼지만 달라지는 것은 없었다.

준엽은 그렇게 은강의 수고를 무색하게 만든 채 슬슬 자신의 옷을 벗기 시작했다. 시선은 여전히 은강에게 고정되어 있다. 목에 걸려 있던 전립을 바닥에 내려놓고, 전대를 풀고, 전복과 동달이를 벗는다. 은강의 옷을 벗길 때와 달리 느린 동작이었음에도 헤매는 게 없어 그런지 그가 헐벗는 데에도 긴 시간은 필요하지 않았다.

처음에는 제 다리를 닫는 것에 여념이 없던 은강이었으나 사내가 상반신을 드러내자 자연히 주의가 거기에 미쳤다. 하지만 정신을 빼앗겨도 그를 쳐다보는 것에는 용기가 필요했다. 웃옷을 다 벗고 여전히 자신의 다리 사이에 머물며 그가 아래옷을 벗기 시작했다. 용기 내지 못하고 은강은 눈을 감았다. 그러자 사락사락 옷감 스치는 소리가 천둥처럼 귀에 들어온다. 손발에 땀이 흐르고 가슴이 뛰었다.

"불, 끌까요."

준엽이 다정하게 물어왔다. 은강은 고개를 마구 끄덕였다.

"……싫은데."

"예?"

반사적으로 눈을 뜨자, 준엽의 얼굴이 지척에 있었다. 그녀가 눈 뜨기를 기다렸던 듯 그는 짓궂은 미소를 띠고 있었다.

"나는 싫다 하였습니다."

말씨가 나긋나긋 상냥하기 그지없다. 그런데도 은강은 척추가 꼿꼿해지며 긴장감에 숨이 다 막혔다. 왜 이렇게 부끄러운지 모르겠다. 분명 청할 때만 하여도 뜨거운 밤을 지샐 기대로 가득했는데 막상 일이 시작되려니 그저 수줍기만 하다.

"그, 그런데 왜 물어보십니까."

"부인 생각도 혹시 나와 같을지 기대하여."

준엽이 가볍게 입술을 맞대었다. 입술과 입술 새에서 쪽 소리가 튕긴다.

"기대…… 흐읏!"

질문을 던지는데 준엽이 혀로 목덜미를 문질렀다. 쇄골에서부터 귀밑까지, 뜨거운 김과 부드럽고 오돌토돌한 혓바닥이 살결을 적셨다. 간지러움에 못 이겨 은강이 살짝 어깨를 움츠렸다.

"……라니요."

준엽은 즉답 대신 할짝할짝 은강을 맛보며 그녀의 가슴을 움켜쥐었다. 한 손에 가슴이 꽉 쥐이며 손가락 틈새로 유두가 바짝 도드라졌다. 이에 준엽의 아랫도리가 뻐근해진다.

"전부 기억하고 싶습니다. 이 밤에 관한 건 하나도 빠짐없이."

아직 밤은 길다 되뇌며 준엽은 억지로 흥분을 자제시켰다. 그러나 이미 숨은 눈에 띄게 흐트러져 있었다.

"그건 저도 그렇지만……."

"그렇지만?"

반문하면서도 준엽은 은강의 답도 듣지 않고 가슴부터 입에 한가득 머금었다. 야들야들한 살결을 흠뻑 빨아들이며 그의 손이 성급하게 아래를 찾았다. 이미 자신에 의해 벌어져 있는 다리 사이는 침범하기가 손쉬웠다.

촉촉하게 젖어 있는 음부 주변을 손가락으로 빙글빙글 문지르자 은강의 몸이 가늘게 떨렸다. 신음을 참으려는 듯 그녀가 통통한 입술을 눌러 닫았다. 그게 마음에 들지 않아 준엽이 눈을 가늘게 뜬다.

"그렇지만? 부인, 그래서 다음 말은?"

아래를 희롱하고 있었지만 준엽의 상반신은 더없이 다정했다. 나직한 음성으로 질문을 던지며 그가 은강의 얼굴에 잘게 입맞춤하였다. 뺨, 이마, 눈가, 관자놀이, 입술, 귀밑머리, 닿을 수 있는 모든 곳에 그가 애정을 표시한다.

"좀 두렵습……, 아, 으응……."

답을 종용하는 준엽에게 못 이겨 은강이 입을 열었으나 말은 끝맺음을 맺지 못한다. 밑에서부터 전달되는 자극이 자꾸만 그녀의 정신을 흐트러뜨렸다.

"두렵다니요? 왜, 무엇이?"

도톰하게 부푼 젖꼭지를 준엽이 혀로 통통 튕기더니 그녀의 풍만함을 입으로 실컷 만끽하였다. 우물우물 입술로 물기 머금은 살결을 농락할 때마다 춥, 추웁 경망스런 소리가 난다.

"전부, 웃, 기억. 나으리, 기억을……. 하아……."

준엽이 혀끝을 세워 유두 끝을 파고들었다. 그러자 그나마 띄엄띄엄 나오던 말도 더 이상 소리를 갖지 못했다. 그러나 준엽은 그것으로도 충분히 은강의 말을 알아먹었다.

"내가 전부 기억할까 봐?"

"으응……."

답인지 교성인지 모를 소리였으나 이번에도 준엽은 무리 없이 그녀를 이해했다. 그는 '저런' 짧은 탄사를 뱉었다.

"어쩌겠습니까. 기억하고자 하는 건 전부 기억으로 남는 것을."

평생.

그의 짧은 뒷말에, 관능에 녹아들던 정신이 화들짝 깨어났다. 은강은 불편한 손으로 즉시 준엽의 얼굴을 붙들었다.

"예?! 방금 뭐라고 하셨습니까?"

"죽을 때까지……. 아마도?"

은강의 입을 떡 벌어졌다. 그럼 오늘 일을 쉰, 예순 때도 기억할 수 있다는 건가? 예순에 조반 먹다가 생각이 날 수도 있다는 거네? 그것도 하나도 안 빼먹고 전부? 망각의 장점을 무용화시키는 준엽의 발언에 더럭 겁이 난다. 혹시나 하였더니 진짜였어?

"불! 불 끌래요!"

은강이 준엽을 밀치고 등롱을 향해 기었다. 그러나 엉금엉금 두세 발자국 나아가지도 못해 발목이 붙들렸다. 준엽은 그녀를 순식간에 제자리로 끌어 내렸다. 다시 준엽의 밑에 깔린 은강이 그로부터 벗어나기 위해 버둥거렸다. 그러나 애꿎게도 그녀의 몸부림은 준엽의 욕망만 더더욱 자극하는 꼴이 되었다. 거듭되는 마찰에, 이미 열기가 쏠린 사내의 분신은 한층 달아올랐다. 준엽의 입에서 짧게 탁성이 튀었다.

"잠시만, 부인……."

뒤늦게 은강이 제 허벅다리 어딘가에서 느껴지는 뜨끈한 이물감을 알아차린다. 그사이에 준엽이 그녀의 어깨 위를 꾹 짚었다. 은강의 몸이 고정되자 겨우 다시 두 사람은 눈이 맞았다. 준엽이 후우 숨을 돌린 다음 말을 이었다.

"불을 끄면 내가 누굴 품고 있는지 어찌 압니까."

"……."

"부인께선 내가 당신을 다른 이로 착각이라도 하면 좋으시겠소?"

준엽의 질문이 은강으로 하여금 엄한 상상을 부추기게 하였다. 제 서방이 외간 여인과 놀아나는 모습이 머릿속에 희미하게 아른거린다. 저 눈으로 다른 계집을 욕정하고 저 입술로 다른 계집을 부르짖을 걸 생각하니 인상이 절로 찌푸려졌다. 지금 그걸 말이라고!

은강은 두 손으로 준엽의 목을 꽉 끌어안았다. 품에 그를 가
두어 두었는데도 새삼 분노가 치솟았다.

이 사내는 내 남편이다. 하지만 내 것이라고 할 수는 없다. 이
나라에서 여인은, 상대가 남편이라 할지라도 사내에게 소유를 주
장할 수 없다.

"나으리는 제 거예요."

하지만 은강은 당돌하게 그를 소유하려 들었다. 덥썩 얼굴을
붙잡고 선언하였다.

"내 거라구요."

투기는 칠거지악의 하나였지만 은강은 거리낌도 없이 그에게
질투심을 내비쳤다.

"다른 여인과 합방하는 걸 소원하시는 건 아니시지요? 상상하
는 건 아니시지요?"

준엽이 눈을 둥글게 뜨더니 고개를 저었다. 하지만 그것으로는
은강의 불안을 잠재워 줄 수 없었다. 이 품에, 다른 계집이 들어
찬다고 생각하니 정말로 복장이 다 뒤집혔다. 동시에 그를 온전
히 소유코자 하는 욕망이 불쑥 끓어올랐다. 은강은 내면의 충동
에 쉽사리 복종했다.

그의 목을 껴안고 그의 입술을 찾았다. 인장을 찍듯 입술을
붙이고 곧 그녀가 슬며시 입안으로 혀를 밀어 넣었다. 준엽은 얼
떨떨한 와중에도 은강의 접문에 기꺼이 움직임을 맞추어주었다.
혀와 혀가 맞물리며 엎치락뒤치락 자리싸움을 한다. 타액과 숨

이 공유되고 열기와 흥분이 덩달아 고조된다. 은강을 만지는 준엽의 손에도 점점 힘이 들어갔다.

"다른 여인과는 안 돼요. 소첩 외에는……."

은강은 언젠가 그녀가 욕망하였던 것처럼, 준엽의 목젖을 빨고 목덜미를 애무했다. 혀끝에서 세찬 맥동이 느껴지나 싶더니 준엽이 낮게 신음하였다. 독점욕이 타올랐다.

"품지 말아요. 소첩은 소실도 싫고, 기생도 싫어요. 서방님은 내 거니까, 아, 읏!"

그녀가 말을 잇는 중에 준엽이 허리를 움직이기 시작했다. 가랑이 사이의 골을 따라 불기둥이 오르내렸다. 이미 남녀 모두 아래가 미끌미끌한 애액 범벅인지라 움직임은 부드러웠다. 하지만 억눌린 채 문질러지는 음핵이 가져다주는 쾌감은 불티처럼 강렬했다. 탁, 탁 극적인 감각이 터져 나왔다.

"흐윽, 서, 방님은…… 내, 거니까…… 나랑만, 응? 하읏! 낭군, 응? 나랑만……."

빨라지는 그의 움직임에 따라 은강의 호흡도 가팔라졌다. 입은 하나인데 숨에, 신음에, 말까지 뱉어야 하니 여간 정신이 없는 게 아니다.

"……뭘?"

준엽이 물었으나 정말 몰라 묻는 얼굴은 아니었다.

"그거……."

"그게 무엇인데?"

준엽이 상체를 일으켜 짙은 눈빛으로 은강을 내려다보았다. 불이 붙은 은강 또한 전만큼 부끄러움을 타지 않고 준엽의 몸 구석구석에 시선을 던졌다. 전체적으로 태가 늘씬하였으나 곧은 직각의 어깨와 탄탄히 다져진 가슴팍, 그리고 우람하게 서 있는 양물이 춘화첩에 통달한 은강의 눈에도 썩 훌륭하였다. 그녀는 홀린 것처럼 사내의 육신에서 시선을 거두지 못했다. 자신의 것이어야 했다. 그의 머리끝에서 발끝까지 모두 소유하고 싶었다.

"정사. 성교. 합궁. 그런 거 전부……."

은강의 도톰한 입술이 툭 말을 밀어내자 준엽이 움찔거렸다.

"그런 건 평생 소첩하고만 치러요. 낭군 것은 제 안에서만 품어졌으면 좋겠어요. 응?"

그녀는 그 음란한 간청에 어울리지 않게도 간절한 얼굴을 하고 있었다. 진심 어린 부인의 표정에 준엽의 온몸이 정욕에 들끓었다. 자극받은 남근이 힘을 주체하지 못하고 꺼덕였다.

"다른 여인 몸에는 씨물을 뿌리지……, 읍!"

황급히 준엽이 은강의 입을 손으로 틀어막았다. 정신이 아찔했다. 반쯤 장난을 친 것인데 부인의 외설적인 언사가 지나치게 그를 자극했다. 속된 말로, 꼴렸다. 쿵쿵쿵 뛰던 온몸의 맥박들이 이제는 쾅쾅쾅 날뛰었다. 더 듣고 있다간 그대로 파정할 것 같았다.

미치겠네.

그가 중얼거렸다.

입이 가로막힌 은강이 영문을 모르겠단 듯 그를 올려다보았다. 말간 부인의 얼굴이 첫날밤을 수행하는 서방을 또다시 위기에 내몰았다. 차라리 아까 그녀의 원대로 불을 끄는 게 나을지 몰랐다. 대체 아까의 저는 무슨 객기를 부린 것인가. 이대로 흐름이 이어지다가는 해야 할 많은 일들이 넘어가고 끝장부터 보게 될지도……

진짜 미치겠네.

절로 한탄 같은 중얼거림이 흘렀다.

"어찌 그리 당연한 걸 청합니까. 나는 부인하고만 백년해로할 터이니 군걱정 마세요."

어떻게든 흥분을 진정시켜야 했다. 그동안 부인이 여러 서책으로 쌓은 지식이 있을 터, 기대에 하나하나 차근히 부응해 주고 싶은데 그러기엔 자신의 상태가 심상치 않다. 터질 것 같은 욕구를 다스리려 그는 대화를 이었다.

"다른 여인 같은 건 눈에 조금도 들어오지 않습니다."

그러나 은강은 고개를 저어 그의 손을 떼어냈다.

"지금은 그렇게 말씀하셔도 나중 일은 모르는 거니까요."

"……"

"기방 출입 않는 사내가 없지 않습니까. 여유만 있으면 어느 사내든 간다 하던걸요. 관청에는 관기도 있잖습니까."

"……"

"차라리 기생 놀음으로 그치면 다행이겠지요. 어느 날 갑자기 소실이랍시고 계집을 들이면 소첩, 그때는 어쩌지요? 귀환 부인처럼, 나으리가 밖에서 서자라도 만들어서 데려오면 소첩 그때는 정말 어찌해야 합니까?"

"귀환…… 부인."

잊혔던 애물단지가 간만에 존재감을 발하였다. 지긋지긋할 정도로 지독한 영향력을 가진 책이다. 지금 이 상황에서 귀환 부인이라니.

"예. 귀환 부인이요. 그래서 첩이랑 작당하고 나리께서 저를 소박하고 몰아내려고 하시면……!"

"그럼 부인은 어사또라도 기다릴 겁니까?"

폭주로 치닫는 망상을 준엽이 단호하게 끊어냈다. 그의 음성이 서늘하다. 귀환 부인만 떠올리면 자연히 어사또 김경수부터 생각이 났다. 남의 부인을 꼬드겨 내는 망할 자식. 그리고 이어서 달갑지 않게도 강인지와 박무진의 모습까지 줄줄이 끌려 나왔다. 덩치만 커다란 산도적 같은 놈들.

"낭군께서 쫓아내시면 소첩으로선……."

"쓸데없는 걱정. 내가 미쳤습니까? 그런 파렴치하고 금수만도 못한 짓거리들을 하여 암행어사를 불러들이게?"

"지금 정다워도 사내 마음은 갈대 같아 언제 변심할지 모르잖습니까."

"내 무어라 약조해 주면 되겠습니까? 하라는 대로 다 해주리라. 원한다면 문서로 남겨 직인도 찍어주겠소."

"그러니까, 그게……. 다른 여인 몸에는 씨물 뿌리지 마시어
요."

다시 들어도 적응하기 어려운 발언이었다. 한데 그 발칙한 음
언(淫言)에 반응하는 자신은 무엇일까. 낯은 후끈거리고 가슴속
은 덥다. 그렇잖아도 불끈거렸던 음경은 정직하게도 투명한 애액
을 줄줄 흘려냈다. 극도의 흥분이 도무지 가라앉을 기미를 보이
지 않는다.

하긴. 삼 년을 참았다. 부인이 자신에게 이렇게 매달려 사정하
는 건 홀로 수음할 때나 가능한 일이었다. 그런데 상상 속의 일이
현실이 되고 있으니 태연할 수 있으면 그게 어디 사람일까.

"나으리. 나에게만, 내 몸에만 파정하세요."

더는 버티기가 힘들었다. 당장 그녀의 안에 들어가 마음껏 날
뛰지 못하면 제 속이 타들어가 죽을 것 같았다. 하고자 했던 중
간의 많은 행위들이 썩둑 가위질 되었다.

준엽은 바짝 배에 달라붙은 자신의 물건을 손에 쥐었다. 하늘
높은 줄 모르고 사납게 대가리 추켜든 것을 억지로 내리누르며
준엽이 은강의 사타구니에 파고들었다. 입구 끝에 귀두를 슬슬
갖다 대자 긴장한 듯 은강의 몸에 힘이 들어갔다.

"그런 건 몇 번이고 약조해 줄 테니 일단 지금은 내게만."

자신에게 열린 문 안쪽으로 서서히 그가 몸을 밀어붙였다. 바
라마지 않던 행위에 이성이 간당간당하다. 그가 무게를 싣자, 하
체가 맞물려 들어가며 상체가 은강의 위에 쏠리기 시작했다.

"집중을……."

준엽은 말을 끝마치지 못했다. 빡빡한 은강의 안에 진입하느라 다른 것은 생각할 겨를이 없었다.

"아으으으읏……."

은강의 눈가가 파르르 떨리며 그녀의 입에서 희미한 신음이 흘러나왔다. 불에 달구어진 쇠기둥이 자신의 내부를 지지며 들어오는 것 같았다. 아직까지는 견뎌볼 만하였지만 역시 책에서 읽었던 대로 여인의 초야란 녹록한 것이 아니었다.

좁은 길을, 살을 가르면서까지 침입하니 뜨겁고 따갑고 아렸다. 하지만 덕분에 몸이 하나로 이어지는 과정이 여실히 느껴졌다. 쓰라림이 준엽의 존재를 생생히 일깨워 준다.

내 연인, 내 낭군, 내 남자. 그의 단정한 미간이 일그러지는 모습이 좋았다. 냉하다 싶을 정도로 강직한 사내가 제게만 탐욕을 드러내는 게 좋았다. 자신의 위에서만, 이렇게 색기를…….

푸욱!

그때, 간신히 귀두를 박은 준엽은 작심한 듯 단번에 허리를 찔러 넣었다. 여린 막이 찢어지며 그의 분신이 뿌리 끝까지 은강의 몸에 박혀들었다. 준엽의 입에서 훗 신음이 터지고 은강의 입에서는 아예 비명이 튀었다.

"아윽!"

작렬하는 격통을 이기지 못하고 은강이 준엽에게 매달렸다. 그를 끌어안은 그녀의 몸이 바르르 경련했다.

아파. 아프잖아. 정말! 손조차 닿지 않는 밀부가 얻어맞은 것처럼 욱신욱신하다. 게다가 이 이물감! 아래를 꽉 틀어막은 묵직한 존재감이 어색한 듯 불편했다. 은강의 눈언저리가 붉어졌다. 은강은 문득 서러워졌다.

"나으리……."

한편 준엽은 은강을 보살피기는커녕 자신을 추스르기에만도 정신이 없었다. 밀고 들어간 순간 시야가 새하얗게 질려가며 등줄기로 황홀한 감각이 흘렀다. 사람을 환장하게 만드는 쾌감이었다. 겨우 삽입했을 뿐인데도 이렇게 난리니 움직일 때는 어떠할까. 걱정이 반이었고 기대가 반이었다.

"나으리이!"

은강은 준엽이 혼자만의 세계에 빠져 있자 그를 힘주어 불렀다. 자연히 몸에 힘이 들어가며 그녀의 음문이 양물의 뿌리를 끊을 듯 강하게 죄어들었다.

"크읏!"

전방위적 압박에 준엽은 입술을 짓씹었다. 벽력처럼 덮치는 성감에 빌어먹을 소리가 나올 뻔한 걸 겨우 추슬렀다. 후우……. 그가 힘겹게 숨을 내쉬며 정신을 차렸다. 다소의 여유를 가지자 그때서야 은강의 상태가 인지되었다. 준엽의 손이 곧 다정하게 부인의 눈을 문질러 닦았다. 손에 물기가 배어 나온다.

"아파……."

은강의 칭얼거림에 준엽은 입술로 그녀를 얼러 달랬다. 눈가에 쪽쪽 달큰한 소리가 멎지 않는다. 쏟아지는 그의 애정을 담뿍 받자 경직되었던 은강의 몸도 느른하게 풀어지기 시작했다. 준엽은 은강의 입술을 집어삼키고 손으로 그녀의 젖가슴을 주물렀다. 말캉말캉 느껴지는 손안의 감도와 줄줄 새는 그녀의 교성이 준엽을 고양시켰다.

그는 슬그머니 허리를 뒤로 빼냈다. 양물을 감싸 안았던 쫀쫀한 속집이 끝까지 그의 것을 물고 늘어졌다. 탄성이 여간한 것이 아니다. 한껏 치들렸던 샅을 슬며시 꾹 박아 넣자 은강의 내벽 또한 쪼옥 그의 분신을 빨아 당겼다. 짜릿하다. 그 어떤 경험보다도 강렬한 느낌이었다. 은강의 신음이 칭얼거림처럼 늘어졌지만 그는 개의치 않았다.

"그래도 못 무릅니다. 나는, 절대로."

시작 전에 단언했던 그대로였다. 은강도 찡얼거리기는 했지만 여기까지 와서 거사를 중단할 마음은 없었다. 그녀가 고개를 끄덕이자 준엽은 절급한 충동이 이끄는 대로 한결 편히 허리를 움직였다. 부드럽게 일 보를 후퇴하였다가 퍽! 드세게 이 보를 전진하고, 또 유하게 몸을 물렀다가 퍽! 격하게 들이박는다.

밀부를 찧어대는 힘에 따라 나긋나긋한 여체가 한껏 출렁였다. 비교적 잔잔했던 물결이 너울로 변하기까지는 오랜 기다림이 필요치 않았다. 액에 뒤범벅이 된 샅이 부딪칠 때마다 음란한 마찰이 철벅철벅 방 안을 때렸다.

아웃, 하악, 훗웃, 흐응, 아아, 아웅, 하아……

철벅임이 빨라질수록 날 선 신음만 쏟아내던 은강도 차츰 소리에 묘한 여운을 남기기 시작했다. 퍽퍽퍽 살 기둥이 들이치는 와중에 뭉근한 향락이 느물느물 전신을 잠식했다. 달뜬 숨이 토해지며 그녀의 두 다리가 알아서 준엽의 허리를 감쌌다.

집중하는 통에 미간을 찌푸리고 있던 준엽이, 등허리의 감촉을 느끼고 미소를 지었다. 입꼬리를 씨익 들어 올린 게 전부인데도 은강은 야릇한 기분이 들었다. 속이 부푼다. 애정이 둥실둥실 넘쳐서 이를 다 어찌 표현해야 할지 모르겠다.

"더……."

은강은 헐떡이며 겨우 소리를 쥐어짜 냈다. 더 가까이, 더 깊이 결합되고 싶다.

"더, 낭군, 흐읍, 좀 더……! 아앙……!"

반쯤 흐느끼며 그녀가 애원하였다. 그때까지도 그나마 은강에게 웃어줄 이성을 반쯤 가지고 있던 준엽이었으나 그녀의 부추김이 이성을 날린다. 이 여인을 오롯이 가지고 싶다는 욕구와 이 몸에 씨를 퍼뜨리고 싶다는 본능, 허리를 진퇴할수록 솟구치는 성감이 뒤끓어 애가 닳았다.

미쳐 간다는 말을 절감한다. 걷잡을 수가 없다.

"헉…… 허억……. 부인, 헉……, 부인. 하아."

이미 박력 넘치게 아래를 밀어붙이고 있으면서 그는 끝없이 은강을 갈구했다. 목덜미에 얼굴을 파묻고 충실한 개처럼 살결을 핥고 빨았다. 오늘이 아니면 부를 수 없는 것처럼 그는 애타게 은강을 불렀다. 귓가에 들려오는 그의 음성이 너무나 야했다. 부인, 부인 소리가 들릴 때마다 전율을 이기지 못해 은강의 허리가 들썩였다.

좋았다. 모든 게 너무나 좋았다. 기실, 처녀막이 파열되어 핏물이 흐르는 여인의 초야가 좋을 수가 없는데도 너무나 좋았다. 성감이 느껴진다지만 여전히 육신은 격통이 압도적이었다. 그런데도 좋다.

준엽이 자신에게 안달하는 모습이 물리적 고통을 뛰어넘어 그녀에게 충족감을 안겨주었다. 흥분이 극에 달하여 가끔씩 새는 저속한 욕설도, 집착에 가까울 정도로 달라붙는 끈질긴 시선도, 절제 없이 내보여지는 거친 면면까지도 전부 야하고, 사랑스럽다.

은강은 준엽의 허리에 헐겁게 두른 다리를 바짝 죄었다. 그리고 그게 마치 신호라도 된 듯, 준엽은 허릿짓에 마지막 박차를 가했다. 탁탁탁탁 한계까지 부풀어 오른 그의 양물은 사정이 급했다. 조금만 더, 조금만 더더…….

"쌀 것, 같……. 큭!"

말을 잇는 대신 그는 거세게 허리를 찔러 넣었다. 어느 때보다 내벽 깊숙이 귀두가 쑤셔졌다. 양물에서 울컥, 씨물이 뱉어져 나오며 눈앞에서는 빛이 번쩍 터졌다.

"아……!"

도무지 막을 수 없는 신음이 흘렀다. 난생처음 느껴보는 쾌감이 전신을 휩쓴다. 머리끝이 쭈뼛하며 등마루를 타고 오싹할 정도로 파괴적인 감각이 짜르르 흘렀다. 절정에 오른 준엽은 부들부들 몸을 떨면서도 은강을 터뜨릴 것처럼 꽉 껴안았다. 파정을 하는 중에도 그는 악착같이 다시금 남근을 박아 넣었다. 그러자 꿀럭, 마지막 한 방울까지도 남김없이 씨물이 쥐어짜였다.

"읏."

그렇게 부인의 자궁에 질펀한 정을 죄 쏟아낸 뒤에야 준엽의 움직임이 멎었다. 머릿속이 텅 비어지고 기운이 고갈되었다. 열중한 만큼 탈진감도 컸다. 마치 허물어지듯, 준엽은 은강의 몸 위에 털썩 쓰러졌다. 아무런 생각도 들지 않았다. 그저 이대로 죽어도 여한이 없을 것 같다는 만족감 외에는.

한바탕의 정사가 끝나고, 부부는 물먹은 솜처럼 무겁게 늘어져 있었다. 손가락 하나 까딱할 여력이 없다. 진탕 취한 것처럼 전신이 나른했다.

"낭군."

그나마 두 사람 중 먼저 정신을 차린 쪽은 은강이었다. 그녀는 준엽의 뒷목을 만지작거리며 입을 열었다.

"무슨 생각 하십니까?"

은강의 부름에 몽롱하게 흐려져 있던 준엽의 두 눈에 빛이 돌아왔다. 그가 고개를 슬며시 들었다.

"부인은?"

"소첩은…… 세상이 변했나? 하고 생각해요. 그런데 보이는 건 똑같아서……."

모호한 답변에 준엽의 초점이 흔들렸다. 이게 좋은 말인지 나쁜 말인지 판단하기가 어렵다.

"그럼 내가 새로 태어난 건가? 생각해요. 그래서 불안해요. 무섭기도 하고요."

"내가 옆에 있을 텐데도 불안하시오?"

저가 아직 미덥지 못한가 싶어 준엽의 낯빛이 어두워졌다. 그러자 은강이 품 웃음을 터뜨렸다.

"낭군이 옆에 있으니까 불안한 건데요? 낭군이 옆이 있으니 불안하고 무섭고, 설레고 기쁘고 좋아요."

"……."

"행복한 만큼 행복이 깨질까 걱정된다는 거예요."

준엽의 미간에 어렸던 근심이 사르르 녹아났다. 아주 사람 속을 죄었다 풀었다 하니 방심할 수가 없다.

"낭군은요? 무슨 생각 하시어요?"

"부부는 일심동체라 하지 않습니까."

"그렇게 두루뭉술한 건 싫사와요. 나만 억울해."

은강이 애교 있게 눈을 흘기자 준엽이 '음……' 고민을 표했다.

"전부 알면 싫어질 텐데 그래도 알고 싶습니까?"

"예."

"진짜로? 후회 않으시겠소?"

"물론입니다."

은강은 자신만만하게 주억거렸다. 준엽이 피식 웃었다. 그의 눈이 묘한 색채를 띠었다.

"아까 부인이 했던 말을 곱씹었습니다."

"아까 했던 말?"

갸웃거리는 은강에게 그가 은밀히 속삭였다.

"합궁은 당신이랑만 하자는 거. 다른 여인 몸에는 씨물을 뿌리지 말라는 거. 당신 몸에만 파정해 달라고 한 거."

은강의 얼굴이 순식간에 벌겋게 달아올랐다. 떡 벌어진 입에서는 불만조차 토해지지 못했다.

"거 봐. 알면 싫어질 거라고 말하지 않았습니까."

준엽은 당황한 은강의 옆에서 태연히 턱을 괴었다. 그녀의 얼굴을 빤히 관찰하며 그가 능청스레 말을 이었다.

"부부는 일심동체이니 내 마음도 같고. 아. 지금 한 번 더 하고 싶다는 생각도……."

"나으리!"

항의하듯 은강이 소리를 질렀다.

"농담입니다."

"무, 무슨 농을 그렇게 지, 짓궂게……."

짓궂다니. 준엽은 은강의 항의가 부당하게 여겨졌다. 초야를 치르는 서툰 신랑에게 그 짓궂은 소리를 하여 사람을 정신 못 차리게 흥분시킨 건 어디의 누구였더라. 덕분에 거치려 작정했던 단계가 다섯 개쯤은 날아갔다. 통탄스럽다. 부인이 몸을 추스르려면 며칠은 걸릴 텐데 이 향락을 누려보곤 다음까지 어찌 참아야 할까.

준엽은 갑자기 자기 자신이 마치 대단한 군자처럼 느껴졌다. 이걸 삼 년이나 견디다니 사서삼경을 왼 것보다 스스로에게 감탄을 금치 못한다.

"이 할쯤 농담, 팔 할쯤 진담."

"나으리이!"

그쯤 해서 준엽이 웃음을 거두고 은강을 품에 안았다. 가냘프고 부드러운 여체가 제 것처럼 쏙 안겨들었다.

"좋습니다. 아무 생각 없이 그냥 전부 좋습니다. 난 단순한 사람이라……."

"낭군이 단순하다고요?"

이의를 제기하듯 은강이 되물었다. 그녀가 보기에 준엽만큼 꿍꿍 속내를 감추고 의뭉스럽게 행동하는 사람이 없는데 그가 단순하면 다른 이들은 백치인가?

"생각이 아니라 감정. 좋은 건 좋고 싫은 건 싫으니까."

준엽은 그렇게 말했지만 은강은 선뜻 그가 좋아하는 게 뭔지 싫어하는 게 뭔지 떠올리지 못했다. 일전에도 생각했던 것이지만 정말로 그에 대해서 아는 게 별로 없다.

"앞으로 사소한 거라도, 대화는 자주 하면 좋겠습니다. 서방님 호불호를 못 가려내겠는걸요."

"그것도 사실 단순합니다. 부인이 좋은 건 좋고 싫은 건 싫으니까."

"귀환 부인 안 좋아하시잖아요?"

은강이 즉시 의표를 찔렀다. 의외로 날카로운 지적에 준엽이 시선을 쪼르르 흘렸다.

"그건 앞으로 좋아하면……."

좋아할 수 있을까? 장담할 수가 없어 그는 요령을 피워 말을 얼버무렸다.

"좋아하도록 노력하겠소."

"그럴 필요까지는 없는데."

"어차피 그 책 하권, 이미 사들이기까지 했으니……."

은강이 번쩍 고개를 치켜들었다. 나으리가 귀환 부인을 샀다고? 그것도 하권을? 어떻게?

"그 책 구하기가 얼마나 힘든 줄 아십니까? 돈이 있어도 살 수 있는 게 아닙니다. 저만 하여도 강인지에게서 겨우……!"

은강이 말을 하다 말고 급히 입을 다물었다. 부부 사이에서 강인지의 존재가 가지는 파급력이란 상당한 것이었다. 눈알 굴러가는 소리가 들릴 정도로 사위가 적막해졌다. 무심코 이름 올린 은강이나 들은 준엽이나, 껄끄러운 것은 마찬가지였다.

"강인지가 귀환 부인 하권을 구해다 주었습니까? 그게 설마 부인의 경대 옆에 놓아둔 저 책을 뜻하는 것은 아니겠지요?"

준엽이 턱짓하는 곳으로 고개를 돌리자 귀환 부인 하권이 버젓

이 붉은 표지의 위용을 드러내고 있었다. 암만 저라고 하여도 적서를 저렇게 눈에 띄게 두지는 않는다. 요 근래 제정신이 아니긴 하지만 분명 장롱에 감춰두었던 걸로 기억하는데?

"저게 대체 왜 밖에……."

"부인이 사라지고 나서 꽃분이가 온 방을 파헤쳤으니까. 나도 그 책을 이 방에서 보게 될 줄은 몰랐소. 좌측 하단 귀퉁이가 짓눌려진 귀환 부인."

그녀의 의문을 준엽이 간단히 풀어주었다. 은강의 입이 '아' 하고 벌어졌다.

"그 책 맞습니다. 하지만 분명 호방이, 본인의 누이 것이라고 하며 건네주었습니다. 그래서 보답으로 누이에게 주라고 노리개를 건넸는데…… 그게 낭군 것이었단 말씀이십니까?"

강인지의 누이? 준엽은 기가 막혀 헛숨을 내뱉었다. 혈혈단신 뒷골목에서 막살아 온 강인지에게 누이라니 가당찮을 소리였다. 그야말로 개소리다. 강인지, 그 개자식이 제 물건을 훔쳐 은강에게 개소리를 지껄인 것이다. 감히 남의 물건으로 생색을 내?

"부인. 우선 강인지는 누이가 없소. 그리고 강인지가 주었다는 그 책은 확실히 내 것이 맞습니다."

분기가 치솟았지만 준엽은 눈동자를 내리까는 것으로 소모적인 감정을 억눌렀다. 어차피 강인지의 운명은, 제 발로 기어오든 제 발로 나가든 어느 쪽도 순탄치 못할 것이다. 자신에게 잡히면 평생 옥고를 치르게 될 테고, 도주하면 고리대를 갚지 못해 악덕

업자에게 모가지가 날아갈 테니까.

"하지만 나으리께서 대체 왜 그걸 거두어들이신단 말입니까. 풍기를 해친다고 세책점 단속까지 하셨잖습니까."

"당시의 일은 내 입이 열 개라도 할 말이 없소. 사사로이 공권을 쓴 것이었으니까. 하여 주인에게 몇 곱절 웃돈을 주고 책을 사들였습니다. 세책점에 그간의 피해를 입힌 것도 보상할 겸, 그리고 또……."

은강이 구하던 것이라 싫었지만 또 한편으론,

"부인께서 구하던 것이라 듣기도 하여……."

"……."

밝혀진 속사정에 은강은 말을 뚝 잃었다. 그나마 강인지에게 고마웠던 부분을 하나 꼽자면 저를 위해 서책을 구해다 준 것인데 그것조차 강인지의 공이 아니었다니. 아니. 이제 와서 강인지에 관한 것은 아무래도 좋았다.

그저 준엽에게 송구할 뿐. 융통성이 없다고 그를 멋대로 판단하고 답답하게 여긴 게 어처구니가 없었다. 부인이 좋아한다고 하여 어느 남편이 남우세스레 적서를 몰래 구입해 주려 한단 말인가. 심지어 그냥 양반도 아니고 사또인데.

그에 대해 진짜 아는 게 없다. 정말 아는 게 없어. 은강은 묘한 자괴감에 빠져들었지만 하나는 확실히 알겠다 싶었다.

"서방님. 소첩, 전생에 충렬 부인이라도 되었나 봅니다."

충렬 부인이라 함은 박씨전의 주인공을 뜻한다. 그러나 그녀와 은강은 척 봐도 백만 년은 거리가 있었다. 준엽은 두 여인의 공통점을 떠올리려 쓸데없이 머리를 굴렸으나 딱히 잡히는 게 없었다.

"전생에 덕을 많이 쌓아서 이생에서 보답 받고 있는 걸지도 몰라요. 분명 나라를 구한 게 틀림없어요. 그렇지 않고서야 어떻게 나으리 같은 분에게 시집올 수 있었겠어요? 운수대통인 사람은 진경 낭자가 아니라 소첩인 모양입니다."

은강이 감격에 찬 듯 두 눈을 반짝였다. 땀에 젖어, 머리카락 몇 가닥을 뺨에 붙인 채 수선을 피우는 모습이 사랑오웠다. 격세지감에, 준엽의 가슴속이 찡하게 울렸다. 처음 보았을 때만 하더라도 은강에게 이런 소리를 들을 수 있을 거라곤 기대도 하지 못했다. 연을 당기는 것에 급급하여 다른 건 크게 바라지도 않았다.

"한데 낭군. 정말 어째서 소첩과 혼인하신 건가요?"

준엽의 따뜻한 시선 속에서 행복에 겨워하던 은강이 문득 질문을 던졌다.

"도읍에서 좋은 혼처가 많이 들어왔을 것 같은데."

"좋은 혼처라……."

준엽은 느리게 은강의 말을 되풀이하였다. 명문가의 정숙한 아가씨가 좋은 혼처의 기준이라면 물론 많이 들어왔다. 지아비를 섬기고 얌전히 내조하는 여인이 좋은 혼처의 기준이라면 그 또한 마찬가지다. 하지만 준엽에게 있어서 좋은 혼처란 그런 것이 아니었다.

'부전자전인가.'

사실 이와 같은 질문은 삼 년 전에도 들은 적이 있었다. 최가에 매파를 보냈을 때, 쌍수를 들고 반기던 장모님과는 달리 은강의 부친, 장인어른은 준엽을 무척이나 미심쩍어하였다. 유 사또처럼 전도유망한 분이 어째서 한미한 자신의 집과 연을 맺으려하냐 그가 물었었다. 그리고 그때나 지금이나 준엽의 답은 한결같다.

"사내가 장가를 들고 싶어 하는데 이유가 뭐 있겠습니까."

다만 그 뜻을 이해하느냐 마느냐는 전적으로 개개인의 역량에 달려 있었다. 같은 사내인 장인이 단번에 준엽의 말을 이해하여 자세한 질문들을 쏟아부었던 데 반해 은강은 고개만 어슷하게 기울였다.

'생면부지의 여인에게 장가들고 싶어 하는 이유가 무엇이 있지?'

은강으로선 도무지 짐작할 길이 없었다. 혼례를 치르기 전 준엽과의 연이라고 한다면, 그의 수령 취임식에 참여한 게 전부였다. 하지만 그런 일방적인 구경이 혼사에 영향을 끼쳤을 것 같지는 않았다. 준엽의 답은 의문을 해소시키기는커녕 그녀를 더욱 혼란에만 빠뜨렸다.

"말 나온 김에……."

하지만 그녀의 집중력은 준엽에 의해 금세 흐트러졌다. 그가 스리슬쩍 말머리를 넘긴다.

"그러고 보니 아직 한 번도 말을 하지 못한 것 같은데."

그러더니 답지 않게 우물쭈물 망설임을 내보였다. 드문 일이다. 단호하기로는 둘째가라면 서러울 양반이 이 순간에 주저하는 것이 은강의 주의를 사로잡았다. 게다가 그의 낯에는 약간의 뜨거운 기운도 배어 있었다.

"그……."

속이 마르는지 그가 혀로 입술을 축였다.

"그게……."

준엽의 까만 눈동자가 흔들렸다. 저를 응시하지도 못하고 슬쩍 빗겨난 채로.

눈치가 빠른 편은 아니었지만 은강도 이쯤 되니 준엽이 꺼내려는 말이 무엇인지 알 것 같았다. 이 상황에서 기대되는, 그가 자신에게 아직 해본 적 없는 말은 하나밖에 없다. 가슴이 빠르게 뛰었다. 신경이 모두 그에게만 쏠렸다. 준엽의 목울대가 크게 움직이는 게 보였다. 그리고 동시에 그의 눈동자가 자신에게로 뛰어와 한껏 부딪쳤다.

"연모합니다."

준엽은 더 이상 피하지 않고 삼 년간 숨겨왔던 진심을 고백하였다.

"처음 본 순간부터 한시도 변함없이, 그리고 앞으로도."

이미 이 말을 짐작하였음에도 은강의 눈이 새삼스레 크게 뜨였다. 미묘히 경직된 얼굴이다.

하지만 그것도 잠시.

"알아요. 우리, 백년해로할 거잖아요."

은강은 만개하는 꽃송이처럼 활짝 웃음을 피워냈다. 부드럽게 휘어지는 눈매와 방긋 올라가는 입꼬리가 눈이 부셨다.

준엽이 기억하는 과거처럼, 여전히.

하지만 떨어져서 훔쳐보기만 해야 했던 그때와 달리, 이번에는 그녀의 얼굴을 쓰다듬어 줄 수 있었다. 마주 보며 미소 지어줄 수 있었다. 품에 안아줄 수 있었다. 그리고 준엽은 그렇게 하였다.

"그럴 것이오."

그가 얽은 인연이 이렇게 매듭지어지기까지 무려 삼 년의 세월이 걸렸다. 하지만 준엽의 심중에는 일말의 후회도 존재하지 않았다. 그 삼 년이 백 년의 반석이 되었음을 아는 까닭이다.

"분명히."

0. 준엽

삼고초려하지 않고도 제갈량을 얻었으니 과인의 인복이 유비
보다 낫고, 세월을 허비하지 않고도 일찍이 태공망을 얻었으니
과인의 운수가 문왕보다 낫다.

연두빛 앵삼을 걸치기에는 지나치게 어린 장원 급제자를 바라
보며 임금이 황송한 칭찬을 베풀었다. 나이 열넷. 나라의 지존이
제갈량, 태공망에 비하여 주었으니 어떤 부동심을 가진 인물이
라도 들뜨지 않는다면 그것이 이상하리라. 그러나 준엽의 어린
마음은 조금도 공뜨지 않았다. 달콤한 축언을 뱉는 입술과 달리
늙은 왕의 눈이 뱀처럼 차갑기만 한 탓이라.

아니나 다를까. 어사화를 친히 복두에 꽂아주며 임금은 소년 장원에게 작게 읊조렸다.

유비가 삼고초려하지 않는 제갈량은 빈사요,
문왕이 알아보지 않는 태공망은 그저 어옹일 따름이지.

제갈량을 가난한 선비로, 태공망을 늙은 어부로 격하시키는 왕의 속내야 비교적 명확한 것이었다. 네 아무리 인재라 하여도 너를 급제시켜 준 이는 과인이며 네 재주는 내가 쓰지 않는 한 하잘것없다는 뜻이다. 틀린 말은 아니었다. 과거의 순위를 정하는 전시에서 장원을 뽑는 자는 임금이며 아무리 최연소 장원 급제자라 한들 뒷받침할 만한 가문이 없는 준엽의 입신양명은 왕의 손에 달려 있었다.

'요하자면, 자만하지 말라는 것인가.'

그러나 준엽은 이내 생각을 바꾸었다.

'충성하라는 거겠지. 언감생심 파벌에 속할 생각 말고.'

어련히 신신(臣臣 : 신하로서 도리를 다하다)할 것을, 임금이 으름장을 놓자 준엽은 도리어 맥이 빠졌다. 왕권을 위협하고 나라 살림을 해쳐 먹는 탐관과 간신들이 설치는 판이니 이해 못 할 바는 아니라곤 해도 갓 입신한 어린 신하를 으르기부터 하다니. 염증이 느껴진다.

'성 밖이나 성 안이나 사람이 사는군.'

세상 어디를 가도 아귀다툼이다. 아무리 길고 높게 경계가 지어져도 성 안팎은 크게 다를 바가 없다. 준엽은 조소하였으나 지존 앞에 공손히 머리를 조아렸다.

"성은이 망극하옵나이다."

도성에 머무는 동안 몇 날 며칠 연회가 벌어졌다. 한미한 집안 출신의 최연소 장원 급제자는 그 자체로 탐나는 인재였고 백성들에게서 명망이 높았으므로 권신들은 그를 위해 기꺼이 축연을 벌였다.

각양각색의 변색된 눈동자들이 준엽을 주목하였다. 떠보고 훔쳐보고 노려보고 살펴보고 깔보고 지켜보고, 준엽은 별의별 시선들을 다 받아내야 했다. 자신은 가만히 있는데도 이리 둥실 저리 둥실 물결에 치여 자리를 옮기고 있다.

"성균관에서 들리는 말론, 유생 김원정이 올 과거의 가장 유력한 장원감이었다 하던데 아원(亞元 : 차석)으로 밀렸다지요? 은연중에 부담이 컸던 것인지 아깝게 되었습니다."

"그래도 아원인데, 아깝다는 소리를 들은 정도면 얼마나 뛰어난 귀재였단 말이오?"

"아원도 광영이지만…… 성균관 입학부터 줄곧 두각을 보였던 터라 그런지 문중에서 공연한 소리도 나오는 듯합니다."

"공연한 소리라니?"

"김원정이 영의정 대감의 말자(末子 : 막내아들)라서 아원으로 밀려난 것 아니냐는 얘기가 있더이다."

"어허! 누가 그런 항설을 퍼뜨린단 말이오. 그 말인즉슨, 상감께옵서 영의정 대감을 견제하기 위해 김원정에게서 장원 자리를 뺏기라도 했던 게요? 허언들이 지나치시오!"

"마냥 무시하기엔 유생들 사이에서도 뒤숭숭한 갑론을박이 제법 크게 일어……."

"누가 그런 위험한 소리를 하는 게요! 감히 불충하여 듣기가 민망합니다!"

"아쉬워서 하는 소리겠지요. 자자, 속이 쓰려서 그러는 것일 터이니 내버려 둡시다."

"그럼이요. 한 몸에 기대를 받았던 만큼 그 중압감이 얼마나 막중하였겠소. 상태가 난조였던 것이겠지."

"그리 말씀하시면 안 되지요. 소인의 생각으론 하필 상대를 잘못 만난 것 아니겠소이까."

준엽을 면전에 두고 그네들끼리의 은밀한 웃음이 흘렀다.

"그렇지요, 유 장원?"

네 주제를 알라는 경고를 참으로 어렵게도 전한다 싶었다. 욕지기가 치밀어 올랐으나 준엽은 차분히 대답하였다.

"과찬이십니다. 운이 조금 따랐을 뿐입니다."

"이 사람 좀 보시게나? 대과를 한 번에 꿰어찬 천재가 어찌 이리 겸양을 떠시나. 제갈량과 태공망의 현신이라 저잣거리에서 노래도 돈다 하던데."

견제가 이어진다. 왕의 소성(小聲)을 듣지 못한 자들의 시기와 투기가 지겹다. 차라리 아이를 달래는 게 낫지, 제 인생의 몇 곱절을 살아온 노회한 양반들을 안심시켜야 하다니 자신의 처지가 못내 우습다. 어쩌면 임금은 이걸 노렸는지도 모르겠다.

"그 대단한 제갈량도 유비가 삼고초려할 적에 스물일곱이었습니다. 태공망이야 뭐 말할 것도 없지요. 적어도 이립(而立 : 삼십세)은 되어야 자립하여 세상에 포부를 펼칠 수 있지 않겠습니까."

부러 눈을 동그랗게 뜨고 또랑또랑한 아이의 음성을 내었다. 앳된 모습에 안심이 반, 그 내용에 의심이 반이다. 노인의 권태를 안고 아이의 무구를 가장하는 스스로가 소름 끼쳤다. 하나 어쩔 것인가. 어린 모습을 보이면 무시하고 본모습을 보이면 경계하니 사력을 다하여 발을 뺄 수밖에.

"하지만 말일세……."

이어져 들어오는 축언을 가장한 심문.

부임지가 정해지는 마지막 날까지 준엽의 일상이 이러하였다. 그는 점점 지쳐만 갔다. 연회에 불리는 동안 하루라도 빨리 도성의 주목으로부터 떠나고자 하는 마음밖에는 남는 게 없었다.

그러나 도성에서 벗어난다 하여도 그들은 자신을 두고 볼 것이다. 얼마나 잘할 수 있는지 두 눈 크게 치뜨고 지켜보겠지. 능란하면 위협으로 받아들일 터이고 못하면 그것 보라 조롱할 만반의 준비가 된 사람들이었다.

차라리 고요히 묻히리라. 준엽은 과거에 급제한 그 순간부터 제 길을 정하였다. 염관도 탐관도 아닌 보통의 관리가 되어 지방을 전전하리라. 어차피 딱히 포부랄 것도 없었다. 보국안민을 이해할 머리는 있으나 보국안민을 실천할 마음은 없다. 지행합일은 책 속의 죽은 글귀다.

준엽의 자평으로, 그는 단지 시험을 잘 치르는 사람이었고 그것으로 자신을 건사할 수 있을 정도의 녹봉이 필요한 사람이었다.

그때의 그는, 분명 그러했다.

작지도 크지도, 풍요롭지도 빈곤하지도, 최북단도 최남단도 아닌 적당한 고을로 부임지가 정해진 것은 준엽에게 천만다행인 일이었다.

부임, 열흘 차.

준엽은 특색 없이 세속적인 아전들에게 어물쩍 휘말려 주며 지내고 있었다. 한 번 기강을 잡기는 잡아야 하겠으나 몇 년 뒤면 떠날 고을에서 아등바등 기를 쓰고 싶지는 않았다. 자신의 소임에는 성실히 임하되 아랫것들이 요령을 피며 따라오지 않는 건 어쩔 수가 없었다.

"나리, 대체 언제까지 아전들이 방종 맞게 구는 걸 봐주실 겁니까?"

비장은 유유히 수수밭이나 거니는 속 편한 상전에게 불만을 표했다. 업신여김을 당하고 있는데도 개선 의지가 없는 사또가 답답하다.

"사또가 소매 속에 있다고 허풍을 떨고 다닌다는데 화도 안 나십니까?"

"소매……."

준엽은 심드렁하게 제 팔을 들어 보았다.

"들어가려나."

미적지근하게 중얼거리자 비장이 한껏 미간을 구겼다. 기색이, 계속 옆에 내버려 뒀다간 한바탕 길이길이 날뛸 것만 같아 준엽은 크게 손을 휘저었다.

"시끄럽게 할 거면 멀리 가서 혼자 놀거라."

"그럼 지금 이거는 뭐 같이 노는 겁니까? 예, 나으리? 이 더운 날 무성한 수수밭이나 헤매는 게?"

"재미없거든 저리 가라니까. 굳이 따라 나와선."

"나리 혼자 어찌 둡니까? 딱 봐도 털어먹을 거 많아 보이는 양반 꼬……."

"꼬?"

번뜩 스치는 예민한 빛이 심상치 않았다.

"예이. 떨어져 드립니다. 근처에 있을 터이니 필요하면 언제든 부르시지요."

비장은 움찔하더니 황급히 후다닥 몸을 내뺐다. 비장의 눈에 준엽이란 어린 사또는 배부른 범 같은 자였다. 느른한 듯 굴어도 저 어린 양반은 언제든 숨겨둔 손톱과 이빨을 내보일 수 있다.

"뭘 또 저리 급하게."

준엽은 허겁지겁 도망치는 비장의 등을 보며 쯧 혀를 찼다. 그러더니 제 키만 한 혹은 저보다 더 큰 수수들 사이로 성큼 발을 디뎠다. 비장은 헤맨다고 표현하였지만 준엽은 묻히는 게 좋았다. 어디를 가든 주목 일색인 그다. 어린놈이 상투 틀고 갓을 쓰니, 양반이 많지 않은 이 마을에서는 제 모습 자체가 정체가 아니겠는가.

관청에 있으면 뺀질뺀질 뻗대는 관원 꼬락서니들을 안 볼 수가 없고 그렇다고 저자의 인파에도 묻힐 수 없으니 궁여지책이나마 그는 이렇게 숨통을 텄다. 한 치 앞도 내다보기 힘든 수수 사이를 발길 가는 대로 걷다가 내키는 장소가 있으면 가만 섰다.

'이런 곳에 살면 좋을 텐데.'

상상을 해본다. 인적 드문 수수밭 옆에 자그마한 초가를 짓고 은군자(隱君子)로 사는 모습을. 낮에는 밭을 일구고 가끔 낚시도 하고, 밤에는 글을 외는 삶은 어떠할까. 사실 하고자 한다면 지금 당장에도 영위할 수 있는 삶이지만 준엽은, 사람은 가난 앞에 초연할 수 없다는 것을 알았다. 사람이 사람답게, 황폐해지지 않으려면 어느 정도는 밑천이 있어야 한다. 고기가 잡히지 않아도 그만, 밭농사가 흉작이어도 허허실실로 웃어넘기려면 재물이 필요했다. 당장에 배를 곯아 기력이 없는데 마음이 느슨해질 수 있다면 그건 여유가 아니라 체념일 것이다.

'아직은 그렇게 살 형편이 못 되지.'

사인교를 타고 금의환향할 고향도 없다 여겼건만 장원 급제를 한 이후, 일가친척이 드글드글 그를 찾아왔다. 급제 전까지만 하여도 안면조차 낯설었던 자들이 자기 몫을 가열히 주장했다. 행랑채만도 못했던 별채 한쪽, 군불을 때준 장작개비, 끼니를 이어준 쌀알들은 낱낱이 빚이다. 일거에 묵은빚을 청산하느라고 그는 아직 빈난했다. 장원 급제자이지만 빛 좋은 개살구란 저 같은 사람을 두고 일컬음이라. 하지만 어쨌건 이제 빚은 없으니 앞으로 한 십여 년 관직에 몸담으면 여생을 건사할 수는 있을 것이다. 십여 년이 흘러도 저는 남은 생이 너무나 기려나.

쏴아아아……. 바람결에 쏠리는 수수 소리를 들으며 그는 눈을 감았다. 잡념이 흐려지고 심신이 안정된다.

"아씨! 은강 아씨!"

그러나 그의 안락은 오래지 않아 깨어졌다. 우렁찬 계집의 음성은 바람결보다 더 세차게 준엽의 귀청을 때렸다.

"아씨! 어디 계세요?"

수수밭을 헤치는 지긋지긋한 인기척이 들려온다. 준엽의 미간에 실금이 한 줄 그였다. 자리를 떠야겠다 마음먹는데 제법 가까운 곳에서 바스락 소리가 났다. 고개를 돌려보니 수수 위로 손가락 한 마디가 불쑥 튀어나왔다.

사람이 있었다.

언제부터 있었던 걸까. 준엽은 빽빽한 수숫대 너머로 댕기 머리를 한 낭자를 발견했다. 언뜻 보이는 것이 뒷모습뿐이라 자세히 알 수는 없었지만 깨끗하고 질 좋은 저의를 입은 걸로 보아선 양갓집 규수인 듯하였다. 게다가 방금 아씨라 불리었지…….

"아씨! 그리 깊은 곳까지 들어가 계시면 어찌해요?"

타박하며 새로이 모습을 드러낸 계집은 키가 훤칠했다. 이목구비가 눈에 잡히지는 않았으나 까랑까랑한 음성이 여간내기는 아닐 성싶었다. 준엽은 제 모습이 들킬세라 그들로부터 조금 더 거리를 두었다.

"그럼 적서 읽으러 왔는데 훤한 길가에 있겠니?"

"그건 그렇지만, 깜짝 놀랐잖습니까. 늘 있던 곳에 안 계시니 무슨 일이라도 터진 거 아닐까 얼마나 간이 오그라들었는지 아세요?"

"일은 무슨. 일이라는 건 말이다, 임 진사가 물레방아를 끝으로 절필하는 게 일이란다."

준엽은 이 고을이 임가의 진사가 있었는지 헤아려 보았다. 그러나 박 진사는 들어보았어도 임 진사는 금시초문이다. 게다가 '물레방아'를 끝으로 절필이라니? 황당무계한 대화에 준엽은 귀를 기울였다.

"에구머니! 임 진사 절필한대요?!"

"방금 읽은 '물레방아' 하권에 쓰여 있지 뭐니. 나날이 탄압이 심해져서 더는 붓을 쥘 수가 없다 하시더구나."

"어쩜 좋대요. 시대의 명필이 절필이라니! 임 진사만큼 색사를 맛깔나게 그려내는 지은이도 없었는데. 눈앞에 그림처럼 그려내 잖아요."

한데 듣고 있자니 대화가 점점 요상 야릇하게 흘러간다. 임 진 사는 말이 진사지, 실제 진사는 아닌 모양이다.

"꽃분아. 나 정말 마음이 찢어지는 것만 같아. 임 진사만큼 내 이상의 사내를 그려내는 명필을 본 적이 없거늘."

은강이라 불리었던 여인은 하늘이 무너진 양 통탄을 하였다. 자세가 퍽 진지한 게, 누가 들으면 시국을 근심하는 줄 알겠다.

"크게 상심 마세요. '돌쇠와 마님' 쓴, 그 누구더라, 그……, 아! 적토마!"

"적토마?"

"예! 적토마! 그나마 적토마가 쓰는 글들이 나날이 아씨 취향 에 근접하던데요? 그리고 들리는 소문에 지금 적토마가 구상 중 인 이야기가 아주 그쪽으로는 끝장을 본다고 해요. 가제가 '돌아 온 부인'이라던가?"

"돌아온 부인? 어떤 내용이라더냐?"

"쇤네도 거기까진 아직 모르지요. 하지만 적토마 인생의 역작, 대작일 거라고 벌써부터 소문이 자자해요. 얼핏 듣기로 올해 말 쯤, 집필을 시작한다던데요?"

"어머, 그게 정말이니?"

"세책점에서 확인했는걸요. 아마도 내후년에는 책이 돌 것 같 다고 해요."

요즈음에 패설로 부녀자들의 세태가 문란하다 하더니 참말인 모양이었다. 준엽은 발칙하기 짝이 없는 계집들의 수다를 들으며 정신이 아연해졌다. 세상에 아귀들이 판치더니 내방에서부터 도가 무너져 내리는구나. 준엽은 자신이 부임해 있는 동안 적어도 세책점 단속만큼은 단단히 하여 패설을 뿌리 뽑아야겠다는 결심을 세웠다.

"그것참 듣던 중 반가운 소리구나. 돌쇠와 마님은 솔직히 별로였지만 그 작가도 나중에는 필력이 늘겠지. 어쨌건 그래……, 한 사람이라도 시류에 휩쓸리지 않고 묵묵하게 나아가주니 다행이다. 근자에 들어 부녀자들이 사내다운 사내보다 기생오라비처럼 얼굴이 곱상한 사내를 선호하니, 글 속 사내들도 죄 하얀 살결에 붉은 입술을 가진 선비들만 쏟아지고 있다. 시대가 이상해지고 있어. 볼 게 없다니깐."

"나름의 맛이 있는 게지요. 고아한 멋이 있잖습니까. 부채 펼치고 시 한 수 읊는 사내가 있으면 거기가 하늘나라지 뭐예요."

"맛은 무슨! 사내는 모름지기 사내다워야 매혹이 있는 게 아니겠니? 하늘이 공연히 남녀의 차를 두고 음양에 구분을 두는 게 아니잖니. 털도 북슬북슬하고 어깨도 떡 벌어지고 손도 큼지막하고, 장딴지도 알통이 튼실하게 영글어야 그게 참다운 사내지."

"어쩐 일로 한 가지 빼먹으셨어요? 키는 육 척 이상이어야 되잖아요."

"그건 두말하면 잔소리! 입 아플 만치 당연한 거고. 나는 도대체가 말이다. 멀건 낯짝에 늘씬한 사내를 좋아하는 아녀자들의 마음을 모르겠구나. 사내가 육 척도 아니 되고 털도 복스럽지 않은데 어찌 그런 사내를 흠모할 수 있지? 어찌 교합을 치를 수 있는 게야?"

"육 척 안 되고 털 적으면 거시기도 없대요? 불알 두 쪽에 기둥 하나만 있으면 교합이야 당연히 치를 수 있지요."

"그건 그런데…… 난 그런 자들은 좀체 사내처럼 인식되지 않아. 그런 사내들과 색사를 치른다고 상상하면 소름이 끼쳐. 역해. 가녀리고 미끈한 데다가 신장까지 작으면, 동성이나 어린아이와 일을 치르는 것처럼 느껴지지 않을까?"

준엽은 손을 들어 제 얼굴을 더듬었다. 낯이 보드랍고 매끈하다. 신장이야 아전들이 그네들 소매에 들어간다 허풍을 칠 정도니 재어볼 것도 없다. 그는 충격에 휩싸였다. 평생 들어본 말 중에 이렇게 준엽에게 경종을 울리는 소리는 없었다.

"에이, 너무하십니다. 누구는 그렇게 크고 싶지 않아서 안 큰답니까? 아씨는 의외의 부분에서 지나치게 엄하세요. 괜히 제가 다 서러울 뻔하였습니다."

그래, 꽃분이 네 말 잘하였다. 어느새 집중한 준엽은 꽃분의 말에 절절히 동조하며 고개를 주억거렸다. 그깟 육 척 신장이 무엇이고 털이 무엇이라고 저런 망언을 할 수 있단 말인가! 여인이 수치를 모르는 것은 차치하고 함부로 남아 장부를 평가하다니? 도무지 있을 수 없는 일이었다. 최악이다.

"엄하다니? 사내들은 미인도까지 그려가며 눈, 코, 입이 어때야 한다고 하지 않느냐. 삼백(三白) 삼홍(三紅) 삼흑(三黑)에 살결도 보고 젖가슴에 허리, 머릿결까지 보건만 거기에 비하면 나는 비할 것도 못 된다, 얘."

분명 저 둘 간의 대화일 텐데도 준엽은 은강이 마치 자신에게 쏘아붙이는 것처럼 들렸다. 말씨가 고상하지는 못해도 틀린 말은 없어 뜨끔한다.

"여인이 사내다운 사내를 찾는 게 무어가 그리 잘못된 일이니? 사내들도 기골이 장대하거나 털이 수북한 사내 같은 여인과는 교접을 피하잖아."

"……"

"그리고, 어디까지나, 내 이상이 그렇다는 게다. 모든 사내가 그래야 한다는 게 아니라 내 이상은 그렇다는 게야. 나는 이상의 사내를 그릴 자격도 없다니? 아닌 말로, 이 나라에서 여인으로 태어나 할 수 있는 게 뭐가 있다고 그런 것도 따지지 못하게 해, 좀스럽게. 혼례를 치르면 평생 낭군 한 사람만 따르고 그이하고만 정사를 치러야 하는데 이왕이면 다홍치마 아니야?"

그러며 '남정네들은……' 하고 이어지는 말들이 또 대단하였다. 처 두고 첩 끼고 기생 놀음이나 하면서 왜 그리들 순결과 정절은 찾는지 모르겠다 분통을 터뜨린다. 의외로 한 마디 한 마디가 촌철살인이었다. 준엽은 섣불리 울컥하였다가 밑천도 찾지 못하고 밀리는 듯한 기분이 들었다. 혼쭐이 나는 것처럼 갈수록 주늙이 든다.

"가부간 할 수 있는 것 중에서 가장 하고 싶은 걸 찾으라면 나는 밤일이라도 꿈처럼 하고 싶구나. 다른 거 뭐 있겠니. 큰 욕심 없이, 사내다운 사내와 쿵떡쿵떡 오순도순 백년해로하면 그게 행복이다. 공후지락, 부귀영화, 입신양명 아무짝에도 소용없어. 아무짝, 그래, 정말, 아무짝에도……."

한데 거칠 것 없는 기세로 입을 열던 은강이 별안간 말끝을 흐렸다. 밝고 활기차던 음성도 어둡고 음울해진다. 패설이나 읽으며 팔자 좋아 보이던 여인이 돌연 태세를 변환하자 무슨 사연이라도 있는 건지 신경이 쓰였다.

"소용없다……, 분명 그리 말하였는데……."

뒤에서 몰래 지켜보던 준엽은 은강의 어깨가 축축 늘어지는 것을 목격하였다. 그걸 꽃분도 보았는지 그녀가 은강의 손을 꼭 붙들었다.

"아씨. 요사이에 많이 심란하시지요? 하지만 우려 마세요. 주인어른께선 여전히 무진 도련님을 최우선 사윗감으로 점찍고 계시지 않으십니까. 다 잘될 겁니다."

"그리만 된다면 난 정말 행복한 사람일 게야. 헌헌한 풍채나 수북한 구레나룻까지 무진 도련님은 내 이상이시니까 성사만 된다면 정말 좋겠지. 하지만 아버지는 어머니 의사를 우선으로 치는 분이시라……."

"도련님들도 계시잖아요. 설마하니 아씨 오라버니들께서 이 일을 좌시하시겠습니까? 필시 아씨 편을 들어주실 겁니다."

"글쎄. 오라버니들이 내 편을 들어주는 건 참으로 고맙지만 사실 애초에 오라버니들 덕분에 내 혼사가 어려워지고 있는 거 아니니? 다섯 중에 한 사람이라도 소과 문턱을 밟았으면 어머니가 이렇게까지 과거에 집착하지는 않으셨을 게야. 왜 오라버니들이 이루어내지 못한 걸 사위를 통해 얻어내려 하시는지 모르겠구나."

"한이 맺히신 거죠. 아씨 말대로 도련님들 다섯 분에, 큰 도련님 연치가 어느덧 서른다섯이지 않으십니까. 한데 그렇게 물심양면으로 지원하여도 그사이에 누구도 소과의 초시 한 번을 넘지 못하셨으니……."

"그러니까 왜 그 한을 사위를 통해 풀려 하는지 모르겠단 말이다. 무진 도련님 겨우 방년이신데 그 나이에 소과에 통과하는 이가 누가 있다고 그리 흠을 잡는 게야? 진사시, 생원시 합쳐서 소과 이백여 명밖에 뽑지 않는다. 서른다섯 큰 오라버니도 통과하지 못했거늘 대체 혼기의 사내 중에 소과 급제한 이가 어디 있겠느냐. 날 과년한 처녀로 만드실 작정이신 게야."

"집안에 한 사람 정도는 명석한 이가 필요하다고 하시던 걸요. 어쨌건 예, 주인마님께서 기준을 높게 잡기는 하셨지요. 그러니 아씨도 너무 도련님들 원망 마세요. 소과 복시까지 전국에서 이백여 명 뽑는 시험에 덜컥 붙는 게 쉬운 일은 아니잖습니까."

이백여 명 뽑는 시험에 열하나에 덜컥 붙고 얼넷에 대과를 장원한 어린 사또가 공연히 볼을 긁적인다. 학문에만 정진하였는데도 서른다섯까지 소과 초시를 붙지 못할 수가 있나?

'진사시든 생원시든 초시면 전국 칠백 명 안에만 들면 되는데.'

각각 백 명씩 뽑는 복시까지는 그렇다 쳐도 초시조차 통과하지 못하였다니 참으로 놀랍고도 재미난 집안이었다. 그러고 보니 살짝 감이 잡히기도 한다. 아들이 다섯에 여식이 하나, 박 진사와 혼담이 오고갈 정도라면 이쪽 또한 양반가일 테고 자식들의 공부에 아낌없이 지원할 정도로 집안이 넉넉하다면……

부임 첫날에 인사 왔던 최가가 기억났다. 고을 최고의 부자라지. 사람 좋은 웃음에 예법이 단정했던 그 양반네 집안의 이야기인 듯하다. 틀림없다.

"나도 오라버니들 원망하고 싶지 않다. 늘 내겐 자랑스러운 분들이셨다. 학문 좀 못하면 어떠니. 고을에 어려운 일 있을 때면 두 팔 걷고 솔선수범하는 분들이 아니니. 한데 이대로 가다가는 내 혼사가 어그러질 지경이라 그래선 안 되는 걸 알면서도 불쑥불쑥 원망이 들어."

"아니어요! 주인어른을 더 믿어보세요. 어르신께선 그런 거 상관없이 사내는 사람 반듯한 게 최고라 하지 않으셨습니까. 그리고 마님도 무진 도련님이 소과에서 떨어지신 지 오래되지 않아 신경이 미치시는 걸 거예요. 내년 아니, 올겨울만 되어도 싹 잊으실걸요?"

"그리되었으면 좋겠어. 하지만 무진 도련님 소과 낙방 소식 들으시곤 어머니는 내 적서부터 다 찾아내셔서 불태우셨잖아. 그걸 내가 얼마나 열심히 모았는데! 나한테 뭐라고 하셨는지 아니? 이런 걸 가까이에 두니 애먼 사내에게 정신 팔린다고까지 하셨어. 덕분에 이젠 이런 곳까지 숨어 들어와서 몰래 책 읽어야 하고……"

준엽이 주변을 둘러보았다. 패설 같은 걸 읽겠다고 이런 수수밭까지 들어왔다니 열정이 넘친다. 별게 다 열심이다 싶기도 한데 또 한편으론 이게 그녀의 행복이라는데 저가 누구를 판단할 자격이나 있나 싶기도 했다. 관리씩이나 되어 열정도 노력도 다 소진된 주제에.

"원래 동트기 전이 제일 어둡다 하지 않습니까. 지금이 상황이 가장 나쁠 때라 그런 것이니 차차 나아지지 않겠어요?"

"지금이 최악인 게 맞기는 하는 걸까."

"아씨! 쇤네 장담합니다. 단연코! 지금이 최악이어요. 마님 입장에서 생각해 보세요. 무진 도련님만 낙방한 게 아니잖아요. 무진 도련님이 소과 응시하실 때 도련님들도 함께 응하지 않으셨습니까. 올해도 어김없이 아드님들이 낙방하여 상심하셨을 차에 사윗감은 그래도 좀 영민하다 소문이 나서 기대하셨을 텐데 거기도 안 됐다 하시니 걱정이 태산이시겠지요."

영리하네. 준엽은 계집종에게 감탄하였다. 판세를 읽는 눈도 좋은 것 같고 끊임없이 주인을 북돋아 주는 걸로 보아선 눈치도 괜찮은 편이다. 저런 몸종이 붙어서 저렇게까지 말해주는 걸 보면 최가, 은강 낭자의 문제는 의외로 큰일이 아닐 듯했다. 부침은 있을지언정 저 혼사는 아마도 무탈하게 진행되리라.

'별세상의 고민이군. 성(城) 안팎은 똑같은데 성(性) 안팎은 예상외야. 차라리 이쪽은 재밌기라도 하니.'

좀 한심한 것 같기는 해도 꽤 흥미로운 이야기를 들었다 싶었다. 여기 더 있다가는 정신이 이상해질 것 같긴 했지만.

"게다가."

계속 엿듣고 있을 수만도 없어 자리를 옮기려는데 계집종의 다음 말이 그를 붙들었다.

"하필 이번에 사또라고 온 이가 열넷 아니어요."

"응? 사또가 열넷인 거랑 내 상황이 무슨 연관이 있다는 말이니?"

저도 사람인지라 제 얘기가 나오니 귀가 솔깃해진다. 불똥이 튈 것 같은 불길한 예감을 견디며 준엽은 조금 더 자리를 지켰다.

"보세요, 아씨. 지금까지는 도련님들이 소과에 그렇게 낙방해도 '과거라는 게 그렇게 어렵구나' 했단 말이어요. 한데 열넷에 대과 장원한 신관 사또가 오고 나서는 다들 뒤에서 군소리들을 한단 말입니다. 저런 꼬맹이도 철썩 붙었는데 우리 고을 양반 나리들은 왜 저 나잇살을 먹도록 소과 초시 하나를 못 넘기냐 말이 많았습니다. 마님도 같은 심정 아니시겠어요?"

"……"

"저 어린 공자도 가능한 일을 아들들도 사윗감도 이루어내지 못하니 다른 때보다 더 속이 상하신 겁니다. 사또가 부임을 하필 여기로 와선 아씨 앞날에 먹물을 뿌리고 있단 게지요."

"……."

"이런 걸 보면 하늘도 참 무심하십니다. 어찌 그리 멋모르는 꼬마한테 벼락 운을 주어선 열심히 사는 사람들에게 박탈감을 안겨주는 걸까요."

역시나 나쁜 예감은 빗나가지 않았다. 덕분에 기분이 좀 나아질까 싶었더니 덕분에 말짱 도루묵이다. 준엽은 뻣뻣이 굳은 제 목뒤를 주물렀다. 멋모르는 꼬마. 벼락 운. 이 고을에서도 자신은 이렇게 취급된다. 급제 전에 자신이 어찌 살아왔는지 관심도 없는 사람들이 떠드는 건 쉽기도 쉽다. 이런 걸 각오하지 않았던 건 아니지만 그래도 불쾌한 건 매한가지다.

준엽은 지그시 아랫입술을 물었다가 발걸음을 옮기려 하였다. 그러나 그의 시도는 이번에도 보기 좋게 실패한다.

"그렇게까지 말할 거 있니? 사또도 열심히 하였으니 장원에 급제한 것이겠지."

뜻밖의 옹호가 터졌다. 기대도 하지 않았던 터라 그런지, 기습이 유효하게 먹혀들었다. 상대는 깊은 뜻 없이 한 말이겠지만 그녀의 음성은 준엽의 심중에 깊게 치고 들어왔다.

"천재라잖아요. 열심히는 무슨."

"천재는 뭐, 노력 안 한대니? 타고난 기재도 갈고 닦아야 빛을 보는 게지. 노력까지 한 천재이면 어쩌려고 그리니?"

"만일 열심히 했다고 해도 세상이 얄궂게 느껴지는 건 똑같아요. 노력해서 급제하면 뭐합니까? 밤톨만 한 양반이 공자 왈 맹자 왈 시험만 잘 친 건데, 잘도 수령 직을 수행하겠어요."

"신관 사또 부임한 지 얼마 되지도 않았잖아? 넌 왜 미리부터 사람을 그렇게 불신하고 그러니? 내가 사또면 열심히 하려다가도 네 말 듣고 도로 힘이 빠질 것 같구나."

열심히 할 예정은 없었으나 준엽은 열렬히 고개를 끄덕여 은강에게 동조했다. 아까는 제 머리가 잠깐 어찌 되었던 게 틀림없다. 그는 은강에 대해 재고하며 꽃분에 대한 호평을 모두 물렀다. 잘 알지도 못하면서 사람을 넘겨짚다니, 오만하고 경솔한 계집종이다.

"안 겪어도 눈에 훤해서 하는 말이지요. 몇 년 대강대강 미적미적 때우고 갈 게 뻔합니다. 최연소 장원이잖아요. 현감으로 끝날 사람이 아니라는 말이지요. 나이 차면 바로 도성에서 쓰임 받을 텐데 이런 일이 눈에나 차겠어요? 어려서 세상 물정도 어둡고 고을에는 관심도 없을 겁니다."

꽃분의 비난이 거북하다. 그러나 안타깝게도 준엽은 그녀의 말에 제대로 반박할 수가 없었다. 떳떳하지 않았으니까. 전부 맞아떨어지지는 않더라도, 그녀의 말은 몇 가지 면에서 진실로 준엽의 속을 꿰뚫고 있었다. 무작위로 찍어본 것에 불과하겠지만 감이 좋은 걸 부정할 수는 없었다.

"어떤 생각을 해야 그런 예측을 할 수 있는 게야? 정말이지 신기하구나."

준엽조차 일정 부분을 인정하건만 은강이 반론을 제기했다.

"처음이니까 다른 사또들보다 열심히 할 수도 있는 거 아니니. 우리 오라비들만 보아도 책 앞장만 손때가 가득해. 누구나 처음에는 심중에 의욕이 넘치거든. 그리고 어리니까 더더욱 영리와 관계없이 직무를 수행할 테고, 사사로운 이득을 탐하지 않으니 고을을 잘 다스릴 수 있지 않을까?"

"과연 어떨까요. 쇤네는 그 작은 사또에게 믿음 없어요. 관리들이란 하나같이 아전들과 손잡고서 고을에 뭐 뜯어먹을 거 없나 침만 흘린다고요. 임기 끝나면 다들 궁둥짝이 안반(安盤)만 해져서 떠나는 거 아씨도 아시면서."

"여태 그랬다고 앞으로도 그러란 법 없지. 난 이번 사또는 그러지 않을 거라 확신해. 천재니 뭐니 하여도 그만큼 노력했으니 장원씩이나 된 거 아니겠니? 보통 급제가 아니잖아. 그렇게까지 노력했을 사람이 현감 되었다고 갑자기 일을 적당히 한다는 게 도리어 이상할 것 같구나."

"아씨는 어찌 그리 겪어본 적도 없는 사람을 쉽게 믿으십니까?"

"그럼 넌 어찌 그리 겪어본 적도 없는 사람을 쉽게 불신하니?"

"사람 믿어 손해 입을 일은 많아도 사람 안 믿어 손해 입을 일은 별로 없거든요."

계집종이 정곡을 찌른다. 이쯤 되니 준엽도 꽃분의 신분과 성별이 조금 안타깝다. 그녀는 모자람 없이 영특하고 처세가 훌륭했다. 그런데 우습게도, 별로 곁에 두고 싶지는 않다. 꼭 제 얘기를 부정적으로 해서 그런 것만은 아니었다. 외려 꽃분의 사고는 제 사고와 비슷하여 그는 꽃분이 충분히 이해가 갔고 친밀하게도 느껴졌다.

하지만 가까이하고 싶은 쪽이라면…….

"본인 입장에선 그렇지. 한데 그럼 상대는 어찌 되니?"

호기심이 인다.

"자신을 잘 알지도 못하는 사람이 다짜고짜 저를 경계하면 싫지 않을까? 상처받을지도 몰라."

이런 말을 하는 사람은 어떤 사람일까. 어떤 멍청이가 이런 천연스런 소리를 진심으로 뱉을 수 있는 거야. 얼굴이 보고 싶다. 두 눈으로 확인해 보고 싶다. 아무런 까닭 없이 마음이 조급해졌다.

"어, 그, 그건…… 어쩔 수 없지요. 그럼 먼저 믿게끔 노력을 하든가……."

"어찌 됐든 한쪽은 먼저 시작해야 한단 거잖아. 그걸 내가 먼저 하지 않으면 안 될 이유가 있어?"

"손해를 입을 수도 있다니까요?"

"그건 만일일 뿐더러 그럼 상대는 왜 그걸 감수하고 먼저 움직여야 하는데?"

"……."

"나는 말이야 왠지 괜찮을 것 같아. 유 사또라 하였든가? 딱히 근거는 없지만 괜찮을 것 같아. 열심히 하리라 일단은 그렇게 믿어볼래. 뭐 어때. 혼자 믿어서 괜히 실망할 일이 생겨도 감수하는 수밖에. 혹시 아니? 그럴 마음이 없다가도 옆에서 믿어주니 잘해보려고 노력할지. 사람은 기대를 받으면 응답해 주고 싶어지잖아."

부담스럽다. 그런데 저도 모르게 피식 웃음이 샌다. 대체 뭐람, 저 막무가내는. 그런데 자연스레 발길이 끌린다. 우거진 수수를 헤치면서도 준엽은 발걸음은 사뿐했다. 마치 저를 위해 안배된 길을 가는 것 같다.

"아씨. 쇤네가 이렇게까지는 말씀 안 드리려 했는데 사실은 그것도 문제랍니다. 세상일이라는 게 열심히 한다고 능사는 아니거든요. 아무것도 모르는 어린 게 의욕만 가득 차서는 일일이 뒤집고 들춘다고 생각해 보세요. 휘말리는 사람만 힘들지. 구관이 명관이라는 말이 그냥 나온 게 아니랍니다."

이대로 물러서기는 억울했는지 꽃분은 어떻게든 제 주인의 말을 거스르려 들었다. 꽃분 한 사람이 이랬다저랬다 말하고 있으나 그녀의 이것저것이 고을 사람들 전체의 뜻을 아우른다는 것을 안다. 모르겠는 건, 대체 그래서 그들이 제게 원하는 게 무엇이냐는 거다. 대강해도 문제고 열심히 한다고 해도 문제라 하니 어쩌라는 건지 모르겠다.

"그런데? 어리다며?"

"예. 어리지요. 근데 어린 게 왜요? 어린 게 면죄는 아니지 않습니까?"

"면죄는 아니지. 물론 면죄는 아닌데……."

은강이 말끝을 흐리자 준엽은 긴장했다. 그녀가 무어라 답할지 궁금하다. 그리고 그녀가 답하는 모습도 궁금하다. 사각거리는 바람 소리에 숨겨 그의 발이 조금 더 부산을 떨었다.

"원래 사람은 그러면서 크잖아? 누구나 처음이라는 게 있으니까 서툴 때가 있는 건 당연해."

"당연한 게 어디 있어요, 아씨. 사또가 서투르면 폐를 입는 건 우리 마을이라고요."

"괜찮아."

대체 저가 무엇이건대, 무슨 자격으로 괜찮다고 하는지 모르겠다. 그런데.

"그런 건 괜찮아. 열심히 했는데 본의 아니게 피해를 주는 거, 그거야말로 어쩔 수 없는 일이야. 난 감수할래."

그런데…….

"괜찮아."

말이 닿는 순간 미적지근한 가슴속에 열기 한 방울이 더해진다. 똑, 떨어지고 그칠 줄로만 알았던 열기는 곧 피어나듯 사방을 망라하고 번져 나갔다. 그다지 대단한 소리도 아니고 의미 깊은 말도 아니다. 내일이면 뱉은 당사자조차 잊어버릴 그저 지나가는 말 한마디다. 한데 가슴이 욱신거렸다. 단 한 방울로 헛헛한 속이 극렬히 달아올랐다. 통증이 느껴질 정도다.

"아씨! 아까부터 누구 편을 들고 계신 겁니까? 잊으셨어요? 아씨 혼사에 먹구름 끼게 만든 원인 중의 하나가 바로 그 어린 사또라고요! 하필 그놈이 여기에 부임하여 주인마님의 속을 흔들었잖아요!"

계집종이 역정을 내자 은강 낭자의 고운 입술이 슬며시 벌어졌다. 어디 입술만 곱나. 동그란 눈도 또랑또랑 빛나는 게 퍽 마음에 들었다. 버선코처럼 끝이 살짝 쓱 올라간 코도 귀여웠다. 어여쁘다. 미인은 많이 보았으나 태어나 본 사람 중에 가장 마음에 들어오는 생김새였다. 상기된 준엽의 얼굴은 한층 색이 짙어졌다.

"아니지. 흥! 잘되었네요. 아씨께서 그리도 신관 사또에게 호감을 가지고 계시니, 이왕이면 그 사또에게 시집가시면 되겠습니다!"

"얘는 또 무슨 소리야!"

"그렇잖습니까. 모습도 모르는 이를 이토록 아끼시니 무진 도련님 말고 그냥 그 꼬마 사또한테 시집가세요!"

"너 어쩜! 파렴치하게 나를 아이랑 엮어? 엮을 게 없어서!"

꽃분의 말에 은강은 펄쩍펄쩍 뛰었지만 준엽에게는 성언의 말씀처럼 들렸다. 혼인! 언젠가 갈 것이라 생각했지만 사실 지금껏 혼인에 관해 단 한 번도 진지하게 고려해 본 적은 없었다. 한데 지금 가슴이 격렬히 뛴다. 어두침침한 시야에 서광이 비추는 것만 같았다.

"안 될 건 또 뭐래요? 애는 큰다면서요! 우리 사또도 크겠지!"

"그건! 그런 뜻이 아니라!"

"아니기는요. 걱정 마세요. 혹시 알아요? 아씨의 기대에 부응해 우리 사또도 육 척까지 부쩍부쩍 자라날지. 참, 말 나온 김에 쉰네가 주인마님께 슬쩍 말 흘려봐야겠어요."

계집종은 적재적소에 말을 넣어 주인을 골렸다. 은강은 손이며 고개며 저을 수 있는 것은 모두 저어 극렬히 꽃분의 말을 거부했다.

"안 된다니까! 초야가 성립이 안 되잖아, 성립이! 내 일생일대의 꿈을 왜 네 멋대로 망치려 드는 게야?"

"처음은 누구나 서툴 테니까 감수하여야죠. 감수하시기로 하셨잖아요. 아유, 주인마님 좋아하시겠어요. 집안에 한 명, 영특한 수준이 아니라……."

"사또가 클 때까지 내가 어떻게 기다리니?! 나는 사내다운 사내가 좋다고! 키도 크고, 덩치도 크고, 털도 복스러운 대장부 같은 사내! 장성한 사내! 무진 도련님 같은!"

꽃분의 말을 막으려 은강이 냅다 소리를 꽥꽥 질러댔다. 그러자 수수밭을 강타한 은강의 비명이 채 식기도 전에 꽃분이 깔깔깔 갑자기 웃음을 터뜨렸다. 잔뜩 흥분했던 은강이 휘둥그레 눈을 뜨더니 종내 쌜쭉하게 꽃분을 흘겨보았다.

"꽃분이 너어……, 지금 날 놀린 게지?"

"이 결의! 차라리 그걸 지키시라고요. 괜한 걱정 하느니 그편이 훨씬 낫지 않겠어요? 그리고 사실, 아씨는 사내답고 다정하기만 하면 꼭 무진 도련님 아니라도 괜찮으시잖아요. 그러니 무진 도련님과 혼사가 어그러질까 고연히 속 졸이지 마시고 만약 그리 된다 해도 더 괜찮은 집안에서 매파를 보낼 거라 믿는 게 나으실 거라고 봐요."

에두른 꽃분의 인정에 은강이 골이 난 듯 도톰한 입술을 삐죽였다. 그러나 뒤틀림은 오래가지 않아 스르륵 풀린다.

"그건 네 말이 맞아. 내가 벌써부터 괜한 걱정을 한 것 같구나."

은강은 한결 차분해진 어조로 꽃분의 말에 동조하였다. 그러더니 언제 우울하기라도 했냐는 듯 티 없이 활짝 웃음 지었다.

"어차피 난 무진 도련님이랑 혼인하게 될 거니까."

환한 빛에 눈이 시리다. 준엽은 멍하니 은강을 쳐다보았다. 박무진이라……. 얼굴 본 적도 없고 그 이름조차 오늘 처음 알게 된 사내에게 정체 모를 반감이 분연히 치솟았다.

"그럼이요. 그러니 걱정일랑 붙들어 매시고 얼른 요 쓰개나 걸치세요. 돌아가셔야지요."

꽃분이 은강의 머리 위로 쓰개치마를 둘렀다. 달처럼 고운 얼굴이 쏙 들어가는 게 무척이나 아쉽다. 가지 말았으면 좋겠다. 말하는 걸 조금 더 들어보고 싶다. 조금 더 다양한 표정을 보고 싶다.

"응."

하지만 야속하게도 은강은 발랄하게 답하곤 지체 없이 자리를 떴다. 몸종이 수수를 걷으며 자리를 트면 아씨는 댕기 머리를 깡충거리며 졸랑졸랑 그 뒤를 따랐다. 멀어져 간다. 눈에서 먼저, 다음은 귀에서 그들의 존재감이 옅어져 갔다.

아마도 이대로 헤어지면 다시는 보지 못하리라. 은강 낭자는 박무진이라는 자와 겨울 즈음 무사히 혼인을 치를 테고 저는 영원히 그녀와 말 한 번 섞지 못할 것이다.

어……,

아쉽고 허탈한 마음이 밀물처럼 몰려든다. 손끝이 시리다. 정말 이게 마지막인가? 빈말이라도 좋으니까 그녀로부터 어찌 되든 괜찮다는 말을 한 번쯤은 더 듣고 싶었다. 기대에 부응해 달라 얼마든 압박을 주어도 좋으니까, 한 번만 더…….

어어……?

준엽은 어느새 수수밭 두렁에 올라와 있는 자신을 발견했다. 삼십 자쯤 앞에 꽃분과 은강이 두렁을 총총 걷고 있는 게 보였다.

"저……."

준엽의 입에서 절로 소리가 새었다. 손이 뻗었다. 하지만 말은 바람결에 흩어지고 손은 끝까지 나아가지 못하고 멈춘다. 지금 그들을 붙잡아 무얼 할 수 있는데? 유준엽, 네가 무슨 말을 할 수 있는데?

우두커니 서서, 준엽은 침전되었다. 무작정 분출되기만 하던 기세가 서서히 가라앉았다. 대신에 텅 빈 가슴속에는 의지가 분연히 바로 서고 무념무상 방치했던 머릿속에는 정연히 계획이 쌓이기 시작했다.

"비장!"

그들과의 거리가 오십 자쯤 멀어졌을 때, 준엽이 비장을 불렀다. 쩌렁쩌렁한 호령에 길 걷던 꽃분이 이쪽을 향해 몸을 틀었으나 그때에는 준엽 또한 비장을 향해 몸을 돌린 뒤였다.

"예, 예! 나으리!"

수수밭 어디쯤에서 낮잠을 자고 있던 비장이 벌떡 일어섰다. 그가 입가로 흐른 침을 닦으며 준엽에게로 헐레벌떡 달려왔다.

"무, 무슨 일 있으십니까?"

그가 이렇게까지 버럭 소리를 지른 적이 없었던지라 비장은 바짝 졸아붙었다. 어린 상전의 형형한 눈빛을 마주하니 어깨에도 힘이 부쩍 들어간다.

"수숫대 꺾어오너라."

"수수……, 수숫대? 이, 이거 말씀하시는 겁니까?"

똑 부러지는 명에도 불구하고 비장은 들은 말을 의심했다. 갑자기 어인 수숫대? 이게 무슨 자다가 봉창 두드리는 소리?

"그래. 수숫대. 이왕이면 길이가 나보다 긴 것으로. 수는 딱 아전의 수만큼."

"아전 수만큼? 뭐에다 쓰시게요?"

"잔말 말고 일단 꺾어와. 네 불만 날려줄 터이니."

사또는 자신만만하게 단언하였다. 머리끝에서부터 발끝까지 무언가 하고자 하는 의욕이 느껴진다. 저가 잠들었던 그 잠깐 사이에 무슨 일이 있었는지 모르겠다.

"그리고 괜찮은 광대패도 은밀히 수소문해 다오. 접선을 해야 할 것 같다."

하지만 어쨌든, 드디어, 굶주린 범이 사냥에 나설 모양이다.

"아, 예……, 예. 예!"

얼떨떨하게 고개를 끄덕이던 비장이 곧 의지를 가지고 열렬히 머리를 상하로 흔들었다.

"명, 분명히 하달받았습니다!"

그가 씩씩하게 대꾸하더니 여세를 몰아 힘차게 수수밭으로 내려갔다. 비장이 임무를 수행하는 것을 확인하며 준엽이 다시 반대편으로 고개를 돌렸다. 시간이 지체되었는지 은강과 꽃분은 이제 자취를 찾아볼 수 없었다. 그런데도 그의 입가에는 의미심장한 웃음기가 씩 어렸다.

집안에 한 명, 영민한 사람을 원한다고 하였지.

준엽은 뒷짐을 지며 꽃분의 말을 찬찬히 되씹었다. 다섯 오라비들의 과거 낙방이 이렇게나 고마울 수가 없다. 할 수만 있다면 최가가 있는 방향으로 절이라도 올리고 싶은 심정이었다.

"사위 사랑은 장모라든가."

어디선가 주워들었던 말을 읊조리며 준엽은 은강과 자신이 다시 만날 것을 확신했다. 그리고 재회하였을 때는 결코 오늘처럼 이렇게 스쳐 지나가게 두지 않으리라 그는 결심하였다. 그때는 그녀의 얼굴을 마주하며 새로운 연을 얽을 것이다. 백 년을 이어갈 깊은 연을……

〈完〉

작가 후기

　안녕하세요, 임조령이라고 합니다. 나으리로 독자님들을 뵙게 되어서 반갑고 즐겁고 기쁘고 설레는데 또 한편으로는 두려워서 후기 쓰는 이 손가락은 떨리고 있습니다.

　이 소설을 어떻게 읽어주셨을지 모르겠습니다. 고백하자면 나으리는 어디까지나 셀프 힐링물입니다. 스트레스가 극심했던 어떤 나날에, 스스로 즐거워지기 위해서 쓴 글이 여차저차 살이 붙어 여기까지 오게 되었습니다.

　그러니까 그게…… 겨울이었습니다. 침대에 누웠는데 잠을 자려고 눈을 감아도 도무지 잠이 오지 않던 밤이었지요. 억지로 자려고 용을 쓰는 것조차 스트레스를 받으니 차라리 그냥 눈을 뜨고 있자, 하고는 멀뚱히 천장을 바라보는데 갑자기 이야기가 생각이 났습니다. 어릴 때 읽었던 전래동화였지요.

자세한 내용은 사실 아직도 잘 기억이 나지 않는데, 대강의 내용을 떠올려 본다면……

마을에 개구리인지 두꺼비인지, 하여간 그런 게 밤마다 개굴개굴 울어대서 사람들이 잠을 못 이루던 때였습니다. 마침 그 마을에는 어린 신관 사또가 부임을 하게 되는데, 백성들은 어린 사또를 골려주려고

"사또, 밤에 잠을 잘 수가 없으니 개구리가 울지 않도록 만들어주십시오."

하고, 무리한 청을 올리게 됩니다.

사또를 골리려고 했던 청이었던 만큼 참으로 얼토당토않은 청이었지만 어린 사또는 그들의 민의를 받아들이지요. 그리고 그날 밤, 정말로 마을에는 개구리가 울지 않아 백성들은 편안하게 숙면을 취할 수 있게 됩니다.

비밀은 그 밤에, 사또가 관원들을 데리고 가서 밤새도록 논을 대창으로 쑤셔 개구리가 울 새가 없도록 만들었다는, 뭐, 그런 이야기였던 것 같습니다.

어린 원님이라는 제목으로 당시에 에피소드가 세 개쯤 실려 있었을 겁니다. 이 얘기보다 나머지 두 에피소드가 훨씬 유명한데 하나는 나으리에 나왔던 수숫대 이야기이고 다른 하나는 돌삿갓 이야기입니다.

근원을 따져 보자면 유공업 설화 혹은 강감찬 설화라고도 하고, 그냥 어린 원님 전래동화이기도 합니다.

아무튼,

수숫대까지 기억해 낸 뒤에 잠이 안 와서 그런지 갑자기 생각이 꼬리를 물기 시작했습니다. 그 어리고 잘난 원님은 그래서 그 뒤엔 어떻게 마을을 다스렸을까? 아전들이 그 세 번으로 과연 잠잠해졌을까? 근데 어려도 장가는 갔겠지? 근데 너무 어려서 딴 일은 치르겠어? 등등등 야밤의 망상이 폭주를 하고…….

원님이 어린 걸 부각시키려면 역시 부인은 연상이 좋겠지? 근데 연상이 색을 되게 밝히면 원님도 곤란하겠다. 그 똑똑한 양반이 그런 쪽 일이라고 무지할 것 같진 않은데 몸이 아직 덜 따라주질 않나?

……이렇게 시작된 게 나으리입니다. 부제는 '어린 사또와 음란 부인'이었고, 소재만 봐도 아시겠지만 19금 전래동화 컨셉으로 최대한 가볍게 썼습니다. 전래동화이니만큼, 그리고 제가 행복해지기 위해 썼던 글이니만큼, 권선징악에 집착하면서요. 제가 선한 사람이라서 착한 인물에 감정을 이입하려는 게 아니라, 착한 사람이 잘되는 걸 보면 덩달아 저도 행복해질 것 같았습니다.

써놓고 보니 제 사고가 꽤 유치합니다. 그래도 이 글을 완결하면서 후련한 마음이 들었으니 최소한 저 한 사람은 만족시켰네요. 저는 일단 거기에 나으리의 의의를 둡니다만 그래도 조금 더 욕심을 부려보자면…….

조금이라도 읽으시는 분들이 행복해졌으면 좋겠다고 바라고 있습니다. 고작 글 한 편으로 감히 타인의 행복에 영향을 끼칠 수 있다고는 생각하지 않습니다. 하지만, 그래도, 정말로 욕심을 부려보자면 조금이나마 즐거우셨으면 좋겠습니다.

……써놓고 보니 더 자신이 없어지네요. 한 발 더 물러나야 할 것 같습니다. 준엽이와 은강이를 보면서 '잘됐다, 잘했어, 잘 살아' 셋 중 하나의 생각이라도 드셨다면 저는 정말 좋을 것 같습니다. 혹은 잠이 오지 않는 날에 천장을 보다가 문득 '아, 그런 이야기가 있었지'라고 기억을 해주셔도 좋을 것 같고요. 그것도 아니라면 어린 원님 전래동화를 읽으셨을 때 준엽이와 은강이가 한 번이라도 떠오른다면 그것도 좋을 것 같습니다.

물론 이건 다 제 욕심이고, 어떠한 감흥을 불러일으키지 못했다 하더라도 끝까지 읽고 책장을 덮어주신 모든 분들께 그저 감사드립니다. 예, 감사하고 또 감사드립니다. 이 이야기와 함께해 주시느라 정말로 수고 많으셨어요!

전래동화답게 준엽과 은강 부부는 잘 먹고 잘 살았을 겁니다. 준엽이는 좋은 관리로 열심히 살았을 테고, 은강이는 그런 준엽이의 사랑을 듬뿍듬뿍 받으며 죽을 때까지 즐거운 생을 보냈을 겁니다. 그리고 은강이의 금손님, 적토마 선생님도 좋은 집필(?)을 멈추지 않고 대가가 되셨겠지요. 모두 행복할 겁니다.

부디, 여러분들도 행복하셨으면 좋겠습니다.

월두,
네가 뜨는
밤에

비다 장편소설

굳이 손으로 움켜쥐지 않아도
내 것이 아니라고 생각한 적은 없었다.

"너를 보낼 수 없다.
너는 내 것이었다.
나는 너를 다시 가질 것이다."

버림받아 상처 입은 짐승은 인간이기를 포기하고 늑대 머리 탈을 썼다.
도적의 수장이 되어 고귀한 물건을 훔치러 궁의 담을 넘으니
중궁전에 달빛이 스며든다.

월두, 네가 뜨는 밤에…….